I0646968

CE QU'ON PEUT

VOIR DANS UNE RUE

8° 2

la Somme

5499

LAGNY. — Imprimerie de VIALAT.

CE QU'ON PEUT
VOIR DANS UNE RUE

Impressions d'un Gardien de Paris

PAR

LOUIS REYBAUD

PARIS

MICHEL LÉVY FRÈRES, LIBRAIRES-ÉDITEURS

RUE VIVIENNE, 2 BIS

—

1858

— Droits de reproduction et de traduction réservés. —

CE QU'ON PEUT

VOIR DANS UNE RUE

— IMPRESSIONS D'UN GARDIEN DE PARIS. —

DÉCLARATION PRÉALABLE.

En fait de titres, il n'en est point aujourd'hui qui vaille celui d'homme nouveau ; aucun n'est plus recherché, ni mieux porté ; il fait merveille. Ce titre est le mien ; je puis m'en prévaloir sans usurpation. Je suis dans la fleur de l'âge et appartiens à une institution naissante. Où reconnaître l'homme nouveau, si ce n'est là ?

C'est donc comme homme nouveau que je me présente au public ; c'est, en outre, comme agent dans la surveillance du pavé et chargé par état d'en pénétrer les mystères : double condition, ce me semble, pour obtenir quelque crédit. Point de liens envers le passé, et pleine confiance dans l'avenir de la milice municipale.

Comment ai-je été jeté dans cette branche des emplois ? c'est ce qui serait trop long à raconter : ma destinée est d'ailleurs celle de plus d'un lauréat. J'avais obtenu, dans le cours de mes études, des succès si éclatants et si multipliés, brillé dans tant de concours, rempli tant de fois du bruit de mon nom les voûtes de la Sorbonne, que je me croyais fondé à viser très-haut en matière d'honneurs, et n'apercevais rien d'interdit à mon ambition. Il me semblait que les portes s'ouvriraient d'elles-mêmes devant un jeune homme chargé de couronnes comme je l'étais. Heureuses les carrières auxquelles je daignerais me consacrer! Heureux le pays qui offrirait à mes facultés un théâtre où elles pussent se déployer à l'aise!

Voilà sur quel pied j'entrai dans le monde et comment je m'y posai. Il fallut en rabattre beaucoup; les déceptions arrivèrent. Rien ne servirait de les énumérer; c'est une histoire qui court les rues; peu de personnes y échappent, peu s'en vantent après l'événement. Qu'il me suffise de dire que, d'échec en échec, j'en arrivai à songer aux lettres comme à un moyen désespéré. Je ne puis être, pensai-je, ni ministre, ni conseiller d'État, ni sénateur; pour être notaire, il faut trop d'argent, et trop de poumons pour être avocat; on n'est pas banquier sans une mise de fonds, ni receveur général sans un cautionnement : soyons écrivain; voilà une carrière où l'on entre de plain-pied; elle n'exige ni capital, ni brevet, ni débours extraordinaires. Pour tous frais d'établissement, une plume, une main de papier et une bouteille d'encre : mes moyens me permettent d'aller jusque-là.

Hélas! ce calcul n'avait qu'un tort : celui de pécher par la base. A ces instruments peu coûteux il fallait en ajouter d'autres d'une acquisition plus difficile, c'est-à-dire un journal ou un libraire pour accepter les fruits de mon travail, les produire et y mettre un prix. Ce fut mon écueil. Partout où je frappai, on me demanda si j'avais un nom, si j'étais connu; à quoi je répondis que j'aspirais à en avoir un et à me faire connaître. Le chêne n'est-il pas dans le gland et la statue dans le bloc? Tout concluant qu'il fût, l'argument eut peu de succès. Ni les libraires, ni les journaux ne se soucient de prendre des célébrités à l'apprentissage : ils les veulent toutes formées et arrivées à point. Qu'y faire, si ce n'est de chercher fortune ailleurs? Précisément, il était alors question de mettre sur un pied imposant la police des rues. Soit, me dis-je, rabattons-nous de ce côté; si je ne puis devenir un écrivain de renom, je serai du moins un gardien de Paris vigilant. Chacun sert son pays à sa manière : ceux-ci en grattant du papier, ceux-là en faisant le pied de grue. Et sur ces mots, dignes d'un stoïcien, j'allai offrir ma tête au capuchon municipal et eus la chance d'être agréé. Voilà où m'a conduit l'état florissant de la littérature.

En acceptant l'emploi, je ne me dissimulai pas qu'il s'y attachait quelques charges et de certains inconvénients. Il est dur pour un être pensant et libre de fouler éternellement le même terrain, et d'avoir toujours sous les yeux les mêmes perspectives. Jusqu'ici l'écureuil et le cheval de manége s'é-taient seuls accommodés d'une pareille destination ; l'homme, ce prince de la création, y résistait. J'y résistais aussi, dans le début, par des révoltes intérieures : mon corps seul était livré et accomplissait un service machinal ; mon âme conti-nuait à m'appartenir et se maintenait bien au-dessus de la fange où s'appuyaient mes pieds. Mais peu à peu une lu-mière se fit dans ma destinée, et une révolution s'opéra en moi. Rien ne porte à la réflexion comme une faction sans terme et un entretien prolongé avec les étoiles. Toujours re-plié sur moi-même, j'en vins à m'étudier mieux, et à mieux juger le théâtre sur lequel j'opérais. Ce fut une véritable découverte et une sorte de refuge pour mon esprit ; je me retrouvai, je me ressaisis tout entier ; je sentis que je deve-nais philosophe ; c'est l'influence ordinaire du pavé de Paris : la philosophie y pénètre les gens par tous les pores.

Sans elle, bon Dieu, que serait un gardien dans l'accom-plissement de ses fonctions? Quel maintien pourrait-il avoir? Quelle figure pourrait-il faire? Le chapitre des ressources légitimes est bien borné pour lui. S'arrêter, causer avec le passant, il ne le peut ; la consigne est formelle : il faut qu'il marche, il faut qu'il se taise ; ce sont des devoirs d'état. Que lui reste-t-il dès lors? Compter ses pas? La distraction manque de variété. Se livrer au dénombrement des voitures qui passent? Il n'y a que du vertige à en retirer. S'occuper des détails de voierie, de l'état des chaussées, de la saillie des étalages, des petits métiers illicites et du chapitre des fla-grants délits? Un coup d'œil suffit et l'imagination n'a rien à y voir. C'est la part des sens ; l'âme demeure dépourvue. Aussi, pour un moment rempli, que de moments vides ! Que de lacunes dans l'existence ! Que d'accès de désœuvrement ! L'individu le mieux trempé n'y résisterait pas, si la philoso· phie ne lui venait en aide. Douce philosophie ! Secourable divinité ! Que de fleurs tu as répandues sur mon trottoir et que de rayons tu as versés sur mes promenades les plus brumeuses !

Je me pris donc à envisager mes fonctions sous ce jour nouveau et dans leurs rapports avec les plus hautes facultés de l'esprit ; même sous l'habit du gardien de Paris, le lauréat se retrouvait : on n'est pas couronné impunément en pleine Sorbonne. Toute chose, me disais-je, si matérielle qu'elle soit, a un sens moral qu'il suffit d'en dégager. Une persienne qui s'ouvre, par exemple, voilà un acte purement mécanique et qui, dans cette limite, ne conduit pas l'imagination bien loin ; mais si, derrière la persienne, on voit la main qui agit et le cœur qui bat, que de matières à conjectures ! Il en est ainsi de toute circonstance et de tout mouvement ; sous le fait apparent, il y a une signification cachée : la saisir est le propre du philosophe et de l'observateur. Pour lui, rien n'est perdu, ni un regard, ni une lettre furtive, ni un serrement de main, ni un jeu de mouchoir, ni un accident de lumière. Il sait ce que veulent dire une station sur un point donné et aux mêmes heures, une éclipse imprévue, un changement de toilette, un signe de ralliement, et ce télégraphe à l'usage des amoureux, dont seuls ils possèdent la clef, et qui est bien plus rapide et plus éloquent que ne peut l'être un fil électrique.

Voilà quel champ s'ouvrait devant moi et quel salutaire exercice je pouvais donner à ma pensée. Ma tâche d'agent se compliquait ainsi d'une étude de mœurs ; de machinales, mes fonctions devenaient réfléchies. Il ne s'agissait plus seulement de mettre un pied devant l'autre dans un espace donné, de longer les mêmes pignons et de raser les mêmes murailles ; il ne s'agissait pas non plus de maintenir tout uniment l'ordre public, d'arrêter les délinquants ou de remettre les gens ivres dans leur chemin, besogne secondaire et peu digne d'un homme comme moi. Il s'agissait d'animer, de peupler le théâtre de ma surveillance, de rendre ces maisons transparentes et d'en pénétrer les secrets, de savoir quelles passions y régnaient et quelles intrigues y avaient leur siége, et tout cela sans violence, sans espionnage outré, par la seule force de l'observation et sans quitter le pavé où m'enchaînent ma consigne et mon devoir.

Ainsi s'expliquent les origines de ce livre ; c'est le fruit d'inductions laborieuses, que ne désavoueraient pas les philosophes les plus accrédités ; c'est un travail analogue à celui des naturalistes, qui, sur le moindre débris, reconstituent toute une espèce. Depuis douze mois que je me partage entre deux trottoirs et renferme mon existence dans une étendue de 300 mètres, il n'est pas un mot dit à ma portée, pas un signe échangé sous mes yeux, pas une démarche, pas un acte dont je n'aie tiré parti et qui n'ait fourni quelques matériaux à l'édifice que j'élève. Contraste frappant et singulier ! Rejeté du giron des lettres, je m'étais réfugié dans la surveillance du pavé, et voici que la surveillance du pavé me ramène dans le giron des lettres. Dieu est grand, comme disent les Turcs ; traduction libre : c'était écrit. On n'échappe pas à sa destinée.

LE NUMÉRO 20.

I

Qu'on ne cherche pas à deviner sur ce qui va suivre le point de Paris où j'exerce mes fonctions, qu'on ne cherche pas non plus des noms réels sous les noms imaginaires dont je ferai usage ; toutes mes précautions sont prises pour dérouter les curieux et les jeter dans de fausses voies. Je sais qu'il ne manque pas de gens prêts à mettre une étiquette sur chaque sac et à désigner les originaux de tous les portraits de fantaisie. Il est bon que le public soit en garde contre ces petites malignités ; avec moi elles seront gratuites et manqueront de fondement : j'appartiens à une institution où la réserve est une loi et qui ne spécule pas sur le scandale.

Parmi les habitations situées dans mon ressort, il n'en est point qui ait un plus grand aspect que le numéro 20. C'est un vaste hôtel, fièrement campé entre cour et jardin, et qui semble seul avoir gardé des airs de race au milieu des constructions bourgeoises dont il est environné. Isolé de toute part et débouchant sur deux rues, il offre un des rares échantillons de ces résidences que l'ancienne noblesse avait su se ménager au cœur de Paris, et qui disparaissent peu à peu sous le marteau de la spéculation ou les servitudes de l'utilité publique. Composé dans un goût sévère, cet hôtel a une décoration appropriée à la destination des lieux ; le péristyle, l'attique, le corps de logis et les deux ailes en retour forment un ensemble où rien ne jure, et sur lequel l'œil se repose avec un charme mêlé d'étonnement.

L'avouerai-je ? Quoique je fusse sur mes domaines et en face d'un de mes administrés, je ne pouvais passer devant ce numéro 20 sans une certaine émotion. Cent fois par jour le devoir m'y ramenait, cent fois je sentais mon cœur battre et ma curiosité s'éveiller. Il me semblait qu'un froid glacial s'échappait de cette enceinte, et qu'une énigme était posée derrière ces murs. L'hôtel était habité ; il comptait, entre les membres de la famille et la domesticité, un personnel considérable ; on y vivait sur un grand pied et comme il convient à des privilégiés de la naissance et de la fortune. Et pourtant aucun bruit, aucun mouvement ne rendaient sensibles au dehors les détails de la vie intérieure. On eût dit un monastère assujetti à la loi du silence et astreint à un séquestre rigoureux. A peine, de loin en loin, voyait-on les gens de service entrer ou sortir par la petite porte de l'hôtel, et encore y mettaient-ils une réserve qui s'étendait à tous les actes de la livrée et faisait évidemment partie des consignes de la maison. Pour être ainsi obéis, il fallait que les maîtres fussent à la fois bien généreux et bien sévères.

J'avais beau, dans le cours de mes allées et venues, prendre cette habitation pour mon point de mire et l'entourer d'une surveillance qui, sans être apparente, n'en était pas moins active, rien ne s'y laissait voir qui fût de nature à me donner satisfaction. Presque toujours les portes demeuraient closes ; et quand par hasard elles s'entr'ouvraient au moment de mon passage, mes découvertes se bornaient à la perspective d'une cour déserte, d'un perron solitaire et d'une façade muette. Il est vrai que, d'un certain point de la rue, on apercevait, au-dessus des chaperons du mur, la ligne des croisées du premier étage ; mais ces croisées, garnies d'épais rideaux, ne s'animaient que rarement et dans les jours de réception. En temps ordinaire, elles paraissaient comme condamnées : pas un être vivant ne s'y montrait; d'où l'on pouvait conclure que la partie vraiment habitée de l'hôtel faisait face sur le jardin et se trouvait ainsi placée hors de la portée des regards indiscrets.

On devine qu'à raison même de ces obstacles j'attachai plus de prix à réussir. La place se refusant à capituler, j'en fis l'objet d'un siége en règle. J'allai d'abord aux informations. L'hôtel appartenait au comte de Montréal, dont la noblesse ne date ni de ce siècle, ni de l'autre, un gentilhomme normand se rattachant par ses ancêtres au sang des ducs qui firent la conquête de l'Angleterre. A en croire les bruits du quartier, le comte ignorait lui-même à quel chiffre s'élevaient ses richesses : il avait cinq châteaux sur divers points de la France, de grands immeubles dans Paris, des valeurs de toute nature, rentes sur l'État, actions de chemins de fer, obligations de compagnies pour des sommes qui échappaient à toute évaluation, enfin un mobilier aussi précieux par la date que par l'origine et où ne figuraient que des morceaux de choix, tableaux, livres, statues, bois sculptés, bronzes, services de table, tentures, cristaux, porcelaines, rappelant les noms de maîtres illustres ou les grandes époques de l'industrie et de l'art. Peu de personnes étaient admises à voir ces collections; mais les connaisseurs en savaient le détail et en racontaient des merveilles.

Du comte lui-même, la chronique du quartier ne disait rien de précis. C'était un homme d'un âge mûr, maniant bien un cheval, de bonnes manières et du plus grand air. Sa physionomie était naturellement si sérieuse et son regard si froid, qu'il imposait même au passant; toute curiosité déplacée eût cédé devant la dignité de son maintien. Il sortait rarement, et, quand il sortait, ses absences n'étaient jamais longues. Plusieurs fois on l'avait vu quitter l'hôtel et y rentrer brusquement, sans qu'on pût assigner un motif à ces caprices. Ses courses devaient-elles se prolonger, il se faisait suivre par un valet, tantôt à pied, tantôt monté comme son maître; il tenait sans doute à avoir toujours quelqu'un sous sa main et à ses ordres. C'était un véritable seigneur dans toute l'acception du mot : rien chez lui ne sentait le parvenu.

Quant à son intérieur, les renseignements laissaient aussi beaucoup à désirer. Tout ce qu'on en savait, c'est que la famille se réduisait à trois membres, le comte, sa sœur et sa femme. La comtesse menait peu de bruit et il n'en était question au dehors que pour citer sa beauté, qui faisait événement lorsqu'elle traversait la rue dans son équipage. Les gens de magasin franchissaient le seuil de leur porte, afin de la mieux voir, et ne tarissaient pas d'éloges sur ses perfections. Suivant les études et les goûts, chacun lui cherchait des types de comparaison : ceux-ci en faisaient une vierge de Raphaël, ceux-là une divinité mythologique. Tous s'accordaient à vanter la pureté de ses traits, la douceur de son regard et le charme incomparable répandu sur sa physionomie.

Mais ce qui, plus encore que les avantages personnels de la comtesse, défrayait les conversations du quartier, c'étaient les façons et les airs de la sœur du comte, mademoiselle de Montréal, ou plutôt mademoiselle Pulchérie, comme on avait coutume de l'appeler. Impossible de la voir, ne fût-ce qu'un instant, sans garder le souvenir de cette apparition. Tout en elle avait un caractère à part et un cachet particulier ; en vain eût-on cherché à l'appareiller ; c'était évidemment un exemplaire unique : la nature, après cet essai, avait brisé le moule. Jamais figure humaine ne se rapprocha autant de la tête de l'oiseau de proie ; l'analogie était frappante ; rien n'y manquait : ni le nez crochu, ni les yeux clignotant et à fleur de tête, ni les lèvres pincées, ni le menton fuyant, ni les cheveux hérissés en houppe. Quand elle passait en voiture, avec la comtesse à ses côtés, ce rapprochement se présentait irrésistiblement à l'esprit ; on eût dit qu'elle tenait la jeune femme dans ses serres, et qu'elle ne l'abandonnerait pas sans avoir épuisé le sang de ses veines.

C'était à l'occasion de mademoiselle Pulchérie que les langues de mes administrés se déliaient le plus volontiers. Tout ce qu'il y avait de mystérieux dans cette maison, on le faisait retomber sur elle. L'imagination s'en mêlant, il n'y eut bientôt plus de limite aux conjectures et aux suppositions. Le mercier enchérissait sur l'épicier, et le boucher ne voulait pas se laisser vaincre par le marchand de verdure. Les femmes brochaient sur le tout et y ajoutaient les commentaires qu'inspire naturellement l'esprit de corps. Bref, il n'était point de mélodrame, même aux boulevards, qui valût celui dont chacun autour de moi arrangeait les scènes et multipliait les combinaisons, en accompagnant ces versions sombres de gestes et d'exclamations appropriés.

Voilà où me conduisit cette enquête faite de porte en porte, dans les moments où mon service me laissait quelque liberté. Au lieu d'apaiser ma curiosité, ce premier résultat ne fit que l'accroître. Dans leur vague même, ces renseignements inspiraient le désir d'arriver à quelque chose de plus positif : derrière ces contes, il y avait une histoire réelle ; mais comment la pénétrer ? comment découvrir ce mystère que j'avais pressenti et que confirmait la rumeur populaire ? Là commençaient les difficultés, et elles étaient de nature à décourager un homme moins opiniâtre que moi.

Des subalternes qui habitaient l'hôtel, aucun ne paraissait jouir d'un crédit mieux assuré que le concierge. Mille circonstances trahissaient cette autorité de seconde main et la rendaient manifeste, même pour l'observateur le plus superficiel. Les autres valets ne lui parlaient qu'avec déférence, venaient prendre ses ordres et les exécutaient ponctuellement.

Quand le comte passait devant la loge, il ne manquait pas d'adresser au gardien de l'hôtel quelques signes de bienveillance, dont celui-ci semblait profondément touché. En serviteur bien appris, il s'inclinait alors jusqu'à terre ; mais n'en relevait que plus haut le front lorsque M. de Montréal s'était éloigné. Plus de doute, me dis-je ; c'est là le courtisan et le favori ; on le retrouve ainsi à tous les degrés de l'échelle sociale : rampant envers les grands, hautain envers les petits.

Dès lors il me parut démontré que si je voulais obtenir sur les Montréal autre chose que des récits ou des impressions en l'air, c'était à ce personnage qu'il fallait m'adresser. Il était l'œil et il avait l'oreille du maître. S'il existait un secret dans cet intérieur, forcément il en était le dépositaire. Qu'il l'eût surpris ou qu'on le lui eût confié, peu importait, pourvu qu'il fût au courant.

— Voilà mon homme, m'écriai-je ; ne cherchons pas ailleurs. Il tient le mot de l'énigme, et, si boutonné qu'il puisse être, je le lui arracherai. Oui, concierge, je vous l'arracherai.

La cave du marchand de vins y passera s'il le faut ; mais j'en aurai le cœur net.

On voit à quel point les difficultés de l'entreprise m'avaient aiguillonné ; pour en venir à mon honneur, je ne reculais pas même devant des frais, et Dieu sait si j'étais capitaliste.

II

Les choses ne marchèrent néanmoins ni aussi promptement ni aussi heureusement que je me l'étais imaginé. J'avais affaire à un bourru de la pire espèce. On ne l'abordait ni quand on voulait, ni comme on voulait ; sa loge était une sorte de fort où il se gardait lui-même en gardant les autres. Son principal souci consistait à restreindre autant que possible les communications entre l'hôtel et la rue, et à les réduire aux visites de rigueur et aux besoins du service. Aussi rendait-on à ces instincts sociables la justice qui leur était due, et, au lieu de l'appeler monsieur Vincent, ou le père Vincent, ou Vincent tout court, suivant les termes où l'on vivait avec lui, s'accordait-on à le nommer le Vieux Sournois, épithète dont il semblait plus enorgueilli qu'humilié, et qu'il prenait à tâche de mériter chaque jour davantage.

Vis-à-vis d'un homme animé de semblables dispositions et dont la réputation était si bien établie, il y avait presque à désespérer d'un succès. Je n'en maintins pas moins mes plans d'attaque, ne négligeant rien, à l'affût de la moindre occasion, et m'en remettant pour le reste au dieu du hasard, toujours secourable à ceux qui ne s'abandonnent pas.

Comme pour compliquer l'entreprise, le père Vincent avait été mis, par la nature ou les circonstances, à l'abri de beaucoup de séductions, des plus puissantes comme des plus habituelles. Il était veuf et sans enfants : on ne pouvait donc le prendre de ce côté ; il avait franchi l'âge des passions violentes et vivait comme un moine, fidèle à ses devoirs d'état, autre point par lequel il échappait aux embûches. Enfin on ne lui connaissait aucun défaut capital ; il n'était ni joueur, ni gourmand, ni avare ; il ne fumait pas, à peine prisait-il ; en un mot, il passait pour invulnérable.

Malgré ces motifs de désespérer, je ne longeais pas une seule fois l'hôtel Montréal sans songer aux moyens de réduire le cerbère qui le gardait si scrupuleusement. Avec quel gâteau ? je l'ignorais encore. A' son intention, j'avais garni mes poches d'une tabatière. De toutes les façons d'engager l'entretien, aucune n'est plus sûre et ne manque moins son effet. Un jour que, par un affreux brouillard, le concierge assistait, tête nue, à une petite réparation des clôtures de l'hôtel, je m'approchai de lui sans affectation, et lui tendant ma boîte entr'ouverte :

— Monsieur Vincent, lui dis-je, une prise de macouba, première qualité : c'est souverain contre les rhumes de cerveau.

Au lieu de répondre à mon procédé par un remerciement, le brutal me regarda de haut en bas.

— De quoi ? dit-il.

— Du vrai macouba, repris-je ; en usez-vous ?

— Non, répondit-il en me tournant le dos et en fermant sa porte avec violence. Passez votre chemin.

Voilà comment je fus payé de mes avances et où aboutit mon premier effort. Décidément je jouais de malheur ; je m'attaquais à un homme aussi étranger aux lois de la politesse, que s'il fût né dans les déserts de l'Éthiopie ou dans les glaces du Groënland. Que dis-je ? un sauvage lui-même, tout grossier qu'il est, se montre sensible à un cadeau et ne brusque pas les gens qui le lui offrent. Moi, j'en étais pour mes frais et recevais un mauvais compliment par-dessus le marché. Un autre s'en fût rebuté ; j'eus le courage de revenir à la charge. Par une rude matinée d'hiver, je retrouvai le concierge occupé à faire déblayer les neiges qui obstruaient les abords de l'hôtel. Jamais occasion ne fut plus propice ; j'étais sur mon terrain et dans l'exercice de mon droit ; au sujet de pareils travaux, j'avais mon avis à donner et mon mot à dire. Ainsi fis-je, et le vieux sournois, tout mal disposé qu'il fût, n'osa pas m'envoyer à tous les diables, comme il n'y eût pas manqué en toute autre occasion. Quand la besogne fut achevée, j'essayai d'aller plus loin !

— Monsieur Vincent? lui dis-je.

— Monsieur l'agent?

— Voici un froid sévère, n'est-ce pas ?

— Possible ; et puis, quoi ?

— Si nous avisions à le chasser?

— Et comment?

— Mais par un cordial quelconque. Du solide, du dur, à votre choix ; le marchand de vin n'est pas loin.

— Serviteur !

Et, pour la seconde fois, il me jeta la porte de l'hôtel sur le nez. L'affront était sanglant et la scène avait des témoins.

— Manant ! m'écriai-je.

Je me sentis vaincu ; cet homme n'avait rien de l'être policé ; il se rattachait, par l'éducation, aux races éteintes ; au lieu de drap d'Elbeuf, il aurait dû porter une dépouille d'animal. Bon gré, mal gré, il fallait donc renoncer à en tirer le moindre indice, et Dieu sait s'il m'en coûtait de prendre ce parti. Jamais ma curiosité n'avait été plus vivement excitée.

Deux fois par semaine, les portes de l'hôtel s'ouvraient devant l'équipage de la comtesse. C'était une voiture fermée, dont elle occupait le fond avec son inévitable belle-sœur. Quelquefois le comte se plaçait sur la banquette opposée ; le plus souvent il suivait à cheval. Je m'arrangeais de manière à assister à la sortie et à la rentrée de l'équipage ; un pressentiment m'y poussait et me servait à souhait. Je ne me souviens pas d'avoir eu de désappointement à cet égard ; au moment opportun, toujours je me trouvais là. Ce fut ainsi que je pus remarquer dans les traits de madame de Montréal une altération plus manifeste chaque jour. Il me semblait même que, d'une sortie à l'autre, le mal empirait, et je m'étonnais qu'autour d'elle on n'en prît pas davantage l'alarme. C'était bien toujours ce visage d'un irrésistible attrait, et auquel la voix populaire rendait un si vif hommage ; c'était bien aussi ce regard chargé de langueur, dont l'expression pénétrait et charmait même les personnes les plus indifférentes. Sa physionomie n'avait rien perdu de sa distinction, ni la bouche de sa grâce, ni le profil de sa pureté, ni le front de sa candeur ; mais sur cet ensemble était répandue comme une ombre qui en tempérait l'éclat et y imprimait un caractère fatal.

Dans les courtes rencontres qui se succédaient, je m'appliquais surtout à observer le maintien des personnages, objets de mon enquête. Le comte tenait presque toujours son cheval à cent pas en avant, et quand il se rapprochait de la voiture, c'était pour y dire un mot ou deux, en forme de commandement. Il ne se départait pas d'une politesse froide et cérémonieuse : point de sourire sur les lèvres, point de geste affectueux; rien qui dérogeât à la plus stricte étiquette. Quant à mademoiselle Pulchérie, au retour comme au départ, elle gardait la même pose et les mêmes airs : roide comme dans une châsse, busquée, empesée, gourmée, ou bien s'abandonnant à des gestes brusques et secs qui faisaient contraste avec les mouvements gracieux de la comtesse. Impossible, du point où je stationnais, d'entendre ce qu'elle disait à sa belle-sœur; mais, sur l'aspect de la physionomie, on jugeait aisément la nature de l'entretien; ou je me trompe fort, ou c'était aigre comme du verjus, et pénétrant comme l'acier.

Un jour, ce souvenir me revient, je me trouvai sur le passage de la voiture dans un moment où, coupant deux rues à angle droit, elle ralentissait son mouvement. Les roues vinrent effleurer le trottoir, et, pendant quelques secondes, je me trouvai face à face avec les deux grandes dames, presque à les toucher, à une distance d'un ou deux pieds seulement. Précisément les choses en étaient alors au point que j'aurais pu désirer; tout, dans l'intérieur de l'équipage, annonçait une crise : les gestes y étaient vifs, les paroles animées. Mademoiselle Pulchérie, rouge comme une pivoine, se démenait sur son coussin, au risque de troubler l'économie de sa toilette; elle jouait de l'avant-bras pour donner quelque force à ses arguments, et semblait attacher plus de prix à triompher que la comtesse n'en mettait à se défendre. J'ignore sur quoi roulait le débat, ni s'il valait ces frais de mise en scène; ce que je sais, et d'une manière pertinente, c'est qu'au moment où mon regard se croisa avec celui de madame de Montréal, elle se résignait et capitulait devant l'ennemi : une larme coulait sur sa joue, et elle venait de détourner brusquement la tête vers la portière, afin d'enlever à son bourreau la satisfaction de l'apercevoir.

Ainsi, sans autre secours que celui de ma propre observation, j'en étais arrivé à un commencement de preuves : évidemment cette larme n'était pas la seule que cette femme eût versée, et ce luxe qui l'entourait, cette vie opulente qui frappait le regard, cachaient des douleurs et des misères qui y faisaient une triste et cruelle compensation.

III

Un événement, survenu quelques jours après, donna à mes présomptions une force et une sanction nouvelles.

A diverses reprises, et surtout vers les premières heures de la nuit, j'avais pu voir un individu, revêtu d'une blouse d'ouvrier, établir, sur le trottoir opposé à l'hôtel Montréal, le siége de ses longues et opiniâtres promenades. Il allait et venait, sans motif apparent, s'arrêtant ou reprenant sa marche, suivant qu'il se sentait à l'abri des regards indiscrets ou observé par quelques personnes du voisinage. Le pavé était-il libre, la rue était-elle déserte, il choisissait un poste à son gré, d'où l'œil pouvait embrasser les croisées du premier étage ; on eût dit qu'il attendait un mouvement, un signal convenu, un témoignage d'intelligence. Après quoi il disparaissait et gagnait l'une des ruelles où débouchaient les jardins et les dépendances de l'hôtel.

Dans les débuts, les promenades de cet homme, quoique journalières, ne fixèrent point mon attention ; son costume était un sauf-conduit qui désarmait mes défiances. Comment croire, en effet, qu'une blouse eût quelque chose de commun avec les Montréal, et qu'un simple ouvrier eût placé si haut ses bonnes fortunes ? Y eût-il une amourette sous jeu, elle ne pouvait viser ailleurs qu'aux soubrettes de la maison, et dès lors elle était indigne d'éveiller les soucis d'un fonctionnaire public. Pourquoi se faire le trouble-fête des petites gens ? Ainsi pensais-je, et je fermais les yeux sur les allées et venues de cet homme.

Cependant, à force de le rencontrer sur mon chemin, il se

fit en moi un retour hostile ; mon humeur s'aigrit, mes dispositions devinrent plus malveillantes. J'y réfléchis, et il me
parut étrange qu'un artisan, à peine quitte de son travail,
vînt se mettre en faction aux portes de sa belle, comme eût
pu le faire un coureur de ruelles, un désœuvré, un damerel :
ce n'était ni dans les mœurs, ni dans les habitudes de cette
classe. Mais à qui avais-je affaire alors ? Peut-être à un malfaiteur, et dans ce cas il était de mon devoir de le surveiller,
de prévenir ses desseins, de lui mettre au besoin la main
sur le collet. A tout prendre, l'hôtel Montréal était une riche
proie, et il était possible qu'une des mille bandes dont Paris
est infesté eût détaché l'un des siens, afin de reconnaître les
lieux et de préparer une expédition.

Sur cette impression, je serrai de près mon inconnu. Chaque
fois qu'il venait s'installer dans son poste favori, à l'instant
j'étais là, près de lui, à sa portée, de manière à ne perdre
aucun de ses mouvements, éclaireur contre éclaireur, sentinelle contre sentinelle. Changeait-il de place ? j'en changeais
aussi. Battait-il le pavé ? je le suivais. En vain multipliait-il
les manœuvres pour me dérouter ; en vain variait-il la couleur et la forme de ses vêtements, blouse blanche ou bleue,
veste ou paletot, chapeau ou casquette, toutes ces ruses,
tous ces travestissements étaient en pure perte et ne trom-
paient pas un œil aussi exercé que le mien. Aux allures, à
la marche, je reconnaissais l'homme et me portais sur ses
brisées dès que je l'avais reconnu. Il s'effaçait alors, se rejetait dans l'ombre, essayait de nouvelles feintes ; stratégie
impuissante et que je déjouais aisément. Enfin, de guerre
lasse, il s'en allait en maugréant et quittait la partie, sauf à
recommencer le lendemain.

Cette situation ne pouvait se prolonger sans amener un
éclat : des deux côtés il semblait qu'on n'en voulût pas démordre ; lui s'obstinait dans sa poursuite, et moi dans ma
surveillance. Jusque-là pourtant tout s'était borné à un duel
silencieux, et les distances avaient été si bien gardées, que
je ne savais au juste à quoi m'en tenir sur la physionomie de
ce mystérieux champion. De nuit, je ne me trompais pas à
ses allures ; en plein jour j'aurais été moins sûr de mon fait.
Pour tirer les choses au clair, je résolus de l'aborder dès le
soir même ; à tout prendre, j'y avais mis trop d'égards, et il

était temps de relever la dignité municipale par un acte décisif.

Quand l'heure eut sonné, je le vis déboucher d'une rue latérale et gagner, comme à l'ordinaire, son poste d'observation. Il portait ce soir-là le costume strict de l'atelier, la blouse et la casquette, et n'en marchait pas moins fièrement ni d'un air moins décidé. On eût dit que le pavé lui appartenait. Certes, personne n'est plus disposé que moi à reconnaître le droit qu'a tout citoyen d'aller et de venir, de stationner même où bon lui semble, pourvu qu'à ces actes éminemment licites se rattachent des intentions et des desseins qui le soient aussi. Or, était-ce ici le cas? N'y avait-il point de soupçon à concevoir sur cet homme qui venait se planter comme un dieu Terme sur un point de la rue, sans qu'à ce retour du même fait se rattachât l'exercice d'une fonction quelconque, d'une industrie honnête et susceptible d'être appréciée? Évidemment il y avait du louche là-dessous. Voilà le raisonnement que je me tenais et comment je cherchais à m'affermir dans le coup d'État que j'avais résolu de faire.

Quoi qu'il en soit, j'y mis de la longanimité. Plus de vingt minutes s'écoulèrent avant que je me fusse décidé à intervenir. Si mon homme avait vidé les lieux, c'était partie remise, et peut-être indéfiniment. Mais il s'obstina si bien que je l'abordai.

— Camarade, lui dis-je, si vous laissiez ce trottoir libre ; il y a assez longtemps, Dieu merci! que vous l'occupez

Je parlais encore que le compagnon était déjà loin. Dès mon premier mot, il avait détourné la tête et pris sa volée vers le carrefour voisin; il me faussait compagnie; raison de plus, pensai-je, pour le serrer de près : un homme qui fuit ainsi n'a pas la conscience bien nette. Plus que jamais, cette aventure, qui n'avait à l'origine qu'un intérêt de curiosité, me parut prendre un caractère plus sérieux et se rattacher à l'accomplissement d'un devoir. Qui le sait? peut-être étais-je sur la voie d'une capture importante et qui me ferait honneur. Je redoublai donc de vigilance.

De deux jours mon client ne reparut pas, et je croyais que, se voyant pénétré, il avait transporté ailleurs le siége de ses opérations au moins suspectes. J'en étais aux regrets, lorsque, le troisième soir, au moment où le gaz venait d'être allumé, je l'aperçus sous le même costume, débouchant de la même rue, marchant du même pas et allant se camper sur le même trottoir, en homme qui paye d'audace et jette un défi à l'autorité. Cette fois, je me promis bien d'agir de manière à ce qu'il ne pût m'échapper. A peine le vis-je arrêté, que je l'abordai de front, et, le poussant vers le mur, de manière à lui barrer le passage :

— Encore ici? lui dis-je brusquement. Vous y prenez goût, à ce qu'il paraît?

Soit qu'il ne s'attendît pas à cette apostrophe, soit qu'il eût la conscience d'une fausse position, l'homme à la blouse me sembla en proie à un certain trouble; sa contenance était mal assurée, et volontiers il eût battu en retraite si je n'y eusse mis empêchement.

— Que vous importe! répondit-il d'une voix qu'il essayait de rendre ferme.

Cet embarras l'accusait et me donnait plus de force contre lui.

— Il m'importe beaucoup, repris-je; voyez mon képi.

— Le pavé n'est plus libre, alors! s'écria-t-il avec humeur.

— C'est selon.

— Comment! selon? Voilà un mot singulier.

— Soit.

— Et vous êtes plus singulier encore que le mot.

Il s'échauffait visiblement et semblait retrouver ses avantages : j'y voulus couper court.

— Dites donc, l'ami, repris-je, si vous le preniez sur un ton moins haut?

A peine avais-je achevé ces paroles, que j'eus lieu de m'étonner de l'effet qu'elles avaient produit. Certes, il n'y avait rien là-dedans qui eût un caractère blessant, et pourtant mon interlocuteur releva la tête d'une manière hautaine, m'adressa un regard courroucé, et d'un ton qui allait jusqu'à la menace :

— L'ami! s'écria-t-il, l'ami! Où prenez-vous vos expressions? Choisissez-les mieux ou gardez-les pour vos pareils.

En même temps que le langage, le maintien avait changé. Au lieu de se tenir dans l'ombre comme il l'avait fait jusqu'alors, avec une sorte d'affectation, il s'était avancé vers moi, et les clartés du gaz portaient en plein sur sa figure. Il

me suffît d'un coup d'œil pour voir que j'avais fait fausse
route, et qu'il était temps de m'arrêter.

— Pardon, Monsieur, lui dis-je ; je me trompais.

Puis je le saluai, et il s'éloigna d'un air superbe : le beau
rôle lui restait.

Pourquoi ce changement? Le voici. Cette blouse, qui me
semblait suspecte et contre laquelle je m'étais tant acharné,
ne couvrait pas les épaules d'un ouvrier, mais celles d'un
beau jeune homme, noble probablement, riche sans doute,
à coup sûr d'une condition élevée. Dès l'abord, tout l'indiquait, et je m'étonnais de n'en avoir pas fait plus tôt la découverte. Les traits étaient fins, le teint délicat, la moustache et
la barbe bien peignées, les mains blanches et chargées de
bagues. Rien d'un ouvrier, si ce n'est le déguisement. C'est
ce que j'avais aperçu au premier jet de lumière et à portée
de mieux juger à qui j'en avais. De là, ce temps d'arrêt et
cette retraite précipitée. La qualité de la personne une fois
reconnue, ma responsabilité se trouvait à couvert, et ma surveillance expirait forcément ; le surplus échappait à mes attributions.

Aussi me gardai-je de troubler désormais ce jeune homme
dans ses contemplations opiniâtres et ses reconnaissances de
nuit : ma réserve fut d'autant plus grande, que j'étais mieux
informé. Au lieu d'un ennemi, il eut en moi un protecteur
et presque un complice. Dès qu'il paraissait, et le cas était
fréquent, je m'effaçais à dessein, évitais le plus possible sa
rencontre, et dirigeais ma surveillance dans un sens opposé
au sien. Je voulais n'être pour lui l'objet d'aucun trouble
ni d'aucune gêne.

Il me semblait de bon goût, une fois la paix signée, de
faire verser de mon côté la mesure des procédés chevaleresques et de m'abstenir scrupuleusement de tout ce qui
aurait eu même les apparences d'une indiscrétion. Et pourtant, jamais ma curiosité n'avait été plus vivement excitée ;
chaque pas que je faisais dans cette aventure, chaque détail
que me livrait le hasard augmentaient mon désir d'arriver à
des découvertes plus complètes ; il y avait là des masques
à enlever, des voiles à déchirer, et mon instinct me disait
que, pour le faire à temps, il n'y avait pas une minute à
perdre.

IV

J'ai dit que l'hôtel Montréal occupait un espace considérable, et que ses jardins débouchaient sur une ruelle peu fréquentée. Cette ruelle n'était pas dans ma circonscription, et je n'avais point de surveillance à y exercer. Aussi ne pouvais-je rien savoir de ce qui se passait du côté de cette issue. Cependant j'avais lieu de croire que mon jeune homme y transportait le siége de ses opérations, quand il avait épuisé son effort ailleurs et atteint les limites de sa patience. Un événement, qui se passa peu de temps après, vint justifier mon opinion et me prouver que l'intérêt le plus vif s'attachait à la partie de l'hôtel qui était le moins en vue. J'avais couru après l'ombre et négligé la proie; ces mécomptes arrivent souvent aux curieux.

Une nuit que je poursuivais ma ronde avec mon zèle accoutumé, l'esprit un peu vide et l'oreille lasse d'un trop long silence, il me sembla, en passant devant l'hôtel Montréal, entendre du bruit et des éclats de voix venus de l'intérieur. Du bruit dans l'hôtel Montréal, à cette heure avancée, dans cette enceinte ordinairement si taciturne? Je n'en croyais pas le témoignage de mes sens. C'était une illusion sans doute, une de ces erreurs de l'ouïe, causées par le manque de sommeil et où tombent les organes les plus exercés. J'allais donc passer mon chemin sans y attacher plus d'importance, lorsqu'au bruit qui redoublait se joignirent des mouvements visibles du dehors; des clartés se montraient derrière les vitres, et de croisée en croisée, circonstance bien nouvelle et contraire à toutes les habitudes de la maison. Que se passait-il là-dedans? Sans doute quelque chose d'étrange. Du monde sur pied à deux heures du matin? L'hôtel Montréal ne m'avait pas accoutumé à ces surprises.

Un instant j'en crus deviner le motif. La santé de la comtesse n'était pas des meilleures, et il se pouvait qu'une crise se fût déclarée dans la nuit et eût amené cette agitation inusitée. A l'appui de ma conjecture, je m'attendais à voir la

porte de l'hôtel s'ouvrir et un messager aller en toute hâte à
la recherche du médecin. Mon attente fut trompée; la porte
ne s'ouvrit pas, aucun valet ne sortit. Seulement les clartés
de l'intérieur se déplacèrent, et pendant que la maison retombait dans les ténèbres, les cours et le jardin se remplirent de feux, que l'on pouvait suivre par-dessus le chaperon du mur. Cela ressemblait beaucoup à une chasse aux
flambeaux et à une expédition nocturne.

— A qui en ont-ils donc? répétai-je avec un étonnement
sans cesse accru. Et d'où peut venir cet esclandre?

La détonation d'une arme à feu répondit à ma pensée :
réponse terrible! J'en tressaillis comme si le coup m'eût
frappé. Plus d'incertitude, le cas était grave, il exigeait de la
résolution. Le sang coulait, on s'égorgeait à quelques pas de
moi; il y avait déjà des victimes; je n'hésitai pas.

— Au plus pressé, me dis-je; mon devoir est là.

D'un élan je me trouvai sur le seuil de l'hôtel et agitai le
marteau avec la vigueur et l'autorité d'un maître. Si les ais
eussent été moins solides, j'aurais jeté la porte en dedans,
tant j'avais hâte d'arriver sur le théâtre du combat. Impatience légitime, mais à laquelle on ne semblait guère s'associer au dedans! Par trois fois déjà le marteau avait retenti,
sans que cet appel eût produit un effet sensible. Personne
n'accourait, personne ne bougeait. On eût dit même qu'à
cette manifestation du dehors correspondait une sorte de
pacification intérieure. Les bruits cessaient, les clartés s'étei-
gnaient; plus d'éclats de voix, plus de mouvements; l'habitation rentrait dans son état régulier, le silence et les ténèbres.

Je ne me payai pas de ces apparences, et n'en tins pas mon
ministère pour moins opportun ni moins urgent. Tout témoignait qu'il y avait là un drame de famille, une exécution
à huis clos qu'on cherchait à étouffer et dont on effaçait
mystérieusement les traces. Raison de plus pour agir avec
décision. J'ébranlai une fois encore le marteau de cuivre, et
y ajoutai une sommation à l'appui.

— Ouvrez! m'écriai-je.

Cette tentative n'eut pas plus de succès que les autres; il
ne s'en suivit qu'un calme plus profond.

— Au nom de la loi, ouvrez! répétai-je.

Même silence, même immobilité; c'était un parti pris et une sorte d'affront fait à la justice. A aucun prix je ne devais l'endurer. D'une voix ferme et avec un accent qui n'admettait pas de refus :

— Ouvrez, dis-je, ou je vais chercher la garde.

Il est à croire que cette menace produisit son effet et amena de salutaires réflexions. D'ailleurs, le quartier commençait à s'en mêler; réveillé par le bruit que je faisais, il s'était mis aux fenêtres.

— Ouvrez, ouvrez! criait-on de toutes parts.

A tant de sommations, il n'y avait plus à répondre que par l'obéissance. Quelque soin que l'on prît à amortir les voix, j'entendis échanger quelques mots dans le fond de la cour et, peu d'instants après, le son de pas qui se rapprochaient me prouva que j'allais obtenir satisfaction. En effet, la porte roula sur ses gonds, et je me trouvai en face d'une figure connue, celle du père Vincent. Il tenait à la main une lanterne sourde qu'il démasqua brusquement, de manière à en projeter les clartés sur moi!

— Ah! c'est encore vous, me dit-il en me reconnaissant. J'aurais dû m'en douter.

— Vraiment, répondis-je, étonné de son sang-froid. Et pourquoi donc?

— On vous a toujours sur les épaules.

— C'est qu'il y a motif!

— Oui-da! le feu est donc dans le quartier? C'est égal, vous auriez pu cogner moins fort.

Impossible de se faire une idée du naturel avec lequel cet homme me disait cela et du calme qui régnait dans son maintien. La toilette même était parfaitement assortie aux paroles : elle offrait un mélange des attributs de la nuit et du jour, comme en portent les gens réveillés en sursaut et qui se couvrent à la hâte de ce qui leur tombe sous la main. Le pantalon était mal fixé sur les hanches; la tête disparaissait jusqu'aux yeux dans cette coiffure plus commode qu'élégante qui est l'emblème et l'indice du sommeil. J'avoue que devant ce bonnet de coton, je me repris de nouveau à douter et à hésiter; il semblait éloigner l'idée d'une violence et d'un crime. Et pourtant j'avais encore dans l'oreille comme l'écho de cette détonation qui ne pouvait pas avoir un caractère inoffensif; j'avais vu, à une heure indue, cette maison s'animer, des lumières briller çà et là, enfin se succéder les apparences d'un événement intérieur. Comment prendre le change?

— Monsieur Vincent, dis-je au concierge avec la sévérité qui convenait, vous devez croire que si je force votre porte au milieu de la nuit, c'est que mon devoir m'y oblige. Un coup de feu vient d'être tiré chez vous; que s'y est-il passé?

— Un coup de feu? s'écria cet homme d'un air étonné.

— Ni plus ni moins : un coup de feu!

— Pas possible! reprit-il.

— Quand je vous assure que cela est! Je l'ai entendu de mes propres oreilles.

— Pas possible, vous dis-je; entrez plutôt, vous verrez.

Cette offre n'avait pas lieu sans motif; déjà les voisins, attirés par le bruit, faisaient cercle autour de nous, et le concierge voulait en finir d'abord avec ces importuns. Une fois que j'eus pénétré dans la cour il ferma sa porte, et un orage qui survint acheva de disperser le petit rassemblement, sans que personne y sût au juste de quoi il s'agissait.

Je demeurai en tête à tête avec le père Vincent et réduit à une explication sans témoins. Cette circonstance lui donnait de la force et il en usa.

— Ah çà, lui dis-je, nous voici seuls, convenez au moins qu'il y a eu un coup de feu tiré chez vous.

— Bah! me répliqua-t-il; et comment aurais-je fait pour ne pas l'entendre?

Son assurance me démontait.

— Mais vos maîtres, ajoutai-je, vos maîtres auront entendu.

— Mes maîtres? répondit-il en me montrant les façades de l'hôtel plongées dans l'obscurité. Regardez s'ils bougent.

— A présent, c'est possible; mais tantôt.

— Tantôt comme à présent; ils dorment comme des loirs.

Et voyant que je résistais encore et ne me tenais point pour battu, il ajouta :

— Venez voir plutôt.

Malgré une pluie battante, il m'entraîna vers les bâtiments et m'en fit faire le tour : rien ne témoignait que personne y veillât; ni dans les dépendances, ni dans les jardins, il n'y

avait de traces d'une alerte récente; partout régnaient le
calme et le repos; tout dormait, à part le concierge et moi.
Décidément j'en étais pour mon éclat; le flagrant délit m'é-
chappait et je courais le risque de passer pour un vision-
naire. Aussi pris-je le parti de battre en retraite et de ne pas
pousser le zèle plus loin.

— Qu'ils s'arrangent, me dis-je. Ces gens-là ont le bras
long; mieux vaut fermer les yeux.

Sur cette réflexion un peu tardive, je pris congé du concierge et quittai l'hôtel.

V

Cependant le souvenir de cette crise ne m'abandonna pas
durant le reste de ma faction, et, au jour, quand on vint me
relever, je tentai un dernier effort. Il est possible, me dis-je,
que le vrai théâtre de l'affaire soit du côté des petites issues
de l'hôtel; allons nous en assurer. Je m'y rendis, en effet;
j'en voulais avoir le cœur net.

Sur les derrières de l'habitation s'étendait une longue mu-
raille, au-dessus de laquelle on n'apercevait que les troncs
et les branches d'une allée d'ormes formant rideau à l'extré-
mité du jardin. Une seule porte avait été ménagée sur ce
point, et du premier coup d'œil il était facile de juger qu'elle
ne s'ouvrait pas fréquemment. Les ferrures étaient chargées
de rouille et les panneaux avaient joué faute d'entretien et
par l'effet de l'abandon. L'aspect des lieux justifiait d'ailleurs
l'état de désuétude dans lequel ils étaient tombés. La ruelle
qui y régnait desservait des terrains vagues, parsemés de
maisons d'assez médiocre apparence et tristement habitées.
Ces contrastes sont moins rares qu'on ne l'imagine, et, en
plus d'un quartier, Paris en offre le spectacle douloureux;
nulle part l'extrême opulence ne touche de plus près à
l'extrême misère.

Défiance ou morgue, l'hôtel Montréal s'était donc gardé de

ce côté. Ce qu'il y possédait de dépendances n'avait point de communications avec l'intérieur, et la porte du jardin présentait toutes les apparences d'une issue condamnée. Quant à la ruelle, elle était affligeante à voir et faisait peu d'honneur à la vigilance de l'autorité. On y marchait dans une boue liquide, plus digne d'un marécage que d'une voie classée et prélevant sa quote-part des deniers municipaux.

J'eus quelque peine à m'y frayer un chemin, et un instant je mis en délibération si je pousserais plus loin mes recherches. Comment supposer qu'un être vivant se fût engagé de nuit dans des fondrières où, en plein jour, je n'avançais qu'avec effort? Là-dessus j'allais renoncer, lorsqu'une circonstance me frappa. Vers la gauche de la ruelle et au pied même du mur se montraient des empreintes toutes récentes; je les suivis : elles aboutissaient à la porte du jardin. C'était un premier indice; bientôt j'en recueillis ou crus en recueillir d'autres. L'imagination arrange volontiers les faits au gré de ses soupçons ou de ses désirs. Quoique le terrain eût été lavé par l'orage, il gardait, par intervalles, et sur toute l'étendue où ces empreintes subsistaient, une couleur violacée à laquelle il était difficile d'assigner des causes naturelles. L'eau elle-même, dont çà et là il restait des flaques, n'avait pas cette teinte bourbeuse qu'elle acquiert en délayant les terrains : elle était foncée, rougeâtre, presque sanguinolente. Ces détails, insignifiants pour d'autres, prenaient à mes yeux le caractère d'autant de découvertes et devenaient des motifs d'encouragement à pousser plus loin les choses.

Un examen attentif de l'issue m'apporta un surcroît de preuves. J'ai dit qu'elle s'ouvrait rarement; tout donnait lieu de penser qu'après une longue inaction, elle s'était ouverte dans la nuit même. Des éclats de bois, des débris de plâtre attestaient le fait; la porte n'avait cédé qu'à une pression violente. Puis, sur les marches, existaient des signes non équivoques d'un travail récent; la dalle avait été nettoyée à grande eau, et, dans les grains de la pierre, on pouvait distinguer ces tons rougeâtres qui déjà m'avaient frappé, et qui semblaient former comme une ligne ininterrompue jusque dans l'intérieur du jardin. Si j'avais pu pénétrer de ce côté, sans doute la démonstration eût été complète, et l'évidence des charges pleinement établie. Malheureusement cet acte

excédait mes pouvoirs, et j'en devais rester là de mes conjectures.

Cependant une dernière tâche m'était imposée, et je la
remplis. Je rendis compte à mes supérieurs de ce que j'avais
vu et entendu, en appuyant sur les circonstances qui me paraissaient les plus décisives. Mes déclarations furent reçues,
couchées par écrit et transmises aux fonctionnaires chargés
d'y donner suite, s'il y avait lieu. Sans doute elles allèrent
s'enfoncer dans les cartons où reposent les affaires sans issue;
je n'en entendis plus parler, et ce que j'en ai su depuis, c'est
à une autre source que je l'ai puisé.

A partir de cette orageuse nuit il se fit, autour de l'hôtel
Montréal, plus de silence et plus de ténèbres que jamais. Le
peu de vie, le peu de mouvement qu'il avait gardé jusque-là
s'en retirèrent complétement; le sépulcre n'est pas moins
froid que ne l'était cette enceinte; on aurait pu douter qu'elle
renfermât encore des vivants. Aussi échappait-elle désormais
aux observations et aux commentaires. Le néant y prévalait.
Tout au plus me fut-il permis de noter deux incidents qui se
rattachaient à mon enquête antérieure.

Le premier concernait ce jeune homme dont j'avais surpris les démarches et pour ainsi dire le secret. Ce fut en vain
que je l'attendis sur le théâtre ordinaire de ses opérations; il
ne reparut plus. Un moment, je crus qu'il avait simplement
renoncé à la blouse de l'ouvrier, comme trop connue et trop
sujette à le trahir, et qu'il se dérobait à ma surveillance à
l'aide d'un autre travestissement. Lequel? je l'ignorais, et je
soumis dès lors tous les passants à une investigation minu-
tieuse. Soin inutile! Rien ne me rappela ni ses airs, ni sa
tournure, ni sa physionomie, encore moins ses pauses sur le
trottoir; par ce seul trait il se fût trahi. J'en conclus que, par
un motif ou l'autre, le jeune homme avait abandonné la partie,
et qu'il avait dirigé ses visées ailleurs.

Le second incident fut le sequestre absolu de presque tous
les habitants de l'hôtel. Seul, le comte sortait encore, mais de
loin en loin et pour rentrer presque aussitôt. A cheval et
suivi d'un domestique, il s'éloignait au pas, comme s'il lui
eût coûté de quitter les lieux : lorsqu'il rentrait, c'était de
toute la vitesse de sa monture. Quant aux deux femmes, de
plusieurs semaines on ne les revit pas; les promenades pa-

2

raissaient supprimées. Dans le quartier on attribuait ce changement d'habitudes à une maladie de la comtesse, et, en effet,
je pus vérifier peu de temps après que la supposition n'é-
tait pas gratuite. Voici comment.

Un jour, il se fit dans l'hôtel Montréal un mouvement
inaccoutumé. Les croisées s'ouvrirent, la livrée fut sur pied,
il y eut des allées et venues à l'infini. Puis, vers trois heures
de l'après-midi, une berline fut amenée dans la cour, et on
commença à la charger de bagages; deux autres voitures,
destinées aux gens de la suite, succédèrent à la berline et reçurent aussi leur contingent de malles et de cartons; ce n'é-
tait pas seulement les apprêts d'un départ, c'était presqu'un
déménagement. Enfin, lorsque quatre heures sonnèrent, la
berline s'approcha du perron; le comte s'y trouvait déjà en
habit de voyage, donnant ses derniers ordres, et jetant le
coup d'œil du maître sur les équipages et les chevaux. Mademoiselle Pulchérie descendit à son tour, plus roide et plus
refrognée que jamais; pour mieux faire sentir sa présence,
elle administra quelques semonces aux filles de service. La
comtesse arriva la dernière, et il me fallut deviner que c'é-
tait elle, tant ses traits avaient éprouvé d'altération. De cette
fleur de beauté qui naguère charmait les yeux, il ne restait
rien qu'une physionomie douce encore et régulière dans son
dépérissement. Un mal incurable pouvait seul avoir causé
des ravages si apparents et si prompts; l'empreinte de la
mort y était visible. Pour gagner la berline, la pauvre créature fut forcée de s'appuyer sur les bras de deux femmes,
et encore, au moment d'y monter, la force lui manqua-t-elle;
on l'y porta comme un enfant. Une fois qu'elle fut assise et
eut repris ses sens, mademoiselle Pulchérie vint s'installer
à ses côtés : c'étaient deux actes qui se répondaient et se
succédaient toujours. Quant au comte, après un moment
d'hésitation et un coup d'œil jeté sur l'intérieur de la berline,
il se décida à monter dans la seconde voiture, où il eut toutes
ses aises et l'entière liberté de ses mouvements. La troisième
voiture et les siéges reçurent les gens de la maison, à couvert ou en plein air, suivant le sexe. Quand tout se trouva
en ordre, les chevaux s'ébranlèrent, et, quelques minutes
après, l'hôtel Montréal retombait dans son silence habituel,
aggravé par un délaissement.

Il était à croire que ma curiosité s'éteindrait dès lors, faute d'aliment, et que jamais je n'aurais l'explication du mystère que j'avais entrevu. Et pourtant, au moment même où j'y renonçais, le but de mes poursuites me tomba sous la main; le hasard me servit mieux que ne l'auraient fait les plus savantes combinaisons.

Depuis quelques jours, j'avais aperçu sur la porte de l'hôtel, devant la petite entrée, une figure qui m'était complétement inconnue. Rien d'étonnant à cela : quelque étude que j'en eusse faite, le personnel de la maison n'était pas fixé dans ma mémoire au point qu'aucun visage n'y pût échapper. C'est un homme de peine, me dis-je, et je passai outre. Cependant, bon gré, mal gré, mon attention fut ramenée là-dessus. La même figure se remontra avec une sorte d'obstination; plus d'une fois, dans le cours de la journée, elle reparaissait à son poste favori. Je l'examinai alors avec plus de soin. Non, ce n'était point un homme de peine; c'était plutôt un homme de loisir; ses allures étaient plus spéculatives que laborieuses, et son emploi paraissait plus compatible avec le repos qu'avec l'action. Armé d'une pipe énorme, il en exhalait la fumée avec une sensualité et un calme dignes d'un prince oriental. Si le soleil envoyait quelque part un rayon généreux, on était sûr de le voir accourir afin de n'en rien perdre; les nuages qui couraient dans le ciel n'avaient pas de plus fervent contemplateur. Tout dans ses allures révélait un de ces heureux du siècle qui n'ont d'autre besogne que celle de leur choix; par exemple, faire couver des canaris ou enseigner l'exercice à un griffon.

— C'est un gaillard qui a des rentes, me dis-je en forme de conclusion; le comte lui aura fait un sort.

De toutes ces suppositions, aucune ne frappait juste : pour savoir ce qu'était ce mortel si favorisé et qui foulait la terre d'un pied si glorieux, il me fallait faire une rencontre à laquelle je ne m'attendais pas et qui jeta de grandes lumières sur les événements accomplis.

Elle eut lieu deux jours après.

VI

La rencontre dont je viens de parler eut lieu un soir, par un crépuscule d'hiver, et avant que le gaz eût suppléé aux défaillances du jour. C'est assez dire que les objets n'étaient pas fort distincts, ni les clartés surabondantes. Dans ce cadre brumeux j'aperçus, à quelques pas de moi, un individu qui brandissait le poing contre l'hôtel Montréal et ne lui épargnait pas les invectives. Le cas était singulier et méritait d'être approfondi. Pour s'en prendre ainsi à des pierres, il fallait que cet homme ne jouît pas de toute sa raison, ou fût animé d'une colère bien furieuse. Je me dirigeai vers lui avec la pensée que ma vue apaiserait cette effervescence et le remettrait dans son état naturel. Vain espoir! Au lieu de se calmer, il n'en mit que plus de vivacité dans son geste et plus de violence dans ses imprécations.

— Coquin! brigand! s'écriait-il en s'adressant à un ennemi imaginaire.

Décidément je crus avoir affaire à un compagnon dont la place était plutôt sous une douche que dans la rue. Il aura trompé, me dis-je, la vigilance de ses gardiens et quitté son domicile naturel. Voyons à le réintégrer : c'est à la fois un acte d'humanité et de bonne police. Ainsi en jugeais-je, et ma main se levait déjà pour appréhender le suspect, lorsque ses traits, mieux éclairés, me frappèrent comme un souvenir.

— Ah! c'est vous? m'écriai-je.

J'avais reconnu le père Vincent, le bras droit du comte de Montréal. Lui aussi venait de me reconnaître, et son humeur n'en était pas améliorée.

— De quoi? dit-il, faut donc toujours vous rendre des comptes, à vous? Eh bien! oui, c'est moi. Après?

Mon bourru prenait mal les choses, suivant son habitude; je redoublai de ménagements :

— Monsieur Vincent, lui dis-je, pardonnez mon indiscrétion. Comment croire que ce pût être vous? Vous ici, hors de l'hôtel au lieu d'être dedans? Pas possible.

Au lieu de me répondre, le concierge m'adressa un regard courroucé :

— D'où sortez-vous ? me dit-il.

— Mais vous le voyez bien, répliquai-je.

— Vous me demandez pourquoi je suis hors de l'hôtel ?

— On le ferait à moins ; vous n'en bougez guère ordinairement.

— Encore ! ! ! vous ne savez donc rien de ce qui s'est passé ?

— Comment le saurais-je ?

— Vrai ?

— C'est comme je vous le dis.

Mon accent avait quelque chose de si affectueux et de si sincère, que sa colère céda.

— Vous ne savez pas, ajouta-t-il d'un ton plus radouci, qu'on m'a mis à pied ?

— Bah !

— Chassé, monsieur l'agent, chassé ! Un congé dans toutes les règles !

— Un congé, à vous ! l'âme de l'hôtel ! le confident du maître !

— Chassé et remplacé, voilà où j'en suis. A la porte avec cinq cents francs de pension ! Mon compte est clair.

C'était là pour moi un trait de lumière. Je comprenais maintenant ce que signifiait ce nouveau visage que j'avais aperçu, et dont la tranquillité m'avait frappé. Nul doute qu'il n'appartînt au concierge actuel, au successeur du père Vincent. Un concierge seul et un concierge en exercice, a l'esprit aussi libre et le front aussi serein ; il n'est point de fonctions ici-bas qui disposent davantage aux habitudes contemplatives. J'en touchai un mot au titulaire disgracié ; c'était la corde sensible ; elle vibra au delà de mes souhaits.

— Vraiment, lui dis-je d'une voix compatissante, on vous a traité avec aussi peu d'égards ?

— Des égards ! répliqua-t-il d'un air piqué, c'est de trop pour de petites gens comme nous.

— Un vieux et digne serviteur ! Les ingrats !

— Que voulez-vous ? Après moi un autre.

— Un autre ? je l'ai, pardieu, bien vu ; il était là il n'y a qu'un moment.

En parlant ainsi, je savais bien ce que je faisais; c'était
verser du vinaigre sur une blessure saignante. Rien de tel
que la douleur pour provoquer des aveux. Le résultat dépassa mon attente.

— Ah! il était là? s'écria le père Vincent.

Son visage s'allumait de nouveau, son œil lançait des
éclairs, ses lèvres frémissaient de colère.

— Ah! il était là, répétait-il.

— Oui, comme toujours, à prendre ses côtes au long.

— Il en est bien capable, le bon à rien.

— Et à fumer du matin au soir.

— Ah! il fume, l'intrigant. Ah! il fume!

A chaque mot l'irritation montait d'un degré; le moment
arriva où elle n'eut plus de bornes. L'idée de cet homme,
fumant sur le seuil de la porte où il avait si longtemps régné, occupant une loge qu'il s'était accoutumé à regarder
comme son inaliénable domaine, tenait le cerveau de l'ancien
concierge sous le poids d'une obsession qui menaçait d'aller
jusqu'à l'égarement.

— Ah! il fume! dit-il pour la vingtième fois; voilà un bel
agrément pour des maîtres. Un estaminet dans leur maison!
Tenez, monsieur l'agent, quand j'y songe, il me prend des
envies d'aller l'étrangler de mes mains, ce maraud-là. Lui,
me supplanter! Coucher dans mon local! Un va-nu-pieds que
j'ai tiré de l'écurie! un soulard! un cafard! un être pétri de
vices!

Le vieux concierge s'échauffait de plus en plus; c'était le
cas de le presser; il allait débiter tout ce qu'il avait sur le
cœur.

— Ah çà! lui dis-je, comment un garnement pareil a-t-il
pu réussir?

— Belle demande! à force de bassesses.

— Là, voyez-vous, il n'y en a que pour ces chiens cou-
chants. Quelle engeance!

En flattant ses haines, je m'emparais peu à peu de lui.

— Mais vous, monsieur Vincent, ajoutai-je, quel prétexte
a-t-on pu vous objecter? Que diable! on ne met pas les gens
à la porte sans leur signifier pourquoi.

— Oh! moi, moi, c'était un coup monté de longue main,
répondit-il d'une voix sourde.

— Bah! et comment?

Il secoua la tête comme s'il eût voulu chasser un souvenir importun.

— Comment? comment? dit-il.

— Sans doute! il faut un motif, repris-je.

— Un motif! ah! il y en avait un, et grave, encore.

— Bah!

— J'en savais trop, monsieur l'agent.

Puis, comme s'il eût voulu retirer la déclaration qu'il venait de faire :

— Brisons là, ajouta-t-il; vous m'en feriez dire plus que je ne veux.

C'était mon but, en effet, et je ne m'en laissai pas détourner, parce qu'il l'avait deviné. Désormais cet homme était à moi; il m'avait livré le secret d'une de ses faiblesses; je savais par où le prendre, comment le manier. Seulement il fallait user de ménagements et ne pas brusquer les choses. Aussi le laissai-je partir sans pousser mes efforts plus loin et bien convaincu qu'il me reviendrait. Cela ne manqua pas : il reparut presque tous les jours comme si un ressort l'eût poussé et avec l'opiniâtreté de l'animal qui retourne à son ancien gîte, même quand l'accès lui en est interdit. Au lieu de me fuir, à son tour il me rechercha, tantôt pour se plaindre, tantôt pour m'interroger. Il voulait savoir ce que devenait son heureux concurrent, comment il gouvernait l'hôtel et par quels signes extérieurs il rendait son autorité manifeste. Chaque détail que je lui donnais là-dessus était un dard nouveau qui lui entrait fort avant dans le cœur et le poussait vers la vengeance.

— Il ne l'emportera pas en paradis, s'écriait-il; Dieu de Dieu! comme la main me démange!

Parfois aussi, du serviteur, la rancune s'élevait jusqu'au maître, et j'y aidais de mon mieux. Sans affectation et d'une manière insensible, je le poussais sur le compte des Montréal, et, de plus en plus, la glace se rompait. Aux doléances succédaient les confidences; et quand il y mettait du scrupule, j'enfonçais de nouveau l'aiguillon.

— Au moins, lui disais-je, ces gens-là ont eu quelques procédés. Ils vous font une pension.

De toutes mes machines de guerre, aucune ne fut plus

puissante que celle-là. C'est au point que je m'étonnai moi-même de l'effet qu'elle produisit.

— Une pension ! s'écria l'ancien concierge. Les voilà bien malades? Qu'est-ce que c'est qu'une pension pour eux ? et après les services que je leur ai rendus ? Comme si on payait ces choses-là avec de l'argent! Une pension ! une pension ! ajoutait-il avec emportement. Un de ces jours, je la leur jetterai au visage. Ce n'est pas une pension que je veux, c'est ma porte.

A la suite de ces entretiens, souvent renouvelés, une entière confiance s'établit entre le père Vincent et moi. Commencée dans la rue, la conférence s'achevait presque toujours dans le débit de liquides le mieux achalandé et le mieux pourvu du voisinage. A tour de rôle nous nous faisions les honneurs, et le concierge ne s'y épargnait pas. On sait que le vin apaise les grandes douleurs. Ce fut ainsi, et après de nombreuses séances, que j'en vins à recueillir de la bouche d'un témoin et d'un acteur, l'histoire des Montréal, telle que je vais la raconter, en n'y ajoutant de mon fait qu'un peu de mise en scène et quelque ordre dans le récit.

VII

La résidence ordinaire et le berceau des Montréal était un vieux château de famille, situé dans le pays de Caux, entre Fécamp et Saint-Valery, et à une petite distance du bourg de Vittefleur. Rien de plus curieux que cet édifice ; rien de plus imposant que la perspective dont il jouit : de niveau avec la falaise, il domine d'un côté les nappes étincelantes de la mer ; de l'autre, le vallon boisé et discret que baigne la rivière de Dardène. A l'aspect des lieux, à ces beaux champs parsemés de pommiers, à l'aisance des villages environnants, on reconnaît un point choisi d'une de nos plus riches provinces. Cultures, bétail, bâtiments, instruments de travail, tout repose et contente le regard, tout signale un de ces pays favorisés où la vie est bonne et la terre généreuse.

Le château en lui-même a plus de valeur par ses souvenirs que par son architecture; il date de loin : voilà son plus beau titre, celui à l'aide duquel il s'est transmis de génération en génération, à peu près intact et défendu par un respect héréditaire contre des innovations qu'eussent réclamées les injures du temps et les besoins des âges nouveaux. A peine les Montréal avaient-ils consenti à changer quelques distributions intérieures, en les appropriant à une existence qui n'est plus celle des époques de la chevalerie. Tout le reste, enceinte, fossés, pont-levis, tourelles, donjon et machicoulis, gardait encore sa physionomie d'autrefois et une tournure guerrière en harmonie avec sa première destination. C'était bien une de ces aires d'où les seigneurs épiaient leur proie et fondaient sur elle au moment opportun, rançonnaient impitoyablement leurs vassaux et bravaient jusqu'à la colère de leur souverain.

Comme tous les membres de sa famille, le comte avait fait de cette résidence l'objet d'un soin presque religieux. Il passait neuf mois de l'année à Beaupré, c'était le nom du château, et y surveillait l'exploitation des vastes fermes dont il était environné. Cette tâche était encore un devoir de tradition; entre les Montréal et leurs fermiers point d'intermédiaires : ils avaient des intendants partout ailleurs; à Beaupré ils n'en avaient pas. Ainsi se transmettait dans leur maison ce goût de la vie de campagne, qui n'est compatible qu'avec un but sérieux et un aliment réel d'activité. Les Montréal s'en faisaient un point d'honneur; ils tenaient à être les premiers en toute chose, multipliaient les essais, ne négligeaient ni les nouvelles méthodes, ni les instruments perfectionnés, et se livraient sur une grande échelle à ces cultures expérimentales qui ne sont permises qu'aux propriétaires opulents.

De tous les Montréal, le comte Sigismond restait le dernier et le seul; après lui, s'il n'avait pas d'héritier, cet ancien nom devait s'éteindre. Lui-même, il est temps de le dire, ne le portait qu'à défaut de représentants plus directs; il n'appartenait qu'à la branche cadette, et, dans l'ordre naturel des choses, il aurait dû rester ce qu'il était en naissant, baron de Montréal. Mais la branche aînée n'avait point eu d'enfants mâles; elle n'était représentée que par une jeune fille, Clé-

mence de Montréal, idole de son père, fruit tardif d'un second
mariage et sur la tête de qui venaient se réunir les richesses
de deux grandes maisons.

Lorsque Clémence fut en âge d'être pourvue, le vieux
comte était veuf; le poids des ans et des infirmités commençait à se faire sentir; il ne voulut pas quitter ce monde
sans avoir assuré l'établissement de sa fille. D'ailleurs son
choix était fait : il avait sous la main un gendre tout trouvé,
le seul possible, le seul qui lui agréât. Dans ses préjugés de
race, il n'admettait pas que le château de Beaupré et les fiefs
attenants, que les grands biens de famille, fruit de longues
épargnes et d'heureuses alliances, pussent passer dans une
autre maison tant qu'il resterait un descendant des Montréal
un homme de son sang, un représentant de dix générations.
C'était donc à Sigismond que devaient revenir tout ce bonheur et toute cette richesse, une femme accomplie et des
domaines opulents, l'hôtel de Paris et les terres de province,
tout ce qui donne du prix et du charme à l'existence, satis-
factions de la vanité et joies plus légitimes du cœur.

Sigismond avait été élevé par le vieux comte; resté or-
phelin de bonne heure, son enfance s'était écoulée au château de Beaupré, et il ne l'avait quitté que pendant les années consacrées à son éducation. Longtemps on l'y considéra
comme le seul héritier et le seul maître. D'un premier mariage le comte n'avait point eu d'enfants, et lorsqu'il en na-
quit un du second, ce fut une fille qui coûta la vie à sa mère.
Quoique Sigismond fût d'un âge où le calcul a peu d'empire,
il parut plus contrarié que charmé de cet événement. Il avait
vingt ans alors et ne pouvait, sans une certaine appréhension, mesurer la distance que les années devaient mettre
entre sa cousine et lui. L'alliance allait de soi; mais que de
circonstances pouvaient en éloigner ou empêcher l'effet!
D'ailleurs Sigismond s'était si bien accoutumé à regarder
comme lui appartenant ce titre, ce château et cette fortune,
que l'idée de les recevoir indirectement et de seconde main
lui semblait pénible à supporter et pesait sur son esprit
comme une déchéance.

Ce fut dans ces sentiments qu'il traversa la seconde période de son séjour à Beaupré. Clémence grandit et enchanta
par ses grâces tout ce qui l'approchait; elle était la fée du

château, la joie et l'orgueil du vieux comte. Sigismond s'en
vit un peu éclipsé, et une jalousie sourde s'empara de lui,
presque à son insu. On devine combien ses relations avec
sa cousine en furent affectées. Au lieu de s'associer à l'idolâ-
trie dont elle était l'objet, il se créa un rôle à part, en manière
de contraste et de contre-poids, et affecta des airs grondeurs
qui ne convenaient ni à sa position ni à son âge. Tandis que
la jeune fille ne rencontrait sur son passage que des cœurs
ouverts et des visages radieux, son cousin semblait prendre
à tâche de jeter quelques ombres sur ce tableau. Il trouvait
à redire à tout, cherchait des querelles sur le moindre détail, et témoignait de l'humeur quand elle s'abandonnait aux
jeux et aux joies de l'enfance. Devant le vieux comte, ces
mauvais sentiments ne transpiraient pas, mais ils reprenaient
le dessus hors de sa présence.

Ce qu'amena cette conduite, il est facile de le prévoir ; de
pareilles impressions sont de celles que rien n'efface. Dès que
Clémence fut en état de juger, elle eut sur Sigismond une
opinion dont elle ne devait plus revenir. Ce qui la guidait,
c'était cet instinct qui nous fait aimer ceux qui nous aiment.
Elle eût oublié peut-être les petites picoteries, les airs
maussades et frondeurs, si un sentiment vrai se fût mêlé à
tout cela. Mais il y avait là-dessous un manque de cœur et
une hypocrisie qu'elle n'oublia ni ne pardonna jamais. Plus
elle avança en âge, plus elle sentit s'accroître cet éloignement : les efforts même qu'elle faisait pour le vaincre ne servaient qu'à prouver combien il était enraciné.

Cependant elle n'ignorait rien des projets de son père : ce
n'était, à Beaupré, un mystère pour personne que Clémence
devait être la femme de Sigismond : on en parlait ouvertement comme d'une chose arrêtée et irrévocable. Dans les
entretiens de famille, il se mêlait toujours quelque allusion
là-dessus, et le vieux comte aimait à y revenir comme à une
pensée favorite. Peut-être, voyant que le goût n'y était pas,
insistait-il à dessein sur la convenance : il fallait que toute révolte fût étouffée en germe, et que l'orgueil du sang eût le dernier mot. Clémence n'avait aucun motif de résister et ne résista
pas à des arrangements auxquels tout le monde autour d'elle
paraissait souscrire : enfant, elle n'en comprenait pas la valeur, et quand elle en eut une idée plus juste, son esprit y

était tellement identifié, qu'on n'avait plus à craindre d'elle ni objection, ni refus. Ce fut ainsi qu'elle arriva au moment décisif, assez mal disposée pour Sigismond, et néanmoins résignée à lui appartenir.

Le vieux comte pressa les choses autant qu'il le put. De jour en jour il sentait ses forces décroître, et il ne voulait pas quitter ce monde sans avoir réglé cette affaire et béni cette union. La cérémonie eut lieu dans le mois même où Clémence compta ses quinze ans révolus; à peine avait-elle la conscience de l'engagement qu'elle contractait. La plus vive impression qu'elle en reçut, ce fut le spectacle de la chapelle du château tendue comme pour une fête, le prélat officiant à l'autel en habits pontificaux, les chants de l'orgue mêlés aux chants des voix, les cloches sonnant à toute volée, les nuages d'encens s'élevant vers la nef, les jeunes filles lui formant cortége et versant sur ses pas des corbeilles de fleurs, les arcs, les trophées de verdure, les illuminations du soir, les gerbes du feu d'artifice, enfin, au dehors, les populations accourues de cinq lieues à la ronde et appuyant leurs acclamations de violentes décharges de mousqueterie. Voilà ce qui la frappa et ce qui resta gravé dans sa mémoire. Quant au mari, il s'effaçait presque au milieu de ces pompes et de ces honneurs; son jour de domination n'était pas encore venu.

Tant que le comte fut là pour protéger sa fille, Sigismond s'observa et se contint. Quoi qu'il pût lui en coûter, la prudence lui commandait de se vaincre : le vieillard restait maître de sa fortune, et un éclat aurait pu le pousser à prendre contre son gendre des mesures de précaution. Sigismond se maîtrisa donc, mais au prix de quel effort! Clémence ne l'aimait pas, ne pouvait pas l'aimer; il le voyait, il le sentait, et cette obéissance que sa tendresse lui refusait, il ne pouvait l'imposer par la force. Quand il y songeait, de sourdes rages s'élevaient dans son cœur, et si violentes, que plus d'une fois elles manquèrent de faire explosion. Il arriva même une circonstance où, pour se contraindre, il eut besoin de tout l'empire qu'il exerçait sur sa volonté.

VIII

Dans le voisinage de Beaupré, se trouvait une résidence qui ne lui cédait en rien ni pour l'étendue ni pour la valeur des domaines ; c'était celle de Champclos. Mêmes origines, mêmes traditions : les Saint-Pons, seigneurs de Champclos, n'étaient ni moins nobles, ni moins anciens dans le pays que les Montréal, seigneurs de Beaupré. Seulement, les Saint-Pons avaient fait aux goûts modernes des concessions bien plus grandes que les Montréal ; ils étaient davantage de leur siècle, et, au lieu d'une construction féodale, on trouvait à Champclos une de ces habitations comme Mansard savait les élever, et un parc, les archives locales en faisaient foi, dessiné par le célèbre Le Nôtre. Rien n'y manquait, ni les bassins, ni les quinconces, ni les néréides, ni les tritons, ni aucune des divinités principales ou secondaires de l'Olympe païen.

De tout temps, les Saint-Pons avaient montré ce goût des arts et ce besoin de paraître. C'étaient des gentilshommes, dans la plus brillante acception du mot. Tant qu'il y eut une cour, ils s'y maintinrent, et sur le meilleur pied : à Champclos, quand ils y vivaient, leur état de maison faisait du bruit ; meutes, piqueurs, équipages et chevaux de chasse, tout l'appareil et tout le personnel de la vénerie. Leurs fêtes mettaient le pays en révolution ; leur nom remplissait la province. Aussi, leurs voisins de l'abbaye de Valmont en étaient-ils jaloux et se vengeaient-ils de ce faste par des procès continuels : de moines à nobles le cas était alors commun. Au fond, il ne s'agissait que de vétilles, délits forestiers, empiètements ou violations de limites ; mais, si petits qu'ils fussent, les procès s'engendraient et se succédaient. Pour un qui était vidé, il en renaissait deux autres. Il est vrai que les Saint-Pons ne s'y épargnaient pas et volontiers y donnaient prise ; toujours à cheval et en chasse, ils s'y laissaient aisément emporter et ne regardaient pas le gibier comme sacré parce qu'il se réfugiait sur les terres de gens

d'église. De là quelques blés hachés, quelques trèfles pié-
tinés, et par suite demandes d'indemnités et de réparations
pécuniaires.

Ainsi s'étaient passées les choses dans l'ancien temps ; il
va sans dire qu'avec les nouveaux codes et les nouvelles
mœurs, ces habitudes avaient éprouvé quelques modifications. Il n'était resté aux Saint-Pons d'aujourd'hui, que les
meilleures qualités des Saint-Pons d'autrefois, le goût des
exercices violents, les airs et les façons de grands seigneurs, une distinction héréditaire dans les traits et dans
la tournure, la passion du luxe dans ce qu'elle a de délicat et
de choisi, un courage à l'épreuve et une générosité sans limites. Quant aux prouesses de chasse, ils savaient les contenir dans l'enceinte de leurs domaines et les bornes de leur
droit. Leur réputation n'en était pas moins bien établie pour
cela, et le pays de Caux les proclamait passés maîtres
en matière de louveterie. Au lieu d'inquiéter leurs voisins, ils les délivraient des animaux malfaisants ; c'était tout
profit.

Comme la famille des Montréal, celle des Saint-Pons avait
vu plusieurs de ses branches s'éteindre ; la seule qui restât
ne comptait que trois membres : la marquise et ses deux enfants, Gaston et Claire, un seul homme par conséquent, un
seul qui portât ce nom et pût le faire revivre. Aussi quel intérêt s'attachait à Gaston et comme il en était digne ! Si c'é-
tait le dernier rejeton d'une noble race, c'en était aussi la
plus belle et la plus complète représentation. Rarement la
nature réunit tant de dons sur la même créature ; beauté du
corps et facultés de l'esprit, âme aimante et dévouée jusqu'à
en mourir ; si parfait en toute chose, que c'en était devenu
proverbial : beau comme Gaston, bon comme Gaston, voilà
des mots qui couraient la contrée, et que personne n'eût démentis. On citait de lui des traits qui touchaient jusqu'aux
larmes ; plus d'une fois il avait exposé sa vie pour secourir
des malheureux en danger de périr ; dans les incendies, dans
les inondations, il était le premier sur les lieux et s'y montrait brave sans jactance, héroïque sans affectation. Quand il
parcourait ses domaines, les fermiers le saluaient jusqu'à
terre et le suivaient d'un regard attendri ; il n'en était point
dont il n'eût allégé les charges dans les années ingrates,

point auquel il n'eût rendu service ou donné un bon conseil au besoin.

Voisins comme ils l'étaient, égaux par la naissance et par la fortune, les Saint-Pons et les Montréal ne pouvaient échapper à cette alternative : d'être des amis intimes ou d'irréconciliables ennemis. Grâce au hasard et à une certaine analogie d'humeur, la première de ces chances l'emporta sur la seconde. Les deux familles avaient vécu, dans le cours des temps, sur le pied d'une étroite union ; à peine y eut-il quelques nuages passagers, jamais de rupture sérieuse. Le sang des Montréal et des Saint-Pons s'était même quelquefois mêlé; on citait entre eux des alliances. Il y a plus : le vieux comte avait eu un instant la pensée de mettre en commun les intérêts des deux maisons et d'unir le dernier Saint-Pons à la dernière Montréal. L'âge, le nom, la fortune, tout eût été assorti. Gaston avait à peine cinq ans de plus que Clémence. D'un autre côté, Sigismond aurait mieux convenu à Claire, qui était l'aînée de Gaston. A tous les points de vue, ce double arrangement aurait dû prévaloir. Si le vieux comte ne s'y arrêta pas, c'est qu'à côté de beaucoup d'avantages, il offrait un inconvénient qui les effaçait tous et le rendait inacceptable à ses yeux : le nom des Montréal eût été frappé d'une sorte de déchéance et se serait confondu dans celui des Saint-Pons. Or, à ce déclin prématuré, il préféra un hymen inégal et qui s'annonçait sous d'assez tristes auspices.

Cependant les relations entre les deux maisons étaient restées les mêmes. A Champclos, on n'avait rien su des calculs du vieux comte, et, en supposant que l'on y eût fait des calculs analogues, le secret en avait été bien gardé d'un côté et de l'autre : aucun mot n'avait été prononcé ni aucune proposition faite, de sorte que le mariage de Clémence et de Sigismond n'était un échec pour personne et gardait son vrai caractère : celui d'un accord de famille. Aussi, loin de se ralentir, les visites entre Champclos et Beaupré devinrent-elles plus suivies après cet événement. La marquise et Claire avaient vu grandir Clémence : c'était pour la marquise un enfant et pour Claire une sœur. Des habitudes de familiarité régnaient entre elles, comme si un même toit les eût réunies; il ne se passait pas de jour, dans la belle saison, où elles ne se vissent; tantôt Beaupré allait rendre visite à Champclos, tantôt Champclos s'acquittait vis-à-vis de Beaupré ; tout cela sans compter, sans façon, sans étiquette, comme il sied à des amis qui obéissent à leur goût plutôt qu'aux convenances.

Il allait de soi que Gaston fût de toutes ces relations : point de bonne fête sans lui ; point de promenade à cheval où il n'eût son rôle et le plus apparent. A lui le soin de guider la compagnie, de surveiller le passage des gués, d'arrêter à temps les montures qui s'emportaient, de prévenir les accidents, de régler les haltes, de ménager les surprises et les collations sur l'herbe dans le carrefour d'une forêt. Il était le grand ordonnateur et l'âme de ces parties de famille : personne ne s'y entendait mieux que lui ; personne n'y faisait moins d'embarras et n'y mettait une grâce plus exquise : on l'eût dit dans son élément. Aussi comme on le payait de ses soins et de ses peines! Que de sourires il recueillait! Il n'était pas jusqu'au vieux comte qui ne se mît en frais; Sigismond lui-même était entraîné, quoi qu'il en eût. Quant à Clémence, ces promenades avaient fait les délices de son enfance ; aucun souvenir n'avait laissé plus de traces dans son esprit. Dès l'âge de douze ans, elle aimait le cheval et s'y tenait en véritable écuyère. Que de fossés franchis! Que de temps de galop à travers les guérets! Quelles joies! quels transports! Son cœur battait rien que d'y penser, et l'image de Gaston, si hardi et si beau cavalier, se mêlait, à son insu, à ces réminiscences juvéniles !

De son côté, le jeune homme n'était pas des derniers, ni des moins ardents à jouir des plaisirs champêtres auxquels il présidait. En ces occasions, il se surpassait lui-même. Sa physionomie respirait un bonheur que rien n'altérait ni ne mélangeait. Tout était chez lui abandon, franchise, entraînement; nul calcul, nul désir de plaire. A son regard libre et fier, on voyait bien que l'amour ne l'avait pas encore touché et que son cœur était exempt d'orages. Il aimait la marquise et Claire; c'étaient ses seules passions. Vis-à-vis de Clémence, il ne fut longtemps qu'un compagnon et une sorte de professeur; c'est lui qui le premier la fit asseoir sur un cheval et lui mit les rênes à la main; en promenade, il lui donnait des conseils, ajustait ses étriers, l'encourageait ou la réprimandait suivant le cas, la traitait en un mot sans façon et un peu en petite fille. Et pourtant la petite fille s'épanouissait à vue d'œil : chaque mois, chaque jour, chaque heure la dotait d'une grâce et d'un charme nouveau. Tout le monde le sentait et le voyait; on eût dit que Gaston était seul à ne pas le sentir et le voir. Élevé près de Clémence, il s'était accoutumé à la regarder sans arrière-pensée, et comme on regarde une sœur; il ne croyait pas qu'elle pût devenir pour lui ni un trouble, ni un danger.

Tel fut l'état de son âme jusqu'au jour où il apprit que l'héritière des Montréal allait devenir la femme de Sigismond. Dès ce moment, Clémence cessa d'être protégée par les souvenirs d'autrefois; elle était sur le point d'appartenir à un autre, le voile tomba ; Gaston la vit avec d'autres yeux, et quand, à l'issue de la cérémonie, elle sortit de la chapelle au bruit des cloches et des mousquets, une réflexion involontaire s'échappa de ses lèvres et de son cœur :

— Comme cette enfant est devenue belle ! dit-il.

C'était rendre à la mariée une justice un peu tardive; heureux encore s'il s'en fût tenu là.

———

IX

On devine le tour que durent prendre les choses. Entre Clémence et Gaston toute familiarité cessa; les situations avaient changé. Mais à l'instant même et sans aucun concert, un sentiment nouveau s'éleva sur les ruines de l'ancien, d'autant plus profond qu'il était moins avoué, et que dès deux parts on n'en avait pas l'entière conscience. C'était comme un regard jeté en arrière et un souvenir mêlé de regret, souvenir plus vif chez Gaston, plus contenu chez Clémence.

Dans cette disposition d'esprit, des relations qui naguère n'offraient aucun danger, prirent peu à peu un autre caractère. Non pas que ces cœurs naïfs y missent la moindre préméditation ; c'était à leur insu que la métamorphose s'opérait et qu'insensiblement ils étaient poussés l'un vers l'autre. Plus initiés au jeu des passions, ils s'en seraient mieux défendus ; les choses empirèrent à raison de leur candeur même. Qui oserait les blâmer ? Cette habitude de se voir était contractée depuis si longtemps, et s'ils y apportaient plus de goût, s'ils se quittaient avec un certain effort et se retrouvaient avec une sorte d'ivresse, tout le monde autour d'eux semblait être complice de ce mystérieux entraînement. Jamais, entre Champclos et Beaupré, les visites n'avaient été si multipliées ; la marquise et Claire imaginaient mille prétextes ingénieux, auxquels le vieux comte se prêtait avec une politesse infinie. On ne se quittait presque plus ; on ne se séparait le soir que pour se retrouver le lendemain. C'étaient des fêtes, des dîners, des chasses, des comédies entre deux paravents, des soirées à grand orchestre où étaient conviées toute la noblesse et la bonne bourgeoisie des environs. L'âme de ces réunions était ici Gaston, là Clémence, et ils y répandaient cette flamme qui anime ceux que l'amour a touchés et qui se communique si rapidement.

Au milieu de ce tourbillon, un seul homme protestait, et non sans motif : c'était Sigismond. Avec la perspicacité qui distingue les jaloux, il avait surpris les premiers indices de ce feu qui couvait encore, et compté avec effroi les pulsations chaque jour plus vives de ces deux cœurs. Point d'illusion ; il y avait là une menace pour son repos. Mais comment en détourner l'effet ? Comment briser cette passion naissante ? Le cas était épineux. Un éclat prématuré n'eût servi qu'à envenimer les choses. D'ailleurs, à quoi bon ? Sigismond ne commandait pas à Beaupré ; tant que son oncle était debout, il ne pouvait ni en refuser la porte à des voisins qui lui portaient ombrage, ni en éloigner sa femme sous prétexte de l'arracher à une séduction visible pour lui seul. Le vieux comte ne se serait pas prêté à un tel sacrifice ; il n'eût pas, sur un simple soupçon, consenti à se priver de sa fille et de ses amis : bon gré, mal gré, il fallait donc fermer les yeux. Sigismond ne s'y résigna pas sans amertume ni douleur. Ce n'était qu'un nuage encore ; mais ce nuage précédait la tempête. La suite des événements le prouva bien.

Parmi les distractions à l'usage des deux châteaux, l'une

des plus goûtées, quand régnaient les fortes chaleurs, était une excursion vers la plage, accompagnée d'un bain de mer. Le voisinage de l'eau y invitait, et çà et là des criques désertes ouvraient leurs discrets abris. Gaston les connaissait toutes et savait par quels vents leurs surfaces sont le plus tranquilles; il en avait étudié les fonds et jusqu'aux moindres accidents. Nul mieux que lui n'était au courant des sentiers qui sillonnent la falaise et débouchent sur la grève par des rampes tantôt douces, tantôt escarpées à causer des vertiges. Son pied les avait tous foulés, et par tous les temps; il passait délibérément là où les plus hardis ne s'engageaient que dans un cas extrême. On eût dit qu'il aimait et cherchait le péril, comme d'autres le redoutent et le fuient.

Des divers sites que Gaston avait remarqués, il n'en était point qui valût une anse solitaire, placée dans le voisinage de Saint-Martin-en-Port. Qu'il y avait loin de cette baignoire naturelle aux plages banales où la mode conduit ses clients! Du côté de l'Océan, elle était protégée par l'immensité même; du côté de la terre, les rochers lui formaient un cadre et une sorte de rideau. A peine, comme témoins, y voyait-on quelques mouettes rasant l'eau de leurs ailes ou décrivant dans l'air des cercles sans fin. Point de pêcheurs, point de marins; une ligne de récifs les obligeait à se tenir à l'écart. Mais ces récifs même, en isolant de la haute mer ce bassin favorisé, en augmentaient à la fois la sécurité et le charme. Pendant que la vague se brisait au loin et que son écume, jouet du vent, se revêtait de toutes les nuances du prisme, les eaux du petit golfe gardaient leur calme et leur limpidité. Au lieu de galets, si communs sur cette côte et si glissants sous les pieds, le fond, par exception, se composait d'un sable uni, çà et là parsemé d'algues marines; seulement, à droite et à gauche, les roches reparaissaient comme deux promontoires, tantôt à sec, tantôt immergés, et qui allaient rejoindre au large la chaîne tumultueuse des récifs.

Mais aucun de ces accidents du site n'égalait, pour l'effet du spectacle, l'arche gigantesque qui terminait la falaise du côté du midi et ressemblait à une tête de pont jetée sur l'Océan. Cette arche était découpée avec tant d'art et si harmonieuse dans ses proportions, qu'on eût pu la croire élevée par la main des hommes. A quelle cause attribuer cette œuvre singulière de la nature? Était-ce à l'action lente et graduelle des flots? Était-ce à un soulèvement des volcans? Nul ne pouvait le dire. Toujours est-il que de cette nef, taillée dans le roc, un pilier restait encore debout, malgré les insultes de la vague, et qu'à travers un arceau inondé de lumière, on voyait se dessiner au loin les crêtes des falaises qui courent vers Fécamp, puis des caps avancés, semblables à des sentinelles ; parfois aussi une voile visible à l'horizon et courant dans un sens ou dans l'autre, suivant les caprices de la brise, ou bien encore un navire à feu, allant plus droit au but et marquant sa route par un sillon de fumée.

Tel était le site favori des maîtres de Beaupré et de Champclos : quand ils ne battaient pas les bois de Caux et du Hanouard, c'est sur cette partie du rivage qu'ils se donnaient rendez-vous. La falaise dominante était aux Saint-Pons ; ils se trouvaient donc sur leurs limites, chez eux pour ainsi dire, jusqu'à l'endroit où commençait la mer, qui est du domaine commun. Aussi avaient-ils fait construire sur la hauteur, et dans le voisinage d'une de leurs bergeries, un hangar destiné aux voitures et aux chevaux. Comme la plage n'était accessible qu'aux piétons, on quittait là les équipages pour suivre un sentier taillé dans le roc et qui, de gradin en gradin, conduisait au bord de l'Océan. Cette marche sur des escarpements n'avait lieu ni sans fatigue ni sans émotion ; la tête et le cœur y éprouvaient parfois des défaillances ; aussi, par mesure de précaution, avait-on élevé çà et là de petits murs en pierres sèches qui servaient de parapet et de points d'appui au besoin. C'en était assez pour rassurer les plus timides et rendre ce chemin familier, même aux femmes et aux enfants.

Une fois au moins par semaine, l'anse de Saint-Martin-en-Port réunissait donc cette société choisie et heureuse de s'y retrouver. Arrivée sur les lieux, elle s'y partageait. De l'autre côté de l'arche s'étendait une plage où la mer se déployait en toute liberté et ne trouvait point d'obstacle au jeu de ses lames. C'était là que se baignaient les hommes. Les plus habiles, les plus vigoureux, gagnaient la haute mer ; les plus faibles, les moins expérimentés, restaient près du rivage. Quant au bassin abrité, il était réservé aux dames, et nul profane n'y eût paru tant que durait le bain. La nature avait disposé les choses avec autant de pudeur que de grâce, et, comme pour compléter son œuvre, une excavation du rocher formait un cabinet de toilette impénétrable au regard.

Ainsi se passaient les beaux jours d'été, et Gaston, qui ordonnait ces parties, n'était pas le moins ardent à en jouir. Le vieux comte y prenait goût aussi ; quant aux dames, elles s'étaient prises d'une véritable passion pour cette grève discrète et calme. Sigismond s'y plaisait moins, et en cela son instinct le servait, comme on va le voir.

X

Par une belle journée du mois d'août, il y avait rendez-vous pris pour une promenade à la plage ; les Saint-Pons en faisaient les honneurs, non-seulement à leurs amis de Beaupré, mais encore à toute la société des châteaux voisins. C'était moins une réunion intime qu'une fête au bord de l'eau et un repas offert sur le sable. Il n'était bruit que de cela dans le pays de Caux, et les conviés se promettaient tous d'y tenir dignement leur place.

C'était le petit village de Sassetot qui avait été choisi comme point de réunion, et, à l'heure indiquée, on vit déboucher de toutes les routes, de tous les sentiers qui y aboutissent, des équipages brillants et des groupes de cavaliers admirablement montés. Les toilettes étaient, ce que comportait la circonstance, d'une élégante simplicité ; là-dessus les femmes ne transigent jamais ; même dans le négligé, elles restent sur leurs gardes. Il y en avait beaucoup qui étaient en voiture ; quelques-unes, et Clémence dans le nombre, avaient fait le trajet à cheval, malgré la poussière et la chaleur. Jamais la jeune femme n'avait eu des airs plus radieux ; ses joues, animées par la course, avaient les tons vifs qui sont le fard de cet âge, ses yeux étaient d'un irrésistible éclat, sa taille d'une richesse et d'une grâce que faisait mieux ressortir son amazone. Il n'était pas jusqu'à son bel alezan qui ne tînt à paraître sous un jour avantageux, couvrant son mors d'écume, agitant la tête, piaffant, ou frappant la terre de son sabot, comme s'il eût été fier et eût voulu se montrer digne du précieux fardeau qu'il portait.

A peine les invités étaient-ils réunis, que Gaston donna le signal du départ. Lui aussi semblait transformé ; sa pose, son accent, sa physionomie trahissaient les secrets enchantements de son cœur. Il se multipliait, il avait des mots aimables pour tout le monde, poussait tantôt son cheval vers la tête de la colonne, et tantôt retournait à l'arrière; comme un général qui veut s'assurer de la marche de ses régiments. Dans ses évolutions, il avait à essuyer le feu de bien des regards, attirés par sa prestance et par sa beauté. C'était un triomphe pour lui et il en portait bien le poids ; un triomphe sous les yeux de Clémence, voilà ce qui en rehaussait le prix.

Jusqu'à la falaise, le chemin n'offrait point de difficultés, et le trajet se fit rapidement. Là, il y eut une halte : ni les chevaux ni les voitures ne pouvaient aller plus loin, et à l'aspect de ce sentier d'où l'œil plongeait dans le vide et en mesurait la profondeur, un cri de découragement s'échappa de beaucoup de poitrines. Pour dominer ces frayeurs, il fallut que les plus aguerris donnassent l'exemple. Gaston descendit et remonta vingt fois, aidant les uns, stimulant les autres, faisant auprès des plus alarmées l'office de chevalier, et ne les abandonnant que lorsqu'elles avaient touché la grève. Ce fut une longue opération, et elle ne s'acheva pas sans qu'aux témoignages de frayeur se mêlassent des éclats de rire. Celles qui étaient en sûreté raillaient volontiers celles qui étaient encore engagées dans les sentiers aériens et n'y avançaient que d'un pas tremblant. Enfin, avec du temps et des précautions, la descente s'acheva sans événement fâcheux ; une fois sur la plage, on se reconnut, on se compta ; personne ne manquait à l'appel.

Quand il s'agit du bain, Gaston veilla à l'exécution des règlements de la localité. Les sexes furent rigoureusement séparés : ici les femmes, là les hommes ; l'arche marquait les limites, et il était interdit de les franchir. Avec une compagnie aussi nombreuse, l'abri du rocher n'eût pas suffi comme vestiaire ; aussi y avait-on suppléé par des tentes qui couvraient la plage comme une décoration : vertes d'un côté, bleues de l'autre, elles formaient deux camps, distincts par les couleurs. Tous les baigneurs s'y groupèrent, suivant l'intimité ou le goût, et y subirent la métamorphose accoutumée. Chacun prit la tenue de combat, succincte chez les hommes, plus compliquée chez les femmes, moins académique surtout et si austère, pour ne rien dire de plus, que la coquetterie des néréides ne s'en fût point accommodée.

La plage s'animait, les baigneuses arrivaient de toutes parts et s'essayaient déjà à la température de l'eau. Celles-ci risquaient leurs pieds, celles-là leurs jambes; d'autres s'engageaient, en grelottant, jusqu'à mi-corps. Les plus hardies abrégeaient l'épreuve et commençaient par une immersion complète; elles en sortaient ruisselantes, la bouche pleine d'eau salée et l'oreille de bourdonnements. Il en était qui prenaient leur rôle plus au sérieux encore et s'exerçaient à l'art difficile de la natation, soit isolément et sans auxiliaire, soit en se soutenant l'une l'autre le menton au-dessus de l'eau. Tout cela composait un spectacle varié, où ne manquaient ni les épisodes bouffons, ni les physionomies originales.

Mais la scène allait bientôt tourner à de plus vives émotions. Afin d'écarter jusqu'à la chance d'un accident, on avait eu le soin d'indiquer, au moyen de piquets fixés dans la mer, la limite que les baigneuses ne devaient pas dépasser, sous peine de voir le fond manquer sous leurs pieds. Il y a mieux : des cordes tendues d'un piquet à l'autre, et au niveau même de la mer, avaient pour destination et pour effet de prévenir toute distraction et toute imprudence. C'était un obstacle qu'on ne pouvait franchir autrement que de propos délibéré et à l'aide d'un certain effort. Tout donnait lieu de croire qu'il y avait là des garanties et une sauvegarde suffisantes.

Clémence avait promptement achevé sa toilette et entraînait Claire par la main ; elle était, l'une des premières, entrée dans la mer comme dans un élément familier. Dès son enfance, elle avait été bercée sur ces eaux et en avait éprouvé la vertu; elle leur devait au moins quelque chose de sa santé et de sa fraîcheur. Aussi n'y eut-il de sa part ni hésitation ni contorsions, prélude obligé des novices; elle gagna le large de l'air le plus naturel, et nagea avec aisance jusqu'à la limite fixée par les piquets. C'était d'instinct qu'elle nageait ainsi; jamais elle n'avait eu de professeur. Toute petite, elle

s'y essayait, et, à force de se débattre, elle avait fini par s'en
tirer à son honneur. Jamais pourtant elle n'avait dépassé les
cordes tutélaires, non pas qu'elle eût peur, mais elle n'aimait pas à faire montre de son courage, et respectait les
consignes établies ; elle était de son sexe et n'avait rien d'un
garçon.

Pourquoi dérogea-t-elle, ce jour-là, à sa circonspection
ordinaire ? Ce fut le secret de son cœur, ou peut-être obéit-
elle à une fatalité. Les émotions de la journée, l'aspect de
ce monde réuni, les cris de joie, les éclats de rire, ces scènes
folâtres, ces essais malencontreux agissaient sur elle comme
autant d'aiguillons et la poussaient aux aventures. Un moment vint où elle ne se contint plus. Elle était près de Claire,
le pied sur le sable et baignée jusqu'aux épaules, lorsque
celle-ci la vit plonger par un mouvement soudain et disparaître pendant quelques secondes. Quand elle se remontra à
la surface, elle était bien au delà des cordes, nageant en
pleine eau, s'y jouant comme un dauphin, coupant la vague
avec une sorte d'ivresse et se dirigeant vers la ligne des récifs.
De la part de la jeune femme, une telle hardiesse était si
nouvelle et si imprévue, que Claire ne put se défendre d'un
sentiment d'effroi.

— Clémence ! s'écria-t-elle ; Clémence !

— Clémence, répéta la marquise, qui suivait cette scène
de l'œil et d'un point plus éloigné.

Averties par ce double appel, les baigneuses portèrent
leurs regards de ce côté et aperçurent cette compagne téméraire qui gagnait le large avec l'aplomb d'un nageur expérimenté. Dès ce moment, ce fut un spectacle pour elles, avec
des impressions diverses et des avis opposés. Celles-ci s'ef-
frayaient, celles-là applaudissaient ; toutes y portaient un
intérêt visible. Cependant la jeune femme ne semblait rien
perdre ni de son assurance, ni de son sang-froid ; sur le cri
d'alarme de ses deux amies elle avait fait une halte, et, se
soutenant d'une main au-dessus de l'eau, elle appliqua l'autre
à sa bouche en guise de porte-voix :

— Soyez sans crainte, leur dit-elle ; je n'irai pas loin.

Puis elle reprit son élan vers la haute mer. En voyant
l'aisance de ses mouvements, la souplesse et la vigueur de
ses allures, toute appréhension cessa ; la confiance reprit le

dessus. Claire seule ne pouvait détacher ses yeux de cette tête flottante qui s'éloignait de plus en plus et semblait se confondre avec la ligne des brisants, noyée dans le lointain.

— La folle ! disait-elle. Quelle cruelle fantaisie elle a eue là ?

XI

Si les eaux dans lesquelles Clémence s'était engagée avaient conservé un fond uniforme, il n'y aurait pas eu d'inquiétude à concevoir, et elle n'aurait couru aucun danger. Le bassin proprement dit était limité dans son étendue, et aucun courant n'y régnait. Puis la jeune femme était agile et accoutumée à tous les exercices du corps. Elle glissait dans les flots comme elle eût marché à terre, sans plus d'efforts ni de fatigue : ni la distance, ni la durée de la course n'étaient de nature à l'éprouver ; elle savait d'ailleurs régler ses mouvements et ménager ses forces.

Malheureusement une circonstance qu'elle ne prévoyait pas, et qui tenait à la disposition des lieux, vint tromper ses calculs et donner à cette aventure un caractère périlleux. La barrière de brisants qui séparait de la haute mer ce bassin tranquille et encaissé n'était pas une simple arête, entourée d'eaux profondes ; le récif, comme cela arrive dans tous les exhaussements sous-marins, envoyait des rameaux à droite et à gauche, comme pour se défendre et se garder : des rochers en occupaient les abords dans un espace considérable, et formaient une suite d'aiguilles parsemées de gouffres où les pêcheurs eux-mêmes, habitués de cette côte, n'auraient pas hasardé leurs bateaux. Quoique les vagues du large vinssent y expirer, elles y gardaient encore assez de force pour déterminer, au milieu des inégalités du fond, de rapides ressacs et des tourbillons violents.

A force d'avancer vers le large, Clémence en était arrivée à ces parages dangereux ; déjà elle sentait que ses mouvements étaient moins libres et perdaient de leur puissance.

Parfois son effort, si énergique qu'il fût, paraissait maîtrisé ; d'autres fois elle était poussée, sans qu'elle bougeât, avec la rapidité d'une flèche ; c'étaient des courants qui se combattaient ; elle entrait dans le labyrinthe des brisants. Il était temps de renoncer ; elle avait même excédé les témérités permises. D'ailleurs, la force des choses s'en mêla : au moment où elle croyait avoir sous elle une grande masse d'eau, son corps rencontra comme un obstacle et effleura la pointe d'un rocher ; elle était en plein récif et livrée aux agitations de la vague.

Clémence n'était point une femme ordinaire ; son âme resta ferme et son esprit libre au milieu du péril. Il ne lui semblait pas d'ailleurs qu'elle en courût un réel. Cent toises au plus la séparaient de la partie du bassin où se trouvaient les autres baigneuses. A l'aide du moindre effort, elle pouvait franchir cette distance ; ni l'énergie, ni la volonté ne lui manquaient ; elle n'aurait pas pour le retour de moins bonnes dispositions, ni de moindres chances que pour l'aller. Tels étaient ses calculs ; l'événement les déçut. D'abord elle avait été portée plus avant dans le récif qu'elle ne le croyait, et quand il fallut s'en dégager, elle eut à affronter des remous terribles. Puis le mouvement de la marée se déclara contre elle et avec tant d'énergie, qu'elle avait beaucoup de peine à vaincre le courant et à ne pas être entraînée plus au large. Un quart d'heure s'écoula dans cette lutte sans que son courage en fût ébranlé ; ses forces seules commençaient à faiblir.

Qu'on juge de la situation où elle se trouvait. Quelque opiniâtreté qu'elle y mît, elle n'avançait pas ; elle ne sortait pas de ces eaux maudites, où le pied rencontrait tantôt un rocher immergé, tantôt l'abîme, et où il n'était possible ni de trouver un point d'appui, ni de nager librement. Chaque minute qui s'écoulait semblait lui apporter une résistance de plus et une ressource de moins. Elle voyait près de là, presque à sa portée, cette compagnie joyeuse qui avait fini par rester indifférente à ses témérités ; elle voyait Claire qui l'encourageait du geste et du regard, sans soupçonner même le danger qu'elle courait, et elle ne pouvait franchir l'étroit espace qui la séparait de ce port de salut, et si le ciel ne lui venait en aide, elle allait misérablement périr, par un beau jour, au milieu d'une fête, sur une mer riante, avec une nappe azurée pour linceul. Voilà à quelles impressions elle s'abandonnait à mesure qu'elle sentait les obstacles redoubler et son impuissance s'accroître.

Pourtant elle luttait toujours; elle disputait sa vie au fatal élément de la façon la plus vaillante. Son œil interrogeait la surface de l'eau; sa voix s'exhalait en cris plaintifs; ses bras s'agitaient en signe de détresse. Vains appels! aucun secours n'arrivait. On commençait bien à voir qu'elle était en péril; mais comment se porter vers elle? A ses cris d'alarme, d'autres cris répondaient, et Claire répétait avec un accent désespéré :

— Ma pauvre Clémence! ma pauvre Clémence! que se passe-t-il donc là-bas?

C'était tout ce que pouvaient des femmes.

Cependant la situation empirait à vue d'œil. La victime en était à ce suprême instant où le cœur le mieux trempé fléchit devant le destin et se résigne à ses arrêts. Toute seconde de retard rendait la catastrophe plus certaine et plus imminente. Déjà les bras ne fendaient plus l'eau que par un mouvement machinal, tandis que le froid gagnait les pieds frappés d'engourdissement. La vue même se voilait; les oreilles étaient remplies de ces bruits étranges qui ressemblent à un glas de mort, et personne n'accourait, personne! Point de mouvement sur la plage, rien qui pût être une lueur d'espérance ou un germe de salut. La jeune femme n'y pouvait songer sans angoisse. Un nom était sur ses lèvres, et elle n'osait pas le prononcer; lui aussi l'abandonnait! Où était-il? Que faisait-il pendant qu'elle était le jouet de la vague et la proie de l'abîme? Hélas! Dieu peut-être l'ordonnait-il ainsi; peut-être ne l'enlevait-il avant le temps que pour l'arracher à un danger plus grand et plus inévitable!

Ce fut au plus fort de cette crise que survinrent une trêve et une sorte de répit. La marée continuait à descendre et, dans ce mouvement, laissait à découvert bien des points naguère submergés. Sur la plage, le phénomène était sensible à l'œil le moins expérimenté. Une ligne humide y marquait la limite que les eaux avaient atteinte et d'où elles se retiraient en obéissant à une loi mystérieuse et à une éternelle fluctuation. Dans cette zone quittée et reprise, pas un détail

qui ne trahît la visite récente de la mer ; c'était la pierre
encore imprégnée ou bien les varechs couverts d'une couche
liquide, ou enfin toute cette famille de petits amphibies que
surprend la retraite des eaux et qui cherche à la hâte des
abris dans le sable ou dans le creux des rochers.

Mais au large, ce jeu de la marée est moins apparent, et
pour en connaître les effets, il faut ou l'observation du savant
ou l'habitude du marin. Rien, dans des eaux profondes, n'in-
dique le changement de niveau produit par cette marche
alternative ; pas de jalons, pas de repère ; la nappe paraît
immobile, et plus on gagne du côté de la haute mer, plus il
en est ainsi. A une certaine distance de la côte, ce phénomène, qui se manifeste sur le rivage par des signes si évidents, échappe à toute appréciation positive et rentre dans le
domaine du calcul.

L'endroit où se trouvait Clémence, quoique avancé dans la
mer, était encore assez rapproché de la grève pour que le
flux et le reflux y apportassent des modifications dans l'aspect des lieux. Parmi les rochers qui se détachaient du récif,
il en était cinq ou six qui se découvraient à la basse mer et
montraient au jour leurs arêtes moussues. Telle fut la découverte que fit la jeune femme au moment où son désespoir
était au comble et où, vaincue par tant d'épreuves, elle se
résignait à mourir. Devant elle et à une petite distance, il lui
sembla voir un point solide qui se détachait du niveau des
eaux et prenait d'instant en instant plus d'étendue et de con-
sistance. D'abord elle douta, elle crut à une illusion de ses
sens ; pour la convaincre, il fallut que la masse devînt plus
visible. Non, ce n'était point un jeu de son imagination ; c'é-
tait bien un rocher, un point d'appui dans sa détresse, un
secours et un refuge inespérés.

— C'est Dieu qui m'assiste, s'écria-t-elle ; qu'il me donne
encore la force d'aller jusque-là !

Cette prière n'était pas superflue dans l'état d'épuisement
où elle se trouvait. Pour lutter contre des obstacles sans
cesse renaissants, il avait fallu une énergie et une trempe
peu communes. Là où un homme eût succombé, cette frêle
créature luttait encore ; mais elle était à bout et n'eût pas
poussé la résistance plus loin, si un espoir imprévu ne l'eût
ranimée. Courage, Clémence ! courage ! Le but est là et la

délivrance aussi. Courage! ceux qui ne s'abandonnent pas,
le ciel leur vient en aide; un dernier effort, noble enfant, et
vous êtes sauvée.

Ainsi lui parlaient des voix secrètes, et la confiance lui
revint. L'œil fixé sur le rocher que la mer abandonnait, elle
nagea avec plus d'aisance et gagna visiblement du chemin.
Déjà elle approchait du but, elle y touchait presque, lorsqu'un nouvel empêchement se déclara. Les abords de cette
plate-forme étaient le siége du remous le plus violent qu'elle
eût encore essuyé : l'eau, refoulée dans une sorte d'enton-
noir, s'y partageait en courants contraires et formait à la base
de l'exhaussement un tourbillon d'une énergie telle, que le
nageur le plus vigoureux ne l'eût pas affronté impunément.
La jeune femme l'éprouva bien. A peine y était-elle entrée,
qu'elle se sentit à la merci d'une puissance qui disposait
d'elle, sans qu'elle pût ni la vaincre ni s'en dégager. Ses mouvements n'étaient plus libres; elle flottait au hasard, poussée
d'un côté ou de l'autre, suivant les oscillations de la vague
ou les caprices du courant. Pour la seconde fois, elle se vit
perdue, perdue au pied même de ce rocher où elle allait
trouver son salut. Cette pensée lui donna une vigueur nouvelle et qui avait quelque chose de viril ; par un suprême
élan, elle franchit le tourbillon et vint poser sa main sur les
goëmons qui couvraient l'écueil. C'était toucher au port ;
hélas ! pas pour longtemps. Les goëmons cédèrent ; les eaux
reprirent violemment la proie qui leur échappait, Clémence
poussa un dernier cri, le cri de l'agonie :

— Je suis perdue ! s'écria-t-elle. Mon Dieu ! recevez-moi
dans votre grâce !

Et elle se sentit couler dans le gouffre.

XII

Pendant que cette douloureuse scène se passait en dedans
du récif, d'autres faits avaient lieu dans la zone extérieure.

On sait que, dans le partage de localités, la portion de la grève la plus exposée à la vague et au vent était échue aux hommes. Gaston avait suivi naturellement la fortune de son sexe, et, pour payer d'exemple, il s'était jeté le premier à l'eau, dans un appareil familier, qui est le costume de l'emploi. Personne ne le portait mieux que lui, et n'y ressortait avec plus d'avantage. Personne non plus ne déployait plus de grâce et de vigueur dans les divers exercices dont se compose l'art de la natation. Il coupait la vague en maître consommé, et plongeait comme un pêcheur de perles. C'était merveille de le voir avec la moitié du buste hors de l'eau, dégageant ses bras l'un après l'autre, et les posant ensuite sur la mer comme s'il s'emparait de son domaine. D'ailleurs, il n'était pas de ceux qui comptent avec les distances, et, en s'éloignant du rivage, sont tourmentés de l'esprit de retour. Il poussait au large hardiment, sans regarder derrière lui, en véritable enfant de l'onde, et quand il changeait d'élément, c'était par pure convenance et non par nécessité.

D'ailleurs un autre soin allait bientôt le dominer. Du point où il était, aucun bruit de la grève ne lui échappait ; le vent qui soufflait de terre les lui apportait parfaitement distincts. Ce fut ainsi que le premier cri de Clémence arriva à son oreille ; il tressaillit à cette voix bien connue, et comprit à l'accent qu'un danger la menaçait. Lequel ? il l'ignorait ; mais tout lui disait qu'il n'y avait pas une minute à perdre. Les cœurs épris ont de ces pressentiments. A l'aide d'une pression énergique, il s'éleva, le plus possible, au-dessus de l'eau, et jeta les yeux du côté où les cris avaient été poussés. La distance était trop grande, il n'aperçut rien. Trois fois il recommença le même mouvement sans obtenir plus de succès ; sa vue le servait moins bien que son ouïe. Mais les cris se succédaient de plus en plus alarmants, et lui indiquaient ce qu'il avait à faire. Il prit son élan et fendit l'eau avec une vitesse surhumaine.

Ce qui empêchait que le lieu de la catastrophe ne fût visible pour lui, c'était le choc des flots sur le récif et le nuage d'écume qui s'en élevait. L'horizon en était obscurci comme par l'effet d'une brume. Pour savoir au juste à quoi s'en tenir, il fallait franchir cette barrière, et tout autre que Gaston n'aurait pu l'entreprendre avec impunité. On sait quelle puis-

sance réside dans les masses d'eau qui se heurtent contre
un écueil, et que de menaces de mort elles récèlent dans
leurs violents replis! Gaston lui-même, avec toute son habileté et son audace, y eût succombé, si la connaissance de
cette côte ne lui eût fourni les moyens d'atténuer le péril, et
de le réduire à des proportions qui lui laissaient la chance de
le vaincre. Dans le cours de ses expéditions nautiques, il
avait découvert sur la ligne des brisants un endroit où les
roches n'arrivaient pas jusqu'à la surface, et formaient comme
une échancrure par laquelle on pouvait pénétrer dans le bassin abrité. Pour une barque, le passage n'eût été praticable
qu'avec un calme parfait; un nageur déterminé pouvait s'en
tirer par tous les temps, et quel que fût l'état de la mer.

C'était donc vers ce point qu'il se dirigeait avec une rapidité fébrile; ses bras frappaient l'eau comme deux puissants
leviers; à vue d'œil l'espace diminuait. Déjà les objets devenaient plus distincts; il approchait de l'écueil et pouvait mieux
embrasser les détails de la scène. Elle était navrante. Une tête
flottait sur l'eau; c'était Clémence qui se débattait contre la
mort, et remplissait l'air d'appels multipliés. Entre elle et
Gaston, la distance était grande encore, et qui sait s'il arrive-
rait à temps pour l'arracher à cet abîme qui allait l'engloutir?
Cette pensée fut pour lui comme un coup de foudre; il en
resta un instant affecté jusqu'à l'inertie. Son front se couvrit
de sueur; il sentit le froid de la mort courir dans ses veines.
Mais ce ne fut qu'une crise où son âme se retrempa, une absence, une défaillance passagères. Ce n'était pas à soi qu'il
fallait songer, mais à cette victime qui implorait du secours,
et touchait à son moment suprême! D'un bond, le jeune
homme regagna le temps perdu, et en même temps il essaya
de se faire entendre de Clémence :

— Courage! lui cria-t-il, du courage! J'arrive; me voici.

Malheureusement la voix de l'écueil était plus forte que
la sienne; la jeune femme n'entendit rien.

Il y avait là un pas terrible à franchir. Quoique Gaston eût
choisi le point le plus accessible et le moins exposé aux fureurs de la mer, les eaux y étaient encore assez tourmentées
pour offrir des difficultés sérieuses. Par trois fois il s'engagea dans l'issue, par trois fois il fut rejeté vers le large avec
une irrésistible violence et sans qu'il lui fût possible de se

maintenir. Ces échecs, au lieu de l'abattre, allumèrent dans son cœur une colère qui ne savait comment s'exhaler; il ne se possédait plus et adressait d'impérieux défis à la vague. Enfin, quand, pour la quatrième fois, il se sentit porté du côté du bassin intérieur, au lieu d'attendre le retour du flot et de s'exposer à une nouvelle déconvenue, il plongea et alla se cramponner au fond de la mer, sur la roche même; puis, par un mouvement oblique, il regagna la surface. Son calcul ne fut point trompé; il avait dépassé l'arête de l'écueil, et se trouvait dans des parages plus tranquilles.

Une fois dégagé, son premier coup d'œil se porta vers Clémence. Il l'aperçut encore, mais comme une vision, comme une ombre; c'était la minute suprême, le moment fatal, sa main venait d'abandonner le rocher où, un instant, elle avait trouvé un appui; elle flottait comme une masse inerte et disparut bientôt après avoir poussé un dernier cri, un cri de plainte et de regret, un adieu désespéré à la vie.

Gaston assistait à ce spectacle commé un homme en proie à un mauvais rêve; éperdu, hors de lui, il ne nagea plus, il bondit sur l'eau.

— Que je la sauve, s'écria-t-il, ou que j'aille la rejoindre!

Le hasard avait voulu que le théâtre de la catastrophe fût parfaitement déterminé; le jeune homme n'eut donc point à hésiter dans ses recherches. Le rocher que la marée laissait à découvert lui servait de jalon et de but; c'était à sa base même qu'il avait vu la victime se débattre, rouler et s'engloutir. C'est vers ce rocher qu'il se dirigea d'une main ferme. Tous ces courants intérieurs, qui étaient un obstacle pour une femme, n'étaient rien pour lui, qui en avait affronté de bien autrement redoutables; il les traversa sans peine et comme en se jouant; jamais ses muscles n'avaient eu un tel ressort, ni ses bras une vigueur plus grande. Parvenu au but, il interrogea de l'œil les profondeurs du bassin. L'eau était d'une limpidité extrême, et, à quelques pieds de lui, il aperçut d'une manière très-distincte le corps de la jeune femme étendu sur une couche d'algues marines comme sur un lit de repos. On eût dit la fiancée des ondes dormant sur sa couche nuptiale, ou une Amphitrite bercée par les vagues dans son palais transparent.

XIII

Plonger à pic, soulever le corps de Clémence et le ramener à la surface de l'eau, fut pour Gaston l'affaire d'un instant. La jeune femme ne donnait plus signe de vie; ses yeux fermés, son visage d'une blancheur mate, sa tête inclinée sur son épaule, ses membres déjà moins flexibles, ses mains, d'où la chaleur se retirait, tout donnait lieu de craindre que les secours ne fussent arrivés trop tard. Gaston l'examinait avec une attention mêlée d'angoisse; plus de souffle, plus de mouvement, rien qui pût lui apporter une ombre d'espérance. C'était un cadavre qu'il pressait dans ses bras.

Cependant il ne se tint ni pour vaincu, ni pour condamné: peut-être la vie sommeillait-elle sous cet anéantissement. Il y a tant de ressources dans la jeunesse, et, fût-il besoin d'un miracle, le ciel le ferait bien en faveur d'une créature si accomplie. Cette pensée réveilla sa confiance. La marée, qui décroissait toujours, avait rendu plus facile l'accès du rocher; il le gravit sans quitter son précieux fardeau. Ses pieds saignaient, ses bras fléchissaient après de si rudes épreuves. Il n'en marchait pas d'une allure moins ferme sur ces mousses visqueuses qui tapissent les écueils, et sur ces arêtes des madrépores, aiguës comme des dards. Rien ne pouvait ni le toucher, ni l'ébranler; il n'avait plus le sentiment ni de l'obstacle, ni de la douleur. Tout ce qu'il y avait en lui de facultés et de forces se concentrait sur cet objet inanimé qu'il serrait contre sa poitrine, comme s'il eût voulu le ressusciter à l'aide de son souffle et le réchauffer de sa chaleur.

Si pleine d'incidents qu'elle fût, cette scène avait duré à peine quelques minutes, et du rivage on n'en pouvait apprécier que vaguement la gravité. Cependant l'alarme y régnait: aux premiers cris des baigneuses, le vieux comte et le baron de Montréal étaient accourus. Ils apprirent qu'il s'agissait de Clémence et qu'elle se trouvait en danger. Une barque était là, que le reflux avait laissée à sec; on envoya en toute hâte à Saint-Martin-en-Port pour en ramener des marins capables de la diriger. La distance n'était pas grande ; mais encore fallait-il le temps de trouver du monde et de re mettre l'embarcation à flot ; une demi-heure devait s'écouler dans ces préparatifs ; une demi-heure, c'est-à-dire un siècle, cent fois plus qu'il n'en fallait pour rendre le mal irréparable, et donner à la mort le temps d'achever son œuvre. Claire le sentait et ne se contenait plus ; elle s'indignait qu'on ne trouvât pas des moyens plus prompts, s'en prenait au comte et au baron, et, dans son désespoir, allait donner l'exemple d'un dévouement inutile, lorsque Gaston se montra sur le rocher, tenant Clémence entre ses bras. Quoique, à cette distance, les objets ne fussent pas bien distincts, le cœur de Claire ne s'y trompa point ; elle joignit les mains et jeta un regard vers le ciel :

— Merci, mon Dieu ; elle est sauvée ! s'écria-t-elle. C'est Gaston qui me la rend.

De la grève, un autre personnage avait suivi cette scène, et avec un instinct aussi sûr que celui de Claire, en avait nommé le principal acteur. C'était le baron de Montréal :

— Fatalité ! s'écria-t-il ! Toujours cet homme entre ma femme et moi.

Cependant Clémence était moins sauvée qu'on ne le croyait ; elle avait changé d'élément sans changer d'aspect ; l'anéantissement persistait. Gaston ne savait qu'imaginer pour ramener la vie dans ce corps d'où elle s'était si récemment retirée ; il cherchait dans ses souvenirs et dans ses instincts par quels moyens il pourrait rendre le coloris à ces lèvres, la respiration à cette poitrine, le sang à ces artères et à ces veines, frappées d'insensibilité. Il n'était ni docteur, ni praticien ; mais, à défaut de science, il avait les inspirations du cœur.

Assis sur le rocher, il tenait Clémence entre ses bras et la tête appuyée sur son épaule, comme si, à ce contact, un échange mystérieux eût dû se faire, à son profit à elle, à ses dépens à lui. Il séchait ses vêtements, réchauffait ses membres raidis, épiait sur sa figure languissante les signes qui pouvaient révéler un changement d'état, la couvait pour ainsi dire du regard et avec une telle puissance, qu'une âme serait revenue des limbes pour répondre à un semblable appel. Parfois même, il lui parlait comme si elle eût pu l'entendre, et dans ce langage familier auquel, tout enfants, ils s'étaient accoutumés :

— Clémence, lui disait-il d'une voix sourde et plaintive, revenez à vous. Pourquoi nous quitter ainsi ?

Elle ne bougeait pas et il continuait comme s'il se fût adressé à un ange, déjà accueilli dans un séjour plus parfait. Sa tête s'égarait sous le coup de la douleur et des émotions de la journée. Il se répandait en reproches mêlés de tendresses infinies, lui rappelait ceux qu'elle laissait sur cette terre livrés à d'éternels regrets, sa mère, sa sœur, lui enfin, tous ceux qui l'aimaient et qu'elle aimait, trouvant, pour exprimer son amour, des mots si chastes et si purs, qu'ils ne semblaient pas sortir d'une bouche humaine, puis allant jusqu'à la menace, afin de la toucher plus vivement :

— Clémence, ajouta-t-il, vous voulez donc que j'aille vous rejoindre, puisque vous ne voulez pas revenir vers nous ! C'est bien cruel de votre part. Que vous ai-je donc fait que vous ne me répondez pas ?

Et il l'agitait doucement, et comme s'il eût voulu se faire mieux entendre, il rapprochait son visage du sien, et le couvrait du souffle ardent de la jeunesse. Est-ce à cette circonstance que tint le retour à la vie ? On ne saurait le dire ; mais, au moment où Gaston exhala sa dernière plainte, un soupir y répondit, et la jeune femme ouvrit les yeux.

— Ah ! c'est vous, Gaston, dit-elle. Où suis-je donc ?

Puis, étonnée de se trouver entre les bras d'un homme, seule au milieu des flots, dans une position et un costume si étranges, elle inclina de nouveau la tête et retomba dans son évanouissement.

Mais cette crise n'avait pas le caractère de celle qui l'avait précédée, et tout inexpérimenté que fût Gaston, il ne put s'y méprendre : les symptômes étaient trop évidents. Le sein reprenait son mouvement, la peau sa chaleur ; les lèvres se coloraient, les paupières étaient le siège d'un frémissement nerveux, les ailes des narines se dilataient sous l'action d'un souffle encore inégal, les membres recouvraient peu à peu leur flexibilité : c'était le retour des fonctions vitales qui s'opérait régulièrement avec tous les phénomènes qui le caractérisent. On eût dit que les sens cherchaient dans un nouveau sommeil la force nécessaire pour une activité suivie.

Pour Gaston, il y eut là un étrange moment. Clémence une fois sauvée, son exaltation s'était éteinte; il retrouva ses esprits, descendit des régions imaginaires qu'il venait d'habiter et quitta le ciel pour la terre. Que l'on se fasse, si c'est possible, une idée de sa situation. Ce n'était plus un ange qu'il avait entre les bras; c'était une femme, la femme de ses rêves et de ses désirs; ce n'était plus un corps insensible, mais un être animé et d'une beauté qui éclatait mieux dans ce désordre; ce sein qui reposait sur sa poitrine battait maintenant, et la vie circulait dans ses formes dont il était le point d'appui.

Voilà à quelle impression Gaston était alors en butte.

Il était enivré et troublé, troublé surtout; il n'osait plus bouger, de peur qu'un mouvement ne trahît ce combat de ses sens et ce tumulte de sa pensée; il se sentait consumer sur placé et n'osait pas s'avouer ce qu'il éprouvait. Des rougeurs soudaines lui montaient au front, à l'aspect de ce soleil qui brillait sur sa tête et de cette plage si voisine, confus sans doute de ce que cette scène avait tant de témoins.

Un dernier incident allait y mettre fin. Après bien des tâtonnements et des délais, la barque échouée sur la grève venait d'être poussée à la mer : trois hommes de Saint-Martin-en-Port en formaient l'équipage, et deux passagers, le comte et le baron de Montréal, s'étaient joints à eux. Déjà les avirons jouaient, et, de minute en minute, on pouvait voir l'embarcation se rapprocher du groupe naufragé sur l'écueil. Cependant, la syncope n'avait pas cessé; la jeune femme était toujours évanouie. Que faire? Attendre ainsi? Gaston, à aucun prix, ne s'y fût résigné. Il fit un effort :

— Clémence, dit-il, Clémence !

Elle ne bougeait pas; il insista :

— Clémence, répéta-t-il, on vient.

On eût pu croire qu'elle avait compris; ses bras se raidirent, et elle rouvrit les yeux, mais péniblement, à demi, et comme si elle eût cédé à une contrainte.

— Pourquoi me réveiller? dit-elle, j'étais si bien.

Elle promenait çà et là des regards étonnés, et cherchait à rappeler ses souvenirs. Le sentiment de son état, la conscience des objets extérieurs lui échappaient encore : cependant elle dut comprendre que son corps portait sur le bras

de Gaston, car le sang afflua à ses joues et elle se dégagea
doucement.

— On vient ! répéta Saint-Pons.

— On vient, dit-elle en forme d'écho et si bas qu'à peine
put-il l'entendre ; on vient. Qui donc ?

— Votre mari.

Il fallait que ce mot eût une singulière puissance pour que
la jeune femme s'y montrât sensible comme elle le fut. Elle
releva la tête avec vivacité, et accompagnant ses paroles d'un
geste douloureux :

— Gaston, dit-elle, pourquoi ne m'avez-vous pas laissée
mourir ?

La barque n'était plus qu'à une petite distance, et les ra-
meurs s'arrangeaient de manière à aborder l'écueil par le
point le moins agité. Au milieu de ces fonds inégaux et de
ces courants capricieux, ce n'était pas une manœuvre facile.
Le vieux comte, dont le pied n'était pas sûr, restait assis sur
l'arrière, adressant à sa fille, du plus loin qu'il le pût, des
mots encourageants et des témoignages de tendresse ; tandis
que le baron, immobile et silencieux, se tenait debout sur
l'avant, comme s'il eût voulu hâter l'instant où il reprendrait
possession de sa femme. Les trois marins songeaient à leur
besogne, et l'un d'eux, armé d'une gaffe, cherchait à la fixer
sur l'écueil. De son côté, Gaston s'était remis à l'eau, et quand
la barque se trouva à sa portée, il la poussa doucement et
aida à la maintenir. Quant à Clémence, personne, à la voir,
n'eût deviné qu'elle revenait de si loin. Le coude appuyé sur
le rocher, elle suivait cette scène d'un œil curieux et chargé
de langueur, et répondait par des gestes caressants aux démonstrations lointaines du comte. Dès que la barque fut là,
elle put descendre sans un trop grand effort et se jeta dans
les bras du vieillard, dont le visage était baigné de larmes.

— Cruelle enfant ! s'écriait-il, que de tourment tu nous a
donné !

L'expédition était achevée, et il ne restait plus qu'à regagner le rivage. Les marins allaient reprendre les rames quand
on s'aperçut que Gaston manquait à l'appel. Au lieu de monter dans l'embarcation, il venait d'exécuter, avec son aisance
habituelle, un plongeon qui l'en éloignait.

— Eh bien ! lui dit le comte quand il reparut à quelques

4

toises plus loin, à quoi vous amusez-vous, monsieur de Saint-Pons? Arrivez donc par ici.

— Merci, monsieur le comte, lui répondit-il, je ne rentre pas par le même chemin que vous.

Et il se dirigea vers le large avec la même agilité que s'il n'avait pas déjà fait ce trajet. Clémence le suivit du regard; son attention était toute là, et son âme aussi. Elle le vit franchir le récif, puis se rabattre sur la plage où il aboutit sain et sauf. Alors elle respira plus librement. Quelles épreuves elle venait d'essuyer coup sur coup, et quelle terrible journée! C'était, dans la vie de la jeune femme, une de ces dates qui restent tracées en caractères de feu et que rien ne peut plus effacer ni du cœur ni de la mémoire. Ce fut une date aussi et des plus sombres pour Sigismond, qui perdit l'empire ce jour-là et ne devait plus le ressaisir.

XIV

Cet événement eut des suites bien plus graves qu'on ne le présumait, et amena à quelques mois de là des changements considérables dans la situation des deux familles.

Clémence, la première, en éprouva l'influence et en resta profondément affectée. Cette force déployée pendant la lutte avait tous les caractères d'un excès, et elle s'en ressentit longtemps. Ce n'était pas une maladie caractérisée, mais un état de langueur d'autant plus dangereux que la cause en était moins apparente. Point d'organe atteint, point de lésion sensible, et pourtant la jeune femme ne se rétablissait pas : son visage gardait l'empreinte d'une souffrance qui résistait aux soins les plus ingénieux. Adieu les vives allures et les grâces d'autrefois : Clémence s'était pour ainsi dire transformée. Sa beauté restait la même; mais elle avait quelque chose de plus calme, de plus sérieux, de plus réfléchi. Cette flamme qui, naguère, répandait autour d'elle de si doux rayons, était devenue un feu intérieur, mêlé d'éclairs et d'ombres : au lieu du rire franc et naïf qui s'échappait si volontiers de ses lèvres, on y voyait errer un souvenir mélancolique et presque contraint. D'égal qu'il était, son caractère avait tourné au caprice : tantôt elle parlait jusqu'à l'intempérance, tantôt elle se renfermait dans un silence obstiné, comme si, repliée sur elle-même, elle eût écouté avec effroi les révélations de son cœur.

Mais ce changement visible chez la jeune femme n'était rien auprès de celui qui survint dans la santé et dans l'état de son père. Depuis plusieurs années, le vieux comte luttait contre le poids de l'âge et un mal invétéré. Pour y résister si longtemps, il n'avait pas fallu moins que la solidité de sa constitution, un régime rigoureusement suivi, la vie et l'air des champs, toujours si salutaires, les tendres attentions de ceux qui l'entouraient, enfin l'absence de toute émotion trop vive.

Son existence était un de ces phénomènes qui étonnent l'art humain et attestent la puissance de la volonté. Il en avait la conscience; il se sentait condamné, il comptait ses jours, presque ses heures. Et pourtant il avait tant de goût à la vie, il lui en coûtait tant de quitter sa fille avant que son sort ne fût assuré, qu'il avait réussi jusque-là à se maintenir au nombre des vivants, contre les lois ordinaires de la nature et malgré les arrêts unanimes des médecins.

L'aventure de la plage précipita la crise; ce fut la goutte d'eau dans un verre déjà plein. Le danger que Clémence avait couru n'était pas une de ces épreuves que le vieillard pût supporter impunément; il en fut frappé dans les derniers ressorts de la vie. Dès ce jour il déclina avec rapidité, et bien des signes annoncèrent une séparation prochaine. La tête, qui était restée saine pendant que les autres organes s'altéraient, commença à recevoir quelques atteintes. La mémoire faiblit, la sensibilité s'émoussa; il y eut décadence dans les facultés comme dans les forces. Un sentiment seul semblait survivre à cette décomposition; c'était l'amour de son enfant et le regret de la quitter. Plus d'une fois une larme furtive mouilla les paupières du vieillard quand il entendait la voix de Clémence. Si elle était près de lui, il ne la perdait pas de vue et semblait prendre intérêt à ses moindres mouvements. On eût dit qu'un secret instinct l'éclairait sur le sort qui attendait la malheureuse victime quand il ne serait plus là.

Dans les conditions fâcheuses où se trouvait le château de Beaupré, il n'y avait plus de place pour la joie et les divertissements. Aussi les relations de voisinage en furent-elles profondément modifiées. Les personnes qui n'y venaient qu'à titre d'invités se contentèrent d'envoyer, de loin en loin, prendre des nouvelles du vieux comte et de sa fille. Les Saint-Pons, seuls, ne changèrent rien à leur pied d'intimité; à raison des circonstances, ils y mirent même plus d'empressement. La marquise et Claire étaient surtout très-assidues. Parfois aussi Gaston les accompagnait, et, à étudier son visage, il eût été facile d'y découvrir comme un reflet des sentiments dont Clémence était assiégée. Il souffrait de ses douleurs et s'affligeait de son deuil. Pas un mot n'était échangé qui décelât une entente secrète, mais ce que les lèvres n'osaient pas dire, les yeux le disaient; il y avait concert entre ces deux cœurs.

Cependant une influence hostile aux Saint-Pons semblait prévaloir de plus en plus au château et agir de manière à troubler les rapports des deux familles. A mesure que l'intelligence du vieux comte s'éteignait et qu'il avait moins le sentiment de ce qui se passait autour de lui, Sigismond, en sa qualité d'héritier des biens et du nom, prenait davantage des airs de maître, s'emparait des prérogatives de l'emploi et des rênes du gouvernement, rangeait de son parti les valets qui vont toujours du côté des nouveaux visages, et s'appliquait à faire régner dans cette enceinte d'autres habitudes et un autre esprit. Le premier essai qu'il fit de cette autorité souterraine, consista en un système de sourdes persécutions et d'avanies subalternes dirigées contre les Saint-Pons. Désormais, quand ils parurent à Beaupré, ils ne trouvèrent plus cet accueil et ces prévenances auxquels le comte les avait accoutumés et qu'ils méritaient à tous les titres. Gaston fut l'objet de procédés qui allaient jusqu'à l'impolitesse; la consigne le désignait pour point de mire; et c'était, parmi les inférieurs, à qui renchérirait.

Ce petit complot ne put échapper à Clémence, et elle ne se méprit pas davantage sur le motif qui l'avait inspiré. Pour en conjurer l'effet, elle adopta sur-le-champ la conduite oppo-

sée. A mesure qu'on affectait, vis-à-vis de ses amis de
Champclos, plus de froideur et moins d'égards, elle se montra meilleure pour eux, plus empressée et plus attentive à
leur plaire. Elle établissait ainsi une sorte de compensation
vis-à-vis de Claire et de sa mère ; c'étaient des raffinements
de tendresse, des petits soins, des mots si heureux, qu'il était
impossible de n'en pas être touché. Vis-à-vis de Gaston, elle
était naturellement plus contenue ; mais un regard suffisait,
et au delà, pour guérir ces petites blessures de la vanité.
D'ailleurs, si elle supportait sans éclat des façons d'agir si
indignes d'un gentilhomme, c'était un peu à cause de Gaston.
Le cœur plus libre, elle se fût senti plus forte et eût réveillé
l'intelligence de son père pour qu'il châtiât celui qui donnait
un tel démenti aux traditions hospitalières de sa maison. Mais
elle était juste et sincère par-dessus tout, sincère envers elle-
même comme envers les autres, et elle admettait que son
mari dût prendre des précautions contre elle. Si elle pouvait
toujours répondre de ses actes, elle ne pouvait plus répondre
au même degré de ses sentiments. Elle restait donc désarmée
vis-à-vis de Sigismond, désarmée volontairement et par l'effet
des scrupules de sa conscience.

Cependant, les choses empiraient de telle sorte que sa patience était à bout. Chaque jour, Sigismond poussait les mauvais procédés plus loin ; il se comportait de manière à ce
que les Saint-Pons fussent obligés de rompre, sous peine
d'être atteints dans leur dignité. Ceux-ci pourtant tenaient
bon ; ils pénétraient ce calcul et s'efforçaient de le déjouer.
Ils se disaient qu'avant d'abandonner ce vieillard moribond
et cette jeune femme sans expérience, il fallait épuiser la
mesure de ce que des personnes de leur rang peuvent supporter sans déchoir. C'est ainsi qu'ils fermèrent les yeux sur
bien des inconvenances et imposèrent silence aux plus légitimes susceptibilités. Pour les deux femmes, l'effort n'avait
rien d'excessif ; mais qu'on se figure les révoltes intérieures
de Gaston et au prix de quels combats il acheta une résignation qui n'était ni de son caractère, ni de son âge.

Un jour vint où il s'avoua vaincu. Les Saint-Pons venaient
d'entrer dans le salon du château, et Clémence leur en faisait
les honneurs. Le vieux comte de Montréal était assis dans
un grand fauteuil, devant une croisée d'où l'on pouvait dé-

couvrir, au delà des parterres, les accidents de la vallée de
Dardène et les grands bois d'alentour, que l'automne commençait à flétrir et à dépouiller. L'influence de la saison était
venue en aide aux ravages du mal et achevait cette œuvre
de destruction douloureuse et lente. Dans le regard que le
vieillard jetait sur le paysage, son arrêt, et un arrêt prochain, semblait écrit : point d'expression, point de vie ; tout
y était machinal. Le cœur saignait à ce spectacle. Aussi lais-
sait-on le comte dans son coin, sans le fatiguer de questions
auxquelles il eût été incapable de répondre. Clémence seule
se levait de temps en temps et allait lui donner quelques
soins, puis retournait vers son siége et se mêlait à l'entretien. Ce fut au milieu de circonstances semblables, qu'un
matin Sigismond parut dans le salon. Était-il plus mal disposé que de coutume ? Ne s'attendait-il pas à y rencontrer
les Saint-Pons, et éprouvait-il, à les voir, un sentiment d'humeur dont il ne put se rendre maître ? Ou bien, était-ce calcul de sa part, et, croyant l'heure venue, voulait-il s'affranchir des derniers ménagements ? Il y eut un peu de tout cela
dans ses motifs de détermination et il se composa un maintien en conséquence. A l'aspect des Saint-Pons, il recula
comme si leur rencontre eût été pour lui une surprise et un
désappointement, puis, se ravisant, il alla vers eux, s'inclina
devant les deux dames et sortit sans saluer Gaston. Celui-ci
pâlit et un éclair de colère brilla dans ses yeux ; cependant
il se contint. Deux larmes roulèrent dans les yeux de Clémence. Il n'y eut pas jusqu'au vieillard qui ne parût recevoir de cette scène une impression dont on ne le croyait plus
susceptible ; son regard s'attacha à Sigismond avec une fierté
indignée, et il essaya de se soulever sur son fauteuil ; mais,
trahi par ses forces, il y retomba lourdement et comme foudroyé.

Comme on le pense, la visite ne se prolongea pas ce jour-
là. La marquise et sa fille se levèrent, et, à la chaleur de
leurs adieux, Clémence put juger qu'elle les voyait à Beaupré pour la dernière fois. Gaston se renfermait dans une
tristesse silencieuse ; l'affront essuyé lui pesait moins que la
séparation ; il pouvait oublier l'un, il ne s'accoutumait pas à
l'autre. Clémence eut pitié de lui ; ce qu'elle n'eût pas accordé
à ses instances, elle l'accorda à une douleur si vraie. Au mo-

ment où ils allaient se quitter, elle ménagea les choses de manière à se trouver un instant seule avec lui, et lui prenant la main avec une exaltation contenue :

— Gaston, lui dit-elle, on peut vous chasser de cette maison ; on ne vous chassera pas de mon cœur.

Il se fit, à ces mots, une révolution sur le visage du jeune homme ; à peine pouvait-il croire à ce qu'il entendait ; son cœur battait à briser sa poitrine, ses jambes fléchissaient, sa voix tremblait.

— Merci, Clémence, dit-il, ému jusqu'aux larmes ; voilà qui me venge bien.

Des témoins étaient là ; il fallut en rester sur cet aveu et sur cet engagement. Demeurée seule, Clémence s'effraya de ce qu'elle avait fait et en mesura la gravité. Tout semblait se conjurer pour la perdre, les hommes et les événements ; elle venait de jouer son repos pour la réparation d'une injustice. Si jeune, être déjà entraînée si loin ! Commencer la vie sous des auspices si fâcheux ! Porter le poids d'un secret et n'être plus pure d'intention ! A cette pensée, il se fit un retour dans son âme, et elle en arriva à regarder comme une faveur du ciel la rupture que devaient amener les mauvais procédés de Sigismond.

XV

Dans la nuit même, le château de Beaupré fut le théâtre d'une scène de deuil, qui n'en fut pas moins douloureuse pour être prévue.

Vers deux heures du matin, le valet de chambre qui veillait près du comte donna l'alarme dans la maison. Une crise venait de se déclarer, et, à la violence des accidents, on pouvait deviner que ce serait la dernière. En un instant, la famille et les gens se trouvèrent sur pied, Clémence avant tout le monde. Un exprès fut envoyé à Fécamp pour en ramener le médecin, et on suivit en attendant les instructions qu'il avait laissées. Aucun soin ne fut négligé pour adoucir le mal, jusqu'au moment où l'on pourrait employer des moyens plus énergiques. Clémence y présida et personne ne s'y entendait comme elle. Dans le cours de cette longue maladie, elle avait appris à en connaître les symptômes et à en prévenir les effets; cette fois seulement ils dépassaient en gravité tout ce qu'elle avait observé jusque-là, et ses inquiétudes étaient au comble. Contre l'ordinaire, le vieillard était sorti de la léthargie qui pesait sur lui depuis quelques mois. Ses mouvements étaient plus libres, son cerveau se dégageait, sa langue aussi. Mais une fièvre ardente, accompagnée de délire, s'acharnait sur ce corps affaibli et donnait d'autres sujets d'alarme. Des mouvements brusques, des paroles entrecoupées signalaient un combat intérieur, et ressemblaient à un commencement d'agonie. Il est à croire que le médecin en jugea ainsi, car son premier mot fut un de ces arrêts que le cœur comprend. Il conseilla à Clémence de s'éloigner. C'était mal juger le caractère de la jeune femme; le spectacle de la mort n'avait rien qui l'effrayât, et si pénible que fût ce devoir, elle déclara qu'elle l'accomplirait jusqu'au bout et ne quitterait pas le chevet de son père. Elle voulait recueillir sa dernière parole et son dernier regard. Devant une volonté si ferme et un désir si pieux, personne n'insista plus.

De toute la journée aucun changement ne se manifesta dans l'état du malade. La fièvre ne cédait pas et livrait de tels assauts à ces organes épuisés, qu'il était difficile de comprendre comment ils y résistaient encore. Dans les moments lucides, et quand le mal lui laissait un peu de répit, le comte étendait le bras hors du lit et cherchait la main de sa fille; il paraissait plus calme dès qu'il la tenait. De tout autre, il n'acceptait ni ne prenait rien; Clémence seule obtenait de lui qu'il se soumît à des prescriptions dont, mieux que personne, il sentait l'impuissance et l'inutilité. Parfois il essayait de lui parler et ne trouvait que des idées incohérentes et des mots sans signification. Ce qui y dominait, c'était les souvenirs récents, et surtout cette aventure de la plage, qui avait laissé des traces profondes dans son esprit. Puis, à bout d'efforts, il portait la main de sa fille à ses lèvres, et retombait ensuite languissamment sur ses coussins.

Vers le soir pourtant, une modification se déclara, et tellement sensible, qu'à part les hommes de l'art, tout le monde l'eût prise pour un retour à la vie. Plus de fièvre, plus de signe de douleur; l'œil était calme, le front serein, la tête saine comme dans les meilleurs jours; sur les lèvres siégeait un sourire plein de douceur et de résignation. Le comte voyait sa fin approcher : il voulait bien remplir les moments qui lui restaient. Sur ses ordres, on l'arrangea dans son lit avec un certain appareil, et comme c'était d'usage pour les seigneurs de sa maison. Aucun Montréal n'eût quitté ce monde sans prendre congé des siens quand il le pouvait. Toutes les personnes attachées au service du comte se succédèrent devant ce lit pour recevoir, avec son adieu, un témoignage d'intérêt. La scène fut touchante et rien n'y sentit l'effort; des larmes sincères furent versées. Le comte était bon pour ses gens, et beaucoup d'entre eux avaient vieilli dans sa maison. Ils savaient ce qu'ils perdaient; ce qui les attendait, ils l'ignoraient, ou plutôt, avec la perspicacité habituelle du subordonné, ils avaient déjà pris la mesure de leur nouveau maître.

Cet acte accompli, le comte resta seul avec son gendre et sa fille. De toutes ces épreuves, celle-là était la plus douloureuse. Il allait les confondre dans un adieu commun, rappeler à l'un ses devoirs de race, répandre sur la tête de l'autre ses meilleures bénédictions. Le temps pressait : le mal, un moment interrompu, avait repris sa marche et ne devait plus désarmer. A peine la voix était-elle distincte. Le comte s'adressa d'abord à son gendre, et lui prenant le bras avec un air d'autorité :

— Sigismond, lui dit-il, vous êtes mon ouvrage; Dieu veuille que vous ne soyez pas une de mes erreurs. J'aurais pu transporter dans une autre maison les biens que je vous laisse; en fait de grandes alliances, je n'avais que l'embarras du choix. C'est vous que j'ai préféré; c'est à vous que j'ai confié ce que j'avais de plus cher au monde. Voilà un titre qui doit protéger cette enfant : me promettez-vous de vous en souvenir?

— Oui, mon oncle, je vous le promets.

— Il me faut plus qu'une promesse, Sigismond; il faut que vous me le juriez sur votre honneur.

— Sur mon honneur, je vous le jure.

— C'est bien; je meurs rassuré. Vous allez être le seul à

porter le nom des Montréal, et vous savez si ce nom a été porté par des hommes loyaux et qui tenaient à leur parole. Le bonheur de ma fille est sous la sauvegarde de votre honneur, Sigismond, et il n'y a jamais eu de parjure parmi les nôtres. Vous ne voudriez pas être le premier?

— Soyez tranquille, comte.

— Je le suis aussi : donnez-moi votre main, et toi la tienne, Clémence; que je vous bénisse tous deux. Adieu, mes enfants.

C'était seulement au prix d'un grand effort que le vieillard avait pu arriver au bout de cette scène; sur les derniers mots sa tête s'affaissa sur le chevet, et un moment on put croire qu'il allait exhaler son dernier soupir. Cependant, quoique les yeux fussent fermés, la main s'agitait dans le vide, comme si elle eût voulu se rattacher à un objet qui lui échappait; ce fut la main de Clémence qu'elle rencontra :

— Ah! c'est toi, dit le vieillard; bien, bien, tu es toujours là! Je puis partir maintenant; je meurs sans regret. Adieu, mon enfant.

Il s'éteignit là-dessus; son bras retomba comme une masse inerte; son visage prit les tons de l'ivoire : plus de mouvement, plus de souffle, plus de pouls : il était mort. Clémence poussa un cri de douleur, et, prosternée aux pieds du lit, y resta longtemps en prières; il fallut presque user de force pour l'en arracher.

Quant à Sigismond, il ne semblait pas d'humeur à s'affecter outre mesure de l'événement.

— Enfin, je suis le maître, s'écria-t-il; le maître, et je le ferai voir.

Voilà l'oraison funèbre qu'il prononça sur ce corps à peine refroidi; voilà comment il s'acquittait envers le défunt et se préparait à tenir ses serments.

XVI

Cette mort eut, pour le château de Beaupré, le caractère d'un changement de règne. Rien n'y fut maintenu sur le pied d'autrefois; dans les grandes comme dans les petites choses, le nouveau comte voulut faire reconnaître sa main. Une portion de la domesticité, soit attachement, soit habitude, inclinait du côté de la fille des anciens maîtres. Peu à peu, Sigismond sut mettre à l'écart ces serviteurs suspects pour ne s'entourer que de créatures à lui. Par de brusques exécutions ou des faveurs soudaines, il s'attacha à rendre manifeste que tout désormais relevait exclusivement de son autorité, et qu'il n'y avait de mot d'ordre à recevoir que de sa bouche. Ce qui résista fut brisé, ce qui s'inclina fut élevé; c'est l'histoire de toutes les révolutions de palais et de toutes les variations de régimes.

Comment Clémence aurait-elle lutté contre des plans si ingénieusement conçus et si hardiment exécutés! La mort de son père avait jeté dans son cœur un tel deuil, et un tel trouble dans son esprit, qu'à peine savait-elle ce qui se passait autour d'elle. Retirée dans ses appartements, elle laissait les choses aller leur cours, sans songer à s'y ménager une part, ni s'inquiéter des empiètements qui se poursuivaient à son préjudice. Qu'on lui tendît des piéges, qu'on l'enfermât dans un cercle de plus en plus étroit, qu'on s'efforçât de la désarmer et de la tenir en échec par des combinaisons savantes, peu lui importait. Elle n'avait de goût ni pour la lutte, ni pour la domination. Son mari était donc libre d'agir comme il le voudrait; il n'aurait ni objections à essuyer, ni révoltes à craindre.

Cette inertie servait les desseins du comte Sigismond. Non pas qu'il eût reculé devant une résistance; mais une abdication l'arrangeait mieux. Il se hâta de mettre le temps à profit. Son premier soin fut d'isoler la jeune femme des relations qui lui portaient ombrage, et d'élever une barrière infranchissable entre les Saint-Pons et les Montréal. Ce n'était point assez qu'il régnât du froid, il fallait rompre ouvertement. Dès que l'occasion s'en présenta, ce plan reçut son exécution. Quelque motif qu'eussent les Saint-Pons de rester sur la réserve, ils crurent, à la mort du vieux comte, que leurs griefs devaient s'effacer devant cet événement, et qu'avant tout il fallait songer à Clémence. La marquise et Claire accoururent donc à Beaupré, dès que la fâcheuse nouvelle leur fut parvenue. Ni l'une ni l'autre n'imaginaient qu'une consigne formelle les arrêterait à la porte du château. C'est pourtant ce qui arriva. En dépit de leurs instances, elles ne furent point reçues, et les valets y ajoutèrent les façons et les airs à leur usage, quand ils se voient appuyés par leurs maîtres. Ni Claire, ni la marquise ne se trompèrent sur le sens de cette nouvelle avanie, ni sur la main d'où elle partait. Elles se retirèrent avec plus de douleur que de dépit, plaignant Clémence et ne se sentant que plus disposées à l'aimer.

Ce que Sigismond en faisait n'était pas la conséquence de son caractère, ni d'un besoin d'isolement; on aurait tort aussi de mettre sur le compte de son éducation les inconvenances de sa conduite. Il obéissait en cela à un sentiment impérieux, dont il était à la fois la victime et l'esclave. Il doutait de Clémence, et ce doute remontait aux premiers jours de leur union; il lui semblait qu'elle ne s'était pas toute donnée à lui, et tenait en réserve pour ainsi dire la meilleure partie d'elle-même. De là ce changement d'humeur, d'habitudes et de manières; de là ces caprices et ces violences comme s'en permettent seuls les hommes mal élevés et qui juraient avec son nom et son rang. Peut-être eût-il été mieux inspiré en suivant la marche contraire ; peut-être eût-il reconquis, à force d'égards, le terrain qui lui était interdit, et obtenu davantage d'un excès de confiance que d'un soupçon aveugle et injurieux. La fatalité s'en mêla; des deux voies il choisit la plus mauvaise, et comme si tout se fût conjuré contre lui, le ciel lui refusa un enfant qui eût jeté dans son intérieur une diversion salutaire. Ainsi s'expliquent ces consignes rigoureuses données aux gens de la maison. Le nouveau comte voulait rompre avec le passé et faire le vide autour de sa femme.

Cependant, toute résignée qu'elle fût, une pareille situation ne pouvait se prolonger sans amener, sinon un éclat, du moins un échange d'explications. Quand la première période de deuil fut passée et que Clémence eut donné à la mémoire de son père toutes les larmes dont il était digne, il se fit en elle un retour vers les choses de ce monde, insensible d'abord, ensuite plus marqué. Alors seulement, elle fut frappée du sequestre dans lequel on la tenait et de cette solitude qui régnait à ses côtés. Elle se demanda comment les Saint-Pons avaient pu la délaisser dans un pareil moment, et si vraiment ils avaient poussé jusque-là les représailles. Trop fière pour s'adresser ailleurs, ce fut à son mari qu'elle demanda ce que cela signifiait. Sigismond n'essaya pas d'atténuer le coup ni de se retrancher dans des subterfuges; résolu comme il l'était à faire prévaloir sa volonté, il fut sincère jusqu'à la brutalité :

— Les Saint-Pons, dit-il, tout est fini entre eux et nous.

Clémence pâlit, mais se contint :

— Fini? dit-elle.

— Bien fini, répliqua Sigismond.

L'accent qu'il y mit ajoutait encore à ces mots un commentaire significatif. La jeune femme n'insista que pour obtenir un renseignement :

— Ils sont venus? dit-elle.

— Oui, répondit son mari.

— Et que leur a-t-on dit ?

— On ne les a pas reçus.

C'était net et franc; aussi Clémence ne poussa-t-elle pas ses questions plus loin. La mesure avait été prise contre elle; les hostilités étaient ouvertes. Il ne lui vint dans la pensée ni de se plaindre, ni de lutter; la plainte eût été indigne d'elle et la lutte inutile. Mais, s'il eût pu lire dans son cœur, Sigismond eût été effrayé des sentiments qui s'y éveillaient. Clémence se souvenait de ce serment solennel prêté sur le lit d'un mourant et à l'heure de l'agonie; elle se demandait comment un Montréal pouvait se donner des démentis si prompts. Point d'illusion, son père ne lui avait donné ni un compagnon, ni un appui, mais un maître. Elle plia et attendit.

Cependant Gaston ne pouvait s'accoutumer au vide qui s'était fait dans sa vie. Ne plus voir Clémence lui semblait un sacrifice au-dessus de ses forces et une peine à laquelle il ne résisterait pas. C'était sa première et sainte affection, la seule femme qui eût éveillé chez lui un sentiment passionné. Jeune comme il l'était, il n'y attachait aucune pensée de séduction dans le sens ordinaire du mot; il n'entendait pas jouer le rôle d'un homme à bonnes fortunes; son âge et son caractère y répugnaient. Il aimait pour aimer, pour être aimé peut-être, rien au delà. Un regard, un mot de Clémence suffisaient à son bonheur, et sa journée étaient remplie quand il les avait obtenus. Si on lui avait dit qu'il existait des joies plus grandes, il ne l'aurait pas cru; mais à en être privé il se sentait dépérir.

Aussi ne demeura-t-il pas inactif devant l'interdit qui le frappait. Si le comte Sigismond avait une police à ses ordres, Gaston eut bientôt trouvé les moyens de déjouer les espions. Il était aimé et connu des gens du château, le comte en était craint seulement. En apparence, celui-ci était obéi, en secret on servait Gaston, toujours prompt aux largesses. Complot innocent et dans lequel Claire et la marquise étaient de moitié ! Il s'agissait d'avoir des nouvelles de la comtesse, d'être informés de ce qu'elle faisait, de savoir comment elle supportait l'épreuve que le ciel lui avait envoyée. C'était un bulletin de santé, avec tous les détails possibles, et jamais ce bulletin ne manqua. Aussi, les relations entre Beaupré et Champclos étaient moins rompues que ne le croyait Sigismond. L'ennemi avait des intelligences dans la place.

Gaston n'était pas d'humeur à s'en tenir là; il voulait revoir Clémence, fût-ce de loin, échanger avec elle un regard, recueillir un de ces sourires qui le rendaient si heureux. La saison s'avançait, et déjà on parlait de rentrer à Paris; il n'y avait pas un jour à perdre.

Le château de Beaupré se composait de deux parties : l'une ouverte, qui comprenait le domaine en exploitation; l'autre, entourée de murs et dans laquelle se trouvaient le château, les jardins, un vaste parc planté d'arbres centenaires. L'accès de cette dernière partie n'était facile qu'à ceux qui y pénétraient à titre régulier. Les murailles étaient très-hautes, et le château, pourvu de ses anciennes défenses, était merveilleusement propre à la destination que son nouveau maître semblait vouloir lui donner. Lui-même en avait, sans doute, apprécié les avantages, car, depuis qu'il y commandait, les portes restaient toujours fermées, et, pour qu'elles s'ouvrissent, il fallait recourir à une cloche comme on n'en fait plus dans notre époque dégénérée, et qui exigeait une certaine force musculaire chez celui qui entreprenait de l'ébranler. Le son était à l'avenant : on eût dit un tocsin. Garantie précieuse pour le comte : personne n'entrait dans son château qu'il ne le sût.

Gaston comprit qu'il n'y avait rien à faire de ce côté. Impossible de se glisser le long des murs et d'attendre un moment favorable à la manière des amants espagnols. A aucun prix, le jeune homme n'eût voulu jouer au roman, ni exposer Clémence à des suppositions fâcheuses. Quelque vif que fût son désir de la revoir, la crainte de la compromettre était bien plus vive encore. Comment concilier ces deux sentiments ? Un amour véritable est toujours ingénieux : voici ce que Gaston imagina.

XVII

Le chemin qui conduisait à Beaupré était une de ces voies de communication que les départements ouvrent à leurs frais, d'un chef-lieu à l'autre, et qui sont le siége d'un charroi fréquent et d'une circulation active. Seulement, aux abords de la résidence, une courte avenue de marronniers débouchait d'un côté sur le chemin d'un usage commun, et aboutissait de l'autre au pont-levis et à la cour d'honneur.

Durant la belle saison, il était difficile d'apercevoir du château cette route départementale. Quoique peu distante, elle était voilée par un triple rideau de végétation. En hiver seulement, et après la chute des feuilles, la perspective se dégageait, et alors on découvrait au loin les carrioles des villageois avec leurs cerceaux d'osier et les attelages des mareyeurs se convoyant et marchant par longues files. Cette

circonstance frappa Gaston, un jour qu'il rôdait sur les lieux,
en quête d'informations un peu au hasard et en se fiant à son
étoile. Les vents avaient soufflé la veille avec une grande
violence et ouvert de larges éclaircies au milieu des arbres
dépouillés. Çà et là des vides s'étaient faits, et à travers ces
vides, il voyait se dessiner les façades de Beaupré et distin-
guait nettement les appartements de la comtesse. Que l'automne achevât son œuvre, et, de la route à ce point du château, il y aurait un rapprochement possible pour les yeux
perçants de la jeunesse.

A l'instant même, Gaston fit ce calcul. Il avait trouvé ce
qu'il cherchait, un champ d'observations qui lui fût accessible, sans qu'on en prît ombrage dans aucun cas. Le chemin
départemental était un terrain neutre où sa présence aurait
toujours, si on l'y voyait, une explication naturelle. Il conduisait à Valmont, à Fécamp, à Cany, à Ourville, à Vittefleur, partout où l'appelaient ses distractions ou ses affaires.
On lui connaissait de ce côté des métairies, des champs, des
pacages, des moulins, et il était naturel qu'il y donnât le
coup d'œil du maître. Voilà pour les apparences; quant au
reste, Gaston s'en remettait au dieu des amours sincères :
il n'avait point de plan, mais seulement l'espoir vague qu'une
occasion se présenterait; il ne voulait pas forcer la destinée,
il en attendrait les arrêts. Qui le sait? Clémence aurait un de
ces mystérieux avertissements, si habituels aux âmes tou-
chées; elle saurait qu'il est là, qu'il y est pour elle, à son
intention, et avec l'ardent désir de recueillir sur son passage
un geste, un regard, le plus furtif et le plus léger témoignage d'affection.

A peine cet espoir fut-il entré dans l'esprit de Gaston, qu'il
se sentit renaître. Dès le lendemain, il montait à cheval et
suivait lentement l'itinéraire qu'il s'était tracé. Jusqu'aux
approches de Beaupré, il rendit la main à sa monture et brûla
le chemin; arrivé sur les lieux, il prit le pas de manière à
rester en vue le plus de temps possible et à mettre de son
côté autant de chances qu'il le pourrait. Ces chances étaient,
hélas! bien petites; dix minutes à peine, en gardant l'allure
la plus modérée. Le succès dépendait de ce moment fugitif.
Il fallait que le hasard amenât Clémence à sa croisée, qu'elle
jetât les yeux de son côté, qu'elle l'aperçût, le reconnût, et,

le reconnaissant, consentît à l'encourager dans cette expédition romanesque. Moins jeune, Gaston y eût moins compté; peut-être n'eût-il pas engagé une partie si inégale. Mais à son âge doute-t-on jamais? Il s'avançait donc d'un pas lent, avec prudence, avec précaution, et cherchant, à travers les rameaux nus, une apparition secourable. Sur bien des points encore les feuilles persistaient et faisaient obstacle au regard; çà et là seulement l'horizon demeurait libre jusqu'au château. C'était à ces échappées qu'il s'attachait avec une ardeur mêlée de trouble.

Ce jour-là et les jours suivants il en fut pour une déception: ni à l'aller, ni au retour, il n'aperçut rien qui pût lui donner l'ombre d'une espérance. La façade du château gardait son aspect solitaire et désolé; pas un bruit, pas un mouvement aux croisées: on eût dit une tombe plutôt que le séjour des vivants. Gaston ne renonça point pour cela; au lieu de l'abattre, les échecs ne faisaient que l'exciter; plus le but semblait s'éloigner, plus il avait le désir de l'atteindre. Il persista donc dans son plan d'opérations, si incertain qu'il fût. Qu'imaginer de mieux? Faire passer à Clémence un avis secret? L'eût-il pu sans risque, qu'il ne l'eût pas fait; il n'y songea même pas; il n'avait pas de tels droits sur elle. Il ne devait rien attendre que du hasard, et encore fallait-il y procéder avec toutes sortes de réserves. La seule chose qu'il fit, ce fut de varier les heures auxquelles il passait devant le château, afin de ne pas s'exposer à des remarques indiscrètes. De jour en jour, les arbres dépouillés de leur dernière végétation laissaient le chemin plus à découvert et rendaient les chances plus favorables.

Enfin il eut cette bonne fortune si longtemps attendue. Par une de ces matinées d'automne, où le soleil envoie à la terre un sourire d'adieu, il longeait, comme à l'ordinaire, l'avenue du château, et venait de la dépasser sans avoir recueilli d'indice plus satisfaisant: même silence, même solitude. Sous le poids de ces mécomptes, il commençait à fléchir; il en était à cette limite où le cœur manque, même aux plus résolus. Était-ce le sort qu'il fallait accuser? Était-ce la volonté de Clémence? Il se prenait à douter et n'éprouvait plus qu'un vide profond, mélangé d'amertume. Ce fut alors, au plus fort de cette crise, qu'un rayon inattendu descendit sur lui. En jetant un dernier regard vers le château, un regard triste et découragé, il aperçut, à l'une des croisées, une femme accoudée sur l'appui, et dont l'attention était dirigée de son côté. Qu'on juge de ses transports : c'était Clémence. Il ne pouvait s'y tromper; elle seule avait ce port, cet aspect; à mille signes il la reconnaissait. Par un mouvement prompt comme l'éclair, il se dressa sur ses étriers, et lui envoya un salut auquel elle répondit. Puis la croisée se referma comme pour prévenir d'autres imprudences. N'importe! la glace était rompue; le pas était franchi; ce moment suffit pour payer Gaston de toutes ses peines et effacer toutes ses douleurs. Il piqua vers Champclos avec les enivrements du soldat qui a livré sa première bataille et gagné son premier chevron.

Désormais sa vie fut là, attachée à cette joie fugitive. Chaque jour il était à la même heure, à la même minute, devant l'avenue de Beaupré, et chaque jour il échangeait avec la jeune femme ce salut et ce regard où il eût voulu faire passer son âme. D'un soleil à l'autre, il y rêvait; cette pensée remplissait et animait tous ses moments. Ni sa mère, ni sa sœur ne le reconnaissaient plus ; c'était un autre homme. Même à elles, il cachait le secret de son ivresse, il ne voulait ni confident, ni témoin. Il fallait voir, quand il approchait du château, avec quel soin il se délivrait des importuns, quelle réserve il gardait au besoin, quelles précautions il prenait contre les autres et contre lui-même. Ce chemin était rempli de piéges à déjouer; les fermiers qui le fréquentaient étaient des gens à lui ou au comte, dont il était connu et qui volontiers l'abordaient. Pour les éviter ou les congédier, un peu de tactique était nécessaire, et Gaston y déploya des ressources dignes d'un capitaine expérimenté.

Pendant plusieurs semaines, les choses durèrent sur ce pied sans qu'il survînt d'incident. On sait à quel point l'habitude émousse les craintes du danger. A force de voir ses expéditions réussir, le jeune homme avait fini par croire que rien ne pouvait les troubler ni les interrompre; il fut cruellement détrompé.

Jusque-là le comte Sigismond n'avait rien soupçonné de ce qui se passait. La rupture avec les Saint-Pons, rigoureusement maintenue, lui semblait une garantie suffisante pour son repos. Renfermée chez elle, la comtesse acceptait, en apparence du moins, la loi qu'on lui opposait, et, au lieu de chercher des diversions à cet isolement, elle s'y plaisait et l'aggravait pour ainsi dire. Rarement elle descendait dans les salons, et se refusait aux visites que son mari eût volontiers autorisées. Celui-ci n'y vit d'abord que des représailles ; Clémence, à son avis, poussait les choses à l'excès, afin de le faire revenir sur la détermination qu'il avait prise. Il ne s'en inquiéta pas autrement, et à ce calcul il répondit par le calcul opposé.

Restons ferme, se dit-il, elle cédera et en prendra son parti. Plus l'opération a été douloureuse, moins il faut s'exposer à la recommencer.

Pourtant, il y eut un moment où cette explication ne le satisfit plus. En étudiant la physionomie de la comtesse, il y découvrit autre chose que de la résignation, et s'étonna que la solitude eût pu amener un pareil effet. Remis en éveil, il y regarda de plus près et l'environna d'une surveillance invisible, mais assidue. Il lui fallut peu de temps pour découvrir ces apparitions régulières à l'une des croisées du château et moins de temps encore pour deviner qu'il se cachait là-dessous quelque intelligence avec le dehors. Une fois sur la voie, il ne l'abandonna plus et disposa tout pour une surprise.

A la limite de l'avenue et sur la lisière du chemin départemental, s'élevait une de ces petites huttes en pierres sèches comme en construisent les cantonniers pour s'abriter contre le froid. Ce fut là qu'un matin le comte vint se mettre en embuscade. Malgré quelques branchages, il dominait du regard une bonne partie du chemin et pouvait faire le dénombrement des personnes qui le parcouraient dans un sens ou dans l'autre. Une seule était suspecte à ses yeux, et il ne l'attendit pas longtemps. Gaston arrivait radieux comme toujours, l'œil fixé sur le château et cherchant s'il y apercevrait la vision adorée. Ce fut presque en face du comte que l'échange habituel eut lieu, et, aux gestes de Gaston, il était facile de juger qu'on ne les laissait pas sans réponse du côté du château. Une rage sourde grondait dans le cœur de Sigismond, et à peine parvenait-il à la contenir. Quand le jeune homme se fut éloigné, il y donna carrière :

— La perfide ! s'écria-t-il. Je ne l'avais que trop deviné : ils s'entendent !

XVIII

Lorsque le jour suivant Gaston reparut devant le château, il fut étonné de ne plus lui retrouver la physionomie de la veille, non pas que Beaupré fût un lieu bruyant; le comte y avait mis bon ordre. Mais, si restreinte que fût sa vie, si petit que fût son mouvement, encore existaient-ils et demeuraient-ils sensibles du dehors. Ce jour-là plus rien, rien qu'un calme mortel et une immobilité profonde. Vainement le jeune homme attendit-il le témoignage accoutumé ; les croisées étaient fermées et d'une manière aussi hermétique que si la maison eût été déserte.

Gaston s'y perdait; il ne savait comment expliquer ces airs d'abandon. Un départ? était-ce possible d'y croire ? La nouvelle s'en fût répandue dans le pays, et aucun avis semblable n'était parvenu à Champclos. On assurait, au contraire, parmi les tenanciers du comte, que son intention était de passer l'hiver à Beaupré, et que la comtesse n'en bougerait pas, tant que durerait son deuil ; et cependant l'aspect de la résidence était loin d'annoncer la présence des maîtres. Qui avait raison, du bruit public ou des apparences extérieures? Gaston ne se sentit pas la force de supporter cette incertitude plus longtemps ; il rebroussa chemin, s'engagea dans l'avenue et poussa jusqu'à la porte du château. Là tous ses doutes cessèrent ; la herse était levée ; les cours étaient vides ; un valet de ferme qui passait y ajouta un renseignement précis : les Montréal avaient quitté Beaupré vers le milieu de la nuit.

Pour Gaston c'était la fin d'un beau rêve; il s'éloigna, le vide dans le cœur. Sur cette route où tout lui souriait naguère, tout l'attristait maintenant. L'image de Clémence n'était plus là pour donner aux objets une couleur et un prestige : aussi ne prolongea-t-il pas son séjour à Champclos ; sa mère et sa sœur n'y restaient qu'à cause de lui ; dès qu'il témoigna l'intention de partir, elles y consentirent. On le traitait en malade à qui on ne refuse rien, et aux caprices duquel on obéit. La famille quitta la campagne aux approches de l'hiver ; Gaston eut un moment de bonheur ; il se rapprochait de Clémence.

Entre les deux maisons les relations avaient été rompues d'une manière si complète, qu'à Paris comme en province il n'y avait plus de moyen régulier ni convenable de les renouer. Les Montréal avaient comblé la mesure en quittant Beaupré sans prendre congé des Saint-Pons. Mais l'existence d'une grande ville amène des rapprochements forcés, et c'était là-dessus que comptait Gaston. Ils voyaient le même monde, fréquentaient les mêmes salons, et le hasard, en y aidant un peu, devait multiplier les rencontres. Tels furent ses calculs ; le comte les avait faits comme lui et avait pris ses précautions en conséquence.

Dès son arrivée à l'hôtel Montréal, il avait fait répandre le bruit que la résolution de la comtesse était de vivre retirée jusqu'à l'expiration de son deuil et de ne voir que les personnes de leur intimité. A l'appui et comme preuve, il s'abstint de toute visite et se borna à faire présenter des excuses là où il le fallait. La douleur et l'état de santé de Clémence étaient des prétextes plausibles et qui furent acceptés. Cependant la jeune femme ne supportait pas sans une révolte intérieure des mesures prises contre elle et outrageantes pour sa dignité. Ce que Sigismond gagnait d'un côté, il le perdait de l'autre ; ce cœur, replié sur lui-même, n'en était que plus disposé à s'abandonner à ses sentiments secrets. Peut-être, au contact du monde et en présence de l'opinion, se fût-il plus sévèrement gardé ; peut-être les distractions légitimes, la vie agitée d'une grande ville, la crainte du scandale et les divers motifs qui obligent une femme à veiller sur elle-même, eussent-ils été une diversion plus efficace à ce goût naissant, que le séquestre absolu et l'isolement poussé à l'excès. Le comte n'en jugea point ainsi ; en fait de garanties, il aima mieux se payer de ses mains. Ce qui s'ensuivit, on le devine. Clémence resta en face de sa passion ; ce fut désormais le seul aliment de sa pensée, et il était à craindre que cette passion ne prît l'activité qu'acquièrent les forces trop comprimées et qui les rend si redoutables au moment de l'explosion.

Une partie de l'hiver se passa dans ces combats ignorés. Quelques efforts que Gaston eût faits et quoiqu'il se fût multiplié dans ses poursuites, il n'avait pas une seule fois rencontré cette occasion qu'il recherchait avec tant d'ardeur. Ce n'était ni dans les théâtres, ni dans les réunions publiques qu'il espérait trouver Clémence, son deuil l'en éloignait; mais il ne pouvait croire qu'elle se tînt à l'écart, même de ses relations les plus familières, et on le voyait assidûment là où elle aurait dû d'abord se montrer. Puis, quand venait un de ces beaux jours dont le ciel du nord est si avare, il partait pour la promenade avec l'espoir toujours déçu de l'y apercevoir. Ses journées s'écoulaient ainsi de mécompte en mécompte, sans que jamais il se lassât ni renonçât à son rêve favori. On eût dit, au contraire, qu'il s'y attachait à raison de ces échecs même : pour les cœurs épris, les obstacles ne sont qu'un aiguillon de plus.

Une chose l'étonnait surtout. Que Clémence eût rompu avec les plaisirs et les distractions, rien de plus naturel; mais, pieuse comme il la connaissait, elle n'en devait être que plus exacte à remplir ses devoirs religieux, et pourtant on ne la voyait point aux églises; du moins Gaston ne l'y avait-il jamais vue. Les jours fériés, il ne manquait aucun des offices et elle n'y paraissait pas. Non-seulement il les suivait dans la paroisse, mais il ne négligeait ni les succursales, ni les chapelles particulières situées aux environs de l'hôtel. Quelque soin qu'il eût mis à varier les heures et les lieux, quelque attention qu'il eût portée à l'examen des physionomies, nulle part il n'avait aperçu la comtesse, pas plus aux cérémonies du matin qu'à celles du soir. C'était un problème pour lui, et vainement cherchait-il à le résoudre.

Enfin, il eut une sorte d'inspiration. Jusqu'alors, il n'avait pas étendu cette inspection au delà des heures que les gens du monde consacrent à leurs exercices de piété; il n'avait pas songé à ces offices où assistent les personnes de condition plus humble et qui se célèbrent dès la pointe du jour; une comtesse ne va pas d'ordinaire là où elle envoie ses serviteurs et n'aime pas à être confondue avec eux, même dans ce sanctuaire de l'égalité. Ce fut donc par hasard, par instinct peut-être, que Gaston se trouva un dimanche sur les degrés de l'église paroissiale au moment où la première messe venait de finir. L'aube commençait, et le temps était si sombre, qu'à peine y voyait-on à quelques pas devant soi.

Quelle fut la surprise du jeune homme, lorsqu'au milieu de cette foule matinale, il découvrit ce qu'il avait si longtemps cherché ! Un instant il se crut le jouet d'une illusion ; mais pouvait-il se tromper quand il s'agissait de Clémence ? Entre mille il l'eût reconnue. C'était bien elle, enveloppée d'un grand châle et son livre d'heures à la main ; elle marchait seule et touchait aux marches du parvis quand leurs regards se croisèrent.

Il y eut là une de ces minutes qui valent des siècles et engagent irrévocablement. Tout ce qui fermentait dans ces deux cœurs s'éveilla à ce choc imprévu, souffrances endurées, poursuites vaines, aspirations de la solitude, griefs accumulés, révoltes contenues. C'était une revanche et une sorte de réveil. Leurs yeux se le disaient, et dans ce langage expressif que ne saurait égaler la parole humaine. Immobiles, écrasés sous le poids de leurs émotions, à peine osaient-ils faire un pas l'un vers l'autre, tant ils craignaient d'affaiblir ce charme du premier moment. Que se dire qui valût cette muette extase ? Le respect du lieu, la présence de tant de témoins, le danger d'être aperçus, leur commandaient d'ailleurs une grande réserve. Déjà ils n'en étaient plus à se traiter en simples connaissances, ni sur le pied d'autrefois ; les choses avaient été poussées si loin, qu'une rencontre était un événement, et qu'aucune parole ne pouvait être indifférente ; aussi ne s'abordèrent-ils pas sans inquiétude ni hésitation.

— Clémence, dit le jeune homme, je vous retrouve enfin.

— Point d'imprudence, Gaston, dit la comtesse, à la fois émue et effrayée. Vous me perdriez.

Elle jetait les yeux dans tous les sens comme si elle eût craint d'être prise en faute. C'était l'aveu de sa faiblesse ; Gaston n'en abusa pas.

— Si vous saviez combien j'ai souffert ! poursuivit-il.

— Hélas ! qui ne souffre pas ? répondit-elle.

— Et ma sœur ! et ma mère ! sont-elles assez privées de ne plus vous voir ? Notre maison est vide depuis que vous n'y venez plus. Moi, je ne vis pas ! Il me manque comme la moitié de moi-même !

La comtesse éprouvait à l'écouter des tressaillements secrets. Cette plainte si douce était comme un écho de ses

propres sentiments, et elle n'essaya même pas d'y résister ni
de s'en défendre. Ainsi engagée, l'entrevue se prolongea bien
au delà de ce qu'eût exigé la prudence. Ils avaient tant à se
dire et trouvaient si doux d'être près l'un de l'autre, après
avoir été si longtemps séparés! Ils parlèrent de leurs souvenirs, de leurs regrets, de tout ce qui avait fait la joie de leur
vie passée. Quant à leurs projets et à leurs espérances, à
peine osaient-ils y songer. A leur âge, fait-on de tels calculs?
Ils jouissaient de l'heure présente, comme si jamais elle
n'eût dû finir; ils en jouissaient sans remords, si ce n'est
sans trouble. Ce n'était ni une aventure romanesque, ni une
intrigue, c'était ce besoin d'aimer qu'on ressent plus qu'on
ne le définit, et remplit le cœur sans l'alarmer. Dominés par
ce charme, ils n'avaient ni la puissance, ni le désir de s'y
dérober : ils vivaient dans un monde à eux, isolés au milieu
de cette foule, sans compter les minutes, ni se défier des regards. Clémence se ravisa la première, et eut un retour vers
le monde réel.

— Adieu, dit-elle, en tendant au jeune homme sa main
dont il s'empara vivement.

— Déjà? dit-il.

— Dieu veuille que ce ne soit pas trop tard! Adieu, Gaston.

— Adieu donc, Clémence; et quand vous reverrai-je?

— Hélas! qui le sait?

— Juste ciel! et moi qui n'y avais pas songé! Rester si
longtemps sans se revoir! De grâce, Clémence, épargnez-moi
ce nouveau supplice. Je sens que je n'y résisterais pas.

L'accent du jeune homme était si triste, et sa physionomie
exprimait une douleur si vraie, que la comtesse en fut touchée.

— Que faire? dit-elle.

— Dimanche prochain, à la même place, reprit le jeune
homme, à la même heure.

— Que me demandez-vous là, Gaston? répondit-elle avec
une sorte d'effroi.

— Un peu de pitié.

Elle réfléchit un instant, en proie à un combat intérieur,
puis se sentit vaincue.

— A dimanche, dit elle.

Sur ces mots elle partit; il lui eût été impossible d'en supporter davantage. Son pied tremblait en se posant sur le pavé ; elle éprouvait des défaillances, un nuage voilait ses yeux ; ce fut à grand'peine qu'elle put regagner l'hôtel. Quant à Gaston, il était radieux et restait comme enchaîné sur place ; son imagination devançait le temps et franchissait l'intervalle qui le séparait du jour assigné. Il rentra, le bonheur sur le front et le sourire sur les lèvres.

XIX

Le dimanche suivant, il devança le jour sur le parvis de l'église, et se plaça de manière à ce qu'aucune des personnes qui y entraient ne pût échapper à sa surveillance. Chaque fois qu'il voyait se dégager de la brume une forme humaine, il se portait de ce côté, et ne s'arrêtait que lorsqu'il s'était assuré que ce n'était point encore Clémence. Il fit ainsi un dénombrement des fidèles jusqu'à ce que l'office eût commencé, des plus ponctuels d'abord, puis de ceux qui étaient en retard. La comtesse ne parut pas. Mêmes soins à la sortie, même attention, même vigilance. Décidément elle manquait. Peut-être avait-elle été empêchée et serait-il plus heureux aux offices suivants. Il ne bougea donc pas et recommença cette besogne sur de nouveaux frais. Les échecs ne pouvaient l'abattre. Ce ne fut qu'à l'issue des cérémonies religieuses et quand tout espoir fut perdu qu'il abandonna la place, en proie au découragement.

Il n'accusait point Clémence ; il était convaincu qu'elle aurait tenu sa parole si cela avait été en son pouvoir. Mais à qui s'en prendre ? Que croire ? que supposer ? Était-elle malade ? avait-elle rencontré quelque obstacle imprévu ? lequel dans ce cas ? Toutes ces conjectures se succédaient dans l'esprit de Gaston et y jetaient un trouble mêlé d'amertume. Parfois aussi il allait jusqu'à redouter des scrupules de conscience et un changement de détermination ; sa douleur était alors au comble ; frappé par le sort, il s'y résignait ; de sa main à elle il ne l'eût pas fait avec le même courage. Cependant il n'en persista pas moins à reparaître chaque dimanche au lieu du rendez-vous, malgré les mécomptes qui l'y attendaient. Clémence ne devait plus, ne pouvait plus s'y trouver. L'une des suppositions de Gaston était juste, et c'était la moins pénible pour lui ; il y avait un empêchement invincible et qui ne dépendait pas de la volonté de la comtesse ; voici lequel :

Leur première entrevue avait eu un témoin ; c'était un des hommes de confiance du comte, le concierge de l'hôtel, le père Vincent, que nous connaissons déjà. Astreint par ses fonctions à une servitude incessante, il vaquait des premiers à ses devoirs religieux, et avait aperçu la comtesse et Gaston causant ensemble sur le parvis. Son premier soin fut d'en prévenir Sigismond, qui prit sur-le-champ des mesures décisives. Point d'éclat, point de bruit, rien qui pût mettre la comtesse en garde et lui faire comprendre qu'elle avait été livrée. Tout devait se passer le plus doucement du monde, comme on va voir.

Le lendemain, Sigismond se rendait seul et à pied dans un de ces couvents, comme on en trouve quelques-uns à Paris, qui ont un caractère moitié régulier, moitié séculier, et joignent aux pratiques de la vie dévote l'exercice de quelque spéculation : ici l'éducation des jeunes filles, là l'industrie des pensionnaires en chambre, parfois le cumul des deux. C'était le cas pour l'établissement où se rendait le comte. On y trouvait de tout, et du profane principalement ; quant aux formes claustrales, à peine en gardait-on les apparences. La maison avait d'ailleurs un très-bel aspect ; les constructions étaient vastes et d'un bon style, les jardins spacieux et bien ombragés ; l'ensemble réunissait les conditions et les signes de la vie opulente. Si pour quelques-unes des religieuses qui y vivaient cette résidence était une prison, on avait eu soin de leur en dorer les barreaux.

Lorsque Sigismond fut arrivé aux portes de l'établissement, il éprouva un peu d'hésitation et une sorte de faiblesse. On eût dit qu'au moment de l'exécution il reculait de lui-même devant les suites de son projet. Trois fois, il allongea la main pour saisir le marteau, trois fois il la laissa retomber sans oser le soulever. Enfin, à la quatrième fois, le coup fatal retentit.

— Aux grands maux les grands remèdes, se dit-il.

Et il entra dans le couvent. Familier de la maison, il savait comment s'y prendre pour y être introduit selon toutes les règles. Il ne venait pas d'ailleurs troubler une religieuse dans le cours de ses fonctions ; sa visite s'adressait à une pensionnaire qui jouissait des libertés de l'état et n'en usait que pour se placer de plus en plus haut dans l'estime de la communauté. Point de craintes sur elle ni de doutes sur sa vertu. Son âge et sa figure auraient suffi à la défendre, quand même des principes rigoureux ne l'eussent pas fait. Elle passait pour imprenable, comme certaines forteresses dont l'histoire militaire a consacré le nom. Aussi n'hésitait-on jamais à introduire auprès d'elle, quel que fût leur sexe, les personnes qui la demandaient. Cette fois, d'ailleurs, le titre et le nom couvraient amplement le visiteur. Sigismond désirait parler à sa sœur Pulchérie.

Pourquoi une sœur du comte habitait-elle ce couvent et restait-elle presque étrangère à la famille ? c'est ce qu'il convient d'expliquer. Par une de ces déchéances si fréquentes dans les grandes maisons, la branche cadette des Montréal avait été longtemps réduite à un état voisin de la misère. Sans les secours que les aînés leur dispensaient avec une générosité qui ne s'était jamais démentie, ils auraient succombé sous le poids du besoin ou terni leur nom d'une manière irrémédiable. Les derniers rejetons de cette branche, Sigismond et Pulchérie, avaient donc été élevés simplement, presque pauvrement ; et quand vint le moment de leur donner de l'éducation, ce fut leur oncle, l'ancien seigneur de Beaupré, qui se chargea de la dépense et veilla à ce que rien ne manquât de ce côté. Sigismond fut donc placé dans une des meilleures institutions de Paris ; Pulchérie entra dans le pensionnat où nous la retrouvons, et qu'elle n'avait pas abandonné depuis lors, un peu par nécessité, un peu par goût, beaucoup par habitude.

Toute enfant, la jeune fille montra ce qu'elle était et ce qu'elle devait être toujours. A peine entrée au pensionnat, l'aigreur de son caractère devint proverbiale ; point de liaison parmi ses compagnes, point d'abandon, point d'enjouement, rien de ce qui est la parure et l'attribut de cet âge. Lui parlait-on? elle ne répondait qu'avec humeur. L'engageait-on à se mêler aux distractions communes, sa lèvre exprimait un superbe dédain. On ne pouvait rien dire ni faire qu'elle n'y trouvât un sujet de blâme. Elle était née pour la censure et la domination, comme d'autres le sont pour le plaisir et la gaieté. Volontiers, si on l'eût laissée libre, elle eût joué de la férule ; aussi faisait-on le vide autour d'elle et l'abandonnait-on à ses tristes instincts.

Durant les dix années qu'elle passa dans les classes, elle eut le talent de ne pas se faire une amie, et de se rendre de plus en plus désagréable à ce qui l'entourait. En revanche, elle était de première force dans ses compositions, excellait dans l'histoire et la géographie, et remportait tous les premiers prix d'analyse au concours annuel. Ce fut ainsi qu'elle acheva son éducation, chargée de couronnes, mais détestée à l'envi.

Que faire d'un si brillant sujet lorsqu'il s'agit de son établissement? Elle avait tous les dons, excepté celui de plaire. Sans beauté, sans grâce, sans argent, Pulchérie n'était pas d'un débouché facile, et les agréments de son caractère ne devaient guère y aider. D'elle-même, elle le comprit et se résigna ; elle demanda à demeurer, à titre de membre libre, dans la maison où elle avait été élevée. Cette position lui permettait d'appliquer aux nouvelles générations de pensionnaires les restes de cette humeur dont elle avait été si prodigue envers la sienne. L'âge et le célibat ne pouvaient qu'empirer cette disposition naturelle, et la porter à un degré inouï ; si bien que Pulchérie, parvenue à ses quarante ans, n'avait plus rien conservé de la créature sociable, et ne voyait en ce bas monde que des victimes à faire et des proies à dévorer.

Voilà à quelle porte Sigismond vint frapper. Depuis longtemps, et à la suite de coups de griffe nombreux, il avait pour ainsi dire rompu avec sa sœur. Pour qu'il s'y exposât de nouveau, il fallait une urgence bien grande et de bien graves motifs.

———————

XX

Mademoiselle Pulchérie occupait, dans le couvent, un petit appartement situé dans une arrière-cour, où elle n'avait ni voisins, ni vis-à-vis, rien en un mot qui pût lui porter ombrage. Trois pièces le composaient et brillaient, sinon par le luxe, du moins par l'ordre le plus parfait : chaque chose y était à sa place ; peu de meubles, mais si nets, si bien époussetés qu'on aurait dit qu'ils sortaient de chez le marchand. Quand Sigismond entra, sa sœur était dans un petit salon tendu de toile perse ; elle agitait l'aiguille en femme qui connaît le prix du temps et la vertu de ce préservatif contre les embûches du démon. En attendant l'occasion d'exercer sa langue elle exerçait ses doigts ; c'était plus inoffensif.

La vue de Sigismond parut lui causer plus de surprise que de satisfaction. Depuis longtemps il s'était abstenu de venir, et, habituée comme elle l'était à tout prendre par le vilain côté, elle se demanda quel intérêt si fort le poussait à une démarche qui devait lui être peu agréable. Sur quoi elle se promit de garder la défensive et de lui faire payer avec usure les négligences dont il s'était rendu coupable à son égard. L'affaire s'engageait donc dans de mauvaises conditions, et aux premiers propos échangés le comte put bien le voir.

— Ah ! c'est vous, mon frère ! lui dit-elle, en appuyant de la manière la plus significative sur ce mot.

— Oui, Pulchérie, c'est moi, répondit-il en prenant une chaise et s'asseyant à ses côtés.

— Qui l'eût imaginé, mon frère ! Vous ici !

Il y avait dans l'accent et surtout dans la façon de prononcer ces mots *mon frère* quelque chose de si aigre, de si acariâtre, de si blessant, que Sigismond eût quitté dès lors la partie si une nécessité impérieuse ne l'eût obligé à aller jusqu'au bout. D'ailleurs, il s'y attendait ; ses provisions de patience étaient faites.

— C'est que j'ai à causer sérieusement avec vous, Pulchérie, très-sérieusement, dit-il, sans se laisser désarçonner.

— Vraiment, mon frère! Vous m'étonnez! moi qui ne croyais plus compter! moi qui suis retranchée de la famille! Allons donc! est-ce croyable? Auriez-vous besoin de moi, par hasard?

Elle le regardait en même temps avec des yeux de faucon.

— Comme vous le dites, Pulchérie, j'ai besoin de vous. Consentez-vous à m'écouter?

Un sourire effleura les lèvres de la vieille fille; c'était l'expression d'un triomphe, tempéré par le calcul. On recourait à ses services, elle donnait à entendre qu'ils ne seraient pas gratuits.

— Si j'y consens, mon frère, dit-elle; si j'y consens! en pourriez-vous douter?

— Eh bien! un peu d'attention alors.

— Parlez, mon frère, parlez!

Il commença et expliqua tout au long ce qu'il attendait d'elle. Pour la première fois, il mit à nu les infirmités et les plaies de son cœur; cet aveu lui coûtait; mais comment s'y soustraire? Il raconta ce qui avait eu lieu depuis son mariage, les incidents qui l'avaient accompagné et suivi, et jusqu'à cette aventure romanesque dont les conséquences avaient été si fâcheuses pour lui. Il ne cacha rien, il se confessa sur tous les points, avoua ses soupçons, ses craintes, ses motifs de défiance; il dit qu'il doutait de Clémence, et cela dès le premier jour; que depuis lors ce doute avait pris des racines profondes et s'était accru de bien des découvertes que le hasard lui avait livrées; ces découvertes, il les énuméra et avec toutes leurs circonstances; il parla de la connivence dont il avait été témoin sous les murs même du château; enfin de cette rencontre toute récente qui semblait fournir la preuve irrécusable d'un concert criminel et dont un vieux serviteur de l'hôtel venait de lui donner connaissance. En présence de tant de faits, de tant de témoignages, son honneur, un honneur de famille, lui commandait d'agir, et c'était pour cela qu'il venait vers sa sœur.

Pendant le cours de cette confidence, la physionomie de mademoiselle Pulchérie eût offert un sujet d'étude aux personnes qui se piquent d'y lire l'expression des sentiments secrets. Ce qui y dominait, c'était le bonheur d'entendre le récit des mésaventures d'autrui, bonheur d'autant plus grand

que la victime lui tenait par des liens plus étroits. Ses yeux
pétillaient, ses narines se dilataient; elle prenait goût aux
moindres détails et les savourait avec une volupté évidente.
Parfois elle insistait, et par un mot placé à dessein amenait
la répétition d'un fait, d'une circonstance qui l'avaient plus
particulièrement charmée. Elle n'eût pas donné sa séance
pour un bien grand prix. De loin en loin, et comme pour s'assurer d'un faux-fuyant, elle disait :

— Qu'y puis-je, mon frère?

Ou bien, pour éloigner d'elle jusqu'à l'ombre d'une responsabilité :

— Vous l'avez voulu, mon frère !

Ces formules étaient peu encourageantes pour Sigismond,
et pourtant il persista. Il essuya sans broncher ce feu rou-
lant de sarcasmes, cette ironie amère, ces paroles de consolation mêlées de fiel. Puis, quand il eut achevé ses révélations, il ajouta :

— Voilà mon histoire, Pulchérie; vous voyez maintenant
pourquoi j'ai besoin de vous.

— De moi, mon frère?

— De vous.

— Et comment donc cela, mon frère?

— Vous allez voir.

— Volontiers, mon frère; vous piquez ma curiosité.

Son attitude restait hostile au plus haut degré. Elle se posa
carrément sur son siége, comme pour mieux préparer son
refus et le rendre le plus dur possible. Tirer Sigismond du
guêpier où il était tombé, l'assister dans ses mésaventures
conjugales, allons donc ! Pourquoi s'était-il marié? Il subis-
sait les chances de l'état, et le spectacle n'en était pas sans
charme pour les personnes qui n'avaient pas voulu s'engager dans de semblables liens. Ainsi pensait-elle, très-mal
disposée, comme on le voit, et n'hésitant pas sur le parti
qu'elle avait à prendre.

Ce fut sous d'aussi défavorables auspices que le comte fit
ses premières ouvertures et expliqua son projet. Désormais,
disait-il, plus de confiance possible vis-à-vis d'une femme
deux fois surprise dans ses trahisons. Contre elle, il n'y avait
qu'une garantie sérieuse, c'était une surveillance de toutes
les heures et de tous les instants. A ce prix seulement il ob-

tiendrait quelque repos. Il fallait que du matin au soir et dans tous les actes de sa vie, la comtesse eût un témoin et un gardien ; qu'elle ne pût faire un pas sans l'avoir à ses côtés ; que hors de l'hôtel comme dans l'hôtel, à pied ou en voiture, elle sentît près d'elle une main pour la contenir et un regard pour l'épier ; qu'ainsi conduite elle s'amenderait, ne fût-ce que par impuissance de mal faire, tandis qu'abandonnée à elle-même, elle irait, de degré en degré, à l'oubli complet et irréparable de ses devoirs.

Quand il eut ainsi défini la besogne, le comte en vint à parler de l'instrument. Il n'y avait pas à hésiter sur le choix ; Pulchérie seule réunissait toutes les conditions requises, et c'était à raison de ce motif que Sigismond s'adressait à elle. Comme proche parente, elle avait naturellement sa place dans la maison ; elle savait, en outre, comment on impose et de quelle façon on se fait obéir. Toute latitude lui serait laissée pour cela. Une fois installée à l'hôtel Montréal, elle y exercerait une autorité sans limites ; les gens auraient à prendre ses ordres et à y déférer ; responsable comme elle le serait, il fallait qu'elle fût à peu près souveraine. Le comte lui-même abdiquerait entre ses mains. Il n'y mettait qu'une condition : c'était que sa sœur userait de ses pouvoirs de telle sorte que sa tranquillité, à lui, fût complétement assurée, et qu'il n'eût plus rien à redouter désormais ni des imprudences ni des faiblesses de Clémence.

A mesure que Sigismond avançait dans son discours, on voyait mademoiselle Pulchérie passer par des impressions bien diverses. Au début elle avait un parti pris, et les coups de poing tout faits pour ainsi dire. L'idée de servir de chaperon à sa belle-sœur lui souriait médiocrement ; encore moins se sentait-elle du goût pour un changement de domicile. Depuis trente ans bientôt elle habitait ce couvent, auquel la rattachaient bien des souvenirs ; elle y avait son monde, sa police, sa famille. Le peu qu'elle était susceptible d'éprouver, elle l'avait éprouvé dans cette enceinte : elle en aimait le calme, le recueillement, les habitudes régulières. Il n'était pas jusqu'à son modeste appartement auquel elle ne tînt ; elle l'avait arrangé et orné de ses mains ; c'était son orgueil et sa joie. Si elle avait pu s'attacher à quelque chose, c'eût été à cela. D'où il suit qu'elle n'était guère d'humeur à souscrire au marché que son frère lui proposait et que volontiers elle lui eût fermé la bouche dès le premier mot. A défaut, et par avance, son visage parlait pour elle.

Cependant un retour eut lieu dans sa manière d'envisager les choses, lorsque Sigismond aborda le point délicat et parla de se dessaisir, en faveur de mademoiselle Pulchérie, du gouvernement de l'hôtel. Commander chez les Montréal, avoir la haute-main sur les gens, était une perspective qui s'offrait pour la première fois à l'ambition de la vieille fille, et qui flattait singulièrement ses goûts invétérés. De là, un peu d'hésitation dans son esprit et une certaine modification dans son maintien ; elle se radoucit d'une manière évidente. Ce n'eût pas été néanmoins assez pour la ramener complétement, si, à ce premier appât, il ne s'en fût joint un autre d'une saveur bien plus relevée. On lui livrait Clémence ; on lui donnait une jeune femme à dévorer ; voilà ce qui trancha ses scrupules et termina ses irrésolutions. Depuis longtemps elle nourrissait, vis-à-vis de l'héritière des Montréal, une de ces jalousies qui vont, au besoin, jusqu'à la férocité. Clémence était riche ; elle appartenait au monde ; elle avait pour elle l'éclat du nom et du rang, elle était belle par-dessus le marché ; que de griefs réunis ! et comment les pardonner? Pulchérie n'en pardonnait aucun. C'était à peine si elle connaissait la comtesse, mais dans sa solitude elle s'était exercée à la détester et y avait parfaitement réussi.

Ainsi disposée, qu'on juge de l'effet que produisit sur elle l'offre de Sigismond. Elle aurait donc une proie et pourrait en disposer à son gré, à ses heures, sans que personne vînt la tirer de ses mains. Elle serait libre de lui infliger de petites tortures de son invention, des raffinements de servitude qu'elle n'avait point eu l'occasion d'appliquer, faute de sujets, et dont elle attendait des résultats merveilleux. Elle se vengerait ainsi en détail et à petit feu de la beauté, de la grâce, de la richesse, de tout ce qu'elle n'avait pas et enrageait de voir chez autrui. La belle issue pour ses haines et ses envies rentrées ! la belle revanche contre ses désappointements !

Quand les idées de mademoiselle Pulchérie eurent pris cette direction, elle devint tout autre. Sa figure s'épanouit ; elle sourit presque à Sigismond. Autant elle avait éprouvé

d'éloignement pour la combinaison proposée, autant elle
était alors portée à l'accepter. C'était l'ogre des contes de
fées au moment où il sent la chair fraîche.

Il ne lui restait plus qu'un scrupule, et elle s'en expliqua
sur-le-champ; elle doutait de son frère et craignait ses retours.

— Sigismond, lui dit-elle d'un ton radouci, tout cela est
bien; mais peut-on compter sur vous?

Elle attendit sa réponse en plongeant son œil dans les
siens, comme pour y mesurer le degré de fermeté qu'on pouvait attendre de lui :

— On peut y compter, Pulchérie, répondit Sigismond avec
une résolution qui parut satisfaire sa sœur.

— Vous ne reviendrez pas sur vos conditions? reprit-elle.
Le programme est bien arrêté?

— Bien arrêté.

— Vous me remettez la direction de votre maison? là, sans
réserve.

— Je vous la remets.

— Et vous m'abandonnez votre femme en tout et pour
tout?

— Je vous l'abandonne.

— Quoi qu'il arrive, Sigismond?

— Quoi qu'il arrive, Pulchérie.

— Prenez garde, mon frère, l'engagement peut vous conduire loin.

— J'irai aussi loin qu'il faudra.

— Sur votre honneur?

— Sur mon honneur.

Mademoiselle Pulchérie se recueillit un instant, puis elle
prit la pose d'un juge qui va prononcer une sentence :

— Eh bien! alors, j'accepte, mon frère!

Cette fois les mots, mon frère, avaient un caractère solennel.

De son côté Sigismond ne crut point superflu de rappeler
à quel prix et sous quelles réserves il résignait ses pouvoirs.

— Et vous, ma sœur, lui dit-il, me répondez-vous des
suites?

— Je vous en réponds.

— Votre plan ?

— Il est là, mon frère, dit-elle en portant la main à son front.

— Vos moyens?

— Vous me verrez à l'œuvre.

XXI

Les choses se passèrent comme il avait été convenu. Dès le jour suivant, mademoiselle Pulchérie quitta le modeste appartement qu'elle avait occupé pendant de si longues années, et où elle avait amassé tant de rancunes contre le genre humain. Elle dit adieu à tout ce qui avait été témoin de ses imprécations solitaires et de ces défis jetés à un monde qui l'avait méconnue. Si elle y rentrait un peu tard, elle était bien résolue à faire payer ce délai avec usure aux personnes qui lui tomberaient sous la main.

On sait à quel titre elle devait résider à l'hôtel Montréal; l'engagement fut tenu; elle eut tous les honneurs de la guerre. La livrée reçut une consigne générale : c'était d'obéir strictement à mademoiselle Pulchérie. Que la comtesse y acquiesçât ou non, qu'elle en fût satisfaite ou mécontente, l'ordre de la sœur devait toujours prévaloir sur celui de la femme; toute infraction à ce sujet serait punie par un congé immédiat. La véritable maîtresse désormais, celle à qui devait rester le dernier mot, était mademoiselle Pulchérie; hors de là point de salut pour la domesticité, et on l'eut bientôt compris. Huit jours ne s'étaient pas écoulés que tous les gens de l'hôtel, depuis les femmes de chambre jusqu'aux palefreniers, savaient d'où soufflait le vent et y conformaient leurs allures.

Sigismond avait rempli ses obligations; Pulchérie s'exécuta à son tour. Cet empire qu'on lui livrait, elle l'exerça sur-le-champ contre la jeune femme, et y mit une habileté voisine du génie. Non-seulement Clémence ne compta plus dans la maison, et n'y trouva plus de serviteurs dévoués, mais elle s'y vit enchaînée dans ses propres actes, dans ses propres mouvements ; elle ne disposait plus d'elle-même, elle ne s'appartenait plus. Se levait elle ? elle trouvait Pulchérie à ses côtés. Faisait-elle un pas ? elle l'avait sur ses talons. Qui voyait la femme, voyait la sœur ; l'une n'allait jamais sans l'autre. Au jardin, dans les salons, en haut, en bas, toujours elles marchaient de compagnie, comme ces navires qui, en temps d'hostilités, vont de conserve et se gardent réciproquement.

Quelque portée que fût Pulchérie aux airs bourrus, quand elle s'abandonnait à ses instincts naturels, elle réussit cette fois à se vaincre, et prit un masque afin de mieux assurer l'effet de ses coups. Il lui en coûtait sans doute : mais c'est à ce prix que la puissance s'acquiert et se maintient. Elle affecta donc un beau zèle pour tout ce qui regardait Clémence, se prodigua en témoignages d'affection, montra de l'intérêt pour les plus petites choses, et donna l'amitié pour déguisement à ses impitoyables assiduités. Son grand cheval de bataille était la santé de la jeune femme, et elle s'en autorisait pour pousser les choses jusqu'aux plus tyranniques inquisitions. Puis c'était des remarques à tout propos ; les moindres vétilles devenaient de très-grosses affaires. Un rhume, si léger qu'il fût, prenait des proportions inouïes, des yeux cernés étaient l'objet de commentaires sans fin. Chaque jour amenait une découverte de ce genre et des réflexions à l'appui. Clémence était pâle, Clémence ne mangeait pas assez, Clémence ne se soignait pas comme elle l'aurait dû, Clémence avait tort de ne pas se vêtir plus chaudement. Jamais créature ne fut mieux assassinée à coups d'épingle, et tout cela avec des formes et un ton mielleux qui y ajoutaient d'intolérables raffinements. Pulchérie avait trouvé, pour dire : ma sœur, un accent au moins aussi curieux que pour dire : mon frère, et marqué au coin de la tendresse la plus désobligeante que l'on puisse imaginer.

La comtesse, dès le premier jour, comprit le sort qui l'attendait ; elle était vouée à un lent martyre, où le fiel et l'absinthe ne lui manqueraient pas. Elle se résigna ; qu'aurait-elle pu faire, si ce n'est de se résigner ? Où trouver un refuge, un appui ? Les débris de sa famille étaient réunis à l'hôtel Montréal ; elle ne pouvait aller ailleurs, ni sans éclat, ni sans scandale. Puis, en s'interrogeant, elle découvrait dans son cœur une faiblesse qui ne lui permettait pas de s'exposer aux périls d'une indépendance plus grande et qui rendrait suspecte, aux yeux du monde, même la rupture la mieux motivée. Elle s'inclina donc devant le destin, avec l'espoir de le désarmer à force de patience. Le temps est souverain pour de telles guérisons; il apporte le calme et l'oubli, et a du baume pour toutes les blessures.

Cependant il lui restait une dernière démarche à faire : sa parole était donnée, il fallait la dégager. Gaston l'attendait au rendez-vous, accordé un peu à la légère. Comment le prévenir, surveillée comme elle l'était? Écrire eût été le comble de l'imprudence. Elle n'avait autour d'elle personne qui ne fût disposé à la trahir. Mieux valait se rendre où elle avait promis d'aller; c'était une entrevue d'adieux où elle pouvait marcher le front haut et la conscience pure. Cette résolution une fois prise, elle fit ses préparatifs. Son espoir était de déjouer, par une sortie matinale, la surveillance de sa belle-sœur. Elle se leva aux bougies et quitta son appartement que le jour n'était pas fait. Quelle fut sa surprise de trouver Pulchérie debout et sous les armes!

— Ah! c'est vous, ma sœur, dit celle-ci en la voyant.

— J'ai l'habitude d'aller à la première messe, répondit Clémence avec un certain embarras.

— Et moi aussi, ma sœur. Comme ça se rencontre! La voiture est en bas. Nous irons à la chapelle du couvent. Venez!

XXII

L'histoire cite, comme un des supplices les plus ingénieux qui soient sortis de l'imagination des hommes, celui qu'un empereur païen infligea aux catéchumènes qui se refusaient à l'adoration des idoles. Vivants, on les liait à des cadavres, et ils expiraient dans ces funèbres embrassements. Clémence était vouée à quelque chose de plus terrible encore et de plus cruel : on l'avait liée à un corps vivant, mais insensible et froid comme un cadavre ; elle n'avait pas seulement une masse inerte à ses côtés ; elle sentait palpiter un cœur ennemi et ne pouvait échapper à d'odieuses étreintes.

Dès ce moment, il se fit dans son état un changement tous les jours plus marqué. Ce fut d'abord un ébranlement moral et une grande lassitude de vivre. Pourquoi aurait-elle vécu ? Quel intérêt la rattachait à une existence aussi dépourvue et aussi tourmentée ? Si elle y tenait par quelques liens encore, c'était dans le passé. Elle se souvenait de ces temps où, heureuse et libre, elle n'avait autour d'elle que des visages affectueux et des volontés empressées. Elle se souvenait de son père, dont elle était l'idole, et qui se faisait une fête de lui obéir, même dans ses caprices. Elle se souvenait aussi, et c'était le rêve secret, de ce compagnon de sa jeunesse dont l'image et le nom se mêlaient aux événements et aux joies des anciens jours. Il lui semblait alors qu'elle se retrouvait, qu'elle reprenait possession d'elle-même ; son imagination l'emportait loin de cette prison où on la tenait enfermée, loin de ce joug de fer qui pesait sur elle jusqu'à l'abrutissement. Elle était à cheval, près de lui, courant dans les bois ou sur la grève, aspirant l'air à pleins poumons, parcourant les sites familiers et chantant l'hymne de la délivrance avec une ivresse qu'elle contenait mal. Douces chimères, hélas ! trop courtes, et d'où elle revenait plus triste et plus délaissée que jamais.

Il était impossible que cet état de choses, en se prolongeant, n'amenât pas une crise. Quelle que fût la résignation de la victime, un moment devait arriver où sa fierté et sa dignité blessées parleraient encore plus haut. Au début, elle avait pu croire que le système d'étouffement à huis clos dont on usait envers elle cesserait, faute de résistance et d'aliment ; elle comptait sur les bénéfices du temps et sur une patience si exemplaire, qu'elle eût désarmé le persécuteur le plus acharné : c'était mal connaître sa belle-sœur. Pulchérie se lasser, allons donc ! Elle avait pour le mal une vigueur et des ressources que rien ne pouvait épuiser ; à peine en était-elle à ses préludes. Les coups qu'elle avait portés n'étaient qu'un aiguillon pour porter des coups nouveaux et plus sûrs. Plus elle allait, plus elle y prenait goût et y procédait avec une main exercée. Enfin les choses en vinrent au point que la jeune femme résolut d'affronter une explication.

En prenant ce parti, ses illusions n'étaient pas grandes. Elle avait pu juger le rôle que jouait son mari dans ce complot, et n'attendait pas beaucoup de sa tendresse ni de sa justice; mais le soin de son honneur ne lui permettait plus de reculer.

Elle en était là, que son silence aurait été mal interprété, et qu'elle aurait paru s'incliner devant de légitimes représailles. Elle parla donc et alla droit au but. C'était dans un de ces rares moments où elle se trouvait seule avec Sigismond.

— Monsieur le comte, lui dit-elle, avez-vous quelques instants à m'accorder? J'ai à causer avec vous de choses très-sérieuses.

Il y avait dans son accent et dans sa pose une dignité si naturelle et une si grande assurance en même temps, que Sigismond en fut troublé et essaya de cacher ce trouble sous une légèreté apparente.

— Des choses sérieuses, vous, Clémence! Est-ce croyable? dit-il.

— Très-sérieuses, monsieur le comte! Êtes-vous disposé à les écouter? poursuivit la jeune femme sans s'arrêter à ce ton railleur.

— Mais, sans doute, sans doute! Aujourd'hui comme toujours. Entre nous, c'est de droit. Il n'est pas besoin d'y mettre tant d'apprêts.

— Ainsi ferai-je, monsieur le comte. Je n'y mettrai point d'apprêts, je n'y mettrai que de la franchise. Puis-je espérer que vous en ferez autant?

Les rôles semblaient intervertis; c'était le comte qui cédait du terrain, tandis que la comtesse allait droit au but. Elle continua.

— Monsieur le comte, dit-elle, je n'aime pas la plainte et je m'en suis défendue aussi longtemps que je l'ai pu; même en ce moment, je ne me plains pas; c'est une faveur que je viens vous demander.

— Une faveur?

— Vous saurez laquelle ! Permettez-moi seulement de vous rappeler à quel titre je la demande et pourquoi j'y tiens.

— Dites ! dites ! On n'est pas plus solennel que vous.

— Quand mon père vous choisit pour son gendre, monsieur le comte, il dut croire que vous comprendriez l'étendue des obligations que vous imposait ce choix. J'étais trop jeune alors pour que ma volonté y eût une part; mon père désirait ce mariage, cela me suffit : j'étais heureuse de le voir heureux. Il me donna à vous et assura ainsi à votre branche une position qu'elle n'aurait jamais pu espérer autrement.

— Des reproches ?

— Non, monsieur le comte, point de reproches, ce serait de trop mauvais goût. Si je rappelle le bienfait, c'est que j'ai à réclamer une grâce qui en sera l'équivalent et qui vous déchargera de toute reconnaissance. Voilà mon titre ; est-il suffisant pour vous toucher?

Sigismond marchait d'étonnement en étonnement ; jamais Clémence ne lui avait parlé ainsi ; cette fermeté, ce langage étaient bien nouveaux de sa part. Pourquoi ces récriminations ? Que signifiait ce réveil après un long repos? Autant d'énigmes pour lui, et en vain cherchait-il à les expliquer.

— Où voulez-vous en venir? lui dit-il.

— Vous allez le savoir, répondit-elle. Que vous soyez le maître ici, monsieur le comte ; que vous ayez cherché à l'être dès le lendemain de la mort de mon père ; que vous ayez poussé la chose jusqu'à l'excès en m'enlevant jusqu'aux plus petites attributions, je n'ai rien à dire ; c'est votre rôle, c'est votre droit ; vous auriez dû seulement y mettre plus de ménagements et plus d'égards. Comme vous le faites, c'est presque une humiliation pour moi. N'importe, de votre main, je m'y résigne et je l'accepte.

— Allons, Clémence, voilà que vous exagérez.

— Je l'accepte, vous dis-je ; que vous faut-il de plus? Mais ce que j'accepte de votre main, je ne saurais l'accepter de la main d'autrui. Non, monsieur le comte, ajouta-t-elle en répondant à un mouvement de Sigismond, je ne l'accepterai pas. La loi et le devoir me donnent un maître, mais ils ne m'en donnent pas deux.

— Deux maîtres? Où voyez-vous cela?

— Monsieur le comte, je suis sincère, soyez-le aussi. Oui, deux maîtres! vous savez bien que j'en ai deux. Dans tous les cas, vous seriez le seul à ne pas le savoir. Du haut en bas de la maison, qui l'ignore? Oui, deux maîtres, je le répète à dessein, et le plus exigeant n'est pas celui qui a le droit de son côté.

En prononçant ces derniers mots, la jeune femme éprouva une sorte de retour.

L'image hostile lui apparut; elle tressaillit à ce souvenir.

Son cœur se serra, des larmes lui vinrent aux yeux; sans doute elle songeait aux douleurs qu'elle avait endurées.

Sigismond se montra compatissant.

— C'est de ma sœur que vous voulez parler? dit-il avec une bonhomie feinte.

— Et de qui donc?

— Pulchérie! Elle vous aime tant!

— Brisons là-dessus, monsieur le comte, reprit la jeune femme en maîtrisant tout à coup son émotion; il y aurait trop à en dire. Je ne fais pas plus le procès aux vôtres que je ne vous le fais à vous. Votre sœur est ce qu'elle est; vous pouvez la juger, et n'avez pas besoin qu'on vous éclaire.

— Comme vous le prenez, Clémence!

— Pardonnez-moi, j'y mets peut-être de la vivacité; voici que j'achève. Il vous a plu, j'ignore pour quel motif, de tirer votre sœur du couvent où elle avait si longtemps vécu; vous l'avez installée ici, vous lui avez donné le commandement de la maison, c'est bien! je m'incline; mais, à mon tour, j'ai une prière à vous faire et une grâce à vous demander. Cette grâce est d'un si grand prix à mes yeux, qu'elle vous acquittera de tout ce que mon père a fait pour vous.

— Encore! dit Sigismond avec un mouvement d'impatience et d'humeur. Et quelle est donc cette grâce?

— La voici, monsieur le comte; puisque votre sœur a pris ici ma place, permettez-moi d'aller prendre la sienne.

— La sienne! Comment cela?

— Elle restera à l'hôtel ce qu'elle est; elle y commandera comme elle y commande.

— Et vous, Clémence?

— Moi, monsieur le comte, j'irai au couvent; c'est un échange où nous gagnerons toutes deux.

— Au couvent! s'écria Sigismond comme réveillé par un coup de beffroi, au couvent?

— Oui, monsieur le comte, au couvent; et si vous pensez que celui de mademoiselle Pulchérie soit d'une règle trop relâchée et d'un accès trop facile, il vous sera aisé d'en trouver un qui vous offre plus de garanties. J'irai où vous voudrez, pourvu que je quitte cette maison.

Clémence aurait pu parler longtemps sans que son mari l'interrompît. Son attention n'était plus à ce qu'elle disait. Un mot seul l'avait frappé, c'était le mot de couvent; peu lui importaient les commentaires; il les tirait de lui-même et à son point de vue exclusivement. Parler ainsi d'un couvent de gaieté de cœur, de propos délibéré! que se cachait-il sous un pareil langage? Un piége, sans doute, une intrigue ourdie de longue main. Les murs d'un couvent ne sont pas si hauts qu'un amoureux ne puisse les franchir, et, sous ce vœu, en apparence innocent, se tramait quelque machination diabolique. D'ailleurs, un éclat pareil n'a jamais lieu sans qu'on en parle au dehors. L'hôtel Montréal serait donc, pour tout l'hiver, l'aliment de la médisance. Les bonnes âmes arrangeraient le fait à leur guise, et Dieu sait à quelles gloses il donnerait lieu. Non! non! le comte ne pouvait vouloir ni souffrir rien de pareil; il aspirait au repos de toutes les manières.

Il n'avait de goût ni pour le scandale, ni pour le ridicule, et il saurait se préserver de l'un comme de l'autre : sa femme resterait où elle était; elle y resterait assujettie à une surveillance de plus en plus nécessaire. C'était le seul moyen décent de tout concilier, l'opinion du monde et la sécurité domestique; c'était le plus efficace également, et cet acte de révolte le prouvait bien. A tous ces titres il ne s'en départirait pas.

Voilà quelles réflexions se pressaient dans l'esprit du comte et à quelles conclusions il était conduit. Clémence s'était levée et attendait sa réponse avec une tristesse mêlée de fierté; il s'agissait d'un effort suprême, et elle y avait mis l'énergie d'une âme aux abois; elle sentait que sa vie en dépendait. Cependant, Sigismond ne se prononçait pas; il gardait un silence affecté, comme s'il eût voulu la prendre par lassitude. La jeune femme insista.

— Eh bien! monsieur le comte, dit-elle, que décidez-vous?

— Caprice d'enfant, répondit-il. Cela vous passera comme cela vous est venu.

— Non, monsieur le comte, il n'y a point de caprice là-dedans; il y a une résolution bien arrêtée.

— Vraiment, dit-il en s'irritant de cette résistance, à laquelle il n'était point accoutumé. Vous persistez?

— Je persiste, répliqua-t-elle avec fermeté.

— Alors, madame la comtesse, vous m'obligez à parler plus nettement. Vous voulez quitter la maison, n'est-ce pas?

— Oui, monsieur le comte.

— Faire un éclat, me mettre à l'index, livrer notre nom à la malignité publique?

— Dieu sait de quel côté sont les premiers torts.

— Je vous le dirai tout à l'heure; chaque chose en son temps. Et par je ne sais quelle fantaisie vous demandez à entrer dans un couvent. Est-ce bien là votre désir?

— Mon désir très-formel.

— Et vous voulez savoir quel est le mien, et si je consens à cette équipée?

— Dites : à ce sacrifice.

— Eh bien! non, madame la comtesse, je n'y consens pas; non, non, trois fois non. Vous resterez dans cet hôtel, vous n'irez pas au couvent. Tout à l'heure vous me demandiez de la franchise; en voilà, je l'espère.

— C'est donc la guerre, Monsieur?

— J'aime mieux la guerre, Madame, que la trahison. Vous m'y forcez, d'ailleurs, et puisque nous en sommes aux explications, j'irai jusqu'au bout.

Clémence ne savait pas ce que son mari allait lui dire, et pourtant le cœur commençait à lui faillir. Elle avait son secret, bien léger sans doute, mais qui lui pesait, tout léger qu'il fût. Peut-être alors eût-elle reculé; mais Sigismond était entraîné par la colère, il continua :

— Vous parlez de couvent, Madame, lui dit-il, croyez-vous que je sois dupe de cette belle imagination? Croyez-vous que je prenne cela pour une inspiration d'en haut, une vocation subite ou même un besoin de vous recueillir? Il faudrait que j'y misse bien de la complaisance, ou bien de la naïveté.

Non, je pénètre mieux vos intentions, je lis dans votre cœur plus clair que vous-même. Si vous voulez quitter cette maison pour un cloître, c'est afin d'être plus libre, entendez-vous? plus libre dans vos pensées, plus libre dans vos actes, plus libre et moins surveillée de toutes les façons.

— Ah! Monsieur, quels soupçons odieux!

— Vous avez voulu de la sincérité; j'en mets autant qu'on en peut mettre; je joue cartes sur table, puisqu'il le faut.

— C'est trop cruel, souffrez que je me retire.

— Non, vous saurez tout. Ah! des soupçons! Vous parlez de soupçons! Est-ce donc une chose étrange que j'en aie? Interrogez votre cœur, Madame, et qu'il vous dise si j'ai le droit d'en avoir, si vous n'y avez pas donné lieu, et si les précautions que je prends contre vous sont dénuées de fondement et de justice. Voyons, un examen de conscience, et qu'il soit complet.

Clémence avait vainement essayé de répondre; il y avait dans l'accent du comte, dans ses manières, dans sa pose, quelque chose de si menaçant, qu'elle en fut comme accablée. Le vague même dans lequel l'accusation était enveloppée ne servit qu'à accroître l'impression qu'elle en reçut. A son âge, on s'exagère si facilement un premier tort! Et encore n'était-elle pas au bout de cette épreuve.

— Des soupçons! reprit le comte portant le fer dans la plaie et arrivant jusqu'au vif, ce ne serait rien que des soupçons; mais si j'avais des preuves!

— Ah! mon Dieu! s'écria Clémence éperdue.

— Oui, madame la comtesse. Si bien qu'on se cache, on est toujours trahi. Me prenez-vous pour un aveugle ou pour un enfant?

— Monsieur le comte! Monsieur le comte!

— Calmez-vous, Madame, dit Sigismond, touché de cet appel, je n'exige point d'aveux, ils seraient d'ailleurs superflus. Je sais ce qui s'est passé sous les murs du château de Beaupré et sur le parvis de l'église. Vous voyez que je suis bien informé.

Ce fut le coup de grâce pour la pauvre Clémence; elle n'y résista pas et tomba comme foudroyée sur un fauteuil. Son mari avait le secret de sa faiblesse. Elle aurait pu se défendre, s'expliquer, prouver que le châtiment avait excédé la faute, ouvrir son cœur et en rendre la pureté manifeste. Elle n'en eut ni le courage, ni peut-être le désir; elle aima mieux supporter les conséquences de sa défaite. Désormais, plus de révolte, ni rien qui y ressemblât; elle livra ce jour-là ses dernières armes, et resta à la merci du vainqueur.

XXIII

Les suites de cette scène furent bientôt visibles, même aux yeux les plus indifférents; la santé de la comtesse en éprouva une atteinte profonde. De plusieurs semaines, elle ne put mettre le pied hors de ses appartements. Ce n'était pas un mal caractérisé, et les médecins y perdaient leur science; c'était une sorte d'abandon et de détachement de la vie. Non pas que Clémence se refusât au traitement qui lui était indiqué; en cela comme en toute chose, sa résignation était absolue. Si quelque résolution énergique se cachait là-dessous, elle n'en laissait rien paraître. A la voir si calme, si maîtresse de ses esprits, ayant pour tout le monde des paroles si douces, on n'aurait pu soupçonner ni une souffrance, ni un combat intérieur. Désormais, sa force ne devait plus s'exercer que contre elle-même; elle se composa un visage et mura son cœur.

Dieu sait pourtant ce qu'elle éprouvait dans ce perpétuel contact avec les objets de ses invincibles répugnances. Plus que jamais, Pulchérie l'obsédait; à la voir constamment à ses côtés, Clémence avait fini par prendre en haine jusqu'à la lumière du jour; elle implorait les ténèbres pour la délivrer de cette vision. Parfois elle restait accoudée sur une table durant des heures entières, la tête plongée dans ses mains, ou bien elle fermait les yeux, comme si elle eût cédé à un assoupissement. Heureuse encore quand la vieille fille ne l'arrachait pas à cette diversion par un témoignage d'intérêt blessant comme le fer d'un poignard:

— Qu'avez-vous donc, ma sœur? lui disait-elle en pesant à sa manière sur ces deux mots.

— Rien, rien, répondait-elle avec une précipitation involontaire.

— Vous sentiriez-vous plus mal, par hasard?

— Mais non, je vous assure.

— Il faudrait le dire, ma sœur. Rien ne sert de cacher ces choses-là. Voyons, soyez raisonnable; soignez-vous pour l'amour de nous.

Puis elle se levait et allait prendre sur un guéridon des potions dont elle était prodigue, et dans lesquelles elle épuisait les connaissances médicinales et les recettes souveraines en usage dans les couvents.

— Voici, ma sœur, lui disait-elle en la lui présentant, et c'était encore une de ses formes de persécution. Une gorgée ou deux seulement. Une gorgée sans plus; il n'en faut pas davantage pour obtenir un bon effet. J'en ai eu vingt exemples. Deux religieuses qui étaient à la mort ont guéri rien qu'avec cela.

Clémence aurait bu du fiel pour couper court à ses commentaires, et, quant à la dose, elle n'y regardait pas.

— C'est bien, ma sœur, ajoutait l'impitoyable garde-malade... maintenant, vous allez prendre un peu de repos, s'il vous plaît. Surtout ne restez pas ainsi, le corps penché en avant; c'est pénible pour la poitrine. Voici un coussin; appuyez-y vos reins : c'est la pose qui convient le mieux à votre état. Là, bien; vous êtes parfaitement, à cette heure. Un petit sommeil si le cœur vous en dit; vous mè remercierez au réveil.

A ces propos, à ces attentions, Clémence aurait préféré des brutalités, tant il y avait d'amertume et d'hostilité au fond de ce langage. Elle souffrait tout néanmoins, n'ayant ni à choisir, ni à lutter. En d'autres occasions, mademoiselle Pulchérie profitait de la présence du comte pour varier ses doléances et se rendre désagréable d'une autre façon.

— Mon frère, lui disait-elle, vous ne prenez pas assez garde à la santé de votre femme; c'est une négligence que je ne saurais pardonner. Regardez donc Clémence! quel visage elle vous a aujourd'hui. On dirait une déterrée. Voyez comme ses yeux sont battus! Et son teint! et ses lèvres!

comme tout cela est fané et blémi. Moi, Sigismond, je m'y
perds; je suis à bout de mes recettes. C'est à vous d'y songer, mon frère. Paris est un pays de ressources, et vous avez
bien, parmi vos connaissances, quelque médecin capable de
la tirer de là. Voyons, mon frère, ajoutait-elle en appuyant
plus que jamais sur les mots ; mettez-y donc un peu du
vôtre. Aidez-moi, aidez-nous ; je ne me sens plus de force à
lutter seule ; j'ai besoin de partager cette responsabilité.

C'est au milieu d'entretiens aussi aimables et dans cette
compagnie choisie, que s'écoulaient les journées de Clémence. La pauvre femme en mourait et s'éteignait à petit
feu.

———

XXIV

Cependant il était un point sur lequel tous les membres de
la Faculté tombaient d'accord, au grand regret et au grand
désappointement du comte. Le principal obstacle au rétablis-
sement de Clémence était le confinement dans lequel on la
tenait ; les meilleurs remèdes étaient les promenades en voiture ou à pied, la vie à l'air libre, les distractions du monde.
Bon gré mal gré, il fallait vaincre cette langueur si peu naturelle à cet âge, et qui, en s'aggravant, fût devenue un véritable danger.

On devine pourquoi cet avis et ce traitement n'étaient
guère du goût de Sigismond. Et pourtant il ne pouvait reculer ; la nécessité parlait trop haut ; en hésitant, il eût mis
l'opinion contre lui. Tout ce qu'il put faire, ce fut de choisir, parmi les distractions du dehors, celles qui lui parurent
offrir le moins de risques et déranger le moins possible ces
combinaisons savantes sur lesquelles il avait fondé son repos. Ainsi point de fêtes, point de concerts, point de spectacles, rien de ce qui aurait amené une rencontre régulière,
une de ces occasions que le destin ménage aux séducteurs
et fait tourner au préjudice des maris. Mais, en revanche, il

fut résolu que, toutes les fois que le temps le permettrait, la jeune femme sortirait en voiture. Dans le système de défiance qu'avait adopté Sigismond, c'était une concession bien grande; il est vrai qu'il y avait des correctifs. Ces promenades devaient avoir constamment deux témoins, lui à cheval, Pulchérie près de Clémence. Puis on devait varier le but et les heures, de manière à déjouer les calculs les plus ingénieux; et si enfin le hasard amenait une rencontre, ce ne serait qu'une crise passagère, un accident sans conséquence et qui n'échapperait pas à des yeux aussi vigilants que ceux du comte et de sa sœur. Sur ce programme, on passa outre, en se promettant de le modifier au besoin et si les circonstances l'exigeaient.

L'effet de ces sorties ne trompa point les prévisions des hommes de l'art; Clémence parut y renaître et s'y ranimer. Quand elle franchissait les portes de l'hôtel, sa physionomie prenait une expression nouvelle; on eût dit qu'elle respirait avec plus d'aisance et recouvrait l'exercice de ses facultés. Son œil, tourné vers la portière, semblait ne pouvoir se détacher du spectacle extérieur. En vain mademoiselle Pulchérie essayait-elle de détourner son attention par des entretiens aigres-doux, la jeune femme paraissait aussi insensible aux avances qu'aux piqûres; elle appartenait à d'autres impressions et ne s'en défendait pas. Ce bruit, ce mouvement la charmaient et l'enivraient; elle s'y associait et y attachait un prix connu d'elle seule et un intérêt mystérieux.

Depuis l'explication qu'elle avait eue avec son mari, une sorte de révolution s'était opérée dans l'esprit de Clémence. Ce qui lui pesait le plus, ce qui répugnait surtout à son caractère sincère et droit, c'était la dissimulation dans laquelle elle s'était renfermée jusqu'alors. Sigismond l'avait affranchie de ce souci. Dès qu'il savait tout, la conscience de la jeune femme en était plus à l'aise. Désormais la vie commune ressemblait à un duel engagé entre eux. Le comte prenait ses précautions et elle faisait ses réserves. Le comte ne demandait rien à la confiance, et elle ne se croyait pas tenue à d'autres garanties qu'à celles qu'on lui imposait. Plus on rivait ses chaînes, plus elle estimait que sa pensée avait le droit d'être libre. Puis il lui arrivait ce qui arrive à toutes les âmes qui souffrent : elle s'attachait à la cause de sa douleur en raison de sa douleur même. N'était-ce pas là une légitime compensation? N'avait-elle pas fait des sacrifices assez grands pour obtenir en retour la liberté de rêver à sa guise? Elle cédait tout, elle ne se refusait à rien, pourvu qu'on lui laissât ce qu'aucun pouvoir humain ne pouvait lui enlever : le droit de se recueillir, de se replier sur elle-même, d'écouter les murmures et les tressaillements de son cœur.

Voilà quels étaient les motifs de ce retour à la vie et de cette modification profonde dans l'état de la malade. Les médecins ne manquaient pas de l'attribuer à leurs prescriptions ; ils y voyaient un effet du régime qu'ils avaient conseillé. Illusions d'état! Ni les distractions, ni la promenade n'eussent suffi pour arracher Clémence à ses langueurs; le désordre était plutôt dans la tête que dans le corps. Ce qui la releva, ce fut une flamme intérieure à laquelle on rendait quelque aliment, une lumière soudaine qui brilla dans les ténèbres où elle se mourait. Ce qu'étaient cette flamme et cette lumière, on le devine. Il semblait impossible à la jeune femme qu'un jour ou l'autre Gaston ne se trouvât pas sur son chemin. Les amoureux ont une étoile; elle y comptait. Dans ces piétons et ces cavaliers qui se succédaient, elle croyait à chaque instant l'apercevoir et semblait comme enchaînée à cette découverte. Rentrait-elle avec un désappointement, elle songeait au lendemain et se promettait une meilleure fortune. Ainsi sa vie avait un aliment, son imagination un but; elle espérait et attendait.

Longtemps cette attente fut déçue. Soit que le comte eût bien pris ses précautions, soit que le hasard seul en fût cause, Gaston restait invisible. Il n'épargnait rien cependant pour que les choses tournassent d'une autre façon. C'était pour lui une de ces idées fixes qui n'admettent ni repos ni trêve. Depuis que, par un motif inconnu, Clémence lui avait échappé, tous les ressorts de son esprit étaient tendus de ce côté : aucune démarche, aucun soin ne lui coûtaient. Mais si son ardeur ne se démentait pas, il était loin d'y apporter une prudence suffisante. A son âge, et de l'humeur dont il était, il s'entendait mieux à emporter les choses de haute lutte qu'à se ménager un succès par d'habiles calculs. Il avait affaire à des tacticiens consommés et n'était lui-même qu'un séducteur fort novice. Aussi, ses premiers efforts avaient-ils

7

tourné contre lui. Il avait essayé de se créer des intelligences dans l'hôtel, et s'était livré aux agents du comte qui avaient reçu des consignes à ce sujet. On feignait de le servir, afin de le trahir plus sûrement. A ce jeu, ses affaires n'avançaient guère ; il s'épuisait en démarches infructueuses et perdait du terrain au lieu d'en gagner.

Enfin ils eurent un jour heureux. L'équipage de la comtesse venait de déboucher dans cette partie du bois de Boulogne qui se transforme sous la main des ouvriers et prend de plus en plus l'aspect d'une décoration. Le comte était à cheval, à cinquante pas en avant ; la comtesse et Pulchérie avaient quitté leur voiture et côtoyaient le lac dans toute sa longueur. Le temps était beau ; il y avait foule sur les chaussées et dans les avenues. Ce fut là et dans ces circonstances qu'eut lieu un rapprochement imprévu. Au moment où la comtesse et sa belle-sœur se trouvaient dans l'axe d'une allée latérale, Gaston y arrivait à toute bride et tournait du côté du lac. Qu'on juge de son émotion lorsqu'il aperçut Clémence, un peu en arrière de Pulchérie, dont l'attention était portée ailleurs ! Ils se virent, ils se reconnurent et se saluèrent par un de ces regards plus éloquents que la parole, plus expressifs qu'un aveu formel. Cette minute valait des siècles, mais il y aurait eu péril à y insister. Sur un signe de la jeune femme, Gaston piqua du côté opposé, et rentra chez lui, le cœur plein d'enchantements. Il se savait aimé ; qu'aurait-il pu désirer de plus ?

De loin en loin, le même bonheur leur fut ménagé ; mais, en se multipliant, ces rencontres devenaient dangereuses. Le comte s'en aperçut le premier et mit sa sœur sur ses gardes. On veilla de plus près, et le doute ne fut bientôt plus permis. Si serré que fût le réseau dans lequel on tenait Clémence, il ne suffisait pas pour l'assujettir complétement. La passion est si ingénieuse, qu'elle était parvenue à en briser quelques mailles.

Quand Sigismond se fut bien convaincu du fait, il n'hésita pas, il en revint au sequestre absolu comme au seul moyen dont l'efficacité lui fût démontrée. Que la santé de la comtesse en souffrît, qu'elle y dût perdre les bénéfices d'un régime salutaire, peu lui importait. Il en était arrivé à ce point où la pitié même s'efface devant des instincts violents. Il ne pouvait, sans une sorte de rage, songer à tant de précautions vaines, à tant d'efforts superflus. Depuis que cette lutte domestique s'était engagée, il y avait employé tout ce qu'il y avait en lui de puissance et d'activité; il en avait fait son unique étude et sa constante préoccupation. Et pourtant il n'en était pas plus avancé qu'au premier jour, et, au moindre souffle, cet édifice, péniblement élevé, s'écroulait en témoignage de son impuissance et avec une menace nouvelle pour son honneur. De là une sourde exaspération qui ne faisait que s'accroître, une jalousie concentrée et farouche qui peu à peu fermait son cœur aux sentiments délicats et élevés. Il n'avait plus rien du gentilhomme; ce n'était plus qu'un geôlier, prêt à se changer en bourreau.

XXV

Ce fut pour la comtesse une nouvelle épreuve et elle s'y soumit, le sourire sur les lèvres. Le destin la frappait d'un dernier coup; elle s'inclina. En s'interrogeant, elle avait mieux jugé l'état de son âme. Ce qui n'avait d'abord que le caractère d'une préférence, d'un goût, d'un penchant, était devenu, par l'effet des circonstances, une passion véritable, un sentiment impérieux et profond. Que ce fût le tort du comte ou son propre tort, elle en était arrivée à cette fatale limite où l'honneur d'une femme n'est plus qu'à la merci d'une occasion. Elle s'avouait vaincue; elle cédait; elle n'avait plus ni la force ni la volonté de se défendre. Voilà ce qu'elle découvrait et ce qui lui causait un certain effroi. Désormais quelle serait sa destinée? Il n'y avait de choix pour elle qu'entre l'oubli ou la faute. Douloureuse alternative! et pourtant elle n'hésitait pas : elle aimait mieux être oubliée que de faillir. De là cette résignation; elle en pouvait mourir, mais elle mourrait en se gardant.

Gaston n'avait pas les mêmes motifs d'accepter cet arrêt;

tout l'invitait au contraire à persévérer. Il avait vu les combats de Clémence et ne se méprenait pas aux signes évidents de sa défaite. Et c'était alors que tout lui échappait. Cette idée le mettait hors de lui, et ses désirs ne faisaient que s'en accroître. Non! il ne rendrait pas les armes; non! il ne renoncerait pas à un bonheur placé sous sa main. Que lui importaient les obstacles? Un amour comme le sien y regarde-t-il seulement? Plus ils étaient grands, plus il devait mettre d'opiniâtreté dans sa poursuite.

Ce fut sous cet aiguillon qu'il agit. Comme il ne trouvait plus Clémence sur son chemin, il fit de l'hôtel Montréal l'objet d'un siége dans toutes les formes; et, pour échapper aux remarques, plus d'une fois il eut recours à des déguisements. Il espérait que la fortune lui enverrait à point nommé quelque dédommagement et lui livrerait l'accès de la place. Jamais investissement ne se fit d'une manière plus savante ni à l'aide de plus ingénieuses combinaisons. Tous les abords de l'hôtel furent reconnus, toutes les physionomies étudiées au passage. Point de mouvement qui lui échappât, point de détail dont il ne tirât parti. Il s'initia aux habitudes de la maison et sut comment les choses y étaient réglées. Ses assiduités, d'ailleurs, n'excluaient pas une certaine prudence, et il mettait un soin infini à déjouer les curieux. Qui aurait pu soupçonner qu'un marquis de Saint-Pons se cachait sous la blouse et la casquette d'un ouvrier?

Peu de jours après que ce système d'opérations offensives eut été adopté, il se passa dans l'intérieur de l'hôtel une scène singulière, et qui causa à Clémence une surprise mêlée d'étonnement. Parmi les femmes attachées à son service et à celui de sa belle-sœur, il en était une qui paraissait animée d'un zèle plus grand pour sa personne, et qui l'entourait de soins particuliers. Dans l'existence qu'on lui avait arrangée et où sa volonté n'avait qu'une faible part, il était rare que la comtesse se trouvât seule, même pour quelques instants. Mademoiselle Pulchérie était pour elle ce que l'ombre est au corps, ce que le diacre est au prêtre: un témoin toujours présent, toujours attentif. Dans le salon comme dans le cabinet de travail, aux repas comme au jardin, oisive ou occupée, Clémence ne marchait, n'agissait que sous les yeux de cet argus, deux yeux qui en valaient cent. S'éloignait-elle de quelques pas, une voix frappait son oreille comme le sifflement d'un flèche :

— Où allez-vous donc, ma sœur ?

Ou bien :

— Ma sœur, je vous suis.

Bon gré mal gré, il fallait réprimer cet élan, qui dérogeait à la règle établie, rentrer dans le giron et ne plus s'en éloigner.

Cette femme de service ne portait donc à sa maîtresse qu'un intérêt silencieux, et cependant Clémence en avait été frappée. Elle avait cru remarquer également que si ces démonstrations n'allaient pas plus loin, c'était à cause de la présence de ce tiers importun et inévitable. Enfin, un jour que par exception la comtesse se trouvait seule dans son boudoir, cette femme y entra brusquement :

— Madame, lui dit-elle, Madame !

— Qu'avez-vous donc ? lui dit Clémence, et que signifient ces airs mystérieux ?

— C'est que j'ai quelque chose à remettre à Madame ! quelque chose d'important !

Elle porta en même temps la main sous son tablier.

— A moi ? Pour moi ? dit la comtesse.

— Oui, pour Madame.

— Qu'est-ce donc ? Expliquez-vous mieux.

La femme de service montra le message dont elle était chargée.

— Une lettre ! s'écria la comtesse la rougeur sur le front ; une lettre ! voilà qui est bien audacieux de votre part !

Un tel accueil n'était pas de nature à encourager l'officieuse ; cependant elle insista.

— Si Madame savait de qui cela vient...

Clémence ne le devinait que trop, et un tremblement involontaire trahissait l'émotion dont elle était saisie. Qui pouvait lui écrire, si ce n'est Gaston ? Il se passa en elle un combat rapide ; elle n'osait ni accepter ni refuser. Accepter, c'était un engagement nouveau, un pas de plus vers sa perte, et dans quelles circonstances, grand Dieu ! avec un subordonné pour complice et pour témoin. Que de motifs pour hésiter et rester sur ses gardes ! D'un autre côté, refuser était une cruauté bien grande et qui ne répondait pas à l'état de son cœur. Quel gré lui saurait-on de ce sacrifice? Elle allait désespérer le seul être qui l'aimât, et au profit de gens qui l'opprimaient et la tuaient. Et pourtant là balance penchait du côté du devoir : d'un geste expressif elle repoussa le message fatal et désiré ; elle eût persisté sans doute si la soubrette n'eût fait un mouvement.

— Mademoiselle! s'écria-t-elle.

En effet, on entendait dans la pièce voisine des pas qui se rapprochaient. C'en fut assez pour changer les dispositions de la comtesse. Elle eut comme une vision douloureuse; tous les maux passés, tous les tourments présents lui revinrent à l'esprit. Elle ne vit plus que ce tyran acharné sur ses pas et qui avait changé son existence en une lente agonie. Elle oublia tout le reste. Par un mouvement plus prompt que la pensée, elle s'empara de la lettre :

— Donnez, dit-elle, et de la discrétion!

Et elle la cacha dans son sein.

Mademoiselle Pulchérie entrait dans le même moment; elle jeta sur cette scène un regard soupçonneux: peut-être avait-elle surpris le dernier mouvement de Clémence.

— Encore ici, ma sœur! lui dit-elle ; et moi qui vous cherchais au salon.

— Je suis à vous, répondit Clémence qui cherchait à assurer son maintien en s'occupant de quelques détails de toilette. J'achève en un instant.

Sans insister, mademoiselle Pulchérie se tourna vers la soubrette et passa sur elle son irritation :

— Que faites-vous ici? lui dit-elle d'un ton dur. Ce n'est point votre place.

— Mademoiselle... lui répondit celle-ci avec soumission.

— Point d'observation; sortez.

La comtesse croyait qu'une explication allait survenir; les airs solennels de sa belle-sœur en étaient comme l'augure et le prélude. Il n'en fut rien pourtant; les choses en restèrent là. Seulement mademoiselle Pulchérie s'attacha à ses pas plus que jamais et s'arrangea de façon à ne pas la laisser seule de toute la journée. Clémence était au supplice; cette lettre lui brûlait le sein ; des émotions opposées l'assiégeaient presque à la fois. Tantôt elle était aux regrets de s'être montrée si prompte et ne pouvait envisager sans terreur les suites de cet acte imprudent ; tantôt elle se sentait inondée d'une joie intérieure, et s'imaginait que ce mystérieux papier répondait aux battements de sa poitrine. Des rougeurs soudaines lui montaient au front, et elle s'abandonnait à d'involontaires extases. L'aiguille alors s'échappait de ses doigts, et mademoiselle Pulchérie, sans interrompre son tricot, dardait sur elle, par-dessus ses lunettes, un regard plein de défiance et de haine.

— Vous souffrez, ma sœur? lui disait-elle.

Clémence tressaillait et rentrait dans le monde des réalités.

— Mais non, mais non, répondait-elle en se remettant à l'ouvrage avec une ardeur machinale et s'y absorbant de nouveau.

Enfin, elle eut un moment libre et put ouvrir cette lettre dont la possession lui coûtait si cher. C'était un dédommagement que le ciel lui devait bien. Ses doigts tremblaient, sa vue se troublait. Voici ce qu'elle y lut :

« Clémence,

« Pardonnez mon audace, mais je me sens mourir à ne plus vous voir. Il me fallait si peu pour être heureux! un regard de loin en loin, un geste, un signe; j'emportais assez de bonheur pour attendre et espérer. Maintenant tout me manque et ma vie est au dépourvu.

« Vous souffrez aussi, Clémence; je le sais sans que vous m'en ayez fait l'aveu. Confondons au moins nos douleurs, puisque nous ne pouvons y échapper. Il y a dans tout ce qui s'est passé une fatalité irrésistible plus forte que nos volontés, et, je le sens, plus forte que mon courage. Renoncer à vous serait ma condamnation, je ne me soumettrai que si vous la prononcez.

« Est-ce une trop grande grâce que je demande? Un mot, quelques lignes de vous. Sachons que, quoique séparés, nous vivons l'un pour l'autre et l'un par l'autre. L'espoir est un baume si souverain! Seul il peut calmer des blessures aussi profondes que les miennes. A défaut d'un sentiment plus vif, ayez au moins de la pitié.

« La voie que j'emploie pour vous faire parvenir ce billet

est sûre, et vous en aurez la preuve en le recevant. Répondez-moi par le même moyen, et montrez-vous compatissante.

« GASTON. »

Ce message, triste et suppliant, attendrit Clémence jusqu'aux larmes. Et pourtant elle hésitait; son cœur était plein de sombres pressentiments.

XXVI

Pendant plusieurs jours, la comtesse demeura livrée à ce combat intérieur. Elle sentait qu'un mot d'elle était un gage décisif et qu'il emportait une irrémédiable déchéance. A cette pensée, les principes sucés avec le lait se réveillaient en elle et parlaient de manière à garder l'empire, en dépit des élans du cœur. Les torts d'autrui ne pouvaient justifier le tort qu'elle allait se faire; ses griefs, si justes qu'ils fussent, n'étaient rien auprès de cette chute où elle se sentait entraînée. Des représailles semblables, le monde ne les admet pas, et il a raison. Il ne distingue pas les motifs, il juge les actes. Pour Clémence, il s'agissait toujours de sortir de la classe des femmes qui marchent le front levé et trouvent dans le témoignage de leur conscience la seule vengeance digne d'elles; il s'agissait de prendre rang dans cette société mêlée qui se contente des apparences de la pudeur et de la vertu. Son âme se révoltait à y songer, et elle puisait dans ces révoltes la force nécessaire pour résister. Les jours s'écoulaient ainsi entre l'ange du mal et l'ange du bien; ce dernier avait le dernier mot.

Il est à croire que cette correspondance se fût arrêtée là, si Gaston n'eût insisté. Le silence de Clémence le tenait dans une anxiété mortelle; il écrivit de nouveau et dans un langage fait pour ébranler l'âme la plus forte, la plus sûre d'elle-même. Il raconta ce qu'il souffrait avec l'accent de la passion, invoqua les souvenirs d'autrefois, parla de son bonheur brisé et des idées sombres auxquelles il était en proie, plaida sa cause avec la sincérité et l'éloquence de la jeunesse, un peu aussi avec cet égoïsme de l'amour qui ne songe jamais aux sacrifices qu'il impose, ni aux douleurs qu'il prépare, pourvu qu'il arrive à son but et assure sa conquête n'importe par quels moyens. Il fut pressant, inspiré, d'une douleur vraie jusqu'à l'emportement, d'une tendresse exquise qui touchait le cœur par les côtés les plus délicats ; il fit de Clémence l'arbitre de son sort, de sa conduite, de ses actions ; lui dit qu'il était prêt à s'exiler si elle l'ordonnait, et que ses désirs seraient des lois ; enfin tout ce que peut trouver, à vingt ans, une imagination ardente et une âme ivre d'un premier et impérieux sentiment.

Après cette lecture, la jeune femme se sentit désarmée ; elle céda, elle livra ses dernières défenses. On lui demandait un sacrifice plus grand que celui de sa vie ; elle s'y résigna. Entre deux victimes, ce fut elle qu'elle choisit. Dès qu'elle eut un moment de liberté, elle prit la plume et écrivit quelques lignes d'une main tremblante : c'était son propre arrêt qu'elle allait signer. Voici ce qu'elle disait :

« Que me demandez-vous, Gaston ? Vous voulez donc à toute force me perdre. Si vous saviez combien je suis surveillée, et à quel point vous m'exposez ! Vous me demandez de la pitié et n'en avez guère pour moi. Je cède pourtant : je vous écris ; Dieu veuille que ce ne soit pas une faute irréparable !

« Un mot seulement, Gaston ; aussi bien m'est-il impossible d'en écrire davantage au milieu de tous ces yeux ouverts sur moi. Oubliez, oubliez, je vous en supplie ! n'abusez pas d'une faiblesse qui est à la fois ma honte et mon effroi. Pourquoi insister ? Pourquoi me pousser vers un abîme ? Nous n'en pouvons, ni vous ni moi, mesurer la profondeur. Oubliez, de grâce, c'est mon dernier cri, le cri de mon honneur qui s'indigne et me désavoue. Oubliez, le temps fera le reste ; il m'apportera le repos qui me fuit et dont j'ai grand besoin.

« CLÉMENCE. »

Ainsi commencée, cette correspondance n'était pas de nature à prendre sitôt une fin. Les prières de la jeune femme n'étaient qu'une des formes dont s'enveloppent les capitulations du cœur. Derrière ces prières, il y avait un aveu formel échappé à sa sincérité. Ce fut tout ce qu'y vit Gaston, et il ne s'en montra que plus pressant. Ces campagnes de l'amour se ressemblent toutes. Rien qui n'y soit réglé, prévu, et qui ne s'enchaîne avec une précision rigoureuse. Il n'y a qu'une heure pour la retraite; quand cette heure est passée, la force des choses l'emporte et prévaut jusqu'au bout.

Au début, les lettres de Gaston n'exprimaient qu'une passion contenue et qui se trouve satisfaite de ce qu'on lui accorde. Écrire à Clémence, échanger avec elle ses pensées, lui semblait un lot suffisant. Il lui racontait combien, au milieu des bruits du monde, son cœur restait indifférent, et quels élans il éprouvait au contraire à se reporter vers elle et à lui offrir en sacrifice les séductions qu'il dédaignait. Il lui disait sa vie que son souvenir remplissait, ses promenades autour de l'hôtel, toujours vaines et toujours recommencées, ce qu'il avait fait à son intention et ce qu'il comptait faire, ses projets romanesques lorsque la belle saison les ramènerait tous deux dans le pays de Caux, ses travaux, ses études, qu'animait le désir de se rendre digne d'elle; puis il en venait à parler de son amour, de ses rêves, de ses espérances dans cet idiome que les initiés seuls comprennent et qui a plus de charme que de variété. A quoi Clémence répondait en le grondant doucement, en s'effrayant de ses témérités, et l'engageant à ne pas tenter le destin comme il le faisait par des lettres trop fréquentes et des démarches qui pouvaient la perdre irréparablement.

Il est de l'essence des sentiments, et des plus vifs surtout, de ne pas s'arrêter dans leur marche; ils vont toujours et promptement à l'excès. Gaston ne dérogea pas à cette loi constante. Bientôt il y eut, dans le ton de ses lettres, un changement dont Clémence s'alarma. Ce qui lui avait suffi d'abord ne le contentait plus; il s'en prévalait pour exiger davantage. Puis c'étaient des élans mal contenus, et des impatiences dont il ne pouvait se défendre. Il se plaignait de ne pas obtenir tout ce qu'il désirait; il accusait Clémence de lui mesurer d'une manière trop avare les témoignages de tendresse. Celle-ci essayait alors de le calmer, de le ramener par de douces paroles ; elle se laissait entraîner de plus en plus sur cette pente, et, faute de pouvoir le guérir, partageait ce vertige contagieux.

Le péril croissait à vue d'œil ; après quelques lettres échangées, il était au comble. Gaston ne se résignait plus aux adorations solitaires ; ses prétentions s'élevaient en raison des concessions faites : plus on lui cédait de terrain, plus il désirait en gagner. C'est l'éternelle histoire des conquérants : rien n'est fait pour eux tant qu'il reste quelque chose à faire. Le jeune homme se sentait de plus en plus maître de la volonté et des destinées de Clémence ; il en disposait déjà comme d'un bien qui lui appartenait. Chaque jour, il s'efforçait de l'entraîner vers des imprudences auxquelles celle-ci n'opposait plus qu'une force d'inertie. Ce fut alors qu'il s'enhardit, et lui écrivit la lettre suivante :

« Clémence,

« Vous avez beau dire, les choses ne peuvent pas rester ce qu'elles sont ; ce serait nous condamner l'un et l'autre d'une manière irrévocable et de nos propres mains. Vous ne pouvez pas toujours végéter dans les oubliettes de l'hôtel Montréal ; je ne puis pas toujours vivre loin de vos regards. Il est temps que vous sortiez de votre servitude, et que j'obtienne le dédommagement de mes longues privations : il vous faut, à vous, de l'air, à moi votre vue.

« Songez-y, Clémence, est-ce une vie possible que la nôtre, comme elle est arrangée aujourd'hui ? Autour de vous, rien qui ne vous soit odieux ou pesant ; autour de moi, rien qui me sourie et réponde à mes sentiments secrets. Vous êtes opprimée, moi dénué ; pouvons-nous longtemps tenir ainsi ?

« J'ai souvent réfléchi aux douleurs et aux amertumes de votre position, et je me suis demandé comment vous n'aviez pas fait plus d'efforts pour vous y soustraire. Vous parlez d'honneur, de devoir ; ce sont des scrupules que je respecte ; mais ne les poussez-vous pas à l'excès. Vous êtes esclave là où vous devriez commander en reine, et la branche cadette des Montréal se venge sur vous de la longue supériorité et

des grandeurs de la branche aînée. Vous payez pour dix générations, Clémence : ceux dont vous essuyez les morsures,
c'est votre père qui les a réchauffés dans son sein.

« Cette situation ne peut durer; mieux vaut un éclat que
de se laisser étouffer entre quatre murs. Je ne vous parle pas
de moi, à qui vous êtes nécessaire comme l'air que je res-
pire, de moi qui aurai tout perdu si je vous perds. Je ne
veux penser qu'à vous, Clémence, et ne veux parler que de
vous. Eh bien! pour vous, pour votre sûreté, il faut que
vous quittiez cet hôtel maudit où se consume votre jeunesse.
Il faut que vous revoyiez le soleil, que vous retrouviez l'espace, la liberté, et des physionomies moins moroses que
celles dont vous êtes environnée.

« Oh! si vous me croyiez, il en serait vite ainsi. Quelque
surveillée que vous puissiez être, je saurais bien vous arracher aux écrous de vos guichetiers. Ne vous inquiétez pas
des moyens; j'en trouverai de sûrs. J'irai vous prendre dans
mes bras et nous fuirons si loin qu'aucune puissance humaine ne pourra nous atteindre. Vivre avec vous, près de
vous, seul avec vous, tenez, Clémence, c'est là une de ces
pensées qui me rendent fou de bonheur, quand j'y songe, et
qui me donneraient des forces surnaturelles pour y arriver.
Détachés du monde, inconnus à lui, oubliant, oubliés, qui
pourrait nous troubler dans nos extases? Nous demanderions
à la nature ce que la civilisation nous refuse, le droit de nous
aimer, de nous dévouer l'un à l'autre, de rester unis par le
plus puissant des liens, celui d'un choix volontaire et d'un
libre consentement. Nous aurions le ciel pour témoin, et notre
vie entière pour nous absoudre.

« Mais je m'égare; ce serait trop de joie pour un homme :
il n'y a de ces ivresses que dans le ciel. Dites, Clémence,
auriez-vous la force d'être heureuse et de me rendre heureux
ainsi? Un mot, et j'agis, et je réussis, et nous nous envo-
lons vers les solitudes comme deux ramiers amoureux. Mais
si votre cœur faiblit devant cette destinée, il n'en faut pas
moins que vous sortiez de cette maison où l'on vous tue à
petit feu; il le faut pour vous si ce n'est pour moi. Choisis-
sez alors ce qu'il vous convient de faire. Ni ma mère, ni ma
sœur ne savent rien de tout ceci; mais je suis assuré que si
je vous remettais entre leurs mains, elles vous garderaient

et vous défendraient envers et contre tous, et même contre les calomnies du monde. Préférez-vous un couvent? Voulez-vous que je vous conduise à Beaupré? Dites, ordonnez, signifiez votre volonté; elle sera obéie. Une fois que vous serez libre, je m'éloignerai afin que la médisance reste sans prétexte. J'irai aussi loin qu'il le faudra, je mettrai l'Océan entre nous, si cela est nécessaire; mais, en me condamnant à cet exil, je saurai du moins qu'il vous profite et que vous y trouverez une force et une tranquillité de plus.

« De toutes les manières, dites-moi ce que vous pensez de mes projets : je serai dans les transes jusqu'à ce que j'aie une réponse. »

Cette lettre jeta Clémence dans une profonde terreur; elle voyait enfin où une première faiblesse devait la conduire. Sur ce langage insensé, elle mesurait le degré d'effervescence dans lequel se trouvait la tête de Gaston. Un enlèvement! un éclat public! Elle ne pouvait y croire et se demandait si elle était vraiment descendue jusque-là et comment elle avait pu y descendre. Dans le premier moment, elle prit la plume pour répondre; elle l'eût fait avec fermeté, avec sincérité. Puis elle songea à la douleur qu'elle allait lui causer, et se montra miséricordieuse. Elle se dit que le silence serait un châtiment moins cruel et en même temps une arme plus sûre. Au fond, c'était son cœur qui l'emportait. Les égarements de l'amour sont de ceux que l'amour excuse; l'excès même n'en déplaît pas. Elle se tut donc. Se taire, c'était un refus adouci; elle se fiait au temps et l'appelait à son aide pour calmer ces impétuosités juvéniles.

Le calcul eût été juste pour tout autre que Gaston; il porta à faux cette fois. De toutes les épreuves, il n'en était point de pire que celle que Clémence lui infligeait. Depuis le moment où il avait écrit sa lettre, il comptait les jours, les heures, presque les minutes. Il lui semblait impossible que Clémence refusât de s'associer à ses plans de délivrance. Et pourtant, à mesure que le temps s'écoulait, cette confiance allait diminuant. Point d'avis, point de signe de vie. Gaston n'y tint plus; son impatience prit le dessus, et il écrivit de nouveau :

« Que dois-je penser? Que dois-je craindre, Clémence? A-t-on surpris mon dernier billet : ou bien est-ce vous qui me tenez rigueur? Seriez-vous surveillée au point de ne pouvoir tracer même quelques lignes? Toutes ces suppositions assiégent mon esprit sans que je puisse me fixer à aucune. Mes intermédiaires sont sûrs, je m'en suis convaincu, et vous n'auriez pas la cruauté de me laisser dans la perplexité où je me trouve.

« J'insiste donc et reviens à mes projets avec une précision plus grande. Peut-être n'y avez-vous pas la confiance que j'y ai et que j'ai mes motifs d'y avoir ; peut-être ne vous ai-je pas assez expliqué quels sont les moyens que je compte employer. Vous hésitez, vous n'osez pas courir des chances dont vous ne connaissez pas l'étendue, vous redoutez mon inexpérience et les piéges dont nous sommes entourés.

« Calmez ces appréhensions. Je pourrais être imprudent, s'il ne s'agissait que de moi; mais c'est de vous qu'il s'agit et je ne livrerai rien au hasard. Vous allez en juger vous-même.

« En étudiant les abords de l'hôtel, j'ai pu en connaître les côtés faibles et les facilités qu'il offre pour le succès de nos plans. Du côté des bâtiments, rien n'est possible ; les portes sont trop bien gardées, la surveillance y est trop active. Nuit et jour, les yeux y sont ouverts ; il n'y faut pas songer. Du côté des jardins, c'est toute autre chose. Point de concierge, point de gens de service; quelques bâtiments déserts, et un mur qu'il est facile de franchir.

« C'est là que chaque soir j'établis le siége de mes observations, et j'ai été si bien servi par la disposition des lieux, que depuis quelques jours j'assiste, pour ainsi dire, à votre vie intérieure.

« Presqu'en face et de l'autre côté de la ruelle, il existe une maison nouvellement construite et qui a des vues sur l'hôtel. Je l'ai louée tout entière; elle m'appartient; j'en ai seul l'entrée et l'usage. De là, à travers les arbres nus, j'aperçois d'une manière très-distincte les appartements que vous habitez. Vous savez qu'ils me sont familiers ; en des temps plus heureux, j'en étais l'hôte assidu, et je trouve ainsi le sens de tout ce qui s'y fait. Que de fois je vous ai aperçue sans que vous pussiez vous en douter, ni savoir qu'à quelques pas de vous un œil charmé et attentif s'attachait à vos mouvements. J'assiste à votre vie, je suis près de vous quand vous me croyez loin. Le soir surtout, au déplacement des clartés, je juge ce qui se passe dans votre intérieur ; je vois quand vous quittez le salon, quand vous entrez dans votre chambre à coucher ; je ne perds ni ne néglige rien. Il me semble que tout cela est mon bien, mon domaine, et qu'à vous suivre de cette façon j'use seulement d'un droit.

« Vous le voyez, Clémence, vous n'avez affaire ni à un étourdi, ni à un imprudent ; j'ai tout préparé pour ranger la fortune de notre côté : avant de vous engager dans une entreprise délicate, j'ai voulu rendre la réussite certaine et assurer mon terrain.

« Maintenant, voici comment je compte m'y prendre ; vous verrez quelle est ma part dans l'exécution, et quelle est la vôtre aussi.

« Je vous ai dit que les murs de clôture du jardin sont faciles à franchir ; j'ajoute que, le soir venu, la ruelle est absolument déserte. Les petites gens qui l'habitent se retirent de bonne heure et le couvre-feu ne tarde pas à sonner pour eux. Dès ce moment, pas une âme ne se montre : c'est une véritable solitude que les patrouilles ne visitent jamais, tant elle est étrangère aux bruits et aux agitations de la ville. On s'y croirait à cent lieues de Paris. Le champ reste donc libre ; ni les importuns, ni les espions ne sont à craindre ; on a plusieurs heures devant soi pour agir en toute sûreté.

« Mes dispositions sont prises pour franchir le mur du jardin ; quelques minutes me suffiront pour cela. De votre côté, il ne s'agirait plus que de trouver un moyen de quitter votre chambre et de venir me rejoindre. C'est là ce que je ne puis ni régler, ni décider ; tout dépend de votre courage et des ressources qui sont en votre pouvoir. Je ne sais si mon cœur me trompe, si je prends mes désirs pour la mesure de vos efforts, mais il me semble que vous devez suppléer à ce qu'il y a d'incertain encore dans cette partie de mon projet. N'êtes-vous point assez libre pour qu'au milieu de la nuit, au moment où toute surveillance cesse, où tout le monde repose autour de vous, vous ne puissiez trouver une issue qui vous conduise vers moi ? Point de faux scrupules, Clémence, c'est votre chaîne que vous brisez, et le ciel m'est témoin que les bras qui vous recevront sont ceux d'un frère. Tous mes sentiments se révolteraient et je ne vous parlerais pas avec tant de calme si je pouvais mettre un prix à votre délivrance et y attacher une pensée qui blessât votre pudeur. Redevenez indépendante et soyez heureuse, je serai payé de ce que j'ai fait.

« Encore un mot. J'ai remarqué dans la ruelle une porte qui donne accès dans le jardin de l'hôtel. J'ignore si la clef est à l'intérieur, et, à défaut, s'il vous est possible de vous la procurer. Dans ce cas, ce serait pour nous une sortie naturelle et qui faciliterait les choses. Dans le cas contraire, j'ai pris mes mesures de telle sorte qu'il vous sera aisé de quitter l'hôtel par le chemin que j'aurai pris pour y arriver. J'ai tout prévu pour ce qui me regarde ; vous n'avez plus à songer qu'aux points où ma prévoyance s'arrêtait.

« Je n'attends pas de réponse de vous, Clémence ; il n'y en a pas d'autre ici qu'un oui ou un non. Nous sommes arrivés à l'heure de la crise. Votre réponse sera dans l'acte même. Mardi soir, quand le silence régnera dans la ruelle et que je m'y sentirai bien maître de mes mouvements, je me placerai à l'une des croisées qui me donnent le plus de découvert sur l'hôtel et me permettent surtout de plonger sur votre chambre à coucher. A minuit précis, mon sort sera décidé, et je saurai ce que vous voulez faire. Si je dois persister à pousser l'entreprise jusqu'au bout, allumez votre lampe et placez-la de manière à rendre ses clartés aussi distinctes que possible. Ce sera mon phare ; il me guidera vers le but. Si, au contraire, par un motif ou l'autre, vous n'accédez pas à mes projets, si vous ne pouvez ou ne voulez pas briser le lien affreux qui vous étreint, laissez votre chambre à coucher dans les ténèbres. Je saurai ce que cela veut dire, et ne conduirai pas les choses plus loin.

« Suis-je réservé à cette dernière épreuve, Clémence? M'infligerez-vous cette douleur ? Faudra-t-il que, si jeunes, nous vivions ainsi dans un deuil éternel et une éternelle séparation? Ce serait vous sacrifier de vos propres mains et m'entraîner dans ce sacrifice. Votre sort sera le mien : disposez-en comme vous l'entendrez, je m'y résignerai sans me plaindre.

« GASTON. »

Cette dernière lettre ne parvint pas à Clémence, et pourtant, au jour fixé, quand minuit sonna, des clartés soudaines brillèrent dans la chambre à coucher.

XXVII

Il est facile de concevoir l'émotion de Gaston, quand il vit luire le signal attendu. Depuis une semaine, il était en proie à cette fièvre qu'engendre l'incertitude et qui ne lui laissait pas de repos. En vain, essayait-il de la tromper par des excès d'activité; il laissait le corps, mais son imagination n'avait point de trêve. Il lui semblait toujours toucher au moment décisif; il avait sous les yeux la scène où il allait jouer un rôle; il en arrangeait à sa guise les incidents, il en variait les moyens. Tantôt assiégé de doutes, il se demandait si vraiment ses combinaisons étaient à l'abri d'un échec et n'exposaient pas la comtesse au lieu de la sauver; il apercevait alors des obstacles, des empêchements, et en était presque aux regrets de l'avoir engagée dans cette aventure. Tantôt, ivre d'espoir, il se croyait arrivé au but et goûtait d'avance les joies du triomphe.

Pendant les jours qui lui restaient, il avait mis la dernière main à ses préparatifs : ne sachant pas où Clémence voulait se réfugier d'abord, il avait, à tout hasard, arrêté un appartement, et, la nuit venue, il avait gardé une voiture à ses ordres et désigné le point de la ruelle où elle devait l'attendre jusqu'à ce qu'il reparût; puis il s'était placé dans l'endroit le plus favorable pour ne rien perdre des mouvements de l'hôtel. Plusieurs heures s'étaient écoulées ainsi, et chaque minute avait eu pour lui la durée d'un siècle, lorsque au coup de minuit la chambre à coucher s'éclaira.

Il lui fallut un bien grand effort pour comprimer les battements de son cœur et combattre l'ivresse qui assiégeait son cerveau. Pourtant il se dompta, il retrouva le sang-froid dont il avait besoin. En un clin d'œil il se trouva dans la ruelle et au pied des clôtures du jardin ; l'élévation en était grande, mais le chaperon qui formait saillie offrait une prise facile à l'appareil dont il s'était pourvu. C'était une échelle de corde, légère, commode, solide en même temps, que des crampons devaient fixer au sommet du mur. Déjà à diverses fois il en avait fait l'essai, et toujours avec un succès complet ; sa main ne fut pas moins ferme ce soir-là, ni son jet moins heureux ; l'échelle trouva son point d'appui, et avec ses jarrets de vingt ans il en eut bientôt franchi les degrés. Les choses ne se passent pas mieux en Andalousie, théâtre ordinaire de ces expéditions.

Cependant, ce n'était là qu'une partie des difficultés, et la moindre peut-être. Du côté de la ruelle, le terrain avait été étudié d'avance, et Gaston y procédait à coup sûr ; du côté du jardin, il n'avait qu'une idée vague de la disposition des lieux ; il ne connaissait ni la distance qui le séparait du sol, ni les obstacles que les parois du mur pourraient offrir. Il essaya de s'en assurer ; la nuit était si noire, que les objets n'avaient point de forme distincte. Pour ajouter à ses embarras, une brume épaisse s'empara de l'atmosphère, et des gouttes de pluie annoncèrent un orage imminent. Loin de s'en décourager, Gaston y puisa une énergie nouvelle ; sa seule crainte était que Clémence ne reculât devant cette menace des éléments, et il n'en mit que plus de hâte à se rapprocher d'elle et à brusquer le dénoûment.

En moins de temps qu'il n'en faut pour le raconter, il eut attiré vers lui son escalier mobile et fixé les crampons du côté opposé. Ce qu'il avait redouté arriva. Le mur n'était pas nu ; des arbustes en garnissaient le pied et régnaient dans toute la longueur des clôtures. De là des embarras et des dangers de plus d'une sorte. L'échelle s'était engagée dans un fouillis de branches, et à mesure que Gaston en descendait les degrés, il entendait les éclats du bois que brisait le poids de son corps. Ce bruit aurait pu le trahir et donner l'alarme à l'intérieur : la voix de l'orage prit fort à propos le dessus et apporta une diversion utile. Le jeune homme y aida par des précautions infinies, suspendant sa marche à chaque craquement, et s'effaçant dans l'ombre autant qu'il le pouvait. Il parvint ainsi à toucher le sol ; il était en terre ennemie ; la campagne allait commencer.

Son premier soin fut de garder, pendant quelques minutes, une immobilité complète, et de chercher des points de repère autour de lui. Autant qu'il pouvait en juger, il se trouvait dans la partie la plus boisée du jardin : si loin que sa vue s'étendit, il n'apercevait que des troncs d'arbres, et çà et là quelques échappées, dont quelques-unes allaient jusqu'aux façades de l'hôtel. Un regard qu'il y jeta suffit pour le dédommager de toutes ses épreuves. La chambre de Clémence était toujours éclairée, et cette lumière semblait arriver vers lui, à travers la brume, comme un guide et un signal. D'ailleurs, rien à ses côtés ni aux environs qui pût éveiller ses défiances. La pluie seule interrompait le silence universel ; point de mouvement, point de clartés dans les combles où logeait la livrée ; ni les maîtres, ni les serviteurs n'avaient rien entendu ; tout dormait en haut et en bas de la maison. Clémence veillait seule ; elle épiait sans doute le moment favorable ; peut-être, à l'abri de ses persiennes, attendait-elle de l'avoir aperçu pour descendre au jardin.

Sur cette impression, Gaston se sentit enhardi à oser davantage et à gagner un endroit plus découvert. Afin de ne point se livrer, il y mit une prudence extrême et sonda du regard toutes les profondeurs. Apercevait-il dans l'ombre un objet de nature à faire naître un doute dans son esprit ? il s'arrêtait à l'instant et ne bougeait pas de place qu'il n'eût vérifié ce qu'était cette forme suspecte. Parfois, des appréhensions singulières venaient l'assaillir. Comme tous les hôtels des derniers siècles, celui des Montréal avait sa décoration de statues, et, de loin en loin, on en découvrait quelqu'une montée sur un piédestal. A la première qu'il rencontra, Gaston eut comme un éblouissement ; il la prit pour un homme en sentinelle, et l'illusion alla si loin, qu'il crut remarquer un geste et entendre le bruit des pas. Ce ne fut qu'en s'approchant, qu'il reconnut sa méprise.

L'allée qu'il suivait et dont il étudiait la physionomie, afin de ne pas s'y tromper au retour, était une allée circulaire qui formait comme un chemin de ronde autour de l'enceinte, et débouchait, à droite et à gauche, sur une pelouse située devant les constructions. Arrivé à cette limite, Gaston hésita de nouveau : avant de se montrer dans la zone dégarnie de végétation, il jeta devant lui un regard soupçonneux. Depuis qu'il avait mis le pied dans le jardin, sa confiance avait bien diminué. Des clartés brillaient encore dans la chambre à coucher, mais aucun autre indice n'était venu appuyer celui-là. Le roman paraissait suspendu, faute d'héroïne. Point de robe de femme visible à l'horizon, pas même de silhouette derrière les persiennes des croisées. Tout n'était pas perdu cependant; tant de motifs avaient pu amener un retard! La nuit n'était pas avancée, et peut-être Clémence avait-elle différé à dessein, afin que les gens de l'hôtel dormissent d'un sommeil plus profond. Ainsi pensait Gaston en quête de probabilités favorables, et il s'en autorisait pour persévérer jusqu'au bout.

Une heure se passa ainsi sans amener de changement sensible : seulement la lumière qui veillait dans la chambre s'éteignit tout à coup, et l'obscurité devint uniforme sur toute la façade de l'hôtel. Opiniâtre dans ses illusions, Gaston en tira un bon pronostic. Clémence était debout, rien de plus évident; il en avait désormais la preuve. L'acte, d'ailleurs, s'expliquait; avant de descendre, elle avait supprimé cette clarté qui aurait pu la trahir. Plus de doute, elle allait paraître et terminer son angoisse. Toutes ses facultés, toute son âme étaient tendues de ce côté; il accusait ses yeux et ses oreilles de ne pas découvrir plus vite ce qu'il désirait aussi ardemment.

Au milieu de cet éréthisme, un bruit le frappa, le premier bruit qui ne fût pas celui de l'orage : c'était comme une marche lente et mesurée accompagnée de quelques éclats secs, comme si l'on se fût frayé un chemin à travers des broussailles. Gaston tressaillit et s'effaça derrière l'arbre sur lequel il s'appuyait. Il y avait lieu en effet de redoubler de prudence. Le bruit qu'il avait entendu provenait de la zone boisée, c'est-à-dire de la partie des jardins qui touchait aux clôtures et qui, dans ses calculs, devait être complétement déserte. Comment Clémence serait-elle parvenue jusque-là sans qu'il l'eût aperçue? Impossible: et si ce n'était pas elle, qui pouvait-ce être? Son esprit s'y perdait et il eût douté du témoignage de ses sens, si le bruit n'avait recommencé à diverses reprises et sur plusieurs points.

Que faire? L'entreprise semblait mal tourner. Depuis deux heures environ, il prolongeait cette attente infructueuse :

rien de ce qu'il espérait n'était arrivé, et il en était à craindre d'invisibles ennemis. Bon gré mal gré, il fallait songer à la retraite ; le temps fuyait, l'aspect de l'hôtel restait le même ; persister, c'était compromettre Clémence sans profit. Et pourtant, Gaston ne pouvait se décider à quitter les lieux ; on eût dit qu'une force invincible le tenait attaché à la même place. Des rages sourdes lui dévoraient le cœur ; il eût voulu mourir à son poste comme un brave champion. Son œil, fixé sur la croisée mystérieuse, lui demandait compte des désappointements qu'il essuyait ; sa volonté pénétrait ces murailles, comme si elle eût pu en arracher la captive, ouvrir les portes, vaincre les obstacles, par la seule puissance des affinités.

Enfin il se résigna ; il s'arracha à cette douloureuse contemplation. Grâce au soin qu'il avait pris d'étudier le terrain, sa retraite devait s'accomplir sans difficultés ; toutes ses remarques étaient faites, il marcha avec précaution, mais sans hésiter. Il savait qu'en reprenant l'allée circulaire, il aboutirait au point par lequel il était entré ; le reste allait de soi.

En effet, rien ne trompa d'abord ses calculs ; il retrouva ses jalons, ses points de repère, tout ce qu'il avait ménagé pour se guider. Comme dernier encouragement, tout bruit cessa autour de lui ; plus de mouvement, plus d'alerte, rien qui fût de nature à le troubler. Ce fut ainsi et dans les conditions les plus sûres, qu'il parvint au mur qu'il avait franchi ; mais là un terrible mécompte lui était réservé.

L'échelle avait disparu ; un cri de surprise lui échappa.

XXVIII

D'abord, Gaston ne put y croire et s'imagina qu'il était le jouet d'une erreur. Sans doute il avait dépassé l'endroit où avait eu lieu l'escalade, ou bien il ne l'avait pas encore atteint. C'était la seule explication naturelle du fait. Il courut donc à droite et à gauche, sur toute la longueur des clôtures, cherchant partout, et avec une anxiété fiévreuse, s'il ne retrouverait pas cet instrument de salut auquel tant de prix était attaché. Cette recherche fut vaine; nulle part il ne le retrouva, nulle part il ne rencontra cette physionomie des lieux qui était si bien gravée dans sa mémoire.

Il fallut donc en revenir au véritable point de départ, et là bien des circonstances se réunirent pour porter dans son esprit une conviction accablante. Tous les accidents du terrain prouvaient que c'était par ce côté qu'il avait pénétré dans le jardin. Sur le sol, l'empreinte encore fraîche de ses pieds, çà et là des branches brisées qui marquaient son passage, quelques débris détachés du mur, puis des indices particuliers qu'avec ses habitudes de chasseur il avait eu le soin de remarquer et de rendre apparents. Tout concourait à prouver qu'il ne fallait pas pousser plus loin une recherche inutile. C'était là que devait se trouver l'échelle, et elle n'y était pas.

Quand Gaston se fut convaincu du fait, il ne songea pas à lui, ni au danger qu'il pouvait courir; il songea à Clémence. Ce qu'il avait imaginé pour la sauver allait achever de la perdre; son sort en serait aggravé, son existence empirerait, ses geôliers en prendraient prétexte pour la tenir dans une captivité plus étroite et combler la mesure des procédés odieux. A cette pensée, Gaston se sentit transporté d'un élan soudain. Ce qui dominait chez lui, ce n'était pas la crainte, ce n'était pas le désir de se soustraire à des adversaires mystérieux; c'était la colère, c'était la soif de la vengeance, c'était le désir de les rejoindre et de leur livrer le vrai coupable, le seul de qui ils fussent en droit d'exiger une réparation.

Il ne se cacha plus alors, il se montra, parcourut les allées à pas précipités, parla à haute voix, et envoya à droite et à gauche des défis injurieux et des provocations blessantes. Il appelait l'ennemi, il le cherchait. Il eût voulu que de ces massifs il sortît quelqu'un qui vînt lui demander compte de sa présence, et faire porter sur lui les représailles qu'il prévoyait.

Cependant tout a une fin, même des accès pareils. Le jeune homme en revint à des impressions et à des desseins plus calmes. L'orage redoublait et y ajoutait de salutaires avertissements. Il comprit que ces allures chevaleresques ne répareraient rien, et qu'en y insistant il touchait au ridicule. Son bon sens reprit le dessus et amena des réflexions sérieuses. Évidemment il n'y avait plus qu'un parti à prendre : c'était de sortir de cette enceinte, n'importe par quels moyens. On lui avait enlevé ceux dont il disposait, sur lesquels il avait compté ; à tout prix il s'agissait d'en trouver d'autres. Il ne fallait pas que le jour le surprît où il était, dans une position aussi fausse ; peut-être n'avait-on que cela en vue, de le rendre la fable de l'hôtel et d'associer Clémence à cette raillerie. Quelle figure pouvait avoir un marquis lorsqu'à la première aube on le découvrirait égaré dans le jardin, et demandant comme une grâce qu'on lui rendît la clef des champs !

Enfin, le hasard le secourut. A l'un des angles du jardin, et là où les murs touchaient aux constructions voisines, se trouvait une espèce de réduit rustique, composé de paille et de rondins, qu'il n'avait pas aperçu à cause de sa position isolée et du labyrinthe d'arbustes dont il était environné. Quelques petits sentiers, très-étroits, très-sinueux, y conduisaient, et il n'était pas facile d'y arriver, à moins d'avoir une complète connaissance des lieux. C'était là sans doute un abri discret que les anciens maîtres de l'hôtel avaient réservé à leur usage, et qui était aussi favorable à la méditation qu'à de paisibles entretiens.

Dans cet angle et comme à dessein, la grande végétation cessait ; les arbustes mêmes étaient clair-semés : en leur place régnait une petite pelouse, et, contre le mur même, un treillis destiné à supporter des plantes grimpantes qui servaient comme de tenture et de décoration.

C'est dans cet espace libre que Gaston fut conduit, et au

premier aspect un soupir profond s'échappa de sa poitrine, le soupir d'un homme qui, dans un naufrage, trouve une épave pour s'y appuyer.

— Enfin! s'écria-t-il.

Avant toutefois de risquer un dernier enjeu, il examina tout avec soin. Les lattes dont se composait le treillis étaient vieilles et un peu altérées par le temps, mais il était jeune, léger, ingambe, et, pour peu qu'elles lui donnassent d'appui, il pouvait atteindre le chaperon, et de là s'élancer dans la ruelle.

D'ailleurs rien ne l'obligeait à user de précipitation; il pouvait choisir les places où il mettrait le pied, et prendre le temps nécessaire pour y procéder sans encombre. Le réduit rustique formait, à quelques pas de distance, une sorte de rempart qui le mettait à l'abri des surprises et masquait ses opérations.

Cet examen, ces calculs furent faits avec la rapidité de l'éclair, et quelques secondes à peine s'écoulèrent entre la pensée et l'exécution. Gaston venait de choisir la partie du treillis qui lui parut être en meilleur état, et il posait le pied sur un des échelons, en même temps que sa main se portait vers les échelons supérieurs, lorsqu'un mouvement singulier retentit à ses oreilles et presque à ces côtés :

— Qu'est-ce que cela? s'écria-t-il par un mouvement involontaire.

N'importe; il était trop avancé pour reculer; qu'y eût-il gagné d'ailleurs? Encore un effort, et il était à l'abri de toute atteinte. Sans se retourner du côté du bruit, il passa outre et saisit le chaperon du mur; c'était le port, il y touchait.

Mais à ce moment, la scène changea tout à coup. Le réduit rustique, jusque-là muet et sombre, s'illumina de flambeaux, et deux coups de feu retentirent à la fois.

— Ah! mon Dieu! s'écria Gaston, comme foudroyé.

Il retomba dans le jardin et s'affaissa sur lui-même.

— Au voleur! au voleur! s'écria une voix.

Deux personnes sortirent alors du réduit qui leur avait servi d'affût.

— Point de bruit, dit l'une d'elles, dont la voix avait l'accent du maître, et éteignez les flambeaux.

On obéit sur-le-champ, et l'obscurité régna de nouveau.

— Maintenant, qu'on le jette à la porte, ajouta la même voix.

Tous ces incidents se passèrent en un clin d'œil; mais, si prompts qu'ils fussent, Gaston avait eu le temps de reconnaître son meurtrier.

XXIX

Il n'est pas difficile de deviner quelle marche avaient suivie ces tristes événements, et comment le marquis de Saint-Pons avait trouvé une catastrophe là où il cherchait une conquête.

Dès le début, le comte de Montréal s'était emparé des secrets de ces deux enfants, qui se confiaient l'un à l'autre avec l'abandon et l'imprévoyance de leur âge. Les agents de leur correspondance étaient tous dans la main de Sigismond; ils recevaient ses ordres et n'agissaient que d'après ses instructions. Rien dans tout cela qu'il ne sût, qui ne fût concerté et qu'il ne dirigeât à sa guise. Les demandes et les réponses passaient sous ses yeux; il tenait les fils et attendait, pour prendre un parti, d'avoir réuni les éléments d'une vengeance terrible et assurée.

Il avait jugé Gaston, il avait jugé Clémence. Il voyait que le jeune homme apportait, dans sa poursuite, une opiniâtreté et une fougue qu'aucun obstacle ne pourrait vaincre, ni aucun retard attiédir. Il irait jusqu'au bout, coûte que coûte, déjouerait sa vigilance, et entraînerait la comtesse dans une de ces fautes pour lesquelles il n'y a point de réparation. Déjà Clémence avait donné des gages; la trahison suivait son cours; le reste devait fatalement s'accomplir. La résistance qu'elle opposait encore n'était que le dernier cri d'une pudeur aux abois; tôt ou tard le penchant parlerait plus haut que les principes, et l'éclat aurait lieu.

Voilà ce que découvrait le comte et ce qui le jetait dans des colères d'autant plus terribles, qu'il n'en laissait rien paraître ni sur sa physionomie, ni dans son maintien. C'était le feu qui bouillonne dans les entrailles de la terre avant l'heure de l'éruption. Il ne pouvait songer, sans des transports de rage, à cet affront, toujours imminent et déjà consenti par les capitulations du cœur. Tout lui était supplice et torture; les froideurs de Clémence, les rêveries vagues auxquelles il la voyait livrée, les gênes de la vie commune, l'évidence de malheurs plus grands et l'impuissance où il était de les empêcher. Où le conduisit cette fermentation intérieure, on l'a vu dans cette affreuse scène qui avait eu pour théâtre les jardins de l'hôtel. Sigismond voulait non-seulement une vengeance, mais une vengeance à coup sûr, infaillible, décisive, une de ces vengeances dont on ne revient pas. Il l'avait préparée de longue main, avec un sang-froid farouche, et, quand le moment favorable arriva, il l'assouvit.

Gaston avait pourtant survécu à sa blessure. Jeté hors de l'hôtel, il avait pu, en se traînant le long des murs, regagner la voiture qui l'attendait et se faire ramener chez sa mère. A la vue de son fils évanoui, la marquise, éveillée la première, eut besoin de toute son énergie pour ne pas tomber morte à ses côtés. Claire, accourue à son tour, éclata en sanglots.

On courut en toute hâte chercher des secours, tandis qu'on transportait le blessé dans sa chambre et qu'on l'étendait sur son lit. Le sang qui coulait à flots indiquait une blessure profonde. Le chirurgien arriva et posa le premier appareil. Une balle avait frappé le jeune homme; l'un des deux coups avait seul porté; mais des organes essentiels étaient lésés, et les premiers symptômes n'avaient rien de rassurant. Le reste de la nuit s'écoula dans des angoisses mortelles; toute la maison était sur pied, et le deuil empreint sur les visages témoignait à quel point Gaston était aimé.

Au jour naissant, il se fit une amélioration dans son état. Le pouls se releva; la connaissance revint. Le jeune homme ouvrit des yeux étonnés, regarda autour de lui, et vit sa mère et sa sœur prosternées au pied de son lit et abîmées dans une douleur silencieuse.

— Où suis-je? dit-il, comme s'il eût cherché à ressaisir le fil de ses souvenirs.

— Mon fils ! s'écria la marquise, avec un élan d'espoir et de joie, mon fils !

— Ah ! c'est vous, ma mère ! dit-il d'une voix affaiblie.

— Et moi, me reconnais-tu, Gaston ? ajouta la jeune fille.

— Oui, ma bonne sœur, oui.

Il était à bout d'efforts et s'affaissa sur l'oreiller.

— Que t'est-il donc arrivé ? reprit la marquise, et d'où vient cet accident ?

On eût dit que ces mots le ranimaient ; il se releva vivement sur son bras et donnant à son regard une expression suppliante :

— Chut ! ma mère, dit-il.

La marquise comprit et n'insista plus.

— C'est bien, mon fils, guéris d'abord ; nous en causerons plus tard.

— Guérir, répondit-il, à quoi bon ?

Il y avait tant de mélancolie dans son accent que les deux femmes fondirent en larmes.

— Et nous ? dit la marquise en l'embrassant sur le front.

— Vous avez raison, ma mère, pardonnez-moi ce mot cruel. Je vivrai.

Cette scène ne pouvait se prolonger sans danger ; toute émotion était de trop dans la position où se trouvait le blessé. La marquise le comprit et se tut ; elle se borna dès lors à veiller sur lui et à l'entourer de soins attentifs. La mère et la fille se succédaient auprès du chevet ; elles ne se confiaient à personne et s'occupaient des moindres détails:

De toute la journée le mal n'empira pas ; ce fut une alternative de moments lucides et d'assoupissements profonds. Vers le soir, il s'y joignit un peu de délire, accompagné de propos incohérents. Un nom s'y mêlait et revenait incessamment sur les lèvres du malade comme un souvenir et une plainte. La marquise fut seule à le recueillir, elle avait éloigné ses gens. D'autres fois, Gaston s'adressait à un ennemi imaginaire, et lui envoyait des défis. Il s'animait alors, ouvrait des yeux démesurés, essayait de se mettre sur son séant et retombait accablé par la fièvre. Des gouttes de sueur couvraient son front, sa respiration était haletante. Qu'on juge de l'anxiété de sa mère. Elle assistait à cette crise sans pouvoir en conjurer la violence, ni en prévoir les résultats.

Le lendemain une autre épreuve lui était réservée : les gens de justice firent une descente dans la maison. Quelque résistance qu'elle opposât, il fallait que l'action publique eût son cours. Le bruit de la catastrophe s'était répandu au dehors; les magistrats étaient saisis de l'affaire. Plus l'état du blessé était grave, plus il importait de recueillir son témoignage, afin que l'attentat, s'il y en avait un, ne demeurât point impuni. Tout ce que la marquise put obtenir, ce fut un délai de quelques minutes pour préparer son fils à l'interrogatoire auquel il allait être soumis. Dès les premiers mots, Gaston comprit de quoi il s'agissait, et une révolution soudaine s'opéra dans son état. Son cerveau se dégagea, la force lui revint :

— Que ces messieurs entrent, dit-il d'une voix calme.

C'était un tout autre homme : à le voir, on n'aurait pas cru qu'il avait un pied dans la tombe et qu'il se recueillait dans un suprême effort. Sa tête, appuyée sur des coussins, avait ce caractère de beauté que la mort imprime à ceux qu'elle touche. La résignation et le sacrifice y étaient empreints. Les magistrats entrèrent et l'instruction commença. Il est inutile de dire que tout se fit avec des ménagements extrêmes et les égards dus à la position et au rang du blessé. Cependant des questions lui furent posées et rien ne fut épargné pour obtenir un aveu qui pût mettre la justice sur la trace des coupables. Mais, dès l'abord, Gaston déjoua les efforts et trompa l'attente de ceux qui l'interrogeaient.

— Messieurs, dit-il, je suis bien aise de vous voir ici : j'ai des déclarations très-précises à vous faire. Ma mère, restez, je vous en prie; il est bon que vous soyez là pour les entendre aussi.

Le sang-froid avec lequel ces paroles furent prononcées frappa les officiers judiciaires; d'une telle bouche il ne pouvait rien sortir que de loyal; ils étaient à la fois émus et subjugués.

— Personne, Messieurs, personne, ajouta Gaston avec une insistance marquée, ne doit être recherché, quelles que soient les suites de mon accident.

— Mais cependant, Monsieur, s'il y a eu un crime de commis? dit le magistrat qui présidait à l'instruction.

— Il n'y a point de crime, Monsieur, reprit le jeune homme;

il y a une faute que j'expie et dont personne ne doit répondre, si ce n'est moi. J'en répondrai probablement devant Dieu, et j'espère qu'il ne me refusera pas sa miséricorde.

— C'est vous alors qui auriez attenté à votre vie, monsieur le marquis. Parlez, précisez mieux.

— De grâce! Monsieur, n'insistez pas. Il s'agit d'une affaire d'honneur, où tous les torts étaient de mon côté, et qui ne doit donner lieu ni à des réparations publiques, ni à des réparations de famille. J'ai été frappé justement; j'ai mérité mon sort. Qu'on oublie comme j'oublie: voilà la prière d'un mourant. Vous m'entendez, ma mère?

La marquise succombait sous le poids de ses émotions; les magistrats se sentaient désarmés; ils revinrent pourtant à la charge; leur devoir l'exigeait. La société a des droits qu'un pardon personnel ne saurait ni enchaîner ni prescrire. Était-ce une vengeance? était-ce un duel? Et dans ce cas quelles en étaient les circonstances, le lieu, les actions, les témoins. Toutes ces demandes furent faites au blessé sans qu'on pût le tirer de la réserve dans laquelle il s'était renfermé. Il n'y répondit que par un silence calme et digne, et, pressé trop vivement, il ajouta :

— Assez, Messieurs, laissez-moi les quelques moments qui me restent; j'ai d'autres comptes à régler.

Il y aurait eu de la cruauté à pousser les choses plus loin, et une cruauté gratuite. Il fallut se résigner devant cette volonté qui ne se laissait pas fléchir et laisser l'instruction à l'état d'ébauche, faute de l'élément principal. C'est ce qu'avait voulu Gaston et ce qui l'avait soutenu dans cette épreuve. Sur le seuil même de la mort, il avait rassemblé ses forces afin d'épargner à Clémence l'affront et la douleur d'un procès où son nom eût été mêlé.

Pour soutenir son rôle jusqu'au bout, il avait pour ainsi dire retenu la vie qui lui échappait. Dès qu'il se retrouva seul avec la marquise, une crise affreuse commença. La tête se reprit de nouveau : la fièvre redoubla de violence. On voyait s'engager la lutte finale où les ressources de la jeunesse allaient être aux prises avec des causes invincibles de destruction. L'art humain était désormais impuissant, et la nature ne fait pas toujours des miracles. Vers le soir, le moment fatal s'annonça par un de ces retours trompeurs qui sont comme le prélude de la mort ; ainsi la lampe, près de s'éteindre, jette une dernière clarté. Gaston se trouvait comme soulagé ; il ne souffrait plus ; il n'avait plus la conscience de ses douleurs. De lui-même et sans effort, il fit un mouvement sur son chevet et étendit la main :

— Ma mère, dit-il, êtes-vous là ?

La marquise s'empara de cette main et la pressa dans les siennes.

— Oui, mon fils, dit-elle.

— Plus près de moi, ajouta Gaston ; que personne ne nous entende.

La marquise rapprocha son fauteuil du lit ; leurs têtes se touchaient.

— Bien ainsi, ma mère, dit Gaston. J'ai une grâce à vous demander.

— Parle, laquelle ?

— Vous avez deviné pour qui je meurs.

— Hélas !

— Que ce soit un secret éternel. Pas un mot, pas une plainte ; c'est ainsi que je veux être vengé. Vous me le promettez, n'est-ce pas ?

— Mon pauvre enfant !

— Et puis, ma mère, encore une faiblesse, et ne la jugez pas trop sévèrement.

— Dis, mon fils.

— Qu'elle sache que ma dernière pensée a été pour elle. Tout a été si pur entre nous ! Vous le ferez, ma mère ?

— Puisque tu le veux.

— Maintenant, je meurs plus heureux. Ma mère, bénissez-moi et pardonnez-moi.

Ce fut tout ce qu'il put dire ; l'agonie arriva, et quelques minutes après il s'éteignait dans les bras de la marquise et de Claire en les nommant et leur souriant. La langue n'a point d'expression qui puisse peindre la douleur de ces deux femmes. Elles perdaient tout en perdant Gaston : c'était la joie de leur maison, c'en était aussi l'orgueil ; elles ne lui survécurent que pour le pleurer. Le jeune homme fut obéi jusqu'au bout. Pas une pensée de vengeance ne se mêla aux larmes qui furent versées sur son cercueil, et quelques instances que l'on fit auprès de la marquise pour connaître les causes et détails de ce funeste événement, jamais elle ne sortit de la réserve qu'elle avait promis de garder. Les poursuites en restèrent là, faute de preuves ; un voile fut tiré sur la fin de Gaston, et le temps acheva de l'épaissir.

A quelques jours de là, un mouvement avait lieu dans l'hôtel Montréal ; c'était une sorte d'émigration volontaire. Toute la famille partit pour l'Italie, accompagnée d'un nombreux domestique. On a pu voir quels furent les apprêts et les circonstances de ce départ. Clémence y assistait plutôt qu'elle ne s'y prêtait de son plein gré : elle marchait comme une condamnée qui n'a ni le choix du supplice, ni la liberté de ses mouvements. Elle savait tout.

XXX

Voilà le récit que je recueillis de la bouche du concierge, au milieu de beaucoup de réticences et d'hésitations. Il me fut aisé de le compléter par d'autres témoignages, et de lui donner l'ensemble et la forme qui devaient en accroître l'intérêt.

Évidemment le père Vincent ne disait pas tout ; même dans ses épanchements, il se tenait sur ses gardes. Dans le cours de la catastrophe, il avait dû jouer un rôle dont, à aucun prix, il ne serait convenu. Il avait été le confident du comte, son bras droit, et probablement l'instrument le plus actif de sa vengeance. Sur ce point, quelque effort que je fisse, je ne pus jamais obtenir d'aveu formel. En vain m'adressai-je à ses ressentiments secrets, à ses rancunes de serviteur destitué ; il demeura impénétrable. Ainsi, je ne pus savoir comment les choses s'étaient passées dans la fatale nuit, ni quelles dispositions avaient été prises pour assurer le succès de ce lamentable guet-apens. Le comte y assistait-il en personne, ou bien s'était-il contenté d'aposter des hommes dévoués? Pourquoi avait-on laissé le malheureux jeune homme se morfondre si longtemps et attendre, pour le sacrifier, qu'il fût au moment de renoncer à son entreprise? Y avait-il eu combat chez Sigismond, changement d'avis? Ne s'était-il décidé qu'à la dernière heure et pour répondre aux défis que Gaston lui adressait? Tout cela était et devait demeurer une énigme. Je ne devais pas connaître non plus la main d'où était parti le coup, et quand j'appuyais sur ce point, le vieux concierge en prenait une humeur qui ressemblait à du remords.

Pourquoi s'appesantir, d'ailleurs? Je n'étais pas chargé d'une instruction criminelle. Ce que j'avais appris dans l'exercice de mes fonctions, je l'avais sur-le-champ et fidèlement révélé; le reste prenait le caractère d'une confession, et je ne me croyais pas astreint à aller plus loin. Il me semblait même, qu'en mettant les choses au pire, la justice humaine demeurait impuissante devant l'acte commis. Le comte était chez lui, dans son droit rigoureux; il opposait un acte de violence à un acte de violence, et répondait à une escalade par un coup de feu. Malfaiteur ou séducteur, c'était à son bien qu'on en voulait, et, s'il excédait les limites des représailles, s'il avait à la fois préparé la faute et le châtiment, c'était avec Dieu plutôt qu'avec les hommes qu'il devait compter. Qu'on me passe ces scrupules, peut-être ne sont-ils qu'un prétexte dont je couvre mes torts. Au fond, il me répugnait d'être le délateur d'un homme dont j'avais provoqué les confidences, et de donner un pareil dénoûment à un accès de curiosité.

Comme on le pense, les stations chez les marchands de vin cessèrent lorsque j'eus tiré du père Vincent tout ce que je voulais en tirer. Lui-même finit par prendre son parti et s'accoutumer à sa disgrâce. Il n'est point de blessure que le temps ne guérisse; la sienne alla s'atténuant. Le comte ne l'avait pas laissé dépourvu; il finit par songer un peu moins à son cordon et beaucoup plus à sa petite rente. Je le vis moins souvent dans la rue et plus calme quand il y paraissait. Enfin, de guerre lasse, il finit par se retirer dans un petit jardin de la banlieue, où la culture de deux plates-bandes acheva de lui faire oublier la porte de l'hôtel Montréal. La banlieue a des vertus souveraines pour de semblables douleurs; elle est l'asile des grandes déchéances et des ambitions rentrées. On s'y rapproche de la nature, cette source féconde de consolation et d'apaisements.

Je restai donc seul sur le théâtre de ce drame récent, et seul j'en devais comprendre le dernier acte. Pendant plusieurs semaines, l'hôtel Montréal resta plongé dans une profonde immobilité. On eût dit qu'un crêpe de deuil enveloppait ses murs solitaires. Quand je les longeais, c'était toujours avec une sorte de frisson et l'âme remplie de pensées funèbres. Il me semblait assister à ces scènes, marquées par tant de souffrances et où le sang avait coulé.

Enfin, il s'y fit un jour, et à l'improviste, un mouvement inaccoutumé. Dès le matin, les croisées s'ouvrirent et les appartements se remplirent de monde. C'étaient des gens qui allaient et venaient, et, dans le nombre, j'en reconnus dont la physionomie m'était familière. Que signifiait ce réveil? Que voulait dire ce bruit, après un long silence? Bien des préparatifs tranchaient sur ce mouvement et lui donnaient un caractère encore plus singulier. Les pièces du rez-de-chaussée, toujours closes, même pendant le séjour du comte, étaient le siége d'un travail poursuivi avec activité. On les dégageait, on les aérait, on y ménageait un vaste espace. Tous les petits meubles d'ornement et d'ameublement étaient transportés ailleurs, comme si on eût voulu imprimer à cette partie de la maison une physionomie plus sévère. A cela se joignaient les airs tristes des serviteurs qui, au milieu des ordres donnés et exécutés, gardaient une sorte de recueillement et de solennité volontaires. Cette scène me piquait et m'intéressait à la fois.

Ce ne fut que le soir et à l'entrée de la nuit que j'en eus l'explication. Un domestique à cheval vint donner un avis aux gens de l'hôtel, et, à l'instant, les portes s'ouvrirent toutes grandes. La livrée, comme si elle fût sortie de dessous terre, reparut en grande tenue sur le perron et dans la cour. Tout le monde était en noir, avec des crêpes au bras et au chapeau. En même temps, une calèche de voyage parut a l'angle de la rue, allant au pas ; et de loin. je pouvais apercevoir les curieux qui se découvraient sur son passage.

Plus de doute, c'était un cercueil que l'on rapportait, et pour lequel on avait fait ces préparatifs. Bientôt le bruit en fut public. La comtesse était morte en Italie ; ses restes ne faisaient que traverser Paris; ils devaient le lendemain repartir pour Beaupré et y être inhumés dans le caveau de famille. Ainsi le coup de feu qui avait tué Gaston avait frappé en même temps Clémence; seulement elle avait mis plus de temps à mourir.

Derrière la voiture mortuaire, il y en avait une autre qui semblait lui servir d'escorte et marchait au même pas. Quand elle fut arrivée dans la cour de l'hôtel, on en vit descendre le comte et sa sœur. Sigismond avait vieilli de vingt ans en quelques mois; ses cheveux étaient blancs, son visage sillonné de rides. En revanche, mademoiselle Pulchérie s'était maintenue de tout point et avec tous ses avantages; elle était aussi sèche, aussi raide, aussi gourmée qu'au départ. Un vide pourtant s'était fait dans son existence, et elle devait en souffrir: Clémence morte, il ne lui restait plus personne à persécuter.

FIN DU PREMIER RÉCIT.

SECOND RÉCIT

Les numéros se suivent et ne se ressemblent pas ; personne ne le sait et ne peut mieux l'attester que moi. On dit qu'il n'y a pas, dans la nature, deux feuilles ni deux fleurs qui soient absolument les mêmes ; il en est ainsi des maisons de Paris. Autant mon numéro 20 était triste, autant mon numéro 15 était gai. Jamais, à moins de distance, il n'exista un contraste plus frappant. Ici c'était du deuil, là une joie sans fin ; ici du silence, là un vacarme perpétuel. Il est vrai que la qualité a changé avec l'humeur ; de l'intérieur d'un gentilhomme, nous passons à des ménages d'étudiants. Le numéro 15 en offre une collection choisie et un assortiment des plus complets. C'est une maison comme en désirait un sage de l'antiquité ; elle est de verre et si transparente que plus d'une fois j'ai dû user de mes pouvoirs et faire tirer les rideaux. Voyons ce qu'on en peut dire sans déroger aux convenances.

LE NUMÉRO 15

I

S'il est un impôt qui ne soit point proportionné à la fortune, c'est assurément celui que le gouvernement perçoit sur le tabac: les grosses bourses y échappent, les petites en sont cruellement frappées. Ainsi la régie avait un triste client dans l'hôtel Montréal, et en revanche cet autre hôtel, peuplé de stagiaires peu opulents, devait être d'un bien beau rapport pour les manufactures officielles. De l'entre-sol aux mansardes s'élevaient des vapeurs d'une énergie telle, que la rue en était infectée et le passant pris à la gorge. L'Averne et le Ténare n'avaient pas sans doute de plus odieuses exhalaisons : c'était comme un cratère en perpétuelle activité. Les pipes se culottent, dit-on ; le fait et le mot sont de notoriété publique ; à ce compte, et au moyen du même procédé, les maisons doivent se culotter aussi. Celle-ci était visiblement dans ce cas.

Il faut d'ailleurs rendre cette justice aux étudiants actuels, que, de leurs traditions d'autrefois, c'est le seul détail qui se soit transmis et maintenu dans toute sa pureté. Sur presque tous les autres points, la chaîne des temps s'est rompue : jadis l'étudiant libre avait le pas ; aujourd'hui c'est l'étudiant rangé. Les beaux jours de la Chaumière et de la Closerie des

Lilas sont passés pour ne plus revenir, et c'est tout au plus dans quelques têtes blanchies sous les boules noires que se trouve la vieille ronde du quartier Latin, avec l'accompagnement obligé de flicflacs et de ronds de jambes :

> Admirons en tout lieu
> Bien mieux que la peinture,
> Ce que papa bon Dieu
> A fait d'après nature.
>   Ah! que c'est beau,
> La puce et le chameau!
> Et youp! youp! youp!
> Et youp! youp! youp!

Notre siècle positif ne comporte plus de semblables égarements ; l'étudiant le sait et y conforme son maintien. C'est un enfant des générations nouvelles, et, comme tel, hostile aux institutions frappées de désuétude. Il est mûr pour la vie, dès les premiers pas qu'il y fait ; il est grave, il prend son rôle au sérieux, et c'est tout profit pour lui et pour la société. Comment en serait-il autrement? Quand le souffle du calcul a passé sur toutes les classes, pourquoi l'étudiant seul resterait-il en dehors de la loi commune et à l'abri de l'épidémie régnante? Il y cède à sa façon et s'inspire de l'esprit du temps. Comme il n'est pas suffisamment capitaliste pour spéculer sur les valeurs régulières ou irrégulières qui alimentent le marché des fonds publics et ne peut espérer de faire fortune dans un coup de dés, il caresse d'autres espérances et porte ses vues sur d'autres perspectives. Il voit au bout de son diplôme d'avocat ou de médecin les cent mille francs de revenu que se ménagent les hommes à grande clientèle, bat monnaie dans un cabinet imaginaire, et achète des châteaux avec le produit de son travail. Telle est la métamorphose : de l'ancien culte il n'est resté qu'un dieu debout, c'est le tabac, et l'étudiant y sacrifie à outrance.

Cependant, au sein de cette maison même, et dans cette atmosphère de fumée, vivait un jeune homme qui n'avait ni ratelier de pipes, ni approvisionnement assorti, et c'est de lui surtout que je vais m'occuper. On le nommait Ludovic ; il appartenait à l'un de ces départements dont le sol ingrat se refuse à nourrir les populations qui y naissent et qui four-

nissent à l'émigration intérieure son principal et plus solide
contingent. Parti de ses montagnes avec un pécule lentement
amassé et prélevé sur les épargnes paternelles, il avait trois
années devant lui pour prendre ses grades et s'assurer une
position, trois années, mais à une condition expresse et à laquelle il ne pouvait déroger sans détruire l'équilibre de son
budget et renverser le fragile édifice de son avenir : cette
condition était de renfermer sa dépense dans le strict nécessaire et de n'y faire aucune part au superflu. Tant pour le
logement, tant pour les vivres, tant pour l'entretien, enfin
tant pour les inscriptions et le diplôme. Le compte en avait
été arrêté d'avance par les grands parents et en conseil de
famille : c'est dire qu'il cavait au plus juste et n'accordait
rien au renchérissement des denrées, encore moins aux mille
séductions que Paris renferme, et qui sont, pour les modestes provinciaux, autant de piéges tendus et de cruelles
ironies.

Tel était le cercle de Popilius dans lequel Ludovic était
enfermé ; il n'en pouvait sortir qu'à ses dépens, et il ne l'essaya pas. Comme les enfants des pays alpestres, il avait
d'ailleurs reçu de la nature et de l'éducation toutes les qualités requises pour vivre de peu. Il visait au solide pour les
chaussures et les vêtements, et s'adressait, pour ses repas,
aux fourneaux économiques. Quant aux raffinements dont il
était témoin, il les regardait avec une indifférence voisine du
dédain ; ce qu'il ne pouvait atteindre, n'existait pas pour lui.
De toutes les chambres de l'hôtel, c'était la plus haute et la
moins chère qu'il occupait, une chambre sans feu, où il n'a-
vait pour se réchauffer que son ardeur pour l'étude, la seule
chambre de la maison qui ne fût point empestée de l'odeur
du tabac. Elle était brûlante en été, froide en hiver ; mais
Ludovic n'en était pas à cela près. Il avait la vigueur des
chênes au milieu desquels il avait grandi, et s'accommodait
comme eux des variations de la température.

Il existe, sur les bancs des écoles, une petite élite qui est
à la fois l'exemple de ses camarades et l'orgueil de ses professeurs. Même aujourd'hui que l'assiduité domine, elle
trouve d'ingénieux moyens pour renchérir sur le zèle commun. Arrivée la première, elle sort la dernière ; c'est le bataillon sacré des Facultés. Ludovic en aurait pu être le gé-

néral. A l'ouverture du cours, il était là, un crayon en main, tout yeux et tout oreilles, ne perdant pas une syllabe des leçons, et prenant des notes au besoin pour suppléer aux défaillances de sa mémoire. Quand il marchait dans la rue, c'était avec des livres sous le bras, et si recueilli dans un travail intérieur que, plus d'une fois, il fut effleuré par les roues des voitures. La nuit, le jour, il songeait à ses examens, et se posait des questions en manière d'exercices préparatoires. Point d'habitudes énervantes, point de distractions dispendieuses : pour café il avait ses *Pandectes*, et ses *Institutes* pour salle de billard. On le citait dans l'École de Droit comme la dernière expression du genre et la fleur des pois parmi les piocheurs.

Les choses allèrent ainsi tant que le cœur fut libre et ne se mit pas de la partie. Mais le démon a tant de ressources, qu'il pénètre dans les existences les mieux gardées. Ludovic était jeune et ne manquait pas d'agréments. Il avait dans les yeux ce premier éclair qui attend l'occasion de jaillir et sert de précurseur à tant d'orages. Il était bien fait de sa personne, d'un visage doux et heureux, d'une complexion où l'ardeur s'alliait à la force. Ses habits étaient simples, mais il les portait bien, et il y mettait tout le soin compatible avec son état de fortune. Rien en lui qui ne fût de nature à plaire, et pourtant il n'y songeait pas; toutes ses passions semblaient se résumer dans la poursuite de son diplôme. Autour de lui bien des liaisons passagères se formaient : l'hôtel était plein de ménages en camp volant et d'amours au mois ou à la semaine. Loin de troubler ses sens, ces spectacles n'éveillaient chez lui qu'une répugnance mêlée de pitié; il ne comprenait pas qu'on entrât dans la vie par cette porte et que ces goûts frivoles y eussent une si grande part. Son heure n'était pas encore venue, et elle vint, hélas! trop tôt.

II

Dans la maison qui faisait face à l'hôtel garni et au niveau de ses propres croisées, existait un logement que, tout absorbé qu'il fût par l'étude, Ludovic n'avait pu s'empêcher de remarquer. Ce logement se composait de deux pièces sous les toits et répondait à la condition modeste des personnes qui l'occupaient. Cependant il était impossible de n'être point frappé de l'ordre qui y régnait et de certains détails qui annonçaient une aisance antérieure. Quelques meubles avaient un cachet de luxe peu en rapport avec le domicile et la modicité probable du loyer. Pourquoi ce contraste? Y fallait-il voir les indices de quelque revers de fortune ou bien un fait assez habituel parmi les existences équivoques? Ludovic n'avait ni le désir, ni l'expérience nécessaire pour éclaircir ce point délicat.

Voici ce qui lui arriva sans qu'il l'eût cherché, et malgré lui pour ainsi dire. Aux premiers jours de printemps, et quand la température se fut attiédie, il ouvrit ses croisées au soleil comme au seul bienfaiteur de son humble demeure, en lui demandant un peu de cette chaleur que ni le bois, ni le charbon de pierre ne pouvaient lui donner. Tout se réveillait autour de lui comme d'un long engourdissement. Les moineaux s'accouplaient sur les toits, et les arbres des jardins se paraient de leur robe verte. Il y avait fête dans la nature, et sa mansarde y prenait part; un souffle adouci y pénétrait, et les rayons lumineux venaient se briser sur les ardoises.

Il faut croire que le retour de la belle saison amena dans le logement de vis-à-vis une révolution analogue. Dès la première quinzaine du mois de mai, la croisée opposée à celle de Ludovic servit comme d'encadrement à une tête charmante, à demi voilée par quelques pots de fleurs. C'était une jeune fille, laborieuse comme lui, comme lui absorbée dans le travail, et, à la manière dont elle tirait l'aiguille, il était aisé de deviner qu'elle s'en faisait une ressource contre le besoin. Le jour naissant la trouvait installée sur son siége, et elle y était encore à la nuit close. Point de distractions, point de manéges, point d'œillades jetées au dehors; elle était comme enchaînée à l'ouvrage qui se succédait sous ses doigts : broderies, dentelles, tout ce qui exige du goût et des mains exercées. A peine, de loin en loin, quittait-elle sa chaise pour vaquer à des soins de ménage ou arroser les plantes qui formaient son parterre suspendu.

Ce fut cette circonstance qui attira l'attention de Ludovic. Plus éveillée, plus folâtre, sa voisine ne l'eût pas occupé autant; il était bien gardé contre de telles embûches. Mais, à la voir si assidue et si réservée, il se prit d'un véritable intérêt pour elle. Une sorte de conformité d'habitudes et de goûts semblait résulter d'un premier examen, et l'encourager à pousser plus loin son enquête. Qu'était cette jeune fille, et de quoi se composait l'intérieur où elle vivait? Il fallut peu de temps à Ludovic pour s'en assurer. A quelque heure de la journée qu'il jetât les yeux de ce côté, il la retrouvait à son poste et avec ses armes de combat. Rien d'ailleurs qui annonçât dans ce ménage la présence d'un homme. Une vieille femme s'y montrait seulement et de loin en loin; mais aux soins dont elle était l'objet, cette femme était évidemment, pour la jeune fille, une charge plutôt qu'une aide. Cassée et infirme, il fallait la soutenir dans sa marche, la servir et la surveiller comme un enfant. Ses yeux semblaient affaiblis par l'âge, et un cornet qu'elle portait à son oreille indiquait qu'elle était affligée d'une grave surdité.

Tous ces détails, que Ludovic surprenait un à un, entretenaient dans son esprit une curiosité pleine d'attrait et empreinte chaque jour de plus de bienveillance. Par une force presque irrésistible, il se sentait attiré vers cette croisée et convié à des découvertes nouvelles. Il faut ajouter que le charme agissait déjà; la voisine avait une de ces physionomies qu'on n'affronte pas impunément. Rien de plus frais, ni de plus gracieux que l'ensemble de sa personne; les traits étaient d'une pureté extrême; les yeux, voilés de longs cils, avaient une expression de candeur qui touchait et attirait; la taille était élégante et riche; les cheveux s'échappaient de dessous le peigne pour venir se jouer, en boucles abondantes, autour des tempes et du cou. Puis, il régnait dans tout cela une harmonie parfaite, une heureuse proportion qui y ajoutaient un nouveau prix. Il n'était pas jusqu'à la toilette qui ne valût, dans sa simplicité, tous les raffinements de l'art. Mieux que personne, Ludovic appréciait de tels avantages; il n'aimait ni les colifichets ni le clinquant, préférait la robe d'indienne aux robes de soie et une collerette bien blanche à des rubans fanés.

Est-il nécessaire de dire ce qui s'en suivit? C'est une histoire aussi vieille que le monde et un chapitre de plus ajouté à l'éternel roman des amours. Le cœur de Ludovic franchit bientôt la distance qu'avait franchie son regard, et en vain eût-il essayé de le ressaisir. Les *Pandectes* en souffraient déjà, et l'imagination du jeune homme s'en allait bien loin des *Institutes*. Non pas qu'il se montrât moins exact aux cours, ni moins attentif aux leçons des professeurs; mais, sitôt rentré, il courait vers sa croisée, et là, malgré lui, il tombait dans une sorte d'extase. Point de mouvement qui lui échappât, point d'acte qui lui fût indifférent. Afin d'être plus à portée, il avait installé sa table de travail en face même du siége de sa voisine; il la tenait comme en arrêt; son œil ne quittait ses livres que pour plonger sur elle. Il s'enivrait ainsi de sa vue, et quand par hasard elle disparaissait, il lui semblait qu'un vide se faisait autour de lui et que l'air manquait à sa poitrine.

Au début, la jeune fille ne remarqua rien de ces savantes manœuvres, ou tout au moins feignit-elle de n'en rien remarquer. On eût même juré qu'elle cherchait à les déjouer par un maintien plus réservé encore et une plus grande application à sa besogne. Au lieu de tenir sa chaise rapprochée de l'appui de la fenêtre, comme elle l'avait fait jusque-là, elle la plaça désormais à une distance plus grande et se fit un abri plus impénétrable de la verdure dont elle était environnée.

Ces précautions jetèrent Ludovic dans un certain embarras. Était-ce une alarme sincère de la pudeur ou bien le mouvement d'une Galatée qui fuit vers les saules et se cache pour exciter un poursuivant? Il l'ignorait; peut-être l'ignorait-elle aussi. Ces ruses de l'amour n'étaient pas de leur âge; ils n'y mettaient ni tant d'apprêt, ni tant de calcul. Seulement le jeune homme y vit un reproche à son adresse et un châtiment de son indiscrétion. A son tour, il y apporta plus de ménagements et cette sorte de timidité qui s'empare des cœurs bien épris.

L'aventure, ainsi commencée, ne pouvait pas le conduire bien loin, et reculer l'un devant l'autre n'était guère le moyen de se rencontrer. Mais il y a, dans les instincts naturels, quelque chose de si puissant que, bon gré mal gré, ils reprennent le dessus. C'est l'action de l'aimant sur le fer; elle est irrésistible. Si bien qu'il s'en défendit, Ludovic était constamment ramené vers la croisée enchanteresse, et peu à peu le siége de la jeune fille se rapprochait du point d'où sa pudeur l'avait d'abord éloignée. Comme dernier rempart, elle ne gardait que quelques touffes de bruyères et les premiers liserons qui grimpaient le long des cordelettes destinées à leur servir de soutien. De là elle voyait sans être vue, et plus d'une fois peut-être son œil chercha-t-il, à travers les éclaircies du feuillage, cet œil obstiné à la suivre dans ses travaux et si persistant dans ses contemplations.

Enfin, le jour décisif arriva : personne n'y échappe. C'était par un beau soleil et à l'heure où ses rayons glissent sur la terre comme un adieu. La jeune fille venait d'abandonner sa broderie et de conduire vers la croisée la pauvre infirme dont les mouvements étaient pénibles et lents. Rien de plus doux que ce tableau, ni de plus frappant que ce contraste. D'un côté, la vieillesse avec ses tristes attributs; de l'autre, l'adolescence avec toutes ses beautés et toutes ses grâces. Évidemment, cette femme si âgée ne pouvait être la mère de cette enfant; c'était tout au moins son aïeule. Aïeule ou mère, la jeune fille n'en mettait que plus de sollicitude à assurer ses pas et à la guider vers un fauteuil où elle pût jouir des dernières clartés du jour et de cette tiède atmosphère qui convient aux organisations affaiblies. Chaque détail de ce spectacle était de nature à émouvoir. Les jambes de la vieille femme fléchissaient sous elle, et, sans point d'appui, n'auraient pu fournir même le léger service qu'on leur demandait. Il fallait que la jeune fille se prêtât à un temps d'arrêt après chaque mouvement, comme si, épuisée par cet effort, la nature se fût recueillie pour un effort nouveau. Aussi la scène se prolongeait-elle, et Ludovic n'en perdait aucun incident.

Jamais il ne s'était senti plus troublé ni plus captivé. Com-

ment ne pas l'être, en effet? Il régnait dans tout cela une
bonté si naturelle, un tel sentiment de pieuse affection, un
soin si attentif et si compatissant! Pas un mouvement d'humeur ni d'impatience, rien qui fît ombre dans l'accomplissement de ce devoir. On voyait bien que la tendresse seule y
présidait. De temps en temps, comme pour encourager l'infirme, la jeune fille portait à ses lèvres sa main décharnée
et débile, ou bien lui disait à l'oreille et en forçant la voix
quelques mots affectueux. Celle-ci alors se tournait vers
elle et la remerciait d'un regard triste et profond; puis,
comme si elle eût retrouvé des forces dans la vue de son
ange gardien, elle faisait encore un pas en avant.

Ludovic ne se possédait plus; lui aussi eût voulu venir
en aide à cette créature souffrante, la soutenir, la porter jusqu'au fauteuil où elle devait s'asseoir. Il lui eût semblé doux
de partager avec la jeune fille la tâche qu'elle remplissait si
bien, de s'associer à son zèle, de s'identifier à son dévouement. Il s'agitait, il trépignait, il était presque honteux de
son rôle de spectateur, il eût donné tout au monde pour pouvoir franchir la distance et offrir le secours de son bras. La
sympathie parlait plus haut que jamais; au premier prétexte
elle devait éclater; ce prétexte s'offrit bientôt.

Après de longs efforts, la vieille femme allait atteindre le
siége qui lui était destiné; encore un ou deux pas et elle
arrivait. Mais là un incident imprévu vint interrompre sa
marche. Son pied avait-il heurté quelque objet, ou bien se
déclara-t-il chez elle une défaillance subite? Ludovic ne put
l'apprécier de loin; seulement il la vit chanceler et s'affaisser
sur elle-même.

La jeune fille poussa un cri, et involontairement Ludovic
y répondit par un autre cri plus puissant et plus énergique.
Le corps penché hors de la croisée, on eût dit qu'il allait
prendre son élan dans l'espace. Son visage exprimait la compassion la plus profonde et un désir ardent de se porter au
secours.

Cependant la crise dura peu; la jeune fille releva l'infirme
et l'assit sur son siége où elle l'entoura de coussins. Sans
doute elle était habituée à ces syncopes et savait comment
les combatre avec efficacité. La vieille femme revint à elle
et parut se ranimer à l'air doux et pur du soir. Ludovic aussi

respirait plus à l'aise et éprouvait le même soulagement. Ce ménage était devenu le sien ; il n'eût pas essuyé d'émotions plus vives, quand même il se fût agi de sa mère et de sa sœur.

Il allait être payé de ces témoignages d'intérêt si spontanés et si sincères. La jeune fille avait tout vu, tout entendu ; elle avait vu cet élan, elle avait entendu ce cri. Lorsque le danger eut cessé, elle releva la tête, et, pour la première fois, la tourna résolûment du côté de son voisin. Leurs yeux se rencontrèrent et tout un aveu passa dans ce premier regard.

La glace était rompue.

III

Les amours aux croisées ne sont qu'un prélude ; on sait où ils conduisent en se prolongeant. Ludovic eut bientôt ses entrées dans le ménage voisin ; il les avait conquises par sa persévérance. Ses visites furent rares d'abord, et elles avaient un prétexte naturel dans l'intérêt qu'il portait à la malade. Puis elles devinrent plus fréquentes, et en quelque sorte plus intimes : on le reçut comme un ami, et cet intérieur n'eut plus de secrets pour lui.

Ses pressentiments ne l'avaient pas trompé ; le ménage ne se composait que d'une jeune fille et d'une grand'mère ; point d'autres parents, si ce n'est des collatéraux qui habitaient la province. L'histoire de cette famille n'était d'ailleurs ni longue ni compliquée. Les Morin, on les nommait ainsi, avaient, de père en fils, occupé des emplois dans les administrations publiques ; pour eux c'était presque une destination héréditaire et dont ils n'avaient guère tiré profit. Malgré leur zèle et leur aptitude reconnue, aucun, dans le nombre, n'était parvenu à franchir les grades inférieurs ; ils avaient tous vécu, tant bien que mal, sur leurs modiques appointements, élevant leurs enfants à grand'peine et les vouant à une carrière dont l'accès leur était naturellement ouvert. A défaut d'autres avantages, ils y trouvaient une sécurité que ne présentent ni les professions libérales, ni les chances aléatoires du commerce et de l'industrie : calcul souvent trompé, et qui le fut bien cruellement pour ces malheureuses gens.

Sous l'aïeul, les choses avaient suivi leur cours sans trop de gêne ni d'embarras ; il occupa son poste pendant de longues années, jouit d'un traitement suffisant, et quand l'heure de la retraite eut sonné, il fit liquider sa pension, dont une faible part retourna à sa femme par voie de survivance.

Il en eût été de même pour son fils, et peut-être celui-ci, employé fort capable, se fût-il élevé plus haut, si la mort n'était venue le frapper avant l'âge et frapper du même coup sa veuve, qui ne lui survécut que de peu de mois. Une enfant restait seule comme fruit de cette union sitôt rompue : c'était Marguerite Morin, l'objet des contemplations de Ludovic. Élevée par ses grands-parents, elle n'avait vu du monde que cet intérieur triste et assombri, et était entrée dans la vie en portant le deuil de presque tous les siens. Quelque pénible que fût cette situation, elle s'aggrava encore à la mort du dernier chef de la famille, qui laissa les deux femmes presque sans ressources : l'une très-âgée et déjà impotente ; l'autre si jeune, qu'elle ne pouvait songer encore à vivre du travail de ses mains.

Heureusement, Marguerite était une enfant précoce ; chez elle la tête valait le cœur. Dès que la grand'mère fut hors d'état de mener la maison, ce fut elle qui en prit la conduite, et qui, à force d'ordre, parvint à y maintenir la dépense au niveau du revenu. La petite rente que leur servait l'État défrayait les besoins les plus stricts, et Marguerite eut bientôt suppléé à ce qu'elle avait d'insuffisant. Personne ne maniait l'aiguille mieux qu'elle, et ne tirait plus de parti de son temps. Ponctuelle, active, adroite, elle eut plus d'ouvrage qu'elle n'en put fournir ; c'était à qui l'emploierait parmi les marchands. Ce fut ainsi qu'elle parvint à préserver son aïeule de la misère. Rien ne lui coûtait pour cela : ni les privations, ni les veilles ; elle prenait sur son sommeil plutôt que de la laisser au dépourvu. Et quelles attentions délicates ! quel dévouement ingénieux ! Les vertus que l'on couronne publiquement eussent paru bien ternes auprès de cette vertu modeste qui, pour être cachée à tous les yeux, n'en avait que plus d'éclat.

Cependant les années, en s'écoulant, amenaient de nouvelles charges. Plus on allait, plus la grand'mère exigeait de soins en raison d'infirmités sans cesse accrues. Si elle vivait encore, c'était par un miracle de tendresse. L'héroïque jeune fille suffisait à tout; elle ne fléchissait pas sous le poids de tant d'épreuves; le sentiment du devoir lui donnait des forces; aucun sacrifice ne lui coûtait.

Voilà ce qu'apprit Ludovic et ce qu'il vit de ses yeux, une fois admis dans cet intérieur. Marguerite en était l'âme et le bras. Tout s'y réglait comme elle l'entendait; point de volonté, ni de responsabilité que les siennes. La pauvre madame Morin en était arrivée à ce point où l'existence est presque machinale; les facultés avaient décliné en même temps que les forces; le sentiment des choses de ce monde lui échappait de plus en plus. Marguerite restait donc maîtresse d'elle-même et libre à seize ans comme l'oiseau qui essaye pour la première fois ses ailes; elle pouvait aller vers le mal ou le bien, sans que personne l'en empêchât, sans qu'un bon avis la retînt si elle s'engageait dans une mauvaise voie, ni qu'une main secourable la guidât dans des voies meilleures. Tout pour elle dépendait de ses propres instincts et de cette première inspiration où le hasard joue un si grand rôle et a une si grande part. A cet âge se défie-t-on jamais? Les cœurs purs ont surtout cette faiblesse de juger les autres d'après eux-mêmes, et c'est ce qui les expose à plus de périls.

Ludovic fut donc reçu comme un ami, et en cela l'étoile de la jeune fille l'avait bien servie; il était digne de cet accueil et méritait de s'asseoir à cet honnête foyer. Des deux parts c'était l'esprit de famille qui se réveillait, chez Marguerite, de la famille éteinte; chez Ludovic, de la famille absente. Ils se sentaient plus forts l'un près de l'autre et en mettant leur inexpérience en commun. Dès que le jeune homme avait une heure de libre, il accourait chez sa voisine, s'asseyait à ses côtés et engageait l'entretien. Il ne lui parlait ni de Paris, ni des plaisirs mélangés qu'il offre à la jeunesse; il ne lui faisait ni la chronique du monde, ni celle des théâtres, sujets à l'usage des oisifs; il aimait mieux par-

ler de ses montagnes et lui raconter comment il y avait
vécu; ce qu'étaient ses parents et ce qu'ils attendaient de
lui, la mettre de moitié dans ses succès, dans ses plans, dans
ses espérances, l'associer à cet avenir que les imaginations
naïves parent de si belles couleurs. Marguerite écoutait tout
cela avec un intérêt réel; sa main ne quittait pas l'aiguille,
mais son oreille était enchaînée à ces confidences qui la touchaient par plus d'un point, et semblaient être comme un
écho de ses propres pensées. La vieille aïeule complétait le
tableau et couvrait par sa présence ce qu'il y avait de délicat
dans cette situation; elle n'entendait ni ne voyait rien; mais
de temps en temps un sourire animait ses lèvres en manière
d'encouragement donné à cette inclination naissante.

Désormais, il y eut dans cet intérieur une place pour Ludovic, non qu'il se fût déclaré d'une manière formelle, ni que
Marguerite pût voir en lui un fiancé : les choses ne devaient
pas aller aussi vite. Ludovic était un enfant trop respectueux
pour s'engager avant d'avoir consulté les siens, et il sentait
d'ailleurs que, dans sa position précaire, une demande n'aurait pas eu de caractère sérieux. Il avait trop d'honneur et
trop de bon sens pour songer à un établissement immédiat,
avec la misère pour unique perspective. Mais Marguerite
était jeune et lui aussi; ils pouvaient attendre et s'en remettre à l'avenir du soin de rendre possible ce qui aujour-
d'hui ne l'était pas. Encore quelques mois de travail et il
serait reçu avocat, figurerait au tableau des stagiaires, cher-
cherait des causes et en trouverait, ou bien se mettrait en
quête de quelque emploi dans les études en crédit. A défaut
de talent, il aurait du courage, de l'esprit de conduite, qualités à l'aide desquelles on force l'entrée de toutes les carrières, et qui sont si nécessaires dans leurs préludes ingrats.
Puis, une fois nanti, une fois à l'abri du besoin, il réaliserait
le rêve de sa vie, et pourrait offrir à Marguerite un sort plus
digne d'elle et surtout moins dépourvu.

Ainsi pensait Ludovic, et quoique sa bouche n'en dît rien,
il était deviné. Si jeune qu'elle fût, Marguerite ne s'y trom-
pait pas; son instinct l'éclairait. Elle voyait qu'elle avait
affaire à un cœur droit et incapable de l'abuser; elle voyait
dans ses assiduités ce qu'il y avait en effet : une intention
honnête et sincère; elle sentait qu'elle avait trouvé un ami,

un compagnon capable d'un attachement profond. De là une intimité chaque jour plus grande et un abandon qui n'offrait pas de danger. Plus ils se virent, plus il en fut ainsi. Cependant, dès ce premier moment, une nuance exista dans le sentiment qui les poussait l'un vers l'autre. Chez Ludovic, c'était une passion véritable et exclusive ; chez Marguerite, une affection plus calme et sans entraînement ; elle restait maîtresse d'elle-même ; elle cédait, mais non sans réserve ni combat. Au fond elle trouvait le jeune homme un peu trop grave pour son âge ; elle l'eût peut-être aimé davantage si elle l'eût moins estimé. Explique qui pourra ces caprices du cœur ! même dans les meilleurs naturels, il n'est pas rare de les rencontrer.

Cependant les choses n'en marchaient pas moins au gré de Ludovic. Marguerite était la compagne de son choix, et il ne doutait pas du consentement de ses parents quand l'heure de se déclarer serait venue. Déjà le terme se rapprochait ; il allait passer ses examens et obtenir son diplôme. Avec quel feu il se préparait à cette épreuve décisive, et quel goût il y apportait ! Ce n'était plus de l'ambition seulement ; c'était un mobile plus pur et plus doux. Même au fort de ses travaux, l'image de Marguerite venait le visiter et lui sourire. Elle était toujours présente et répandait comme un charme sur les subtilités du droit. Encore quelques semaines, et il se présenterait devant ses juges la tête haute, et affronterait ce débat public dont elle était le prix. Tout lui disait que, sous de tels auspices, un échec était impossible et qu'il s'en tirerait à son honneur.

IV

Dans le même hôtel qu'habitait Ludovic, et à l'étage inférieur, vivait un joyeux garçon, dont les mœurs, les habitudes et les goûts étaient en complète opposition avec les siens. On le nommait Melchior, un nom célèbre dans le quartier Latin, et qui est resté comme le dernier débris d'une race éteinte. Autant Ludovic attachait de prix au commerce des anciens jurisconsultes, autant Melchior en faisait bon marché. Là-dessus son opinion était des plus fermes que l'on pût voir, et il avait à l'appui des arguments d'un tour original. Il prétendait que Justinien était un vieux ladre, un cuistre et rien de plus; que ses Codes si vantés n'avaient été imaginés que dans l'intérêt des grands propriétaires, ce qui les rendait indignes de l'attention d'un être pensant. Il ajoutait que cet empereur abusait du droit qu'a tout homme de faire parler de lui, et qu'il était temps de protester contre cette réputation usurpée; qu'après tout, rien n'était plus ridicule que de se meubler la tête de billevesées inventées il y a quinze cents ans, et de se composer un habit avec des loques empruntées aux Grecs et aux Romains. De là cette conclusion que tous les bouquins du monde ne valent pas une pipe.

On devine où peut conduire un système aussi ingénieux, et Melchior n'en démordit pas. Peu lui importait de rester à l'état de fruit sec et de voir se succéder les générations des écoles; il n'était pas courtisan du succès et mettait les honneurs de la licence bien au-dessous des chevrons de l'étudiant. Sa position n'était d'ailleurs ni sans gloire, ni sans éclat; il devenait, dans la carrière de l'enseignement, une exception de plus en plus caractérisée; qu'il y persistât quelques années encore, et il fondait un parti, une école dans l'école, il inaugurait un droit nouveau. Que de schismes n'ont pas commencé autrement! Chaque pipe qu'il fumait était une insulte aux vieilles méthodes et un sacrifice aux réformes entrevues; il y mettrait le temps et le tabac qu'il faudrait, mais il resterait fidèle à sa mission. La fortune n'aime pas qu'on la brusque, et dans ses retours elle va vers les cœurs opiniâtres et patients. Melchior était de ceux-là. Il s'était promis d'avoir raison de Justinien et de l'accabler sous un dédain prolongé: coûte que coûte, l'empereur grec n'aurait pas le dernier mot.

Ce fut ainsi que notre vétéran parvint à se maintenir, sur les bancs du quartier Latin, pendant une période indéterminée. Aucun des élèves ne l'avait vu débuter, et aucun d'eux ne devait le voir aboutir. On le voyait passer d'une pipe à une autre, rien de plus. Pour le reste, il restait immuable, ou, pour employer son langage, il avait mis un clou. Il est vrai de dire qu'à sa protestation contre les gloses de Tribonien, il avait joint d'autres commerces fort appréciés de ses familiers. En politique, il avait une opinion, ou plutôt il en avait eu plusieurs. Les diffi ultés des temps ne permettent plus d'en avoir une seule ; il faut du rechange sous peine de rester déclassé. Melchior y apportait un esprit libre et une variété de langage qui le mettaient à la hauteur des besoins nouveaux. Seulement, pour rester conforme à lui-même, il adoptait, en fait d'opinions, les plus nettes et les plus colorées. Point de moyen terme, point de transaction. Le jour où il se prononça contre la propriété, comme trop manifestement empruntée au droit romain, il taxa de voleurs tous ceux qui avaient l'infamie de posséder quelque chose ; le jour où il se déclara contre les formes parlementaires, comme une institution de rebut, il traita de gredins, sans acception de personnes, tous ceux qui avaient eu le malheur de croire à ce régime et d'y tremper à quelque degré que ce fût. Voilà Melchior : un garçon tout d'une pièce, et incapable de ménagements. Qu'on y ajoute une barbe assortie, des épaules à l'avenant, des poumons à l'épreuve, que n'altéraient ni les flots de bière ni l'atmosphère d'un estaminet, et l'on pourra se faire une idée de son influence sur les étudiants libres et de son empire sur les garçons de café.

Ce n'est pas tout : à ses opinions en politique, Melchior en joignait d'autres au sujet des lettres et des arts. Il tranchait de l'homme complet. Rien de plus curieux que de l'entendre parler des illustrations contemporaines ; peu de noms trouvaient grâce auprès de lui, et il leur faisait litière des autres. Comme il avait traité les propriétaires de voleurs et les parlementaires de gredins, il traitait de crétins les littérateurs réguliers. C'était son vocabulaire, et les tabagies y applaudissaient : elles ne sont pas difficiles sur le choix des mots. On passait d'ailleurs bien des choses à Melchior, en raison de son aplomb et de la beauté de sa barbe. Il était de cette école à tous crins qui va droit aux excès, et met l'art au régime des tours de force. Pour lui le génie consistait uniquement en ceci : se défier du naturel comme d'un piége, et traiter la langue comme un patient sur le chevalet. Quand on ne lui servait pas des images à l'éblouir, il criait à la platitude. Il voulait de la lumière et de la couleur, des épi-

thètes par boisseau et toutes inattendues, des tours de phrase
à renverser les gens et des antithèses sur toutes les coutures.
Un style simple était à ses yeux un champagne sans mousse,
bon tout au plus pour des laquais. Ainsi du reste : en musique, il était pour le compositeur qui menait le plus de
bruit; en peinture, pour l'artiste qui empâtait le mieux ses
toiles. Il aimait le voyant, le chatoyant, le tumultueux, l'in-
décis, tous les colifichets et toutes les verroteries. Et ce qu'il
aimait, il ne l'aimait point à demi : quand il en était à son
quinzième verre de bière, il parlait d'aller briser les reins à
tous les hommes qui n'envisageaient pas l'art sous cet aspect
et y employaient d'autres procédés.

Il va sans dire que la tenue était assortie aux opinions :
sous ce rapport, Melchior n'avait jamais varié : il était demeuré aussi inébranlable dans ses costumes que dans ses
haines contre Justinien. Son tailleur et son chapelier avaient
reçu les consignes les plus sévères. L'un devait toujours lui
refaire le même pantalon, l'autre le même chapeau; pantalon
et chapeau à caractère, au-dessus des atteintes de la mode
et de ses caprices passagers. Le chapeau était un cône de
son invention, qu'il avait longtemps médité et qui devait survivre aux événements. Le pantalon était à froncis et accompagné de poches latérales qui ressemblaient à des magasins,
et qu'il bourrait d'objets hétérogènes. Le paletot, la cravate, le gilet, la chaussure, tout était dans le même style
et réglé de la même façon. Il n'était pas jusqu'à la barbe qui
ne dût se conformer à cette disposition générale, et, pour l'y
mieux réduire, il ne la peignait que rarement.

Cependant, en dépit de tout, Melchior restait ce que la
nature l'avait fait, un fort beau garçon, avec les traits les
plus réguliers que l'on pût voir, un œil noir et vif, des dents
magnifiques, une taille souple, des mains qu'une femme eût
enviées, en un mot tout ce qu'il fallait pour séduire et jon-
cher de victimes les chemins où il passerait. Aussi ne s'y
épargnait-il pas; ses succès étaient de notoriété publique. Il
avait le choix parmi les créatures qui promènent leurs grâces
dans le pays Latin et s'y transmettent de main en main, par
voie de succession ou de déshérence. Puis on s'accordait à
lui attribuer d'autres aventures d'un genre plus relevé, et qu'il
couvrait d'un voile plus épais. Il s'agissait de dames huppées,

vêtues au dernier goût, et qu'on aurait surprises dans l'escalier de son hôtel garni. Ajoutons, à l'honneur de Melchior, qu'il s'en défendait de son mieux, et qu'au lieu de se prévaloir de semblables bonnes fortunes, il les niait en vrai chevalier, et demeurait, en tout cas, impénétrable pour les noms.

Tel était le personnage qui logeait sous le même toit que Ludovic, et dont les goûts ressemblaient si peu aux siens. On pourrait croire qu'en raison de ce contraste, ces deux hommes n'avaient aucun motif de se rencontrer, et que des relations étaient impossibles, là où les habitudes différaient tant. Et pourtant Ludovic et Melchior frayèrent ensemble dès les premiers jours de leur cohabitation. Parmi les règles de conduite que Melchior s'était tracées, il y en avait une à laquelle il ne dérogeait jamais. Invariablement il se montrait bon prince vis-à-vis des nouveaux venus, quels que fussent leur rang, leur condition, leur situation de fortune, l'état de leur chaussure et de leurs vêtements. Dans sa croisade contre Justinien, il avait besoin d'auxiliaires, et il essayait d'y entraîner les provinciaux fraîchement débarqués, avant que les professeurs se fussent emparés de leur temps et de leurs oreilles. C'était son moment, son heure, et il ne la laissait point échapper. Il recherchait les cœurs sans préjugés, les âmes qui n'avaient point encore sacrifié aux Pandectes, et n'épargnait, pour les jeter dans le schisme, ni les onces de tabac, ni les chopes de bière, aucune des séductions à l'usage des écoles, et dont ses moyens lui permettaient de disposer.

De là cette liaison qui datait de loin, et qui, au grand regret de Melchior, n'avait pas eu des conséquences décisives. Les deux étudiants en étaient restés sur le pied d'un bon voisinage; ils échangeaient quelques mots, quelques poignées de main à l'occasion, rien de plus. En vain Melchior avait-il essayé de prouver à son camarade que Justinien n'était qu'un cafard, jouet, de son vivant, d'une femme de théâtre et qu'il n'y avait rien de bon à puiser dans une source aussi équivoque. Ludovic avait trouvé le paradoxe ingénieux, sans s'y rallier comme à un article de foi. Il riait et n'abjurait pas. La pipe même y avait échoué; elle causait des nausées à Ludovic, et Melchior n'expliquait cela que par une complète dépravation de ses organes. Puis, et c'était le

comble, Ludovic aimait le travail, d'où Melchior dut conclure
qu'un garçon ainsi fait était perdu pour ses opinions ; perdu
au physique, perdu au moral, et qu'il n'y avait plus qu'à
l'abandonner à ses destinées. Il serait l'un des boutons de
rose de la Faculté, la joie et l'orgueil de ses professeurs,
avec l'étoffe et l'acquis d'un avoué de province, mais jamais
un être carré par la base, ni susceptible de frapper en sa
compagnie aux portes de l'avenir.

En vertu de cet horoscope, Melchior avait retiré sa confiance au nouveau venu, et se gardait désormais de lui offrir
ses pipes. Seulement, pour montrer de la grandeur jusqu'au
bout, il daignait lui parler et l'accueillir avec bienveillance.
Au besoin, et quand Ludovic passait sur son palier, il l'honorait d'un quolibet, et celui-ci prenait les choses avec une
humeur si égale, que le vétéran des écoles se sentait désarmé. Leurs relations s'étaient maintenues ainsi, tant bien que
mal, tantôt plus froides, tantôt plus affectueuses, suivant
l'état de l'atmosphère, ou les doses de bière que Melchior
avait logées dans son estomac. Mais l'instant approchait où
ces relations allaient prendre un autre caractère, et où il
s'agirait entre eux d'un débat plus sérieux que celui d'une
réforme de l'ancien droit et des mérites d'un souverain du
Bas-Empire.

V

Un matin que Ludovic était dans sa mansarde, avec un
œil sur ses livres et l'autre sur les croisées de vis-à-vis,
Melchior entra chez lui comme un ouragan et avec un grand
fracas de portes. C'était son genre habituel ; il n'y avait pas
à s'en émouvoir. Cependant le jeune homme ne put retenir
un mouvement de contrainte et de surprise ; on le troublait
dans ses contemplations ; il eût envoyé l'importun à tous les
diables, s'il l'eût osé. Cette circonstance n'échappa point à
Melchior.

— Eh bien ! quoi ? dit-il, je vous gêne. Soyez calme, voisin, on va s'éclipser. Point d'étiquette entre nou.\, point d'étiquette.

Il battait en retraite, quand Ludovic le rappela.

— Comme vous le prenez, lui dit-il. Mais entrez donc, voici un siége.

C'était le seul qui garnit la mansarde et tînt compagnie à celui qu'occupait Ludovic.

— A la bonne heure, reprit Melchior en se rendant à l'invitation; je vous reconnais là. On cite les montagnards par la manière dont ils exercent l'hospitalité. Vous ne dérogez point à la tradition. Aucune vertu ne vous est étrangère. Vous permettez, n'est-çe pas?

Il montrait en même temps sa pipe, d'où s'exhalait un nuage qui, peu à peu, envahissait le local :

— Faites comme chez vous, lui dit Ludovic.

— De mieux en mieux, mon camarade, poursuivit Melchior. C'est que, voyez-vous, mon brûlot et moi, nous ne nous quittons guère : qui voit l'un voit l'autre. Un bel instrument, doux et commode, et perfectionné! Un objet d'art, quoi! Jugez plutôt.

En effet le brûlot, comme l'appelait Melchior, n'était pas indigne de l'enthousiasme qu'il inspirait à son propriétaire. C'était une pipe allemande du plus beau grain et d'une dimension interdite à des fumeurs vulgaires. Point d'ornements, point d'enjolivures; mais de l'harmonie dans les formes et ces gradations de couleurs, ces couches successives, qui décorent la noix à la suite d'un long et intelligent exercice. Malheureusement, de tels mérites ne sont sensibles que pour les connaisseurs, et Ludovic ne l'était pas ; il ne répondit que par un acquiescement poli :

— Oui, dit-il, c'est un bon meuble! Vous paraissez y tenir?

— Comme à mon souffle, répondit Melchior en exhalant une nouvelle bouffée. Ma vie durant ce sera ma compagne, et, après ma mort, elle ornera mon tombeau.

A l'appui de cette réflexion philosophique et comme sanction, Melchior dégorgea sa pipe, la chargea de nouveau et y fit flamber un morceau d'amadou en guise d'amorce. En même temps la langue allait son train.

— Et Justinien, comment le traitons-nous? dit-il en reprenant son thème ordinaire... Bon, le voici encore sur votre

table. Vous n'en avez donc pas fini avec ce Byzantin ? Ah !
Ludovic ! Ludovic ! vous m'affligez.

— Vous lui en voulez donc bien ? répondit celui-ci en riant.

— Si je lui en veux ? mon garçon ! si je lui en veux ? Belle
question ! Mais je lui en veux autant qu'on peut en vouloir
à un être enterré depuis quinze siècles. Jugez donc ! un pédant pareil ! un faquin à qui je suis redevable de tous les
échecs que j'ai essuyés dans ma vie ! Justinien ! ma bête
noire ! Vous me demandez si je lui en veux ? comme si ce
n'était pas de notoriété publique ?

— Vous auriez pu changer de sentiment.

— Jamais, mon jeune ami, jamais ! Quatre examens, boules
noires sur boules noires ! Et le tout à cause de Justinien, par
le fait de Justinien, avec toutes sortes de circonstances aggra-
vantes pour ma dignité ! Mais si je pardonnais cela, mon garçon, je m'estimerais déchu, et tomberais bien bas dans ma
propre estime. Non, entre Justinien et moi, point de paix possible : ou il me coulera ou je le coulerai. Il m'a gorgé de
couleuvres, je le mettrai au banc de l'opinion. Il faut un
grand exemple.

Melchior, en parlant ainsi, s'était animé, et la chaleur du
discours s'unissait à celle du tabac pour porter son effervescence au plus haut point. Il est à croire qu'il n'eût pas abandonné de si tôt son thème favori, et qu'il eût décoché d'autres
diatribes à l'objet de ses éternelles rancunes, lorsque tout à
coup il fit une pause et en vint jusqu'à éloigner la pipe de
ses lèvres, circonstance qui était chez lui l'indice d'une profonde préoccupation.

— Tiens ! tiens ! tiens ! s'écria-t-il après un moment de silence, et en laissant retomber sur l'épaule de Ludovic une
main passablement pesante, et vous n'en disiez rien, farceur !

La direction qu'avait prise le regard de Melchior expliquait
le sens qu'il attachait à ces derniers mots. Il venait de découvrir Marguerite assise près de sa croisée, et, comme d'habitude, exerçant ses doigts sur quelque ouvrage délicat. La
tête de la jeune fille, toute penchée qu'elle fût, laissait voir
la perfection des traits et le charme qui y était empreint : en
sa qualité d'artiste, Melchior en avait été frappé : de là son
exclamation et cette trêve accordée à son calumet. Ludovic
rougit comme un homme qui se sent deviné.

— Peste! reprit Melchior résolu à pousser jusqu'au bout ses avantages, quel morceau de roi!

— Quoi donc, qu'est-ce? dit Ludovic en essayant de se remettre et tournant le dos à la croisée pour rompre la perspective.

— Bon! s'écria Melchior; voilà qui est savamment manœuvré; un chevalier n'y eût pas mis tant de façon; cette conduite vous honore, Ludovic!

— Trève à ces plaisanteries, dit celui-ci en se piquant.

Il s'efforçait en même temps d'entraîner Melchior vers un point de sa chambre d'où sa curiosité fût déroutée; mais il avait affaire à un maître dans l'art de la stratégie, et ses efforts ne servaient qu'à le trahir de plus en plus.

— Des plaisanteries! des plaisanteries! dit le vétéran des écoles en conservant sa position; mais c'est une plaisanterie charmante, dans tous les cas! Un beau brin de fille, ma foi! et modeste, à ce qu'il semble! Voyez si elle bouge seulement! pas même un coup d'œil! Rien, absolument rien! absence complète de coquetterie! chez une femme, c'est du nouveau.

— Melchior, s'écria Ludovic avec impatience, plus de ces propos, je vous en supplie, et ayez un peu de tenue, si vous ne voulez pas me désobliger.

— Allons, voilà que vous vous fâchez! Mauvais signe, mon garçon, mauvais signe! Il faut que vous en teniez joliment!

— Moi?.. quelle supposition!

— Écoutez, Ludovic, reprit Melchior plus gravement, entre camarades, c'est mal de jouer au fin. Vis-à-vis d'un ancien, surtout, la franchise est de rigueur. Soyez sincère: il y a tout profit à l'être. Que diable! on sait vivre; on a été jeune comme vous; on y a passé comme tout le monde y passe; on fait la part de cet organe que l'on nomme le cœur, et qui est le plus funeste instrument que nous ait donné la nature. De la franchise, vous dis-je, vous vous en trouverez bien. Si vous avez besoin d'un bon conseil, je suis là; d'un peu d'aide, je suis là encore. Un vieux routier en sait long sur l'article; ni les grands ni les petits moyens ne lui sont étrangers. Là où un autre désespère, il réussit, c'est une question d'habitude et d'expérience. Combien de débutants j'ai ainsi conduits par la main et qui m'ont dû les premiers myrtes cueillis dans leur carrière ! Voulez-vous être de ceux-là, Ludovic ? Parlez alors, et surtout ne me déguisez rien ; que je sache à fond de quoi il retourne ; parlez.

Pendant cette longue tirade, où Melchior visait à l'effet, Ludovic avait eu toutes les peines du monde à se contenir. La pensée de se confier à un tel fanfaron lui était insupportable ; la crainte d'en être deviné ne lui causait pas un moindre tourment. D'ailleurs, tout en se livrant à ces offres de service, le vétéran des écoles n'en avait pas moins continué à se mettre en scène pour son propre compte et à faire les frais d'une exhibition personnelle. Il se rapprochait de plus en plus de la croisée, prenait de grandes poses et de grands airs, et élevait la voix comme s'il eût cherché à être entendu de Marguerite. Qu'on juge du supplice de Ludovic ! Volontiers il eût poussé Melchior par les épaules et l'eût jeté hors de chez lui. Sa physionomie répondait à ce sentiment.

— A quoi bon ces instances, dit-il, et où voulez-vous en venir ?

— Ah ! vous n'y êtes pas ?

— En aucune façon.

— Vous faites encore le renchéri, le boutonné, l'étroit, l'impénétrable ?

— Comment cela ?

— Même après mes avances et ma déclaration de principes ? Ingrat !

— Assez ! de grâce.

— Il faut donc serrer son jeu avec vous, et mettre les points sur les *i* ?

— Faites comme vous l'entendrez.

— A la bonne heure ! j'aime mieux ça. Plus de sentiment ; allons au but. Je vais vous parler sans prendre des gants de chevreau. C'est vous qui l'aurez voulu.

— Soit.

— Eh bien ! mon garçon, vous êtes amoureux de la sylphide d'en face ; voilà le mot lâché.

— Quelles expressions !

— Elles vous blessent ? je les retire. Je n'en suis pas à une qualification près. Disons une Vénus, une nymphe bocagère, une divinité de l'air, ce que vous voudrez. Je vous laisse le choix dans toute la mythologie. Mais ce qu'il y a de positif, c'est que vous l'aimez.

— Encore !

— Vous aimez votre voisine, reprit Melchior d'un ton plus sérieux ; vous l'aimez, et ce que je vous demande, Ludovic, c'est de m'en faire l'aveu nettement. J'ai mes raisons pour cela.

— Vos raisons ? dit le jeune homme comme s'il eût ressenti un coup de dard.

— Mes raisons ; et je vais vous les débiter à brûle-pourpoint. C'est mon genre à moi, je joue cartes sur table. Je ne fais point le ténébreux, le mystérieux : je travaille à ciel ouvert et avec l'école entière pour témoins. Ma recette est connue.

Le malaise de Ludovic était au comble ; plus Melchior s'échauffait, plus il avait la parole éclatante et le geste désordonné. Que Marguerite portât les yeux de ce côté, et à l'instant même cette scène, déjà pénible, le deviendrait plus encore. L'étudiant émérite était en fonds d'impertinences, et qui sait jusqu'où pourrait le conduire un entretien ainsi commencé ! Ludovic essaya d'y mettre fin.

— On sait vos exploits, lui dit-il.

— On ne les sait pas tous, reprit Melchior. J'ai coupé l'herbe sous les pieds à plus d'un qui ne s'en doute guère. C'est encore un de mes principes, mon garçon, et il est bon que vous en soyez instruit.

— Un principe ?

— Je ne marche jamais sans cela. Or, mon premier principe, vous le connaissez, c'est de venir en aide aux amis qui m'honorent de leur confiance. Dans ce cas, leurs amours sont sacrées pour moi, et Dieu sait quels égards j'y apporte, comme je leur aplanis les voies, comme je ménage leur pudeur ! quelle discrétion ! quelle réserve ! Je suis exemplaire là-dessus, et si nous n'étions pas d'un siècle où les grandes vertus sont méconnues, on m'eût élevé des autels comme au dieu du silence. Mais vous n'en voulez pas user, n'est-ce pas ? Vous me tenez rigueur ; vous tranchez du muet du sérail.

— Si je n'ai rien à vous dire.

— C'est bien, passons à mon second principe; il est aussi net que le premier. Les amours qu'on me cache, je ne les respecte pas, et là où je ne suis pas un confident, je deviens un rival. J'espère, mon garçon, que c'est s'exprimer carrément; vous voyez que je ne vous prends point en traître.

— En effet, dit Ludovic, peu ému de cette bravade.

— Vous riez! eh bien, nous verrons, reprit le vieil étudiant. Je vous apportais la paix dans les plis de mon paletot; vous préférez la guerre. Va donc pour la guerre! et, foi de Melchior, elle sera conduite rondement. Vous pouvez y compter; j'ai fait mes preuves.

Au moment où il achevait cette déclaration fanfaronne, il se fit un mouvement chez la voisine, et ce que Ludovic avait redouté arriva. Marguerite venait de quitter son siège pour donner quelques soins à ses fleurs. A la vue de Melchior, un incarnat subit se répandit sur ses joues. Il n'y avait là sans doute que l'effet d'une surprise; elle rougissait d'être ainsi à découvert pour d'autres yeux que ceux de Ludovic. Cependant elle mit à arroser ses élèves plus de temps qu'elle n'avait coutume de le faire, et semblait goûter, comme toutes les filles d'Ève, le plaisir d'être regardée et admirée par un fort beau garçon.

VI

Le lendemain, lorsque Ludovic alla rendre à la jeune fille sa visite accoutumée, il remarqua dans son maintien et dans son langage un embarras qui ne lui était point habituel. Marguerite paraissait distraite; elle ne répondait que par des monosyllabes aux questions que le jeune homme lui adressait; il était facile de deviner là-dessous une préoccupation et une arrière-pensée. Ses doigts avaient une activité machinale, et un certain frémissement trahissait le travail du cerveau. Des deux parts, la contrainte était égale et la situation ne pouvait se prolonger. Ce fut la jeune fille qui rompit la glace.

— Avec qui étiez-vous hier? dit-elle.

Ses yeux, d'un bleu limpide, s'étaient fixés sur Ludovic avec une expression singulière de curiosité et de gravité ; celui-ci s'en émut comme d'un reproche et prit l'attitude d'un accusé.

— Vous y avez pris garde? lui répondit-il.

— Comment ne l'aurais-je pas fait? reprit-elle. Vos amis n'épargnent rien pour être remarqués.

— Mes amis, Marguerite? voilà un mot qui n'est pas juste. Je n'ai point d'amis dans ce goût-là.

— Il était pourtant bien à l'aise chez vous; plus à l'aise que vous-même.

— Qu'y puis-je? c'est son genre à lui, et je ne suis pas chargé de son éducation.

— Mais encore, ami ou non, qui est-il?

— Un camarade de l'école, un ancien, qui prend ses coudées franches partout où il se trouve et qu'on ne peut pas mettre à la porte comme on le voudrait.

— Ah! c'est un étudiant?

— Un étudiant à perpétuité, bon vivant, joyeux compagnon, ayant le droit en haine, et destiné à moisir sur les bancs sans aucune chance de succès.

— Et vous fréquentez ce monde-là, Monsieur? s'écria Marguerite avec la plus jolie moue du monde.

— Vous savez bien que non, répondit Ludovic d'un ton sérieux. Vous savez bien ce qui remplit ma vie et quel en est le but. Pourquoi me parler ainsi?

Marguerite ne désarma point devant cette justification; elle garda ses airs mutins.

— C'est bon, Monsieur, c'est bon; désormais on vous surveillera mieux. Vous avez là de belles connaissances.

— Encore! Mais c'est de la cruauté, Marguerite. De ce qu'un camarade vient chez moi, malgré moi, je puis le dire, vous me faites une querelle d'Allemand. Allez, j'ai assez souffert pendant qu'il était là et que je vous voyais exposée à ses regards. La corvée était rude, et vous me devriez savoir plus de gré des efforts que j'ai faits pour couper court à ses observations.

— Vraiment! s'écria la jeune fille. Ah! il a entamé ce chapitre-là, votre camarade? Ah! il a fait des observations? Et lesquelles, s'il vous plaît?

— Le sais-je?

— Dites toujours.

— Vous devinez bien ce qu'on peut dire en vous voyant, Marguerite.

— Je ne devine rien, Monsieur, et veux tout savoir. Que disait votre ami? Beaucoup de mal sans doute?

— Vous ne le croyez pas.

— Mais encore.

— Eh, mon Dieu! il disait de vous ce qu'il dit sans doute de toutes les jeunes filles qu'il a rencontrées sur son chemin. Pourquoi vous soucier de cela? Un coureur qui va de caprice en caprice et traite les femmes comme il traite ses livres! Après l'une, l'autre. Dieu sait combien d'aventures il a eues.

— De mieux en mieux; vous êtes là à bonne école. Et comment le nomme-t-on, votre héros de romans?

— Melchior! Sa réputation est faite. On le prend comme il est, avec ses défauts et ses qualités. Obligeant d'ailleurs, serviable et se mettant en quatre pour ses familiers. Mais, je vous le répète, Marguerite, ce n'est pas de ce côté que je penche. J'ai le cœur mieux placé, Dieu merci! Je vois la vie sous un côté moins frivole. Soyez sans crainte : de pareils exemples sont sans danger pour moi; ils m'affermissent au contraire dans le bon chemin. N'ai-je pas d'ailleurs mon égide? N'êtes-vous pas là pour me préserver de tous les écarts? On est bien fort quand on aime, et, quoi qu'il arrive, je serai digne de vous.

Pendant que Ludovic parlait, la jeune fille avait de nouveau incliné la tête sur son ouvrage. L'enquête était terminée, et le résultat paraissait favorable au prévenu. Il avait plaidé sa cause avec chaleur, et son accent était de nature à convaincre le juge le plus mal disposé : il y régnait un sentiment si vrai, qu'il était impossible de n'en pas être touché. Marguerite céda.

— Soit, mon ami, dit-elle, n'en parlons plus; mais promettez-moi une chose.

— Tout ce que vous voudrez, Marguerite.

— D'après vous-même, rien n'est plus dangereux que ce M... Comment l'appelez-vous donc?

— Melchior.

— M. Melchior? Eh bien! puisque Melchior il y a, tâchez de vous tenir à l'écart d'une aussi mauvaise compagnie. Y consentez-vous?

— De tout mon cœur : je romprai nettement, et à la plus prochaine occasion.

— A la bonne heure, et, à ce prix, je vous pardonne. Voici ma main comme gage de paix.

— Merci, Marguerite, répondit Ludovic transporté, et qu'il y revienne maintenant. Je lui prépare un accueil dont il ne se vantera pas.

— Point d'excès, dit la jeune fille en riant; les conversions les plus bruyantes ne sont pas les plus sûres.

Ainsi finit ce petit débat, prélude de bien plus grosses tempêtes.

VII

Plusieurs mois s'écoulèrent sans qu'en apparence il survînt d'incident nouveau. Ludovic était alors dans le feu de la besogne, et à peine pouvait-il s'en distraire pour venir passer quelques instants auprès de Marguerite à l'heure où les cours et les examens lui laissaient quelque liberté. Il avait, en outre, à préparer sa thèse, et apportait à la confection de ce morceau l'ardeur d'un athlète éprouvé. La licence devait en être le prix, et non-seulement il voulait l'obtenir d'emblée, mais il se flattait de la voir entourée d'un certain éclat. De là bien des nuits sans sommeil, et un commerce assidu avec les autorités de la jurisprudence. Il ne dédaignait rien de ce qui assure un succès, ni les citations empruntées aux juges du camp, ni les concessions faites à leurs opinions bien connues.

Non pas que le cœur fût absent de ce travail; il y jouait au contraire le principal rôle. Tout ce qu'en faisait Ludovic, c'était pour Marguerite, à l'intention de Marguerite. Il ne le disait pas; mais comme cela se voyait! Cette licence, quand il l'aurait, serait un talisman à l'aide duquel il forcerait la volonté de ses parents et qui lui permettrait de réaliser le rêve de sa vie. Il se voyait déjà aux audiences avec tous les attributs de l'avocat, plaidant sa première cause et prenant sa place parmi les stagiaires prédestinés. Quelle joie quand il pourrait annoncer à Marguerite que rien ne s'opposait plus à leur établissement, et qu'entre elle et lui il n'y avait plus d'obstacles! Cette pensée doublait son courage; l'ambition seule n'eût pas suffi pour de si grands efforts. Marguerite était sa fiancée, presque sa femme; et elle, de son côté, semblait accepter ce titre et aller au-devant de cette destinée.

A ce tableau, il n'y avait qu'une ombre : c'était la maladie de l'aïeule qui empirait chaque jour. Malgré les soins dont la jeune fille l'entourait, madame Morin dépérissait à vue d'œil. La paralysie détruisait lentement et une à une ses dernières facultés. Elle ne pouvait plus quitter son fauteuil et ne vivait que par artifice. Le sentiment des choses extérieures lui échappait. Qu'on juge des angoisses de la jeune fille! A la douleur que lui causait l'état de sa grand'mère, venaient se joindre les embarras inévitables qui en résultaient. Pour elle c'était un asservissement de tous les instants; à peine pouvait-elle vaquer à ses affaires, et toujours avec la crainte qu'il ne survînt, pendant son absence, quelque accident fâcheux. Il fallait alors redoubler de précautions, souvent même recourir à l'assistance des personnes de son voisinage. Ludovic offrait bien ses services; mais que sont les services d'un homme en pareil cas? Et d'ailleurs Marguerite était trop fière pour s'ouvrir entièrement à lui. Elle aimait mieux supporter vaillamment les misères et les embarras de sa position.

Cependant le jour décisif approchait; les derniers examens allaient être passés, la thèse était prête et de nature à satisfaire les maîtres de l'enseignement. Ce fut le front haut et l'esprit libre que Ludovic se présenta devant eux. Il avait ses approvisionnements de science et des approvisionnements complets. En suivant la carrière du droit, il n'avait pas obéi seulement à l'influence régnante, ni cherché un vain grade à l'aide de moyens superficiels. Chez lui la vocation était véritable, la nature y entrait pour une part aussi grande que l'étude. A la solidité des connaissances, il joignait cet aplomb, ce sang-froid, qui sont l'apanage ordinaire des hommes nés à deux mille pieds au-dessus du niveau de la mer, et sans lesquels les plus éminentes facultés sont pour ainsi dire frappées d'impuissance. Rien de brillant ni d'éclatant, mais de la sûreté et de la force. Il livrait le moins possible au hasard, et marchait à son but sans se laisser troubler ni intimider : ce n'était pas l'agilité du cerf, mais la patience et la persévérance du bœuf. Si l'allure n'était pas rapide, en revanche le sillon était profond.

Dans nos écoles et dans les professions qui en dépendent, des dons pareils sont les meilleurs auxiliaires que l'on puisse désirer. Combien de jeunes gens, richement doués, sont venus échouer devant ces examens publics où l'improvisation tient une si grande place ! Que de défaites dues seulement à l'état des nerfs et à la sensibilité de l'organisation ! Que de candidats, plus tard devenus illustres, n'ont pu surmonter les difficultés d'un début, ni vaincre cette timidité qui est comme la paralysie de l'esprit ! La stupeur, le vertige s'en mêlent ; le cerveau reste sans action, la parole ne sert plus la pensée. En face de ces juges qui interrogent et de ces témoins qui écoutent, on n'éprouve plus qu'un sentiment, celui d'une faiblesse irrémédiable, on n'a plus qu'un désir, celui d'abréger ce supplice et de se donner en spectacle le moins longtemps possible ; on fuirait dès le premier moment, si la force ne manquait, même pour cela.

Ludovic n'avait rien à craindre de ces désappointements ; il était ce que l'on nomme une tête carrée. Ce qu'il savait il le savait bien et d'une manière si méthodique, qu'aucune émotion, si vive qu'elle fût, n'eût pu l'empêcher de fournir ses preuves. Il avait l'art de se posséder, l'art d'exprimer avec netteté ce qu'il avait appris avec réflexion. Dès les premières réponses, il s'établit entre les examinateurs et lui un certain accord d'opinions et de vues. Il s'attacha à leur faire sentir qu'aucun de leurs commentaires ne lui était étranger, et il poussa l'attention jusqu'à citer leurs propres textes. C'en fut assez pour se les concilier. On l'interrogea à l'envi ; il tint tête à toutes les questions ; on lui tendit des piéges, il les déjoua avec bonheur. Tout se réunit pour faire de son examen une sorte d'événement et une date dans les annales de la Faculté. A la ronde on se disait qu'il y avait, dans ce jeune homme, plus que l'étoffe d'un licencié, et qu'avec du

temps et de l'étude il parviendrait aux honneurs du doctorat.
Bref, il fut reçu à l'unanimité; pas une boule noire ne protesta contre un triomphe si formel.

Quand l'épreuve fut achevée et le résultat proclamé, la première pensée de Ludovic fut pour Marguerite. A peine libre, il quitta l'enceinte et prit sa volée vers les escaliers; mais là, un obstacle imprévu l'arrêta. C'était un groupe d'étudiants qui l'attendait au passage et l'accueillit par une bruyante manifestation. En même temps, un homme se précipitait dans ses bras et donnait le signal des accolades :

— Bravo, s'écriait-il, bravo! voilà ce qui s'appelle enlevé! dix boules blanches dans le sac! Pas une qui ait manqué à l'appel! c'est inouï. Vive Ludovic, les amis! Et en avant la musique!

Ce coryphée de l'enthousiasme était Melchior. Le hasard ou peut-être un motif secret l'avait amené ce jour-là aux examens, et c'était lui qui avait monté cette scène en l'honneur de l'heureux candidat. Bon gré, mal gré, il fallut se prêter aux félicitations de la bande : Ludovic fut embrassé à la ronde; il ne sortait des bras de l'un que pour retomber dans les bras de l'autre.

— A la bonne heure, reprit Melchior. Que tout le monde y passe! Pressez-le sur vos cœurs et que cela ne finisse pas. Ce cher Ludovic! a-t-il cloué ses professeurs! Ah! vous voulez du Justinien, mes maîtres? Eh bien! voici un gaillard qui en parle comme s'il l'avait inventé. A pédant, pédant et demi. Bravo, Ludovic! Vive Ludovic! Trois bans en l'honneur de Ludovic! S'il avait un carrosse, je m'y attellerais.

Cette scène, en se prolongeant, devenait de plus en plus pénible pour le jeune homme; aussi essaya-t-il de l'abréger. Mais il avait affaire à forte partie, et plus il tentait de se dégager, plus les témoignages redoublaient. Melchior n'aimait pas que les choses se fissent à demi.

— Ce n'est pas tout, mes enfants, s'écria-t-il d'une voix qui dominait les autres. Il ne sera pas dit qu'un si beau triomphe se sera passé sans fanfares ni canettes. Ce serait une honte pour le corps des étudiants. On n'a institué les béjaunes que pour des cas pareils. Au café! au café! Et noyons le licencié en droit dans des flots de bière. C'est un baptême qui lui est dû.

Ludovic voulut en vain s'en défendre ; il s'était formé autour de lui un bataillon chargé de s'assurer de sa personne et qui ne paraissait pas disposé à lui laisser la liberté de ses mouvements. Quoi qu'il en eût, il fallut se rendre à l'estaminet voisin ; ce fut comme une marche triomphale. Sur le chemin, Melchior ramassa tout ce qu'il put rencontrer de partisans, si bien que la démonstration prit peu à peu les proportions d'une émeute.

— Garçons ! s'écria-t-il en faisant son entrée dans l'établissement, tout ce que vous avez de mieux ! du strasbourg ! du bavière ! du lyon ! du bruxelles ! de la blanche et de la brune ! Ceux qui aiment la mousse en demanderont ! Et par masses, entendez-vous ! La maison me connaît ! J'ouvre un crédit illimité !

Le vétéran des écoles fut servi au gré de ses désirs ; on vida les caves de l'estaminet ; on envoya chercher dans le débit voisin des suppléments de tabac et de cigares. Les têtes s'échauffèrent, et il fallut bien que Ludovic se mît à l'unisson. Melchior chargeait son verre et lui portait des toasts indéfinis ; il y joignait quelques diatribes contre ce polisson de Justinien, comme il l'appelait. Il prétendait que, sans ce maudit Grec, il aurait eu aussi son jour et serait déjà professeur de quelque chose, dans une institution quelconque. Le temps s'écoula ainsi, au milieu d'une grande liberté de propos et d'une plus grande variété de boissons. Quant aux doses, elles furent poussées jusqu'à cette limite où l'estomac humain devient une mesure de capacité. Aussi la bourse de l'amphitryon en reçut-elle une notable atteinte, et, quand le garçon vint lui dire à l'oreille la situation de ses comptes et fixer le chiffre de ses libéralités, il y eût là, pour lui, ce pénible quart d'heure dont l'invention remonte, on ne sait pourquoi, à Rabelais.

— Peste ! dit-il à part lui, l'addition est salée. Vingt-cinq livres dix sous ! les spiritueux sont hors de prix. Ce doit être la faute du gouvernement ; il n'a jamais rien fait dans l'intérêt des consommateurs. N'importe, c'est de l'argent bien placé. Je suis sûr que je me rattraperai. En route, les enfants ! la séance est levée. Allez et cuvez en paix. Je vous donne à tous ma bénédiction ; c'est moi seul qui accompagne Ludovic.

VIII

Cette station si étrangère aux habitudes de Ludovic n'avait pas eu lieu sans porter atteinte à son calme ordinaire. Melchior l'avait si bien soigné, que le nouveau licencié s'en ressentait. Cependant, au milieu des fumées du cerveau, survivait une pensée dominante et dont pour rien au monde il ne se fût départi. Il avait promis à Marguerite d'aller lui rendre compte des résultats de son examen. Elle l'attendait, elle comptait les minutes, et, dans quelque état qu'il se trouvât, il fallait qu'il se rendît chez elle.

Ce calcul de Ludovic était aussi celui de Melchior : même dans ses écarts, celui-ci avait l'avantage de se posséder et de rester maître de lui-même. Personne ne supportait avec plus d'aisance le choc des spiritueux ; à force d'accroître les doses, il en était arrivé avec eux à cet état de familiarité où se trouvait Mithridate vis-à-vis des poisons. La bière et lui, à force de se connaître, avaient fini par faire bon ménage, et il pouvait en loger des quantités indéterminées sans aucune espèce d'inconvénient. Il avait donc l'esprit libre et la tête saine, quand il sortit de l'estaminet, tandis que Ludovic avait la vue trouble et sentait ses jambes fléchir. Or, dans cette situation, tout l'avantage reste à celui qui conserve le plus de sang-froid.

— Voici mon bras, dit Melchior quand ils furent arrivés sur le seuil du café.

Ludovic éprouvait un combat intérieur et manifestait une répugnance évidente. Peut-être se souvenait-il vaguement de l'engagement qu'il avait pris et craignait-il d'être vu en compagnie du vétéran. Aussi, loin de se rendre à l'invitation, essaya-t-il de fausser compagnie et de poursuivre seul son chemin. Mais l'entreprise n'était point aisée. Au contact de l'air extérieur, les troubles de l'organisation avaient empiré, et la marche était peu régulière. Melchior s'en aperçut, et un sourire de démon effleura ses lèvres : il n'avait pas manqué son but.

— Où courez-vous donc ainsi? dit-il en rattrapant Ludovic dans une de ses évolutions pittoresques. Vous allez vous faire couper en quatre par les voitures.

— Mais non, mais non, répondit celui-ci en s'obstinant et en repoussant l'appui qui lui était offert.

— Pas de ça, grand homme, dit Melchior en s'emparant de lui, et ne faites pas le fier. Vous avez un diplôme, et je n'en ai point; voilà ce qui nous sépare. Mais j'ai la jambe solide et vous ne l'avez guère, mon garçon. Voilà ce qui rétablit le niveau. Prenez mon bras, vous dis-je, et ne le ménagez pas. Il en a supporté de plus plombés que vous.

Ludovic ne résista plus; d'ailleurs il n'eût pu le faire. Melchior le tenait serré comme dans un étau et lui donnait du maintien, bon gré mal gré. Ils traversèrent la rue et prirent le trottoir opposé.

— Où allons-nous de ce pas? dit alors Melchior.

De nouveau Ludovic eut l'envie de se révolter et de s'affranchir d'un joug qui lui pesait.

— J'irai seul, répondit-il. Passez votre chemin, je trouverai le mien.

— Pour qui me prenez-vous? s'écria Melchior. Moi, vous abandonner? Dans les brouillards où vous êtes? Jamais.

— Des brouillards? Qu'entendez-vous par là?

— J'entends ce que j'entends, grand homme, ce qui est visible à tous les yeux. Vous avez pris un coup de soleil, mon devoir est de vous déposer en lieu sûr. Il serait indécent de laisser battre les murs à un garçon comme vous, qui vient d'enlever son diplôme à la pointe d'un examen comme on en voit peu. J'en serais responsable aux yeux de la postérité. Voyons, soyez calme et ne bourrez pas votre bienfaiteur. La traite est longue d'ici chez vous.

—Vous m'avez grisé à dessein, dit Ludovic en se raidissant.

— Moi, grand homme! Vous calomniez la vertu la plus pure que le soleil ait jamais éclairée. Je vous ai offert de la boisson, c'est vrai; j'y ai mis quelque grandeur, c'est ma manière; j'ai voulu que l'hommage fût à la hauteur du succès. Voilà mes torts et ils sont de ceux qu'on avoue à la face de l'univers. Quant aux vôtres, c'est différent. Vous n'avez pas su prendre votre mesure et trébuchez sur un sol jonché de vos lauriers.

— C'est votre faute, dit Ludovic avec l'irritation que lui donnait la conscience de son état.

— Allons, vous y revenez, reprit Melchior. Il est dit que vous pousserez l'ingratitude jusqu'au bout. Je me fâcherais si j'avais le caractère plus mal fait. Ma faute! Comme si j'étais responsable des faiblesses de votre estomac. Ma faute! Dites que c'est celle de votre déplorable organisation. Voyez plutôt. N'en ai-je pas pris autant et plus que vous? Pourtant ma vue est nette et mon pas ferme. Que voulez-vous, grand homme? On ne peut pas avoir tous les honneurs et cumuler toutes les gloires. De ce que la tête est pleine de science, il ne s'ensuit pas qu'elle soit à l'abri de pareils accidents.

— C'est votre faute, répéta le licencié avec son idée fixe.

— Encore? Vous devenez fastidieux, mon garçon. Heureusement que vous avez affaire au plus grand cœur qui ait jamais battu dans une poitrine humaine. Ma philosophie est au-dessus de vos égarements. Allez, j'en ai vu et essuyé bien d'autres. La vie a de ces retours. Ce matin vous étiez au pinacle, maintenant vous voilà légèrement déchu. Qu'est-ce que cela prouve? qu'il ne faut ici-bas ni trop s'enorgueillir, ni trop se désespérer. Demain, grand homme, pas plus tard que demain, vous rentrerez dans votre assiette, aussi intact et aussi licencié que jamais. Les effets de la boisson auront disparu et vos lauriers seront toujours verts : c'est l'affaire d'un coup d'oreiller.

— Demain, non pas demain, aujourd'hui, dit Ludovic.

— Ah! pour ça, je n'en saurais répondre : question de tempérament. En attendant, tâchez de poser un pied devant l'autre, et ne me marchez pas sur les orteils comme vous le faites si obstinément. Un peu de tenue, si c'est possible; priez vos jambes d'y mettre du leur; elles portent désormais un avocat.

Pendant cet entretien, mêlé de railleries, Melchior entraînait Ludovic vers le quartier qu'ils habitaient. Notre pauvre étudiant était, il faut le dire, fort mal accommodé; il expiait en un jour plusieurs années de privations. Afin de maintenir son budget dans un équilibre satisfaisant, il s'était mis de la manière la plus stricte au régime des sociétés de tempérance. De là cette atteinte portée à son sang-froid. Dès les premiers verres, ces boissons, peu familières pour lui, avaient agi sur son économie. Peut-être se fût-il arrêté alors, si l'exemple de ses camarades, leurs bravades et leurs quolibets ne l'eussent conduit plus loin qu'il n'aurait dû aller. La séance avait été longue et le service copieux. Comment se refuser aux toasts portés en son honneur? Comment demeurer le verre vide en présence de tous ces verres pleins? Si stoïque que l'on soit, il est des moments où la raison fléchit et où les meilleures résolutions s'oublient. Que faut-il pour cela? un rien, un éclair, un coude levé mal à propos, une mauvaise disposition des organes. C'est ce que Melchior avait prévu avec un art infernal. Encore sous l'influence de la chaleur d'un examen, et énervé par l'abus de l'eau, Ludovic était une victime livrée d'avance et qui ne pouvait lui échapper.

La marche, au lieu d'apporter un soulagement à ce malaise, ne fit que l'aggraver. Ce qu'y gagnait Ludovic, c'était d'acquérir de plus en plus la conscience de sa situation. Il se sentait à la merci d'un ennemi et n'avait pas les moyens de s'en défendre. Il voyait bien qu'il lui serait impossible de se présenter dans cet état là où son cœur l'appelait et où il était attendu, et, à cette pensée, une douleur inondait son cœur, douleur plus profonde que l'ivresse, et qui pourtant n'en dominait pas les effets. En proie au découragement, il se laissait guider sans opposer de résistance ni manifester de volonté. C'était comme un abandon de lui-même. Les traits que Melchior continuait à lui détacher s'égaraient sans l'atteindre ni l'émouvoir.

Il était temps que cette scène eût une fin; on arrivait aux portes de l'hôtel garni. Qu'allait faire Ludovic? Quel parti allait-il prendre? Melchior posa la question :

— Nous voici au port, dit-il, et ce n'est point sans peine. J'espère, grand homme, que j'ai bien mérité de vous. On ne pilote pas avec plus d'aplomb un homme plus mal conditionné. Maintenant mon rôle finit et le vôtre commence. Où faut-il vous déposer?

Ludovic eut une minute d'angoisse et d'hésitation. La nuit s'était faite, et, en levant les yeux vers l'appartement de Marguerite, il aperçut, comme un phare, cette petite lumière qui jadis le guidait et le consolait.

— Oui, dit Melchior, je comprends. La belle est à son poste, et c'est le cas ou jamais d'aller déposer notre couronne à ses

genoux. Ne vous gênez pas, grand homme. Je suis bon prince
et pousserai jusque-là le dévouement que l'on doit à l'un
de ses semblables. Parlez, commandez, je vous porterai, s'il
le faut, à la force du poignet. Prenons-nous à droite, prenons-nous à gauche?

— Montons chez moi, dit Ludovic, en se sentant mal af-
fermi encore et peu sûr de lui.

— A la bonne heure! s'écria Melchior. Voilà une prudence
digne d'un Romain. Et là-haut nous causerons du reste.
Montons.

IX

L'ascension dans la mansarde ne fut pas une opération
facile ni prompte ; elle exigea un peu d'aide et de temps.
Évidemment Ludovic ne pouvait songer à quitter ce soir-là
son domicile ; il ne se fût montré nulle part à son avantage
et y eût plus perdu que gagné. Les circonstances atténuantes
n'arrangent rien en pareil cas : mieux vaut remettre au lendemain le chapitre des explications.

Cependant le jeune homme luttait contre une obsession
intérieure ; rentré chez lui, il ne pouvait se résoudre à s'asseoir et s'agitait dans tous les sens. Souvent il allait vers la
porte comme s'il eût voulu sortir de nouveau, ou bien il se
dirigeait vers la croisée et jetait au loin un regard mal assuré.
Melchior assistait à ce spectacle sans en paraître ému ; il
avait chargé sa pipe et y cherchait une diversion à son rôle
d'observateur. Ce fut lui qui rompit le silence et se porta au
secours de son compagnon.

— Je vois où le bât vous blesse, lui dit-il. Eh bien ! cau-
sons-en, mon garçon. Aussi bien vous faites là un mauvais
commerce ; ce n'est pas en rôdant que vous guérirez vos
brouillards. Voyons, épanchez-vous, lâchez le fin mot ; j'ai
des trésors de bonté à votre service.

— Que voulez-vous que je vous dise ?

— Ce qu'il vous plaira, pourvu que vous n'y alliez pas par quatre chemins. J'aime les gens ronds et je les mets à l'aise. Rien ne sert de se cacher derrière le doigt. Tenez, voulez-vous que j'aille droit au fait ? Oui. Eh bien ! vous avez du tintoin.

— Qu'entendez-vous par là ?

— Du tintoin. Le mot est clair ; il appartient à un vocabulaire connu. Et ce tintoin, mon garçon, c'est de ne pouvoir aller de ce pas chez la voisine d'en face. Vous voyez que je parle carrément.

— Quelle supposition !

— Je ne suppose rien, grand homme, je vois ce qui est, je lis dans votre âme comme si elle était de cristal. Pour être votre inférieur sur le *Digeste,* je n'en suis pas moins votre maître dans l'art d'étudier les physionomies. Or, voici ce que me dit la vôtre, depuis cinq ou six heures que je la tiens en arrêt. Ce matin, avant de quitter le quartier pour aller cueillir les palmes d'un diplôme, vous avez dit à l'objet de vos vœux : « Mon cher amour (ou tout autre petit nom que vous voudrez, le détail est indifférent), ma toute belle, ma reine, mon trésor (on peut varier indéfiniment l'expression), je vais courir la grande chance. *Alea jacta est,* traduction libre : le sort en est jeté. Je vais me trouver en face de huit ou dix gaillards, à qui la nature et le gouvernement ont conféré le droit de distribuer des brevets d'éloquence. Suivant qu'ils seront en bonne ou en mauvaise humeur, qu'ils auront bien ou mal dormi la nuit d'avant, bien ou mal digéré, pris leurs bonnes ou leurs mauvaises lunettes, j'aurai mon parchemin ou je ne l'aurai pas. Si je ne l'ai pas, j'irai ensevelir ma douleur dans la profondeur des forêts environnantes et décocherai mes plaintes à tous les échos de la banlieue. La solitude est l'asile naturel des grands désappointements ; on se console des injustices de l'homme en se réfugiant dans les bras de la nature. Mais si je l'ai, si j'obtiens mon affaire, si je dompte cet aréopage quinteux, si je me tire cette épine du pied et triomphe sur toute la ligne des robes noires, oh ! alors, ma divine, je tiens à ce que vous en ayez la primeur. Sitôt nommé, sitôt parti ; la licence me prêtera ses ailes et je volerai près de vous : au lieu d'un bachelier, vous aurez à vos pieds un avocat, c'est-à-dire un être qui peut désormais por-

ter le rabat et la toge avec impunité. » Eh bien ! mon garçon,
qu'en dites-vous ? N'est-ce pas là votre histoire ? Répondez.

En achevant ces mots, Melchior avait repris sa pipe en
homme satisfait de sa tirade et qui éprouve le besoin de se
remettre de cet effort. Quant à Ludovic, ses impressions va-
riaient à l'infini : tantôt il semblait près de se fâcher ; tantôt
il écoutait avec une attention sombre. Chaque mot du vétéran
éveillait en lui un souvenir, un regret, une douleur ; quoiqu'il n'eût pas le désir de se livrer, il n'avait plus la force de
feindre.

— Vous avez bien de l'imagination, répondit-il.

— A en revendre, mon garçon, reprit Melchior, et de la
bonne, celle qui trouve le joint. Mon imagination ? mais je
l'exerce sur vous depuis ce matin. Il n'est pas un de vos
mouvements, un de vos gestes dont je n'aie trouvé le sens.
Quand je vous ai composé une garde d'honneur et arrangé
un triomphe, croyez-vous que vos sentiments secrets m'aient
échappé ? Votre esprit n'était pas à ce que vous buviez, et
c'est ce qui vous a mis la cervelle à l'envers. Lorsqu'on lève
le coude, grand homme, il faut y procéder consciencieu-
sement, être à ce qu'on fait ; autrement il en mésarrive. Vous
aviez l'esprit ailleurs ; la boisson ne pardonne pas cela. Témoin la brume où vous êtes. Vous songiez à votre Dulcinée,
qui attendait avec impatience les suites de l'événement ;
vous vous reprochiez de lui dérober une heure, une minute,
une seconde, même au profit de camarades empressés à vous
fêter ; c'était un mauvais sentiment, et le ciel vous en a puni.
Au troisième verre, vous étiez déjà touché ; au sixième vous
étiez dans les espaces, sans compter ce que vous y avez
ajouté en surplus. Maintenant qu'y faire ? Les choses sont
ce qu'elles sont : il faut prendre un parti, et c'est ce qui vous
met martel en tête.

— Quand cela serait ? dit Ludovic.

— A la bonne heure ! voilà que vous y venez. Encore un
pas ou deux, et nous finirons par nous entendre. Au fond,
de quoi s'agit-il ? D'un simple avis à donner à la dame en
question ; rien que cela. Qu'elle sache seulement que votre
affaire est enlevée, et que depuis César on n'a pas obtenu de
triomphe plus complet que le vôtre. Un bulletin qui dirait,
par exemple : Je suis venu, j'ai vu, j'ai vaincu, pouvez-vous

l'écrire, ce bulletin ? Non ; eh bien ! alors j'ai un autre moyen à vous proposer.

— Lequel ? dit Ludovic attentif.

— Grand homme, reprit Melchior avec plus de solennité, vous allez le savoir. Il n'est pas que vous n'ayez rencontré dans l'histoire des cas semblables à celui où vous vous trouvez. Plus d'un vainqueur s'est trouvé dans l'impossibi-lité d'aller porter lui-même la nouvelle de ses exploits. Que faisait-il en pareille occurrence ? C'est encore l'histoire qui vous le dit. Il dépêchait un autre lui-même : un aide de camp, un ambassadeur.

— Et puis ?

— Cela va de source. Vous êtes empêché, radicalement empêché. Pour ce soir, mon garçon, vous n'avez plus qu'à vous mettre sur le flanc et à demander au sommeil l'oubli de vos peines. Eh bien ! je me mets à vos ordres, et, si le moyen vous sourit, je me chargerai de la mission ; je serai cet am-bassadeur, cet aide de camp, cet autre vous-même.

— Vous ? s'écria Ludovic avec un sentiment d'effroi.

— Moi ; quand j'oblige les gens, je n'y épargne pas la façon. Dites un mot, un seul mot et je pars. Avant cinq minutes d'ici on saura, de l'autre côté de la rue, que vous avez gagné votre laurier. Et fiez-vous à moi, j'y mettrai la sauce.

— Jamais ! dit Ludovic.

— Voilà un mot bien fier, et comment ferez-vous alors ?

— J'irai moi-même.

— Essayez donc.

Ludovic se leva et gagna la porte d'un pas résolu. Malheu-reusement ses forces n'étaient pas à la hauteur de sa volonté : loin de céder, la crise n'avait fait que redoubler de violence. L'odeur du tabac, les nuages de fumée que Melchior entrete-nait autour de lui, contribuaient à aggraver le vertige dont il était obsédé, il se sentait définitivement vaincu.

— Eh bien ? s'écria le vétéran d'un ton railleur.

— Impossible ! répondit Ludovic désespéré.

— Que vous disais-je ? Vous en avez plus que vous n'en pouvez porter. Est-ce que je me trompe jamais ? Croyez-en votre ancien, mon garçon. Mettez habit bas et demandez à votre oreiller un soulagement contre vos infirmités. C'est le remède souverain; il a fait de bien autres cures. Voyons, voulez-vous que je vous y aide? La main d'un ami n'est pas de trop pour de semblables opérations.

En même temps, Melchior joignait l'action à la parole, et délivrait Ludovic de ses vêtements; puis, moitié de gré, moitié de force, il l'étendait sur son lit.

— Et maintenant, ajouta-t-il quand il l'eut arrangé de son mieux, je vais compléter mes bienfaits. Vous voilà emballé pour la nuit; le reste me regarde. Après l'un, l'autre; il ne faut pas s'arrêter en chemin quand on se porte au secours d'autrui. Les grandes âmes ne font rien à demi. Ici, je n'ai plus rien à faire; la nature va reprendre ses droits. Mais, de l'autre côté de la rue, il y a une poulette qui attend, qui se lamente, et ne sait que penser de votre abandon. Qui le sait? peut-être est-elle dans les larmes. Dame! quoi de plus naturel? un garçon comme vous est taillé pour le sentiment, et il va de soi qu'une femme y tienne. Ne vous agitez donc pas ainsi; c'est retarder à plaisir la guérison. Bon! comme cela! si je cause, c'est à dessein; j'en ai endormi plus d'un avec cette musique. Allons! voici que les yeux se ferment; bon signe, mon garçon, bon signe! Et quand vous y serez, ne vous gênez pas; ébranlez les vitres de vos sons de poitrine. C'est un moyen réparateur. Demain, vous serez frais comme une pivoine et gai comme un linot.

Quelques efforts que fît Ludovic pour lutter contre le sommeil, peu à peu il y céda. Melchior restait maître de la place. Quand il vit son camarade bien assoupi et désormais hors d'état d'agir, le vétéran se leva.

— A mon tour, dit-il. Un petit brin de toilette et que j'achève mon expédition. Ah! tu as fait le boutonné, le cachottier. Eh bien! grand homme, tu sauras ce qu'il en coûte. Tu es avocat d'aujourd'hui, et il est possible que je ne le sois jamais. N'importe! c'est moi qui soignerai ta première cause, et tu verras au profit de qui. En attendant, dors, mon garçon, et que ma bière te soit légère.

Un quart d'heure après, Melchior sortait de l'hôtel garni et se dirigeait vers le logement de Marguerite.

X

Lorsque le lendemain, au point du jour, Ludovic s'éveilla, il lui sembla qu'il sortait d'un long anéantissement. Les événements de la veille ne lui revenaient que peu à peu et comme un souvenir confus; il se croyait sous l'empire d'un mauvais rêve. Ce ne fut qu'au bout de quelques minutes de réflexion et après un grand effort sur lui-même qu'il en mesura la gravité.

— Est-ce possible, grand Dieu! s'écria-t-il en sautant à bas de son lit. Est-ce bien possible?

Il courut à sa croisée, et l'ouvrit toute grande. L'air du matin acheva de guérir les fumées de son cerveau, et alors les détails de la scène qui avait eu lieu se retracèrent à sa mémoire. Pour lui, cette découverte était affreuse, et un cri de douleur lui échappa. En un jour déchoir à ce point! s'oublier ainsi! ternir une carrière à peine commencée! Son âme se brisait à cette pensée. Ce qui le frappait surtout, c'était le rôle que Melchior avait joué dans cette scène, et il y découvrait tous les caractères d'une malfaisante préméditation. Que s'était-il passé depuis le moment où s'arrêtaient ses souvenirs? Il l'ignorait et ce n'était pas le moindre de ses tourments. Le vétéran avait parlé d'une entrevue avec Marguerite; aurait-il ou non donné suite à ce projet? Fallait-il y voir une de ces forfanteries qui lui étaient familières, ou bien un de ces calculs dont il était capable et une menace pour le repos de Ludovic? Dans les deux cas, l'hypothèse lui était pénible. Laissée sans nouvelles, la jeune fille avait dû bien souffrir et elle avait dû souffrir plus encore d'en recevoir d'une telle bouche et dans des conditions si cruelles pour son cœur.

Tout en donnant cours à ces réflexions, Ludovic s'était installé à sa croisée, de manière à surprendre les premiers mouvements qui se feraient dans le ménage voisin. D'après toutes les probabilités son attente devait être longue. Le jour commençait seulement; la solitude régnait encore dans la rue et aux environs. A peine, de loin en loin, quelques rares passants troublaient-ils cette tranquillité uniforme. En fait de voitures, les seules que l'on aperçût étaient celles de maraîchers se rendant aux halles, ou celles qui, dès l'aube, procèdent à un service de voirie. Des flots de poussière s'élevaient sous les balais des agents de la salubrité et se mêlaient aux vapeurs du matin. Les laitières s'installaient devant les portes avec leurs seaux et leurs mesures de fer-blanc, et commençaient le débit de leur denrée. Quelques boutiques s'animaient aussi, et dans le nombre les commerces de vins, qui sont, en fait d'établissements, les premiers à s'ouvrir et les derniers à se fermer : Paris renferme une population si altérée !

Ce spectacle ne touchait guère Ludovic, et, en toute autre circonstance, il n'en fût pas longtemps demeuré témoin. Pourtant il semblait comme enchaîné à son poste et frappé d'immobilité. Ce réveil de la ville était pour lui le précurseur d'un autre réveil. Marguerite avait des habitudes matinales, et avant une heure il verrait sans doute la silhouette de la jeune fille se dessiner à travers les vitres de l'appartement. Elle viendrait alors, comme elle avait coutume de le faire, donner un coup d'œil à ses fleurs, les soigner, les raffermir sur leurs tiges, cueillir une rose ou un œillet. Ludovic savait tout cela, et il comptait implorer sa grâce par un regard suppliant ; il espérait même qu'à raison des événements de la veille, Marguerite serait debout plus tôt que de coutume, et abrégerait les délais.

— Impossible qu'elle ne me pardonne pas, s'écria-t-il ; impossible qu'elle ne lise pas sur mon visage le regret qui est dans mon cœur. Comment en serait-il autrement ? N'a-t-elle pas eu assez de gages de mes sentiments ? Ne sait-elle pas tout l'empire qu'elle a sur moi ? Oui, elle aura pitié, elle verra que la fatalité seule s'en est mêlée. Puis j'irai me jeter à ses pieds et lui raconterai tout ; ma grâce est au prix de ma franchise.

Tous ces beaux raisonnements n'avançaient pas les choses, et Ludovic en était pour ses frais. Déjà il avait refait par trois fois ce plaidoyer, en en modifiant les termes et en appuyant sur les circonstances atténuantes ; rien n'indiquait que l'instant fût venu de le prononcer. Marguerite ne paraissait pas ; aucun mouvement n'avait lieu chez elle. Les deux croisées d'en face restaient, comme on les avait laissées la veille, muettes et engourdies. Et cependant l'heure où la jeune fille se levait avait déjà sonné. Il était étrange qu'elle ne vaquât point encore à ses affaires et n'eût pas un travail d'aiguille au bout de ses doigts. D'ordinaire, elle n'y mettait pas tant de négligence. Qu'était-il donc arrivé? Ludovic s'y perdait. Ce n'était point assez qu'il eût dérogé à cette douce entente qui existait entre eux; voilà que Marguerite s'en mêlait aussi. Le charme était donc rompu; c'était comme un sort jeté sur leurs amours.

Une nouvelle heure s'écoula ainsi, une heure qui eut pour le patient la durée d'un siècle. Décidément la mesure était comble : un pareil retard n'avait point d'explications plausibles, si ce n'est des explications d'un caractère fâcheux. Condamnait-on Ludovic sans l'entendre? ou bien Marguerite avait-elle été frappée d'un mal subit? Que ce fût l'un ou l'autre motif, la perspective n'en était pas moins douloureuse, et, à choisir, l'étudiant eût préféré celle qui n'atteignait que lui seul. Que faire? Aller s'informer? Il ne l'osait pas encore. Quelles que fussent ses habitudes d'intimité, il n'avait jamais fait à la jeune fille des visites aussi matinales; la bienséance s'y opposait. Les voisins auraient pu en jaser; Marguerite elle-même ne s'y serait pas volontiers prêtée. Il fallait donc attendre encore, attendre avec un aspic au sein, et en proie à des morsures cruelles.

Il l'eût fait pourtant, il eût attendu, si un incident n'eût terminé ses hésitations. En regardant au-dessous de lui, il aperçut Melchior, dont le buste faisait saillie sur le pignon. Armé de son brûlot favori, le vétéran détachait vers le ciel d'incomparables bouffées; évidemment il voulait faire concurrence aux nuages qui flottaient au loin. Ainsi enveloppé, il rappelait les dieux d'Homère et complétait l'analogie par une pose pleine de majesté. Cependant, tout embrumé qu'il fût, Ludovic put remarquer chez lui une obstination singulière à tenir ses regards dirigés vers l'appartement de Marguerite : ce fut la goutte d'eau qui fit déborder le vase.

— Encore ce cauchemar! s'écria Ludovic. Décidément il faut que j'en aie le cœur net. La place n'est plus tenable. Allons.

Il quitta sa mansarde sur ces mots et descendit l'escalier de l'hôtel en homme qui a pris son parti.

XI

Ludovic, arrivé à la porte de Marguerite, fut obligé de faire une pause, tant le cœur lui battait. A son premier élan succédait un découragement dont il eut toutes les peines du monde à se remettre. Enfin il se décida à agiter la sonnette, et la jeune fille vint lui ouvrir. L'une des craintes de Ludovic se dissipa à sa vue. Elle était debout, fraîche et alerte comme toujours ; seulement ses yeux, rougis et un peu battus, indiquaient qu'elle avait veillé et pleuré ; et, à étudier sa physionomie, on y découvrait un fond de tristesse qui ne lui était point habituel. Le premier mouvement de Ludovic fut de respirer plus librement. Dieu merci, la santé de Marguerite n'avait point reçu d'atteinte. Le second mouvement fut de s'accuser ; n'était-il pas la cause involontaire de ses larmes ?

— Si vous saviez, Marguerite ! s'écria-t-il.

— Je sais tout, lui dit-elle, et je vous plains.

Ils s'assirent ; l'aïeule reposait encore dans son lit, ce qui leur laissait une liberté plus grande. Cependant, Marguerite ne semblait pas jalouse d'en profiter ; son visage était sérieux, quoique bienveillant.

— Vous m'en voulez ? lui dit Ludovic, qui ne pouvait se méprendre à ces symptômes.

— Non, mon ami, répondit-elle avec douceur. Et pourquoi vous en voudrais-je ?

— C'est que je suis bien coupable ; c'est que mes torts sont de ceux qu'on n'excuse pas. Allez, Marguerite, si sévère que vous soyez, vous ne le serez pas autant que je le suis moi-même.

Les yeux de la jeune fille se chargèrent d'un voile humide ; on voyait qu'elle cherchait à se vaincre et à dominer son émotion.

— Que vous disais-je ? s'écria Ludovic. Vous me tenez rigueur.

— Non, mon ami, répéta Marguerite avec un accent miséricordieux, ne croyez pas cela.

— Comment ne le croirais-je pas quand je vous vois si différente de ce que vous étiez? C'est bien la même bonté, mais ce n'est plus le même élan. Avouez-le, je vous suis suspect ; on m'a calomnié près de vous.

— Pas le moins du monde, et ma confiance est ce qu'elle était.

Toutes ces réponses étaient faites d'une voix ferme et affectueuse à la fois, et pourtant il y régnait quelque chose de contraint qui ne pouvait échapper à Ludovic. C'était si nouveau chez la jeune fille, et plus nouvelle encore était l'affectation qu'elle avait mise à ne pas se montrer à la croisée. Ludovic insista donc.

— Écoutez, Marguerite, lui dit-il ; il ne faut pas qu'il existe de nuage entre nous. Sans confiance, point d'affection véritable. Vous allez tout savoir, et, s'il vous reste quelque prévention, vous me le direz. Voici comment les choses se sont passées.

Il lui fit alors le récit des scènes de la veille, entra dans les moindres circonstances, celles du moins dont sa mémoire avait gardé l'impression, ne cacha rien de ses faiblesses et des suites qu'elles avaient eues, expliqua comment il n'avait cédé qu'à des obsessions réitérées, croyant en être quitte au bout de quelques minutes, et retenu ensuite malgré lui et à son corps défendant. Il raconta ce qu'il avait souffert pendant cette séance si prolongée et si fatale ; combien de fois sa pensée s'était envolée vers elle avec des élans d'impatience et un sentiment de regret ; puis, quelle amertume avait inondé son âme lorsqu'il avait compris l'impuissance où il était de tenir la promesse et de lui porter la nouvelle qui était d'un si grand intérêt pour leur bonheur commun. Il dit tout cela avec un accent si vrai et si ému, dans un langage si plein de tendresse, que la jeune fille ne chercha plus à se contenir et laissa couler ses larmes.

— Vous le voyez, dit Ludovic en finissant, tout ceci est de la fatalité. Avec plus d'expérience j'aurais pu mieux m'en défendre ; mais on s'est joué de moi comme on a voulu. J'ai eu affaire à des roués et je suis bien novice. C'est une leçon qui me profitera. Maintenant, Marguerite, si on avait dénaturé les faits en vous les racontant, j'espère qu'entre les deux versions vous préférerez la mienne.

Il y avait dans ces derniers mots un reproche et une allusion. Ludovic y désignait Melchior sans le nommer. C'était un des tourments de son esprit, mais il n'osait s'en ouvrir à Marguerite : surtout il se fût bien gardé de l'interroger ; il attendait et devait attendre que la confidence vînt d'elle. Et pourtant Dieu sait combien ses préoccupations étaient vives à ce sujet ! Le vétéran était venu dans cet intérieur ; il s'y était assis, il avait parlé, tout le témoignait. Mais qu'avait-il dit ? comment s'était passé l'entrevue ? combien de temps avait-elle duré ? Voilà ce que Marguerite seule pouvait lui apprendre et ce qu'il espérait recueillir de sa bouche en échange de cette confession si complète et si humble qu'il venait d'achever. Et cependant la jeune fille ne semblait pas disposée à se prêter à ce désir ni aller d'elle-même au-devant d'une explication. Visiblement touchée, elle se contentait de mettre dans ses yeux toute la bienveillance dont elle était animée ; elle ne rompait pas le silence ; ce fut encore Ludovic qui insista.

— N'est-ce pas, dit-il, que vous me croyez ?

— Oui, certes, je vous crois, répondit-elle avec un élan très-marqué. Oui, mon ami, je vous crois. Vous êtes la sincérité même. Comment douter de vous ?

—Merci, Marguerite, reprit Ludovic en lui prenant la main et en la portant à ses lèvres ; voilà des mots dont j'avais besoin et qui me font du bien. Que voulez-vous ? L'amour est ainsi fait qu'un rien lui porte ombrage. Maintenant, plus d'idées noires ; oublions tout ce qui s'est passé hier.

— C'est cela ; oublions, dit Marguerite avec empressement et comme pour chasser une pensée importune.

— Ne songeons qu'à l'avenir, reprit Ludovic ; il nous est ouvert désormais ; le grand pas est franchi. Voyez-vous, Marguerite, ce qu'on veut fortement, il est rare qu'on ne l'obtienne pas. Or, il y a deux choses que je veux aussi fortement qu'il est possible de vouloir. La première, vous savez ce que c'est ?

Il attachait en même temps sur elle un regard dont l'expression ne pouvait laisser de doute sur sa pensée et qui remplit la jeune fille de trouble et de confusion. Elle inclina la tête.

— C'est bon, dit-elle, c'est bon. Passons à la seconde, Monsieur.

— La seconde, Marguerite, reprit Ludovic avec l'accent du triomphe, la seconde n'est que la suite de la première ; et puisque vous avez deviné l'une, vous pouvez deviner l'autre également. La seconde chose que je veux fortement, c'est de réussir, et je réussirai. Vous pouvez en accepter l'augure ; il ne sera pas démenti. Oui, je réussirai, et cela promptement. Ceux qui abordent une carrière, comme je le fais, avec le désir formel de vaincre les obstacles et de n'y épargner ni temps, ni soins, ni efforts, ceux-là, Marguerite, y font toujours leur chemin, si remplie qu'elle soit, si courue qu'elle soit. Ma carrière est là devant moi, et, s'il plaît à Dieu, j'y aurai bientôt marqué mon rang. En doutez-vous ?

— En aucune manière, mon ami.

— C'est qu'alors, mon enfant, vous douteriez de vous-même et de l'empire que vous exercez. Si je suis quelque chose, c'est par vous ; si je veux être quelque chose, c'est pour vous. Voilà comment l'ambition d'un homme s'ennoblit. Du succès pour soi ! de l'argent, de la réputation, de la considération seulement en vue de soi-même, fi donc ! C'est le pire des égoïsmes. Mais désirer tout cela pour le partager ou plutôt pour s'en dessaisir en faveur de ce qu'on aime, voilà l'ambition que je comprends, celle qui m'anime et me donnera le courage d'atteindre le but. Elle n'est légitime, Marguerite, qu'à la condition que vous en serez. Voulez-vous en être ?

— Puisque c'est dans votre plan, dit-elle en sentant sa rougeur s'accroître.

A mesure que Ludovic poursuivait son thème, Marguerite devenait plus rêveuse. Le jeune homme ne l'avait pas accoutumée à un langage si net, et c'était la première fois qu'il lui faisait des déclarations aussi directes. C'est que son diplôme lui donnait du cœur. Tant qu'il s'était vu sous le coup d'examens éventuels, il n'avait pas osé se départir d'une certaine réserve ; mais le succès rendait son esprit plus libre et son ton plus assuré. Il se voyait déjà maître de la destinée et voulait associer Marguerite à cette confiance. Quant à elle, son maintien restait le même et manquait d'abandon. Si elle ne contestait rien, elle n'appuyait rien non plus, et paraissait aussi peu portée à la contradiction qu'à l'enthousiasme. C'é-taient là, il est vrai, de simples nuances, et peut-être Ludovic, enivré de ses propres sentiments, n'était-il pas en position de les apercevoir. L'acquiescement silencieux de Marguerite suffisait à son bonheur, et ses airs rêveurs étaient à ses yeux un témoignage de plus de sa défaite.

XII

Quelque ardeur que l'on apporte dans la poursuite d'une carrière, les choses ne s'enlèvent jamais aussi militairement que Ludovic le supposait. Il y a, dans tout début, des empêchements et des lenteurs dont n'affranchissent ni la bonne volonté, ni les plus fortes qualités de l'esprit. Le hasard seul les abrége; il favorise ceux-ci ou maltraite ceux-là au gré de ses caprices, jusqu'au moment où le mérite se fait jour et remet chaque homme à sa place.

Ludovic éprouva donc comme un autre ces difficultés du commencement, et, s'il n'en fut pas ébranlé, il comprit du moins qu'il y avait fort à rabattre de ses espérances. Aucune illusion n'est d'ailleurs plus commune que celle-là; c'est de la monnaie courante. On s'imagine, dans les familles, avoir tout fait quand on s'est enrichi d'un bachelier ou d'un avocat : chimère naïve et promptement évanouie ! Que de fois le bachelier et l'avocat restent comme enchaînés aux abords de la carrière, sans obtenir même de ces beaux grades l'équivalent de ce qu'ils ont coûté !

Quoi qu'il pût arriver, Ludovic n'était pas de ceux-là : tôt ou tard il devait réussir et se produire. Toute la question pour lui se réduisait à une occasion plus ou moins prompte, et surtout à un choix plus ou moins heureux. Être avocat, c'est être propre à toute chose, et rien n'est plus perfide que cette aptitude indéfinie. Là, plus qu'ailleurs, le droit n'implique pas le fait, et la faculté ne conduit pas à l'exercice. Ludovic ne l'entendait pas ainsi; il n'était pas d'humeur à traiter sa profession comme une sinécure. Il chercha donc les moyens d'aboutir.

Que faire ? ouvrir un cabinet et y attendre les clients ; c'eût été une naïveté trop grande, bonne tout au plus pour des fils de famille qui achètent des causes au besoin. Se mettre dans les bonnes grâces des présidents des tribunaux ou des cours d'assises, et obtenir d'eux la défense de pauvres diables ou de scélérats subalternes, c'était courir après le bruit plutôt qu'après la besogne. De telles tâches, même brillamment remplies, ne sont pas des titres de recommandation auprès des hommes qui se partagent le domaine des gros honoraires et l'empire de la procédure. C'est de ce côté que se porta Ludovic. Les enfants des montagnes ont un flair exercé ; ils vont droit au meilleur gibier.

Notre avocat se résigna donc à occuper un poste modeste dans une étude d'avoué. C'était déroger ; mais on ne s'élève qu'en s'humiliant. Ludovic savait bien que lorsqu'il aurait fourni ses preuves et donné la mesure de ce qu'il valait, l'avancement ne se ferait pas attendre, et qu'après avoir subi la loi, ce serait lui qui en définitive la dicterait. Il s'en fiait au travail pour le tirer de sa position secondaire et à une circonstance heureuse pour le mettre en relief. En attendant, il acceptait et exécutait sans sourciller les tâches les plus ingrates et les moins dignes de lui.

L'étude à laquelle il était attaché avait peu de rivales pour l'importance et l'activité. C'était l'une des plus riches et des plus occupées de Paris. Le titulaire n'avait pas néanmoins blanchi sous le harnais : jeune encore, il succédait à un homme qui s'était retiré dans la maturité de l'âge, après avoir fait, comme on dit, sa pelote. Celui-ci était en train de la faire aussi et n'y prenait pas grand'peine. Un office est une machine montée, où tout marche d'après des lois convenues et avec des instruments appropriés. Que le conducteur change, peu importe ! la machine n'en reste pas moins ce qu'elle était, armée de ses ressorts et remplissant ses fonctions habituelles. Le mouvement se transmet ainsi d'un titulaire à un autre sans secousses, et, à moins de grandes fautes, sans altération. Même quand les rouages changent, l'esprit se maintient, comme dans les régiments où la permanence des cadres corrige la mobilité des contingents.

A peine entré dans l'office, Ludovic en vit le fort et le faible, et sut mettre cette découverte à profit. Il n'y avait pas

là, heureusement pour lui, une de ces têtes solides qui gou-
vernent par leur seul ascendant et se font obéir, quoi qu'on
en ait. C'étaient des gens bien au courant, bien dressés, bien
stylés, mais qui le prenaient à l'aise et n'avaient ni l'inspiration prompte ni le jugement sûr dans les cas épineux.
Ludovic réclama comme une faveur d'être le clerc le plus
chargé de dossiers, et des dossiers les plus difficiles. Peu à
peu, et par la force même des choses, il en vint à se rendre
nécessaire, d'abord à ses camarades, puis à son chef. Y avait-
il un exploit délicat à rédiger, un acte dont tous les termes
dussent être pesés, une pièce capitale au procès, et autour
de laquelle allaient se grouper toutes les autres, c'était à
Ludovic que la besogne revenait. Deux mois ne s'étaient pas
écoulés, qu'il était déjà la cheville ouvrière de l'étude.

On le devine, une pareille position ne pouvait s'acquérir
qu'au prix d'une assiduité exemplaire. Ludovic était encore
un modèle sur ce point. Il était à son pupitre avant tous les
autres, et ne le quittait que longtemps après qu'ils avaient
quitté les leurs. Pour lui, point d'heures règlementaires; il
donnait son temps sans compter. Le matin, il grossoyait déjà
que les garçons de salle n'avaient pas achevé d'épousseter
les meubles; le soir, il venait mettre la dernière main aux
travaux les plus urgents. Nul repos, nulle trêve; il ne chô-
mait entièrement aucune fête, et souvent emportait chez lui
quelque paperasse, afin de ne pas laisser rouiller sa main
ni amortir ce beau feu.

Évidemment Ludovic ne pouvait être esclave à ce point
de l'ambition, sans que l'amour en souffrît un peu. Les heures
qu'il donnait à la procédure étaient autant d'enlevé à Marguerite. A peine montait-il chez elle une fois dans le cours
de la journée, et encore il y apportait un esprit distrait et
une tête remplie de mille préoccupations. Malgré lui, il songeait au dossier qu'il avait mis en ordre ou bien à celui
qu'il allait entreprendre. Il avait ce qu'ont tous les hommes
qui doivent réussir, la passion de son état.

Était-ce inconciliable avec son affection pour Marguerite?
nullement. Même dans ce travail forcé, Ludovic rapportait
tout à elle. Seulement il la jugeait trop d'après lui, et c'était
là son tort. Il lui supposait une raison supérieure à son âge,
peut-être aussi à son sexe. Les femmes penchent volontiers

vers ce qui est exclusif. L'amour pour elles n'est pas un sentiment calme ni réfléchi ; elles en préfèrent le côté romanesque ; elles le reconnaissent, non à sa sagesse, mais à sa violence, et lui pardonnent plutôt ses égarements que ses calculs. De là entre Marguerite et Ludovic un malentendu qui ne pouvait que s'accroître. Peut-être s'y joignait-il, en outre, quelques motifs plus secrets et moins avoués. Quoi qu'il en soit, l'une des poursuites de Ludovic nuisait à l'autre, et il semblait perdre dans l'esprit de la jeune fille une partie au moins du terrain qu'il gagnait dans la confiance de son patron.

Les événements dans leur marche rendirent bientôt manifeste ce conflit entre des sentiments opposés. Pour Ludovic ce fut un cruel réveil.

XIII

Il y eut un jour, dans la vie de notre héros, où il jouit, sur un théâtre plus positif, d'un succès au moins égal à celu qu'il avait obtenu devant la Faculté. Ce fut l'occasion attendue et qui se rencontra dès le début.

L'étude avait un procès important, depuis longtemps engagé devant la juridiction supérieure. Il s'agissait d'un débat d'intérêts entre deux familles également puissantes, également influentes. La somme était forte et le droit de nature à diviser les meilleurs esprits. Le nombre des autorités se balançait des deux parts, le nombre des arrêts également. Ceux-ci avaient Merlin, ceux-là Pothier. Bref, c'était une de ces causes qui font honneur aux avocats qui les plaident et aux magistrats qui les jugent, de celles qui restent comme des monuments de jurisprudence dans la mémoire des greffiers et des érudits.

Aussi l'étude avait-elle choisi, pour faire valoir les moyens de son client, l'un des avocats les plus célèbres du barreau de Paris ; un habile jouteur qui savait envelopper l'injure sous les formes du respect, et avait conduit l'art oratoire jusqu'aux confins de l'impertinence. Personne ne pouvait tirer meilleur parti de la cause ; il avait un nom acquis, une réputation faite, de l'aplomb, de l'à-propos, le geste foudroyant, le regard terrible, un peu de science et beaucoup de poumons. C'était plus qu'il n'en fallait pour l'emporter sur tous les points ; les tribunaux résistent rarement à tant de dons naturels. Et pourtant le célèbre avocat avait succombé dans la première instance ; peut-être était-il en mauvaise disposition et n'avait-il pas eu ce jour-là le geste aussi foudroyant ni le regard aussi terrible que de coutume. Le Palais a de bonnes et mauvaises lunes.

Quoi qu'il en soit, l'affaire allait se présenter en appel, et c'est à Ludovic qu'étaient échus le soin et l'honneur de mettre les dossiers en état. Celui-ci comprit qu'il s'agissait d'un coup de partie. Le célèbre avocat était comme tous les soleils ; s'il avait son éclat, il avait aussi ses taches. Personne ne plaidait avec plus d'art et d'habileté que lui ; malheureusement il n'étudiait ses causes qu'à l'audience et se fiait aux répliques pour porter ses coups décisifs. Sur les efforts même de son adversaire, il jugeait, d'un coup d'œil quel était le point vulnérable, y concentrait ses arguments e l'emportait par le prestige de la forme. On citait de lui vingt affaires qu'il avait enlevées de haute lutte et dont il ne savait pas le premier mot à l'ouverture des plaidoiries. Son talent couvrait ainsi les torts de sa négligence. Il est vrai de dire que ce procédé ne lui réussissait pas toujours, et que plus d'un échec se mêla à une suite de triomphes, et cela faute de soins préalables et d'une préparation suffisante. C'était le cas, disait-on, pour le procès dont Ludovic classait les éléments. Dans l'opinion des meilleurs juristes, l'appel devait changer la face des choses et intervertir les situations. Il n'en est pas de la justice comme de la médecine, où les erreurs sont en dernier ressort et échappent à toute réparation humaine. Ici un retour était possible et probable, pour peu qu'on y aidât.

Ludovic en jugea ainsi : mieux que personne, il pouvait apprécier le fort et le faible du litige pendant ; il avait les pièces sous les yeux et connaissait les ressources de la procédure. On a vu à quel point c'était un esprit sérieux, ré-

fléchi et capable ; il se piqua d'honneur et se promit de ne
rien négliger pour rendre ces qualités évidentes, et ménager
à son patron un de ces succès qui font époque dans une
étude.

Si obscur que fût son rôle, si petite que dût être sa
part, il espérait se créer ainsi un titre à une confiance plus
étendue. Que de fortunes, parmi les praticiens, ont eu de
pareils commencements et conduit, de degré en degré, au
sommet d'une carrière ! C'est déjà beaucoup pour un jeune
homme que de songer à agrandir la sphère dans laquelle le
destin l'a jeté, et de porter ses yeux plus haut et plus loin
que le travail d'un noviciat ! Les véritables vocations se reconnaissent à ces signes.

Ludovic s'absorba donc tout entier dans l'étude de son
dossier. Au milieu de tant de causes dont il était chargé, l'a-
vocat célèbre avait probablement oublié celle-là ; peut-être
l'estimait-il mauvaise et perdue sans retour. Comment voir
autrement, à moins de se condamner soi-même ? Un avocat
n'est pas un père pour s'attacher à un enfant mal venu. Il y
avait donc une première prévention à vaincre, et, avant de
gagner le procès devant la cour, il fallait la gagner devant le
défenseur. C'est à quoi Ludovic s'attacha d'abord. Il demanda
conférence sur conférence, multiplia les notes, puisa dans
l'arsenal des arrêts pour en tirer ceux qui lui étaient favorables et en former le faisceau le plus imposant qu'on eût jamais vu de mémoire de procureur, exposa les points de
droit et les points de fait de manière à aider l'esprit le plus
négligent et la mémoire la plus paresseuse, classa les moyens
de défense dans l'ordre de leur importance, les moyens prin-
cipaux, puis les moyens secondaires, enfin les moyens de
détail qui sont l'assaisonnement obligé d'une affaire et tien-
nent le juge en haleine, en même temps qu'ils reposent l'esprit de l'avocat, enfin couronna son œuvre par un mémoire
succinct, fortement motivé, mélange d'art et de science qui
eût fait honneur à un jurisconsulte vieilli sous le harnais, et
auquel les noms les plus honorés du barreau donnèrent une
adhésion sans réserve et accompagnée des témoignages les
plus flatteurs.

Voilà où en étaient les choses après deux mois de travail.
Bon gré, mal gré, le défenseur accrédité en était arrivé à une

initiation complète ; il ne désespérait plus du succès, et paraissait disposé à y aider de tout son pouvoir. C'était déjà beaucoup que de l'avoir amené là. Plaider une cause n'est rien ; il faut l'épouser, et les grands noms épousent peu ; le métier blase. Ludovic avait donc sujet de s'enorgueillir du résultat qu'il avait obtenu ; quant au reste, ce n'était plus de son domaine, son rôle cessait ; il était dessaisi pour ainsi dire.

Ce fut alors que le hasard s'en mêla pour le pousser plus haut encore. Le jour de l'audience était fixé ; tout était arrêté ; les mémoires avaient été distribués et l'effet en paraissait bon ; d'un commun accord, les parties avaient résolu de ne point reculer le débat et de se tenir prêtes au moment assigné par le rôle. De part et d'autre on avait fourbi les armes de combat et endossé le costume de guerre. La cour y était préparée, les greffiers aussi : avocats, avoués, champions et juges du camp, tout le monde y comptait et s'était arrangé en conséquence.

Qu'on juge du désappointement de l'étude lorsque le matin même un mal imprévu surprit l'avocat célèbre et le mit dans l'impuissance de se rendre au Palais. En vain lui dépêcha-t-on émissaire sur émissaire ; ce n'était point une indisposition de commande, comme il y en a tant au service de ces messieurs. L'homme illustre était au lit, avec une fièvre bien caractérisée. Que faire ? Demander un sursis, ajourner le débat, on l'aurait certainement pu, et les cours ne se refusent jamais à des remises, appuyées sur des motifs sérieux. Mais n'était-ce pas mettre les apparences contre soi ? N'était-ce pas perdre les bénéfices de la position ? La partie qui soulève de pareils incidents a toujours l'air de chercher des défaites, de douter d'elle-même et de fuir devant l'ennemi. Le cas était grave et, qui plus est, urgent. Il fallait se décider à l'instant même ; l'audience allait s'ouvrir.

Ludovic eut une inspiration qui, de toute autre part, eût semblé téméraire, et qui n'était chez lui que l'effet d'une profonde conviction. Il s'offrit à plaider l'affaire, et y mit tant de chaleur, que son patron en fut ébranlé. A entendre Ludovic, il y avait plus d'inconvénients à demander un renvoi qu'à confier la défense à un débutant, et il appuya cette opinion de motifs péremptoires. Puis il ajouta qu'il avait étudié le procès d'une manière assez approfondie pour pouvoir répondre du résultat autant qu'on peut répondre d'une chose soumise à l'instabilité des jugements humains ; que cette connaissance suppléerait peut-être à ce qui lui manquait du côté de l'autorité du nom et de l'habitude de la barre ; que c'était là une épreuve nouvelle au Palais, et qui, à ce titre, piquerait la curiosité des juges et les disposerait à l'attention et à l'indulgence ; enfin qu'il aurait soin, à l'ouverture des plaidoiries, d'exposer la situation délicate où il se trouvait, et comment il avait dû se charger de la défense dans des circonstances imprévues.

Après un peu d'hésitation, ce fut à ce parti qu'on s'arrêta, et Ludovic se rendit au Palais chargé du précieux dossier. Quel honneur pour lui, mais aussi quelle responsabilité ! Aucun début n'était plus glorieux ni plus périlleux. Qu'il échouât, et il enveloppait l'étude et le patron dans les conséquences de cet échec. Mais d'un autre côté s'il l'emportait, quelle magnifique perspective s'ouvrait devant lui ! Il aurait plus fait, dès le premier jour, qu'un homme illustré par cent victoires, il se poserait comme l'une des espérances du jeune barreau : il sortirait de la foule par un coup d'éclat. Ludovic était sous l'empire de ces émotions quand il entra dans la salle des audiences.

Disons sur-le-champ que le résultat dépassa son attente. Le stagiaire avait à lutter contre un vieux praticien à qui rien ne manquait, ni les ressources de la parole, ni l'expérience des affaires. En présence d'un novice, il affecta un certain dédain, comme s'il eût jugé indigne de lui de déployer ses forces et d'accabler son adversaire. Mais quand Ludovic eut parlé, il fallut, bon gré mal gré, changer de tactique et en venir à un débat plus sérieux. Il y avait, chez le débutant, une telle assurance et une si grande vigueur de raisonnement ; il exposait les faits avec tant de clarté et discutait les moyens de droit avec tant de justesse, que des signes non équivoques d'assentiment se multipliaient sur les bancs des magistrats et ressemblaient à d'avant-coureurs d'une sentence favorable. Le vieux praticien comprit le danger et s'efforça de le conjurer. Il mit tout son art dans sa réplique, développa ce qu'il avait dit, rétablit ce qu'il avait négligé, donna plus d'onction à sa voix et plus de chaleur à son débit, fit tout enfin pour ramener les juges et détruire les impressions causées par la défense. Vains efforts ! soins superflus ! Ludovic revint à la charge et acheva ce qu'il avait si bien commencé. Il ne laissa rien debout des prétentions et des arguments opposés, en montra le vide, en signala les contradictions, et termina sa plaidoirie par une de ces formules de modestie qui, pour être des lieux communs, n'en produisent pas moins leur effet, et tirait cette fois encore plus de prix de l'éclat inusité de ses débuts.

L'arrêt fut rendu, et de tout point conforme aux conclusions de Ludovic ; ses clients en sortirent avec tous les honneurs de la guerre. Le vieux praticien lui-même fut désarmé par la bonne grâce qu'y mit son jeune adversaire, et ne fut pas des derniers ni des moins empressés à le complimenter. L'étude s'enorgueillit d'avoir produit un talent si réel, et le patron, jaloux de se l'attacher, en vint sur-le-champ aux offres les plus avantageuses.

XIV

Pendant que les affaires de Ludovic marchaient si bien au Palais, elles prenaient ailleurs une moins bonne tournure.

Comme on l'imagine, ce grand procès, sur lequel il avait concentré pendant plusieurs mois son activité et sa persévérance, lui avait laissé peu d'heures libres, et ses assiduités auprès de Marguerite en avaient souffert. Ce n'est pas qu'en apparence il ne fût excusé et encouragé même dans cet abandon passager ; la jeune fille semblait l'accepter comme un mal nécessaire. Mais ce sont là des capitulations auxquelles il n'est pas sage de se fier, et qui exposent à de tristes retours. Ludovic ne tarda pas à le reconnaître.

Quand il quitta le Palais, après avoir obtenu gain de cause, il courut chez Marguerite pour lui apporter la bonne nouvelle. C'était la seconde fois qu'il se trouvait dans un pareil cas, et sa première expédition n'avait guère été heureuse.

Il se promettait bien d'avoir ce jour-là plus de chances, et jetait presque un défi au sort. Jamais ivresse plus grande n'avait inondé son cœur ; il foulait la terre d'un pas léger et en homme heureux de vivre. Sa joie était sans limites, et il espérait qu'elle serait partagée. Comment ne l'aurait-elle pas été ? La fortune avait souri si à point et d'une manière si inattendue ! La veille, rien ne donnait lieu de croire que le but fût si rapproché et si éclatant.

Cependant, lorsque Ludovic parut inopinément chez Marguerite, la première impression de la jeune fille fut une surprise mêlée de désappointement.

— Ah ! c'est vous, dit-elle en ouvrant la porte et accompagnant ces mots d'un léger cri.

— Oui, c'est moi, Marguerite, répondit Ludovic avec un accent de triomphe ; il s'est passé bien des choses depuis que nous ne nous sommes vus.

Il était si radieux, si enivré des événements de la journée, qu'il ne remarquait pas l'embarras de la jeune fille. Elle demeurait debout et n'apportait dans son accueil ni élan ni abandon. Ce fut Ludovic qui se mit à l'aise ; il se sentait plus de droit à agir ainsi.

— Oui, Marguerite, dit-il en s'asseyant, il s'est passé du nouveau depuis hier. Le ciel nous vient en aide, c'est évident. Vous ne vous douteriez pas de ce qui m'est arrivé ? une aventure incroyable : voyons, devinez.

— Comment voulez-vous que je devine ?

— En effet, c'est trop miraculeux. De mémoire de débutant on n'a rien vu de pareil. J'ai décidément une étoile, mon amie, et cette étoile c'est vous. Vous me portez bonheur, vous me faites franchir en un jour des distances que d'autres ne franchiraient pas en plusieurs années. Venez près de moi, Marguerite, ici, bien près, que je vous raconte ce qui m'est arrivé. Quel dommage que la grand'mère ne puisse pas m'entendre ! Serait-elle heureuse de la joie de ses enfants ! Elle en oublierait tous ses maux. Venez, vous dis-je, venez, ce n'est pas une petite chance que celle que nous avons. La fortune nous traite en favoris.

En même temps Ludovic attirait la jeune fille par la main, et lui indiquait un siége à ses côtés. Cédant à cette pression, elle s'assit.

— Eh bien! lui dit-elle avec une impatience mutine, de quoi s'agit-il?

— Vous allez le savoir, Marguerite.

— Dites, mon ami; n'y mettez point tant d'apprêts.

— Voici ce que c'est, et peut-être, après m'avoir entendu, ne le croirez-vous pas, tant c'est extraordinaire. Moi qui vous parle j'ai peine à m'y faire; il me semble que je suis le jouet d'un rêve. Écoutez-moi donc.

Il lui raconta alors les événements dont il était le héros et entra dans les plus petites circonstances. Il s'imaginait que la jeune fille prendrait, à ce récit, l'intérêt qu'il y prenait lui-même; et il y procéda avec méthode et à l'aide de savantes préparations. Même dans ce détail, l'avocat se retrouvait. Il avait à se mettre en scène et à se garder à la fois d'un excès de vanité et d'une fausse modestie. Il lui fallait dire comment, amené à l'improviste sur le terrain, il y avait fait une fort belle figure et triomphé d'un vieux routier, l'une des colonnes du barreau. Tout cela était très-délicat et demandait à être touché doucement. Ludovic ne s'y épargna pas et trouva la mesure qui convenait. Sans rien laisser dans l'ombre de ce qui lui était favorable, il sut ménager ses couleurs et en user d'une manière discrète.

Cependant il n'obtenait pas les effets qu'il était en droit d'attendre, et la physionomie de la jeune fille exprimait par-dessus tout le désir de le voir conclure. Quand il insistait sur quelque point et y mettait cette complaisance dont les orateurs sont coutumiers, elle détachait deux ou trois mots à son adresse comme autant de coups d'aiguillon et l'obligeait à forcer le pas. Ce fut ainsi qu'elle parvint à écarter beaucoup d'incidents dont Ludovic, livré à lui-même, ne lui eût pas fait grâce.

Enfin il conclut et acheva le final de ce chant de victoire. On eût dit que Marguerite attendait ce moment pour recouvrer sa liberté. Elle se leva :

— Vraiment, lui dit-elle, vous auriez fait cette campagne-là?

— Oui, Marguerite.

— Une campagne aussi prompte?

— Prompte et décisive, à ce point que vous m'en voyez émerveillé.

— Eh bien ! ajouta-t-elle en lui tendant la main, je vous en félicite ; voilà un événement heureux.

Moins prévenu, moins rempli de ses propres impressions, Ludovic eût été frappé de l'air calme et froid dont la jeune fille dit ces mots ; il eût remarqué également la préoccupation qui paraissait la dominer.

— N'est-ce pas, Marguerite ? dit-il, et n'avais-je pas raison de vous promettre une surprise ? Comme un jour change les choses ! Hier, nous en étions à un vague espoir ; rien de sûr ; rien de positif. Aujourd'hui, quelle différence ! Nous voyons le but, il est là ; encore un effort et nous y touchons. Ce n'est plus la misère que j'ai à vous offrir, c'est une position sérieuse, presque la fortune.

Au lieu de s'associer à cet élan et de se plaire dans ses perspectives, la jeune fille était plus distraite que jamais. L'œil attaché sur la porte, elle n'accordait aux discours de Ludovic qu'une attention au moins partagée. La chose alla si loin que celui-ci s'en aperçut :

— Mais qu'avez-vous donc, Marguerite ? lui dit-il avec douceur.

— Moi ? rien, répondit-elle avec un peu de brusquerie et comme on le fait quand on est pris en faute. Que voulez-vous que j'aie ?

Ludovic l'examina mieux, et resta étonné en la voyant si différente d'elle-même. Jusque-là, aucun soupçon n'avait eu accès dans son esprit. Sincère comme il l'était, il n'eût pas mis en doute la sincérité d'autrui et encore moins celle de Marguerite, d'une enfant à qui le mensonge devait répugner, et qui apportait en toute chose la candeur et la simplicité de son âge.

Aussi chassa-t-il d'abord les mauvaises pensées.

— Marguerite, lui dit-il, je vous ai dérangée, peut-être ? Maladroit que je suis !

— Quelle idée !

— Mon Dieu ! ne vous gênez pas pour moi ; faites comme si je n'étais pas là. Ne suis-je pas de la maison ?

— Sans doute, dit-elle.

Et cependant elle restait debout devant lui, comme si elle eût attendu plus encore. Ludovic comprit :

— Ah ! je le vois, dit-il avec gaieté, il faut lever le siége.

A bavarder ainsi, le ménage ne se fait pas. N'est-ce pas là ce que vous voulez me dire, terrible enfant?

Un sourire effleura les lèvres de la jeune fille et répondit à l'hypothèse de Ludovic. Il prit sur-le-champ son parti, sans rien perdre en apparence de sa bonne humeur, mais un peu piqué au fond d'un accueil auquel il ne devait guère s'attendre.

— Allons, dit-il, c'est bien; je choisirai mieux mes heures une autre fois. Que voulez-vous, Marguerite? On n'a pas tous les jours des aubaines comme celle de ce matin. Enfin, n'importe! A vos affaires, mon enfant, à vos affaires! C'est ainsi que l'on fait les bonnes maisons. A ce soir, n'est-ce pas?

— A ce soir, dit-elle.

Il était debout et près de partir quand un violent coup de sonnette retentit à la porte.

Les joues de Marguerite devinrent plus blanches que sa guimpe, et elle porta la main vers son cœur comme pour en comprimer les battements.

————

XV

Au milieu de ce trouble et de cette hésitation, quelques secondes s'écoulèrent; c'en fut assez pour qu'un nouveau coup de sonnette, plus violent et plus impérieux que le premier, vînt attester la présence d'un familier et presque d'un maître. Marguerite ne pouvait plus reculer : elle ouvrit.

C'était Melchior.

Il y eut là un effet de scène que la plume ne saurait rendre. Des impressions bien diverses se succédèrent sur les physionomies. Pour Ludovic, ce fut un coup de foudre; rien ne le préparait à cette rencontre. Marguerite, de son côté, contenait mal son émotion; quant à Melchior, il ne lui fallut qu'une seconde pour composer son maintien et payer d'audace.

Depuis l'aventure où Ludovic avait joué un rôle si sacrifié, celui-ci s'était gardé de tout rapport avec Melchior et
l'avait, pour ainsi dire, perdu de vue. Ils logeaient bien toujours sous le même toit et presque porte à porte ; mais la différence des habitudes et des goûts les tenait plus éloignés
l'un de l'autre que n'eussent pu le faire les distances. Ils ne
se levaient ni ne se couchaient aux mêmes heures, allaient,
celui-ci à son travail, celui-là à ses plaisirs, suivaient, en un
mot, deux chemins opposés. Jamais incompatibilité ne fut
mieux caractérisée. Aussi éprouvèrent-ils, à se revoir, un
certain embarras mêlé de surprise, plus marqué chez Ludovic, plus promptement réprimé chez Melchior.

Ce dernier n'était jamais au dépourvu, et à peine eut-il
aperçu son ancien camarade, qu'il se précipita vers lui, et
lui saisissant les deux mains :

— Ah ! c'est vous, enfin ! s'écria-t-il. On a bien du mal à
vous retrouver.

Puis se tournant vers Marguerite avec la politesse et l'étiquette exigées :

— Pardon, Mademoiselle, lui dit-il, si je pénètre ainsi chez
vous de vive force, à l'état d'ouragan, de trombe, de tempête,
de tout ce qu'il y a de météore au monde. Pardon, mille fois
pardon. J'ai manqué aux plus strictes convenances, je le
sais ; je me suis conduit de manière à me perdre à tout jamais dans votre esprit. Mais, que voulez-vous ? c'est plus
fort que moi : j'étais à la recherche du grand homme que
voici.

— Moi ! s'écria Ludovic, étonné.

— Oui, avocat illustre, oui, prince de la barre, oui, maître,
oui, à votre recherche. Ne rougissez pas jusqu'au blanc des
yeux ; c'est votre gloire qui m'attire, c'est le besoin impérieux que j'éprouve toutes les fois que vous ajoutez une
nouvelle palme à toutes celles que vous avez déjà cueillies.
Et quelle palme ! quelle palme !

Les deux témoins de cette scène regardaient le vétéran
avec surprise, puis reportaient l'un sur l'autre des regards
non moins étonnés. Pour tous deux c'était une énigme ; Melchior ne leur laissa pas le temps d'en chercher le mot ; il
continua :

— Comment expliquer autrement, s'écria-t-il, l'excès d'inconvenance auquel je me suis laissé entraîner? Oh! Mademoiselle, vous m'en voyez bien confus. A présent que la raison m'éclaire, je sens la gravité de mes torts. Quoi! pénétrer ici de vive force, par effraction, presque par escalade; exécuter aux portes un carillon comparable à celui de Dunkerque, mais c'est le fait d'un mohican, d'un bédouin et non d'un être policé. N'allez pas, Mademoiselle, juger sur cet échantillon du degré de culture où je suis parvenu. Ce serait me faire trop déchoir.

Là-dessus Melchior s'inclina devant Marguerite, et, étudiant à la dérobée la physionomie de Ludovic, il ajouta comme à part et à demi voix :

— Toi, tu auras beau t'en défendre, je t'abrutirai par mon aplomb.

Après une courte pause, il reprit :

— Je n'ai qu'une excuse, Mademoiselle, une seule excuse; il est vrai qu'elle en vaut cent; c'est l'excès de mon admiration. Quand ce sentiment me gagne, je ne me connais plus, j'oublie toutes les notions du droit et de la civilité. Exemple, ce cher Ludovic! Pour le rejoindre aujourd'hui, pour le féliciter, pour le presser sur mon cœur, j'aurais bravé le feu et l'onde, je serais descendu dans les entrailles de la terre ou me serais élevé vers les couches supérieures du firmament. Il me le fallait, Mademoiselle, il me le fallait : voilà pourquoi je suis venu le relancer jusqu'ici. J'ai mieux aimé paraître indiscret envers vous qu'indifférent à son triomphe.

Depuis quelques instants, une impatience mal contenue couvait dans l'esprit de Ludovic; elle éclata.

— Que signifie ce verbiage? dit-il.

— Ce que cela signifie, grand homme? reprit Melchior; cela signifie que j'y étais. Oui, j'étais là, ce matin; j'ai tout vu, tout entendu.

— Vraiment? dit Ludovic.

— En doutez-vous? Alors c'est mal me connaître. De ce que vous faites le renchéri avec moi, vous vous imaginez peut-être que je vous perds de vue. Non, grand homme, je n'oublie pas ainsi mes amis, même les plus ingrats. Votre vie n'a point eu de secrets pour moi, et aucune de vos gloires ne m'est demeurée étrangère. Telle est ma loi du talion, bienfait pour injure. Je vous ai donc suivi pas à pas, jour par jour, dans votre mansarde, dans votre étude, dans votre existence privée et publique. Vous êtes de verre pour moi ; j'ai une police qui vaut toutes celles du gouvernement. Qu'en est-il résulté ? que j'étais au Palais ce matin, et que je vous ai vu verser sur l'auditoire et sur la cour les flots de votre éloquence. Vous m'en voyez encore ému, grand homme, ému au point que j'éprouve le besoin de vous le témoigner par une accolade! Dans mes bras, Ludovic, dans mes bras!

Le jeune homme résista à l'appel, comme on le pense ; mais, au fond, il n'était pas fâché d'avoir sous la main un témoin qui pût attester le succès de ses premières armes. Peu lui importaient les formes dont Melchior revêtait ses impressions, l'essentiel était que Marguerite apprît de sa bouche les détails d'une journée si honorable pour lui. Cette pensée fut une sorte de diversion à ses défiances; il se sentit plus calme et comme radouci.

— Sérieusement, dit-il en s'adressant au vétéran, vous étiez au Palais ce matin?

— L'aurais-je su sans cela? répliqua celui-ci. Et puisque je vous en parle, ne fallait-il pas que j'y fusse? Certes, j'ai plus d'un titre à la considération de mes contemporains, et puis poser en plus d'un genre ; mais j'avoue que je ne suis ni devin, ni sorcier. Cette faculté me manque. J'étais donc au Palais, grand homme, et n'ai pas perdu une de vos syllabes. Peste, comme vous y alliez! Comme vous en détachiez, de ces textes d'arrêts! Comme vous trouviez le fin du fin dans les commentaires! Et une justice à vous rendre, c'est que vous n'avez pas même cité Justinien! Je ne vous en honore que plus, et c'est ce qui explique mon désir insensé de vous presser dans mes bras. Venez donc, venez.

— Point d'excès, répondit Ludovic en se dérobant à l'étreinte.

— Allons! je vois que vous me boudez encore, grand homme. Ou plutôt l'odeur de vos lauriers vous monte au cerveau ; vous faites le fier avec vos amis. Eh bien! franchement, il y a de quoi.

— Quelle supposition!

— Je vous répète qu'il y a de quoi. A votre place, et après un exploit pareil, je regarderais le reste de l'univers comme bien peu. On ne pelote pas toujours le procureur le plus madré de Paris, comme vous l'avez fait en discours et répliques. Et quand on fait cela, on peut s'enfler les joues et traiter de haut le commun des humains. Ne vous en gênez pas, mon cher; écrasez-moi de votre supériorité, je m'y résigne.

— Vous raillez? dit Ludovic.

— Moi! s'écria Melchior, Dieu m'en garde! On ne raille que les battus, et vous avez été aussi vainqueur qu'il est possible de l'être. Tenez, Mademoiselle, ajouta-t-il en s'adressant à Marguerite, je regrette bien que vous n'ayez pas été là! Personne n'est beau comme lui sous la robe noire! Il vous porte cet ajustement avec une grâce dont vous n'avez pas d'idée! Les manches, par exemple, les manches, voilà l'écueil du genre! Il y en a qui en balayent la poussière à quelques mètres à la ronde, d'autres qui s'en servent pour donner des soufflets à leurs voisins. Lui, pas si novice! Il a mis ses manches à la raison, les a disciplinées et obligées à marcher droit. Eh bien! pour un débutant, c'est du prodige; on n'a jamais rien vu d'aussi complet que lui.

— Ne l'écoutez pas, Marguerite, dit Ludovic, à qui cet encens, tout grossier qu'il fût, ne causait pas trop de répugnance.

— Un homme complet, poursuivit Melchior, je ne m'en dédis pas! Et en cela je ne suis que l'écho de l'opinion publique. Un homme complet et qui commence comme beaucoup voudraient pouvoir finir!

— Trêve! dit Ludovic.

— Non! point de trêve et avant tout justice. Je dirai tout, grand homme, dût votre pudeur en prendre l'alarme. Il faut que le récit en passe à la postérité. Figurez-vous, Mademoiselle, des effets d'éloquence renversants; on n'en trouve de pareils qu'en remontant aux meilleures époques de l'antiquité. Aussi les magistrats en étaient-ils incendiés! J'ai vu le moment où le feu de l'orateur passait dans leurs perruques. Neuf fois sur dix, ces messieurs dorment quand on plaide devant eux: c'est leur façon de témoigner l'intérêt qu'ils prennent aux causes. Dans le cours des défenses, les têtes vont de-çà et de là, avec un certain abandon et même un peu de sonorité; daignez m'épargner le reste. Eh bien!

pour Ludovic, rien de semblable n'a eu lieu. Ces messieurs se sont mis en frais ; ils ont tenu leurs yeux ouverts et renoncé à leur petite sieste afin de ne perdre aucun des mouvements oratoires de notre jeune ami. De mémoire d'homme cela ne s'était pas vu au Palais. Et vous ne voulez pas que je m'exalte à cette pensée et que je le poursuive jusqu'au bout du monde de mes compliments et de mes félicitations ?

Quoique Melchior eût l'haleine très-longue et les poumons en état de fournir un service forcé, il avait parlé avec tant de pétulance et mis tant d'ardeur dans son geste, que, bon gré mal gré, il lui fallut prendre un peu de repos. D'ailleurs il avait dit ce qu'il voulait dire et produit l'effet qu'il se proposait de produire. C'était une diversion ; elle avait eu lieu. Marguerite paraissait respirer plus librement. Ludovic, sans prendre au pied de la lettre les extravagances de Melchior, n'avait pas été insensible à l'éloge ni fâché que la jeune fille l'eût entendu. De toute part, l'embarras du moment avait cessé, et les choses s'étaient arrangées pour ainsi dire d'elles-mêmes. Melchior profita de cette situation des esprits pour exécuter une savante retraite.

— Maintenant, dit-il, encore une formalité, et je me sauve. Ludovic, vous savez tout ; je viens de mettre mon cœur à nu, vous avez pu lire dans mon âme comme si elle était de cristal. Ce que je vous demande, en retour, c'est un bon mouvement. Vous y refuserez-vous ?

— Pourquoi m'y refuserais-je ? répondit le jeune avocat.

— A la bonne heure, reprit Melchior. Eh bien ! mon cher, je n'en abuserai pas. Vous n'êtes pas démonstratif de votre naturel ; je résiste donc au désir violent que j'ai de vous presser sur ma poitrine ; mais votre main, au moins, votre main !

— La voici, dit Ludovic.

— Merci, grand homme, répondit Melchior, en s'emparant de cette main et abusant de la complaisance avec laquelle on la lui avait abandonnée, merci, vous dis-je, me voilà amplement payé. Je n'ai perdu ni mes pas ni mes paroles. Et vous, Mademoiselle, ajouta-t-il en s'adressant à Marguerite, il me reste encore un compte à régler avec vous. Me pardonnez-vous mon indiscrétion ?

— Bien volontiers, Monsieur.

— Alors, je n'ai plus rien à désirer ; ma position est la plus nette que l'on puisse voir. Adieu donc, et que personne ne se dérange pour m'accompagner. Je m'évade sans trompette ni tambour. Au revoir, Ludovic ; votre serviteur bien humble, Mademoiselle.

Il gagna la porte sur ces mots et disparut sans plus de cérémonie. Ludovic ne tarda pas à le suivre. Cette scène ne laissa pas de profondes traces dans son esprit ; il ne lui en resta qu'un soupçon vague et chaque jour affaibli.

XVI

Le jeune avocat ne démentit aucune des espérances que ses débuts avaient fait concevoir ; sur le bruit de son premier succès, des affaires importantes lui furent confiées, et il en tira tout le parti possible. Son nom franchit l'enceinte de l'étude à laquelle il était attaché, et des propositions avantageuses lui arrivèrent de plusieurs côtés. Il les écouta avec la prudence et le discernement qui le caractérisaient, ne perdant pas un pouce de terrain et ne négligeant rien pour se pousser en avant. Décidément, c'était une intelligence à la hauteur des temps nouveaux : la soif de parvenir n'importe à quel prix, et un peu de talent uni à beaucoup de savoir-faire.

Dans une existence ainsi réglée, l'amour, si puissant qu'il soit, n'occupe pas le premier rang. Ludovic l'envisageait comme une question désormais vidée, et il s'imaginait que Marguerite le prenait avec le même sang-froid. Chaque jour, d'ailleurs, le rapprochait du moment où ils pourraient s'établir et goûter les douceurs de la vie en commun. Il s'en était ouvert à sa famille, et aucun obstacle ne devait venir de là. Sur le produit d'un travail sans cesse accru, il mettait en réserve la somme nécessaire pour l'installation d'un ménage, l'achat du mobilier, du trousseau, de mille objets indispensables. Il voulait que les choses se fissent convenablement, et sinon avec luxe, du moins avec une certaine aisance. Il se plaisait à l'idée d'avoir un intérieur bien monté, bien pourvu, et où il pût reposer un regard satisfait; une maison décente quoique modeste, et où rien ne sentît la privation.

Quand il venait voir la jeune fille, et c'était tous les jours et à des heures régulières, il ramenait l'entretien là-dessus.

— Qu'il me vienne encore une affaire ou deux, Marguerite, lui disait-il, et nous pourrons sans imprudence entrer en ménage. Hier encore, j'ai mis de côté un rouleau de louis pour la corbeille; j'avais déjà plus qu'il ne faut pour le mobilier. Que reste-t-il à trouver? Quelques billets de mille francs comme réserve. L'excès de précaution ne nuit pas; il y a tant d'accidents dans la vie contre lesquels il faut se prémunir!

A ces confidences où la tendresse du jeune homme se montrait sous des formes si prévoyantes, Marguerite ne répondait, comme d'habitude, que par un acquiescement muet; parfois même elle essayait de détourner la conversation :

— C'est bien, disait-elle; nous en reparlerons quand il en sera temps.

Enfin, un soir, elle eut à essuyer une ouverture plus directe. Ludovic avait touché, pour un procès délicat et laborieux, mille francs d'honoraires. Mille francs ! ce n'était pas encore le chiffre des grands cabinets, mais c'était mieux que le gros des avocats. De là, un peu d'orgueil et aussi un surcroît de confiance. Cette somme était un présage encourageant, et, ajoutée aux épargnes déjà faites, elle constituait un petit capital. Ludovic pensa que l'heure avait sonné.

— Marguerite, lui dit-il, vous le voyez, me voici en veine; tout me réussit, tout me sourit. En fait de carrière, le plus fort est fait; je me sens maître de la position, et les choses vont désormais marcher toutes seules. N'est-ce pas le cas de presser les choses? Qu'en pensez-vous ?

Mise ainsi en demeure, Marguerite se sentit troublée et parut confuse. Devant un langage aussi net, l'hésitation n'était plus permise; il fallait se décider. Il semblait que la jeune fille n'eût plus à vaincre que le sentiment de pudeur si naturel à son âge, et que toute résistance de sa part serait de pure forme. Cependant elle mit à se défendre une certaine opiniâtreté :

— Déjà? dit-elle.

— Voilà un mot cruel, Marguerite, reprit Ludovic blessé. Est-ce un reproche? Est-ce une rupture?

La jeune fille regretta sans doute d'avoir cédé à un premier mouvement, car elle reprit avec douceur :

— Non, mon ami, non, ce n'est ni une rupture ni un reproche; bien loin de là. Je vous sais gré de ce que vous m'avez dit; mais y avez-vous bien songé?

— Comment donc?

— Les empêchements n'existent plus de votre côté; mais, du mien, n'en apercevez-vous pas?

— Aucun.

— A mon tour, mon ami, je dirai que voilà un mot cruel. Et ma pauvre grand'mère, qui va chaque jour déclinant, ne trouvez-vous pas que ce soit un obstacle?

— Un obstacle?

— Un scrupule, au moins. Elle n'a plus que moi au monde.

— Nous serons deux à l'aimer et à la soigner.

— Merci, mon ami, dit Marguerite émue, ce mot rachète celui de tout à l'heure. Mais vous ne savez pas ce que sont les personnes âgées : tout les inquiète, tout leur porte ombrage. Et dans l'état où est la vieille femme, qui sait ce que pourrait amener un changement dans ses habitudes?

— Vous avez raison, Marguerite, s'écria Ludovic, ramené par ces mots. Égoïste que j'étais ! je m'en veux de n'y avoir pas réfléchi. Ajournons encore.

— Oui, ajournons; si un malheur survenait, je croirais que c'est le ciel qui nous punit.

— Le ciel vous punir, vous, Marguerite !

— Moi comme une autre, dit-elle avec un soupir. Ne jurons de rien.

Ludovic n'insista plus; seulement cette soirée dont il se faisait une fête s'écoula assez tristement. En vain essayat-il de ranimer l'entretien et d'en varier les sujets; Marguerite n'y apportait qu'une attention distraite et presque contrainte. Elle paraissait absorbée dans des soins d'intérieur et dominée plus que de coutume par les inquiétudes que lui causait l'état de son aïeule ; personne, plus que Ludovic, n'était propre à apprécier et à respecter ce sentiment. Il se retira donc de bonne heure et traversa la rue pour regagner son hôtel.

Était-ce une illusion ? Mais il lui sembla qu'au moment où il quittait la maison de Marguerite, une ombre se détacha d'un mur voisin et se glissa dans le corridor quelques moments après qu'il en fut sorti. Cette circonstance ne le frappa point alors ; elle ne lui revint à l'esprit que plus tard et avec le plus douloureux commentaire.

XVII

On eût dit que les événements se mettaient du côté de Ludovic pour faire justice des obstacles qu'il rencontrait sur son chemin. Peu de jours après cet entretien, madame Morin essuya une crise qui devait être la dernière ; la paralysie s'étendit aux organes essentiels, et acheva l'œuvre de destruction depuis longtemps commencée. Après une semaine d'agonie paisible, l'aïeule s'éteignit dans les bras de Marguerite et en présence de Ludovic, dont les soins ne lui manquèrent pas durant ces pénibles moments.

Il se passa alors une scène dont l'effet dut être bien vif sur les personnes intéressées. Une heure avant de mourir, la vieille femme eut un de ces retours que le ciel envoie à ceux qui s'en vont. Sa raison, obscurcie depuis plusieurs mois, se réveilla tout à coup, son esprit recouvra sa lucidité. Elle parut, au moins pour quelques minutes, avoir ressaisi le sens de ce qui s'était passé sous ses yeux, de ce qu'elle avait vu et entendu d'une façon purement machinale, pendant l'engourdissement de ses facultés. Une sorte de miracle s'opéra pour elle et sur elle. L'œil, naguères sans expression, s'anima d'une vie et d'une intelligence singulières ; le visage, que la mala-

die avait ravagé, reprit, avec sa régularité, une expression
de sérénité remarquable. Ce fut une courte métamorphose
avant le dernier anéantissement.

Qu'on juge des impressions qu'un pareil spectacle éveilla
chez les deux personnes qui en étaient témoins ! Marguerite
fut tentée de croire à un prodige, tant les symptômes étaient
satisfaisants ; elle s'empressa auprès de madame Morin et
voulut aider par quelques soins à cette cure imprévue.
Celle-ci la retint par un geste affectueux ; elle sentait mieux
son état et ne se faisait point d'illusion ; rassemblant toutes
ses forces et s'armant de sa volonté :

— Ici, ma fille, dit-elle, et donne-moi ta main.

L'enfant obéit à cette voix aimée et vint se ranger près du
lit. Son aïeule la remercia du regard, puis elle ajouta :

— Et vous aussi, monsieur Ludovic, approchez, je vous
en prie.

C'était la première fois que madame Morin s'adressait directement au jeune homme ; même il ne croyait pas que,
dans son état d'enfance, elle eût retenu son nom. Sa surprise
fut donc grande à cet appel ; il s'y rendit néanmoins et se
plaça près de Marguerite, au chevet de la mourante.

— C'est bien, mes enfants, dit alors la vieille femme ;
j'aime à vous voir ainsi. Marguerite, ajouta-t-elle, c'est aujourd'hui mon dernier jour !

— Quelle vilaine idée vous avez là, grand'mère, chassez-
la donc bien vite.

— Non, ma fille, je sens ma fin approcher, et je suis prête.
C'est une délivrance qui m'arrive après tant de maux souf-
ferts. Que faisais-je en ce monde, infirme comme je l'étais
devenue ? Si Dieu ne m'en a pas retirée plus tôt, c'est sans
doute pour m'éprouver davantage.

— Comment pouvez-vous parler ainsi, grand'mère ?

— Tu as raison, Marguerite ; je manque de justice. Le ciel
fait bien ce qu'il fait. Tant que tu n'as été qu'une enfant, ma
présence t'était nécessaire. Quoique malade, je te protégeais,
et tu t'es formée sous mes yeux à la rude école du malheur.
Mais aujourd'hui, te voici grande et déjà sensée ; je puis
partir avec moins de regret. Je puis aller rejoindre ta mère
et mon pauvre Morin, que j'ai tant pleurés.

Il y avait dans la voix de la mourante quelque chose de si

doux et de si plaintif, qu'un indifférent même en eût été touché; Marguerite fondait en larmes, et Ludovic cherchait en
vain à retenir les siennes. La grand'mère continua :

— Je vais donc partir, mon enfant, te laisser seule dans un
monde rempli de piéges. C'est là mon dernier souci, et je
voudrais l'alléger. Profitons des moments qui me restent.
Dieu a déjà beaucoup fait pour moi, il a délié ma langue et
rendu mon cerveau plus libre : sa main s'étend visiblement
sur nous. Écoute-moi donc, Marguerite.

— Je vous écoute, grand'mère, dit la jeune fille, émue et
subjuguée par cet accent qui n'avait plus rien d'humain.

— Et vous aussi, Ludovic, écoutez-moi, ajouta la vieille
femme, car il s'agit de vous autant que d'elle.

Le jeune homme s'inclina avec respect et prêta une attention religieuse. Le silence le plus absolu régnait dans la
chambre, et pourtant madame Morin laissa quelques moments s'écouler avant de poursuivre. L'effort qu'elle venait
de faire l'avait épuisée ; elle se recueillait et luttait contre
ses défaillances. La scène avait un caractère imposant et
presque solennel. Ce jeune couple debout, cette femme
étendue sur son lit de mort et disputant à l'agonie des minutes désormais comptées ; tout était de nature à laisser
dans l'esprit un souvenir profond. Jamais Marguerite n'avait
été dominée à ce point; sur le bord de la tombe, l'autorité
de l'aïeule reprenait une puissance longtemps oubliée ou affaiblie. Madame Morin continua :

— Voici ce que je désire, Marguerite, et je suis assurée
que le vœu d'une mourante sera sacré pour toi.

— En pourriez-vous douter, grand'mère?

— Merci, mon enfant; je vais donc au fait ; chaque mot a
son prix, et je sens qu'il faut que je me hâte.

Une sueur froide, répandue sur son visage, attestait à quel
point cette crainte était fondée.

— Marguerite, ajouta l'aïeule d'une voix brisée, moi partie, tu ne peux pas rester comme tu es. Impossible, mon enfant; tu courrais trop de risques. Il te faut un appui, un
guide dans la vie. Tu me comprends, n'est-ce pas?

— Pourquoi parler de ces choses-là, grand'mère? dit la
jeune fille en portant à ses lèvres la main déjà froide de son
aïeule.

— Pourquoi | dis-tu ? Parce que tout est là. Rien ne vaut une sage résolution prise à temps. Voici monsieur Ludovic qui t'aime et qui est animé d'honnêtes intentions à ton égard. Si je n'ai pas pu vivre assez pour vous voir unis, que j'emporte au moins la certitude que vous le serez bientôt. Me le promets-tu, Marguerite ?

— Grand'mère | grand'mère ! comment pouvez-vous vous tourmenter de cela ? dit la jeune fille avec une certaine obstination.

— Je le fais parce que je le dois, reprit gravement l'aïeule, et, à ton tour, Marguerite, tu auras présente à la mémoire l'insistance que j'y mets. Tu te souviendras de ma dernière volonté ; et vous aussi, monsieur Ludovic, ajouta-t-elle avec un sourire, vous vous en souviendrez, n'est-ce pas ?

— C'est le plus cher de mes désirs, répondit-il.

— A la bonne heure | reprit la mourante, et pas de faux scrupules, mes enfants. Que mon deuil ne vous arrête pas. Si Dieu m'accueille dans sa grâce, ce sera un beau jour pour moi que celui où je vous verrai au pied des autels, unis par la voix du prêtre. Moi aussi d'en haut je vous bénirai, et mon âme sera avec vous. Ta mère y applaudira comme moi, Marguerite, et mon pauvre Morin ne sera pas des derniers à s'en réjouir. J'irai tout à l'heure leur en porter la nouvelle.

Les traits de la vieille femme, à demi voilés par les ombres de la mort, avaient pris, à ces derniers mots, une expression radieuse. Chez elle, le corps seul était de ce monde et y tenait par un faible lien ; l'âme avait déjà pris son essor pour rejoindre les âmes aimées et regrettées. Marguerite et Ludovic ne pouvaient détacher leurs yeux de ce chevet ; celle-ci surtout contemplait son aïeule avec une sorte d'angoisse. Était-ce la douleur de la perdre où l'effet de cet entretien ? L'un et l'autre, peut-être. Mais qu'elle eût motif ou non de résister, Marguerite n'en était pas moins résignée à obéir. Aussi quand son aïeule, revenant à sa pensée suprême, lui fit encore un appel et lui dit d'une voix suppliante :

— Eh bien | Marguerite, tu m'as comprise, tu sais ce que j'attends de toi ?

La jeune fille n'éleva plus d'objection et répondit d'une voix ferme :

— Oui, grand'mère.

— Ce sera bientôt, n'est-ce pas ?

— Aussitôt que Ludovic le voudra, grand'mère.

— Vous l'entendez, dit alors la vieille femme en s'adressant au jeune homme, cela ne dépend plus que de vous.

— Soyez tranquille alors, dit-il.

— C'est bien, mes enfants, et donnez-moi vos mains que je les unisse. Tiens, Marguerite, ajouta-t-elle comme frappée d'une idée subite, enlève-moi cet anneau.

C'était sa bague de mariage. Marguerite obéit.

— Maintenant, donne-le à monsieur Ludovic et qu'il te le passe au doigt.

On céda encore à son désir.

— C'est l'anneau de mon pauvre Morin ; qu'il serve à vos fiançailles. Et maintenant je puis mourir en paix.

Ce fut tout ce qu'elle put dire ; dès ce moment l'agonie commença, et elle ne fit plus entendre que des mots inarticulés. Cependant, près d'exhaler son dernier souffle, elle se pencha de nouveau vers Marguerite, agenouillée près du chevet, et lui dit à voix si basse, que celle-ci put seule l'entendre :

— Et surtout, ma fille, chasse l'autre ; chasse-le ! chasse-le !

Elle s'éteignit là-dessus. Marguerite l'ensevelit de ses mains et veilla près d'elle, jusqu'au moment où sa dépouille alla rejoindre la dépouille de ceux que la vieille femme avait tant regrettés.

XVIII

Depuis ce moment, Marguerite fut tout autre pour Ludovic ; elle se regarda comme liée à lui d'une manière indissoluble. On convint d'abréger les délais, et le jeune homme se mit en mesure de remplir les formalités nécessaires. Cependant, quelque diligence qu'il y apportât, plusieurs semaines devaient s'écouler avant le jour fixé pour la cérémonie : tant d'empêchements imprévus surviennent en pareil cas, tantôt une pièce à produire ou un acte à passer, le consentement régulier des parents, le choix des témoins, les démarches de rigueur, le contrat ; enfin les publications exigées par la loi.

Il y eut même un accident qui faillit renvoyer les choses à un terme assez éloigné. Dans les pays où l'esprit de famille n'est pas éteint, célébrer un mariage hors de la présence des grands-parents est une de ces dérogations que justifie à peine la plus impérieuse nécessité ; aussi, quand il fut question de l'établissement de Ludovic, y eut-il conseil pour savoir ce que l'on devait faire. Aller à Paris, c'était bien de l'argent et du temps dépensés : or le temps et l'argent sont deux choses auxquelles on regarde de près, surtout dans les montagnes. D'un autre côté, laisserait-on Ludovic prendre femme comme le ferait un enfant abandonné, sans que la signature d'aucun de ses auteurs figurât ni sur le contrat ni sur les actes civils et religieux ? Le cas était grave et méritait qu'on le pesât. Il y eut donc de longues délibérations, où l'on mit en balance le pour et le contre, d'un côté le calcul, de l'autre le sentiment. A la louange de nos provinciaux, ajoutons que le sentiment l'emporta. Déplacer toute la famille était une entreprise impossible ; mais il fut convenu que le père et le fils aîné assisteraient aux noces de Ludovic. Seulement, et c'était la condition de rigueur, celui-ci serait invité à retarder la cérémonie jusqu'au moment où les travaux de la campagne rendraient ce voyage moins préjudiciable aux intérêts de la maison.

Voilà où aboutit cette délibération, et Ludovic en fut informé sur-le-champ. C'était une ouverture embarrassante et à laquelle il ne pouvait répondre sans blesser les siens ou se blesser lui-même. Que dire à ce vieillard qui regardait comme un de ses devoirs et en même temps comme le plus cher et le plus incontestable de ses droits, d'assister au mariage de son fils, d'y présider et d'y représenter la famille absente ? Et cependant un délai, en l'état des choses, entraînait de tels inconvénients, que le programme venu des montagnes ne pouvait être accepté sans modifications. Que fit Ludovic ? Il négocia et finit par amener une sorte de transaction. Son père se décida à avancer son voyage et lui se résigna, quoique à regret, à différer son mariage jusque-là. Il ne s'agissait que de quelques semaines, et c'était bien le moins qu'il fit ce sacrifice au premier et au plus strict de ses devoirs.

Hélas ! le sacrifice était plus grand qu'il ne le croyait lui-même, et, s'il en eût compris l'étendue, peut-être n'y aurait-il pas souscrit. A mesure que le temps s'écoulait, Marguerite devenait plus triste ; elle retombait dans ses préoccupations d'autrefois. Rarement Ludovic la retrouvait dans les dispositions où il l'avait laissée ; il y avait dans son humeur quelque chose d'inégal et de capricieux dont il ne pouvait deviner la cause et qui le troublait profondément. Non pas qu'elle y mît de la résistance, ni même, en apparence, de la mauvaise volonté ; mais dans sa soumission, dans sa déférence même, régnait on ne sait quoi d'embarrassé et de contraint. Elle manquait d'élan et d'abandon ; elle ne se livrait pas et semblait, en se donnant, réserver la meilleure partie d'elle-même.

Dans les longues soirées qu'ils passaient ensemble, Ludovic ne parvenait pas toujours à triompher de cet incurable abattement. Quand il pressait trop vivement la jeune fille, elle ne lui répondait que par des larmes, et, s'il insistait, elle demandait comme une grâce qu'il lui fût permis de pleurer son aïeule, et de ne pas oublier si vite un deuil si récent. Puis elle essayait de réparer le mal qu'elle venait de faire et tenait un langage plus affectueux ; elle parlait du vœu de la mourante et de l'intention où elle était de tenir le plus promptement possible l'engagement qu'elle avait pris.

— Ludovic, lui disait-elle, quand elle le voyait trop découragé, pourquoi vous affecter ainsi ? Ne suis-je pas à vous ? Ne sommes-nous pas déjà l'un à l'autre ?

— Plût à Dieu ! s'écriait-il.

— Voici notre anneau de mariage, ajoutait-elle avec une douceur pleine de mélancolie ; il n'a plus quitté mon doigt depuis le jour où vous l'y avez mis. N'est-ce pas là un gage qui devrait vous suffire ?

— En effet, Marguerite, je suis trop exigeant, pardonnez-moi !

— Vous êtes tout pardonné, mon ami ; c'est moi qui aurais tort de me plaindre.

Ces scènes se renouvelaient souvent, sans que la tendresse et le dévouement de Ludovic en fussent ébranlés ni affaiblis.

Enfin, le temps des délais expira, et il devint possible de fixer d'une manière définitive le moment de la cérémonie. Pour abréger le séjour du père et diminuer les frais de son déplacement, il avait été convenu qu'on célébrerait le mariage dès son arrivée. Voir sa bru et la conduire à l'autel seraient tout un pour lui. Les bans avaient été publiés, le maire et le curé de la paroisse étaient prévenus ; aucun détail, aucun soin n'avaient été négligés. Ludovic ne s'occupait plus d'autre chose. Ce n'était plus l'avocat esclave de ses devoirs, c'était un fiancé n'ayant qu'une idée et qu'un souci, et ne se laissant détourner par aucune affaire de la poursuite de son bonheur.

La veille du jour fixé, il ne quitta pas Marguerite un seul instant et entra presque de plein pied dans la vie de ménage. Il voulut qu'elle déjeunât et dînât avec lui, qu'elle l'assistât dans les dernières emplettes et les derniers préparatifs, qu'elle en agît, en un mot, comme s'ils étaient mari et femme. La jeune fille semblait heureuse de ces soins ; elle s'y prêta avec une bonne grâce évidente ; puis le soir, quand les convenances les obligèrent à se séparer, ce fut elle qui mit quelque instance à prolonger la veillée. Enfin le moment des adieux arriva.

— A demain ! dit Ludovic en accompagnant ces mots d'un chaste baiser.

— A demain ! répéta-t-elle.

Rentré chez lui, dans la modeste mansarde qu'il avait voulu occuper jusqu'au dernier moment, Ludovic se jeta sur son lit et essaya de goûter quelque repos. Mais les souvenirs de la journée et les espérances du lendemain l'agitèrent à un point qu'il ne put fermer l'œil. Il se leva ; la nuit était déjà avancée. Il ouvrit sa fenêtre et se remit à la place d'où il poursuivait autrefois ses contemplations solitaires et suivait Marguerite dans le cours de ses travaux. C'était un charme pour lui que de remonter le cours des temps et de reprendre ses amours à leur berceau. Qui lui eût dit alors que cette passion, née d'un regard furtif, le conduirait aussi loin, et que sa destinée allait dépendre des hasards d'un voisinage ?

En agissant ainsi, Ludovic cherchait seulement une diversion à son insomnie : il y trouva le sujet d'une inquiétude et d'une sorte de pressentiment. A l'heure qu'il était, il ne croyait pas que Marguerite pût être encore debout. Quelle fut sa surprise, lorsqu'à travers les vitres et les rideaux tirés, il aperçut chez elle la lueur d'une lampe! Elle aussi veillait; pourquoi cela? quel motif la tenait sur pied? Était-ce un trouble d'esprit pareil au sien? Obéissait-elle aux mêmes influences et aux mêmes émotions? Il n'osait le croire ni l'espérer. L'œil attaché sur cette clarté douce et voilée, il cherchait à en deviner le sens, à en pénétrer le motif. Parfois une ombre se glissait le long des rideaux, mais si confuse, si peu distincte, qu'il n'aurait pu dire si c'était une illusion ou bien une réalité. D'autres fois, il s'élevait comme un bruit de voix, et Ludovic croyait reconnaître celle de Marguerite.

Il resta ainsi pendant plusieurs heures, enchaîné et maîtrisé. Cette lueur persistante blessait son regard et lui semblait de fâcheux augure. Lorsqu'elle s'éteignit enfin aux approches du jour, il se sentit soulagé, et, regagnant son lit, il s'y endormit d'un sommeil profond.

XIX

Quand Ludovic s'éveilla, le jour était avancé et le soleil frappait en plein les vitres de sa mansarde.

— Mon Dieu! s'écria-t-il, comment ai-je pu dormir si longtemps?

Il s'habilla à la hâte, et, rappelant ses souvenirs de la veille, il alla jeter un coup d'œil sur l'appartement de Marguerite. Rien n'y était changé; les croisées étaient toujours closes et les rideaux tirés.

— Elle repose encore, se dit-il, ne la troublons pas.

Il lui restait quelques heures pour achever ses dernières dispositions. Son père allait arriver; il se rendit à la gare, l'embrassa au sortir du wagon, et l'amena dans son hôtel, où il lui avait fait préparer une chambre. C'était le moment de prévenir Marguerite. Tout était prêt, les voitures attendaient, les témoins avaient montré de l'exactitude. Acteurs et assistants étaient en habits de fête ; ils s'empressaient autour de Ludovic et le félicitaient de son bonheur. Il n'était pas jusqu'aux bouquetières qui ne se fussent mises de la partie, suivant les habitudes de cette honorable corporation.

Pendant que ce mouvement avait lieu d'un côté de la rue, de l'autre côté régnaient le même silence et la même immobilité. Comment expliquer cela ? Marguerite était donc bien absorbée dans ses apprêts de toilette ! Pas un regard, pas un sourire, pas un signe de vie, pas un avis de sa part : c'était à confondre. Rien ne manquait à la cérémonie, si ce n'est la fiancée.

Ludovic ne put se défendre d'un sombre pressentiment ; se détachant de la compagnie qui l'entourait, il gravit quatre à quatre l'escalier qui conduisait chez Marguerite. Il espérait la trouver sur le seuil même, parée de sa pudeur et dissipant ses alarmes par un sourire. Point de doute, c'était une dernière épreuve, un jeu d'enfant, un peu de coquetterie, tout, excepté une trahison. Une trahison ? Et pourquoi ? Marguerite n'était-elle pas libre ? Ne se donnait-elle pas volontairement ? La veille encore, un refus eût suffi, et, au lieu d'un refus, Ludovic avait emporté une promesse. Ainsi pensait-il dans le tumulte de ses impressions.

Cependant, lorsqu'il fut arrivé sur le palier du logement, ses craintes le reprirent, et avec ses craintes une angoisse insurmontable. La porte était fermée, et, en prêtant l'oreille, aucun bruit ne trahissait la présence d'êtres vivants. Était-ce possible ? Point de bruit en un pareil moment ! quand l'heure était arrivée et qu'il fallait partir ! Ludovic s'y perdait, et pourtant il n'osait pas accuser Marguerite. Elle se recueillait et priait pour leur bonheur commun, versait sur les siens quelques larmes solitaires et leur adressait un souvenir fervent. Pauvre orpheline ! marcher seule en un tel jour ! n'y avait-il pas de quoi rouvrir toutes les blessures de son cœur ?

Il sonna doucement ; c'était l'appel d'un ami, un appel plaintif et miséricordieux. Personne n'y répondit. Il redoubla en y mettant un peu plus de vivacité, même silence. La colère alors s'en mêla, et, de degré en degré, il en vint à agiter la sonnette au point de la briser. Ses fureurs furent vaines comme l'avaient été ses ménagements. La porte ne s'ouvrit pas.

Ludovic se sentit défaillir ; il serait tombé de sa hauteur s'il n'eût pris un appui sur la rampe de l'escalier. Quelques minutes s'écoulèrent, pendant lesquelles il n'eut la force ni de penser ni d'agir. Le coup était à la fois si imprévu et si terrible ! Il se croyait en proie à une obsession et le jouet d'un rêve ! Pour le tirer de cet anéantissement, il fallait que des voix confuses s'élevassent de la rue et que son nom y fût mêlé. On l'appelait, on le réclamait ; machinalement il descendit.

C'était le concierge qui était aux prises avec ses amis, et répondait tant bien que mal aux questions qui lui étaient adressées.

— Avez-vous vu le fiancé ? disait l'un.

— Et la fiancée ! ajoutait l'autre, où est-elle ?

— C'est qu'il est temps de se mettre en route, disait un troisième.

— Mon fils ! qu'est devenu mon fils ? ajoutait le père, inquiet de ces retards.

Le personnage interpellé ne savait où donner de la tête au milieu de ce déluge d'apostrophes, et se contentait d'y opposer ce flegme superbe qui, chez les concierges, est une grâce d'état. La mêlée était complète, et le tumulte au comble lorsque Ludovic parut.

— Ah ! voici le fiancé, dit l'un des assistants, c'est au moins un de retrouvé.

— A la bonne heure ! s'écria un autre ; mais la fiancée ? Il me semble qu'il n'y a pas de noce sans elle ?

Le père de Ludovic n'avait pas été des derniers à aller au-devant de son fils.

— Eh bien ! lui dit-il, ta Marguerite ?

A la douleur profonde empreinte sur les traits du jeune homme, le vieillard comprit qu'une catastrophe le menaçait.

— Ta Marguerite ? répéta-t-il avec une anxiété croissante.

— J'ignore où elle est, mon père.

— Mais elle doit être en haut.

— Qui le sait ?

— Comment, qui le sait ? Où veux-tu qu'elle soit ? ton bon sens ?

— Hélas ! mon père, j'ai bien peur qu'il ne résiste pas au coup que je reçois.

Il raconta ce qui venait de lui arriver et comment il avait vainement frappé à la porte de la jeune fille. Ce fut alors conjectures sur conjectures. On pressa de nouveau le concierge, qui se renferma plus que jamais dans sa dignité. A l'entendre, mademoiselle Marguerite devait être chez elle ; il ne l'avait pas vue sortir, et jurait ses grands dieux qu'elle n'aurait pas pu mettre sa vigilance en défaut ; il ajoutait qu'il était connu dans le quartier pour faire bonne garde, que la maison était tranquille et citée pour ses mœurs ; enfin, tout le répertoire à l'usage des souverains de la loge, et relevé par un débit qui n'appartient qu'à cette institution.

La pensée d'un accident prévalut alors dans les esprits.

— Si elle s'était trouvée mal ? dit un des assistants.

— Si elle allait passer faute de soins ? dit l'autre.

— Peut-être un fourneau mal éteint ?

— Ou bien une chute ?

— Un malheur est si vite arrivé !

— Quand on vit seul, on est sujet à ces événements.

— Qui le sait ? Un suicide !

Ce mot frappa Ludovic comme le son d'un tocsin. A l'instant même, il se souvint de cette mélancolie incurable qui s'était trahie tant de fois, de cette langueur, de cet abattement dont il avait été témoin, et qu'il avait vainement cherché à dissiper. Y aurait-il eu dans ce cœur un combat mystérieux dont cette aventure serait le dénoûment ?

A peine cette pensée se fut-elle emparée de lui, qu'un cri lui échappa.

— Il faut enfoncer la porte, dit-il.

En même temps, il s'élança vers l'escalier et en franchit les premières marches. Si vraiment il y avait une victime, il fallait se hâter de la sauver ; toute minute de retard pouvait être funeste. Ce fut l'avis de l'assistance, qui répéta d'une voix :

— C'est cela ; enfonçons la porte.

Mais on avait compté sans le concierge et ses scrupules d'état. Ce dignitaire voyait sa responsabilité engagée, et, quelque prompt que fût Ludovic, il fut plus prompt encore.

— Un instant, dit-il, en se mettant en travers de l'escalier ;

un instant. Il s'agit d'un de mes locataires, et vous êtes ici dans une maison régulièrement tenue. Peste, Messieurs, comme vous y allez! Enfoncer une porte sans que l'autorité y soit! Pour qui me prenez-vous?

On eut beau faire observer à ce brave homme qu'il y avait urgence à agir ainsi, il n'en voulut pas démordre.

— Je connais les règlements, dit-il.

— Mais si elle meurt? s'écria une voix.

— Elle fera ce qu'elle voudra, répliqua sentencieusement le concierge; mais les règlements sont là. Allez chercher le commissaire.

Ludovic frémissait d'impatience; des délais, des retards, au point où en étaient les choses et au milieu des éblouissements qui l'assiégeaient, impossible. L'image de Marguerite était sous ses yeux; il la voyait mourante, affaissée sur ce fauteuil d'où elle lui avait tant de fois souri, exhalant son dernier souffle, regrettant peut-être la vie, et il eût attendu? il l'eût laissée se débattre sans secours, sans chercher à la sauver, dût-il lui faire ensuite le sacrifice de son bonheur et lui rendre une liberté si chèrement acquise? Non, plutôt que de différer d'une minute, d'un moment, il fallait user de violence.

— Laissez donc le passage libre, s'écria-t-il d'une voix impérieuse.

— Jamais, dit le concierge.

— Eh bien! nous allons voir.

D'un coup d'épaule, il renversa le martyr du cordon, et d'un bond lui passa sur le corps. En vain celui-ci essaya-t-il de le poursuivre dans sa course, Ludovic avait pour lui la jeunesse et la passion, tout ce qui donne des ailes. D'ailleurs, les témoins de la scène avaient pris fait et cause pour le plus chevaleresque des deux champions, et la responsabilité de l'autre s'effaçait devant un cas de force majeure. Tout ce qu'il put faire, ce fut de masquer sa retraite par une dernière protestation.

— Allez du moins chercher un serrurier, dit-il.

Vain conseil! protestation perdue! Ludovic était arrivé devant la porte fatale et la mesurait de l'œil. Rien n'eût pu lui résister; il se sentait des forces surnaturelles. Au premier choc, les ais volèrent en éclat; au second, le **passage fut**

libre; il pénétra chez Marguerite par la brèche qu'il venait
d'ouvrir.

Quand il se trouva dans la première pièce, involontairement il s'arrêta; le cœur lui battait à l'étouffer, ses jambes
semblaient lui refuser leur service; son œil était comme voilé
par un nuage qui ne laissait plus les objets distincts. Il se
remit pourtant et examina les lieux. Rien n'y était changé;
chaque chose était à sa place. Aucun désordre apparent ne
semblait confirmer ses craintes; aucun indice ne faisait pressentir une catastrophe. Restait la chambre de Marguerite; la
clef était sur la porte, et la main de Ludovic trembla en y
touchant. Il ouvrit; un peu d'obscurité régnait dans la pièce,
les rideaux empêchaient le jour d'y pénétrer largement.
Cependant il fut facile à Ludovic de s'assurer qu'aucune
créature vivante ne se trouvait là. Rien n'y manquait pourtant, si ce n'est Marguerite. Tout y gardait l'air d'arrangement qu'elle savait y maintenir, et qui est le luxe des existences modestes. Le lit était fait et garni de sa courte-pointe;
près du lit, le Christ et le bénitier avec un rameau de buis.
Sur les murs, quelques portraits de famille, ébauchés au
crayon, puis la commode en acajou et les chaises de meri-
sier; une petite pendule devant le trumeau et deux vases
remplis de fleurs. L'inventaire n'était pas long, et Ludovic
l'eut achevé d'un coup d'œil.

Cependant son père et ses témoins étaient accourus sur
ses pas, et avaient pénétré dans l'appartement par l'issue
qu'il avait frayée; le concierge venait après eux, afin de
constater les dégâts et mettre sa responsabilité à couvert.
Puis les curieux et les voisins s'y mêlèrent, si bien que le
petit logement fut bientôt rempli de monde. Alors la perqui-
sition devint générale, on regarda sous les lits, on fouilla
tous les recoins. Marguerite n'y était pas; Marguerite avait
disparu; le concierge n'osait en croire ses yeux.

— Je ne l'ai pourtant pas vue sortir, s'écriait-il en prenant
tous les saints à témoin.

— Vous verrez qu'elle aura passé par les gouttières, dit
un mauvais plaisant.

Ludovic était anéanti; à l'effervescence du premier moment avait succédé un accablement profond. Il s'était jeté
sur une chaise et se renfermait dans un silence obstiné. Au

coup qui le frappait se joignait la honte d'un scandale public. En vain son père essayait-il de le consoler et de l'arracher à cette triste scène.

— Partons, lui disait-il. Que faisons-nous ici ?

— Non, répondit le jeune homme avec une obstination farouche ; je l'attends.

Puis, cédant à l'excès de sa douleur et éclatant en sanglots :

— Marguerite ! s'écria-t-il.

Sa main, retombant au hasard, rencontra la table à ouvrage de la jeune fille. Une broderie à demi achevée la couvrait en partie ; mais, sur l'un des coins, se trouvait un bout de papier à peine visible. Ce fut là-dessus que se posèrent les doigts de Ludovic ; il tressaillit à ce contact.

— Ah ! mon Dieu ! dit-il, qu'est-ce que ceci ?

Il s'empara de ce papier ; c'était un billet fraîchement écrit, un billet de Marguerite. Ludovic comprit.

— Voilà ma sentence, ajouta-t-il.

A deux ou trois reprises il essaya de lire ; impossible : ses yeux s'y refusaient ; il n'apercevait que des caractères confus. Enfin il rappela son courage et lut ce qui suit :

« Ludovic, je pars, et il m'est impossible de vous en avouer le motif. Je ne pouvais être à vous sans parjure, et j'ai mieux aimé vous fuir que vous tromper.

« Ne cherchez pas à me rejoindre, ni à en savoir plus que je ne vous en dis. C'est la dernière grâce que je demande à une affection que j'ai trop méconnue et qui méritait d'être mieux payée de retour.

« Adieu, oubliez-moi et plaignez-moi.

« MARGUERITE. »

Ce fut à grand'peine que Ludovic parvint au bout de sa lecture ; quand il l'eut achevée, ses forces le trahirent. Tant d'assauts coup sur coup, un si cruel réveil après un si beau rêve, un si amer désappointement quand il touchait au bonheur, n'y avait-il pas là de quoi terrasser l'âme la plus forte ? Il ne sentit et ne vit plus rien ; sa vue se voila ; son pouls cessa de battre ; il tomba entre les bras de son père comme si la foudre l'eût frappé.

On s'empressa autour de lui; on essaya de le ranimer; la crise était trop violente pour céder aux premiers soins; il fallut le transporter chez lui dans un état d'anéantissement voisin de la mort.

XX

Ludovic était un de ces hommes chez qui la passion, peu expansive, n'en est pour cela ni moins durable ni moins profonde. Il avait aimé Marguerite autant qu'il pouvait aimer; il avait réuni en elle toutes ses espérances et toutes ses affections.

Aussi le coup fut-il rude, et pendant plusieurs semaines son état fut presque désespéré. A la suite de sa léthargie, la fièvre s'empara de lui et résista à tous les traitements. Dans le cours de ses accès, il n'avait qu'un nom sur les lèvres, comme il n'avait qu'une pensée dans le cœur. Il appelait Marguerite, il demandait à voir Marguerite, tantôt d'une voix suppliante, tantôt avec l'accent de la colère.

— Qu'on me la rende! Je la veux! s'écriait-il. Elle est à moi; elle est mon bien!

Son père essayait de le calmer, et n'y parvenait pas toujours; que peut la voix de la raison contre les délires du cerveau? Tant que son fils fut en danger, le vieillard ne songea pas à le quitter. Il fallait que Ludovic eût près de lui un visage ami et qu'il ne fût pas abandonné à des soins mercenaires. Son désespoir était si grand que, même après sa cure, il avait besoin de se rattacher à la vie par les douces consolations de la famille, les seules qui ne trompent jamais.

Le mal céda enfin; mais il en resta un peu d'affaiblissement dans les facultés. Si plein d'ardeur au début, le jeune avocat semblait envisager désormais sa carrière avec une sorte d'impatience et de dégoût. Il se prenait à lui attribuer une portion des douloureux mécomptes qu'il venait d'essuyer; il se disait que, moins assidu au travail, moins dominé par le désir de réussir, il eût vu plus clair dans ses affaires de cœur et conjuré peut-être leur triste issue ; il se reprochait ses qualités comme d'autres se reprochent leurs défauts et découvrait trop tard où peut conduire l'excès d'un bon sentiment.

Comme on l'imagine, sa pensée était invariablement tendue du même côté. Marguerite l'occupait toujours ; il ne pouvait chasser cette image, ni se distraire de ce souvenir. Qu'était-elle devenue ? Comment, et pour qui l'avait-elle ainsi trompé ? Là-dessus, il ne s'abusait pas ; la haine est si clairvoyante ! Il rappelait alors à sa mémoire les deux ou trois circonstances qui jadis l'avaient vaguement frappé, mais qui, aujourd'hui, prenaient à ses yeux une signification claire jusqu'à l'évidence. Point de doute ; c'était lui. Lui ? Qui aurait pu le croire ? Entre Marguerite et cet homme, que pouvait-il y avoir de commun ? Elle si naïve et si pure, lui si raffiné et si corrompu ! Elle qui avait été élevée dans l'exercice des plus pieuses vertus, par d'honnêtes gens et près d'honnêtes gens, lui qui ne cachait pas ses vices et en faisait parade à l'occasion ! Plus il sondait cet abîme et moins il en trouvait le fond. Une enfant aussi chaste, victime d'une séduction aussi vulgaire ! Parfois il se prenait à en douter et rejetait sur des causes inconnues le sombre et funeste événement.

Cependant, à force d'instances, son père obtint du jeune homme qu'il retournât à son étude et se remît à ses travaux. Ce ne fut ni sans efforts, ni sans intermittences ; le feu sacré n'y était plus ; l'activité manquait d'aliment et de but. Cette procédure, à laquelle auparavant il prenait tant d'intérêt et attachait tant de prix, n'était plus désormais qu'une œuvre ingrate, stérile, et dont rien ne compensait l'ennui. Il ne la voyait plus à travers le prisme d'un prochain établissement ; il la prenait pour ce qu'elle est, dégagée des illusions que lui avaient prêtées son amour et sa jeunesse.

Dans les quelques lignes d'adieux que Marguerite lui avait adressées, se trouvait une prière à laquelle Ludovic se fût fait un scrupule de ne pas déférer. Elle demandait l'oubli et l'abstention de toute recherche : il obéit. Il fit plus : afin d'éloigner jusqu'à la pensée d'une infraction, il quitta le petit hôtel dans lequel il avait jusqu'alors vécu, et alla se loger

dans un autre quartier. Il combattait ainsi, par tous les
moyens en son pouvoir, la puissance de regrets et de souvenirs persistants. Il voulait se guérir et y employait tous
les moyens propres à amener cette cure.

Quelques semaines s'écoulèrent ainsi avec une amélioration apparente, et qui, aux yeux de ceux qui l'entouraient,
devait se maintenir et se consolider. Quand il parut plus
calme et plus résigné à son sort, son père le quitta et reprit
le chemin de sa maison qu'il avait longtemps négligée. Ludovic ne fut pas des derniers à l'y encourager par les efforts
qu'il faisait pour se vaincre.

— Bien, mon fils, te voilà sauvé ! lui dit le vieillard au
moment des adieux.

— Oui, mon père, répondit Ludovic avec un sourire mélancolique ; bien sauvé, et grâce à vous. Soyez-en béni !

Ils se séparèrent, et le jeune homme resta seul avec sa
plaie encore saignante dans le cœur. S'il souriait, c'était
comme le Spartiate.

XXI

Pour Ludovic, il n'y avait point de distractions qui pussent
balancer l'influence à laquelle il était soumis. Paris en offre
pourtant de bien puissantes, surtout à la jeunesse. Nulle part
la vie extérieure n'a plus de séductions et n'étale des spectacles plus variés. Ludovic aurait pu en jouir ; les moyens ne
lui manquaient pas : son travail était largement rémunéré ;
sa bourse était bien garnie. Il avait trouvé ce que peut désirer un homme de son âge : la faculté de se suffire et la perspective d'aller plus haut.

Et pourtant, rien ne le tentait ni ne pouvait le détourner de
sa douleur. Dans ses heures libres, ce n'était ni les théâtres,
ni les promenades publiques qui l'attiraient ; il n'allait pas où
va la foule. De préférence il choisissait les endroits les plus
écartés, quelquefois même l'un de ces bois discrets dont

Paris est entouré et qui lui forment une espèce de ceinture. On ne le voyait ni à Versailles, ni à Saint-Cloud, ni à Saint-Germain, sur aucun des points consacrés par la vogue ; mais il allait tantôt à Aulnay, tantôt à Verrières, ou bien sur les hauteurs de Saint-Prix, partout où il espérait trouver un peu d'ombre et de solitude.

Un jour, un dimanche, il avait quitté la ville de fort bonne heure et gagné à pied la portion des bois de Meudon qui s'étend de Clamart à Chaville. C'était par une belle matinée d'été, et Ludovic avait formé le projet de ne rentrer à Paris qu'après le soleil couché. Il devait parcourir les bois et aller de site en site jusqu'à ce que la faim l'obligeât à se rabattre sur une maison des gardes, où il trouverait l'omelette de rigueur et le lapin sauté, qui est le plat fondamental de ces sortes d'établissements.

Le hasard, qui entre pour beaucoup dans la marche des choses humaines, le conduisit du côté des étangs de Villebon. Rien de plus frais ni de plus riant que le sentier dans lequel il était engagé. Des fleurs sauvages en tapissaient les berges et tranchaient, par leurs couleurs variées, sur le fond verdoyant du sol. Sous les voûtes des arbres voletaient des pinsons et chantaient des fauvettes. L'ombre était si touffue que les rayons du soleil, alors dans leur énergie, s'y ouvraient avec peine un chemin et n'étaient manifestes que par quelques points lumineux.

Ludovic s'en allait rêveur dans ces sentiers solitaires. Tantôt il faisait une halte et s'asseyait au pied d'un arbre avec la mousse pour tapis, tantôt il s'engageait sous les futaies et cueillait çà et là quelques fleurs qu'il liait avec des tiges flexibles. Ce qu'il en faisait était purement machinal ; son esprit n'était pas là et retournait vers un passé dont rien ne pouvait effacer les traces. Il se figurait que Marguerite était à ses côtés, qu'elle prenait son bras pour appui et ne le quittait que pour aller faire sa petite récolte. Eussent-ils été heureux à s'égarer ainsi, à fouler ces beaux gazons que la nature déploie sous les pas de ceux qui l'aiment, et qu'elle renouvelle avec une si incessante libéralité ! Que ce ciel, cette verdure, ces eaux tranquilles, ces plantes agrestes, eussent été beaux à deux ! Comme il en eût joui alors, lu qui les contemplait d'un regard morne et désespéré ! Il n'é-

tait pas jusqu'au chant des oiseaux dont chaque note ne fût
comme un écho de sa propre plainte.

En cheminant ainsi, Ludovic arriva sur un point de la forêt
où les sillons que la hache y a ouverts viennent se réunir
comme dans un confluent commun. Déjà il avait pu, de loin
et dans la perspective, s'assurer que ce carrefour était le
siége d'un mouvement fort actif; des voitures, des charrettes
s'y succédaient, mêlées à de nombreux piétons. C'étaient ou
des citadins venus comme lui pour respirer un air plus libre,
ou des gens de la campagne se rendant à des travaux urgents. Tout indiquait une grande voie de communication,
ménagée à travers ces masses d'arbres, dans un but d'agrément ou d'utilité. Les bois qui environnent Paris en sont
tous pourvus; on les prendrait pour de vastes parcs, tant les
percées y sont multipliées et distribuées avec symétrie.

A l'aspect de cette route, le premier mouvement de Ludovic fut de s'en éloigner et de se jeter dans les taillis. Il n'était
pas venu à Meudon pour y chercher du monde et ne se sentait bien qu'à l'écart des importuns. Déjà il luttait de son
mieux contre les plantes sarmenteuses et faisait plier jusqu'à
terre les jeunes baliveaux qui se rencontraient sur son chemin, lorsque tout à coup il tressaillit et s'arrêta. Un cri per-
çant venait de frapper l'air, un cri de terreur et de détresse.
En toute circonstance, Ludovic eût obéi à cet appel; il était
humain et prompt à se dévouer; mais ici un motif plus puissant l'attirait: dans cette voix éplorée, il avait cru reconnaître
une voix familière à son oreille. Qu'on juge de l'élan de Ludovic: brisant tout sous ses pieds et se frayant une issue de
vive force, il courut vers le bruit.

C'était du côté de la grande route, et il fallut quelques minutes au jeune homme avant d'arriver à un point découvert.
Là, d'un regard il vit et comprit tout. Un boghey, emporté
par un cheval fougueux, fuyait à toute vitesse vers les étangs
de Villebon. Deux personnes le montaient, une femme et un
homme. L'homme pesait de toute la puissance de son poignet
sur les rênes du cheval, de manière à lui faire sentir le
mors; la femme se cramponnait au frêle équipage et poussait
des cris déchirants. Déjà le harnais avait cédé et le boghey,
bondissant d'ornière en ornière, menaçait de voler en éclats.
Encore n'était-ce là que le moindre péril: dans sa course

désordonnée, le cheval tirait droit vers les étangs et semblait au moment de s'y abîmer avec les personnes qu'il portait.

Ludovic demeura anéanti : la femme en danger de périr était Marguerite ; l'homme était Melchior. Ils avaient passé devant lui comme la foudre et sans qu'il eût le temps de les secourir ; c'étaient bien eux, il les avait bien reconnus ; c'étaient eux qui couraient vers les étangs à la merci d'une bête furieuse et allaient y être engloutis.

Il faut rendre cette justice à Ludovic, qu'aucun mauvais sentiment ne s'éleva dans son cœur à la vue de cette scène. L'affection y fut plus forte que le désir de la vengeance. Par un mouvement irrésistible, il se jeta sur les traces du boghey, et courut à perdre haleine à sa poursuite.

— Arrêtez ! criait-il, arrêtez !

Il espérait attirer ainsi sur la route quelques bûcherons dont la présence eût suffi pour détourner et mater le cheval. Personne ne parut, et Ludovic, même en s'essoufflant, perdait du terrain au lieu d'en gagner. A chaque instant le boghey s'éloignait de lui et se rapprochait de l'endroit fatal.

Il y eut là, pour le jeune homme, une de ces minutes qui valent des siècles et suffisent pour blanchir les cheveux. A sa rencontre avec les étangs, la route formait un détour, et tout dépendait de la manière dont le cheval se comporterait, arrivé là. S'il ne déviait pas de sa ligne, la catastrophe était imminente ; s'il cédait à la rêne et inclinait à point, elle pouvait être différée, conjurée même en cas de secours. Ainsi calcula Ludovic ; en même temps, il tenait l'œil fixé sur ce tournant et s'y dirigeait de toute la vitesse de sa course. Jamais son cerveau n'avait éprouvé pareille secousse : retrouver inopinément Marguerite, et la retrouver au milieu de risques pareils, était une épreuve que la tête la plus ferme n'eût pas supportée sans ébranlement.

L'instant critique était arrivé, le boghey touchait aux étangs, et, aux allures du cheval, il était facile de voir qu'entre lui et son conducteur il s'établissait une lutte décisive. Si la bête était entêtée, l'homme était vigoureux. Enfin l'animal céda au mors, et la voiture se déroba dans les sinuosités de la route ; mais elle rebondit si violemment, que Ludovic s'imagina qu'elle avait volé en éclats et poussa un cri désespéré.

Ce ne fut qu'une angoisse de quelques secondes : arrivé sur la berge des étangs, il vit que le boghey les contournait et s'engageait dans l'avenue qui conduit à Viroflay. La marche, quoique irrégulière, s'était améliorée, et les emportements du cheval s'étaient un peu calmés.

Que pouvait faire Ludovic? Il n'avait ni la volonté, ni la force de suivre à la course un animal fougueux. D'ailleurs, à quoi bon? Marguerite était perdue pour lui, irrévocablement perdue. Ce qu'il soupçonnait avant cette rencontre, il venait d'en acquérir la preuve. C'était bien à Melchior qu'on l'avait sacrifié. Il se fit, à cette pensée, un salutaire retour dans l'esprit du jeune homme. Marguerite perdit l'auréole sous laquelle il avait coutume de la voir; elle descendit au rang des créatures déchues. Pendant quelques minutes encore, il suivit de l'œil cet attelage qui emportait sa dernière illusion; et quand il l'eut perdue de vue dans les profondeurs du bois :

— Pauvre femme, s'écria-t-il, que je la plains!

Puis il regagna Paris, sinon plus satisfait, du moins plus résigné.

XXII

A partir de ce jour, Ludovic reprit goût aux affaires et retrouva le feu de ses débuts. Ce fut un tout autre homme. De nouveau il eut le désir de réussir, de marquer parmi ses confrères, de donner quelque éclat à son nom. D'où venait ce changement? Était-ce simplement une rupture avec le passé, ou bien s'y mêlait-il un sentiment de vengeance? Un peu de tout cela ; mais au fond Marguerite était, dans ce retour, pour beaucoup plus que Ludovic ne le supposait. Il espérait évidemment la faire repentir d'indignes préférences, l'amener à des regrets et lui rendre plus sensibles les torts qu'elle avait eus.

Les résultats ne trompèrent point son attente; il eut bientôt regagné le temps perdu et assuré son succès. L'ordre des

avocats vit en lui un sujet destiné à lui faire honneur, et si
sa jeunesse lui interdisait d'aspirer encore aux distinctions
que l'élection confère, il était d'avance désigné comme un
de ceux qui devaient y arriver dans un avenir prochain.

Quand la fortune sourit à un homme, il est rare qu'elle le
fasse à demi ; elle épuise sur lui ses faveurs. Il parvint alors
à Ludovic, de bien des côtés, des propositions d'établissement faites pour tenter son orgueil ou son ambition. Il était,
il est vrai, dans toutes les conditions qui rendent une alliance convenable : jeune, capable, bien fait de sa personne,
de bonne éducation et de bonnes mœurs. Aussi y mit-on de
l'insistance. Celui de tous qui se montra le plus pressant fut
l'avoué qui lui avait ouvert la carrière, et qui depuis lors lui
confiait exclusivement les travaux les plus délicats et les
mieux rétribués de son étude. Par mille détours ingénieux,
il fit entendre à Ludovic qu'il n'était pas éloigné de songer à
lui comme à un gendre et à un successeur.

Pourquoi Ludovic n'accepta-t-il pas ses offres? Pourquoi
s'obstina-t-il à les écarter doucement, sans bruit, sans jactance et en témoignant combien il en était honoré? C'était le
secret de son cœur : sa réponse était invariablement la même
et des plus simples que l'on pût voir. Il disait qu'il se croyait
trop jeune pour se mettre en ménage et qu'il y songerait plus
tard. Mais, derrière ce prétexte, il y avait une autre cause
plus sérieuse et plus réelle que Ludovic n'eût avouée à personne et qu'il ne s'avouait pas à lui-même : c'était la pensée
de Marguerite, le souvenir de Marguerite, le regret de Marguerite. Si effacée qu'elle parût, cette image occupait encore
une place que personne ne pouvait lui ravir ni lui disputer.
Non pas que Ludovic conservât le moindre espoir; non, tout
était fini entre eux, il le comprenait, il consentait à effacer de
sa vie cette page douloureuse; mais, par une contradiction
singulière, plus il se résignait là-dessus, moins il se sentait
de goût pour un engagement nouveau. Le cœur humain a de
ces problèmes.

Ludovic d'ailleurs se fiait au temps comme au meilleur
des médecins; il attendait de lui le complément de cette cure
difficile. Encore quelques mois, quelques années, et cette
aventure de sa jeunesse ne serait plus qu'un de ces mauvais
songes qui se dissipent au réveil. Jusque-là, il ne voulait

pas aliéner sa liberté : pour lui, le mariage était ce qu'est la mer pour le naufragé de la veille, un épouvantail. Avant de s'y risquer de nouveau, il fallait que le souvenir de son premier naufrage fût un peu effacé.

Les choses en restèrent donc là, et aucune de ces propositions n'aboutit; Ludovic semblait décidé à chercher la paix dans l'oubli, lorsqu'un événement singulier le rejeta dans le tourbillon d'où il venait de sortir à grand'peine.

Un jour qu'il était dans son cabinet, occupé à un travail urgent, on vint le prévenir que quelqu'un demandait à lui parler. C'était une visite assez inopportune; mais Ludovic n'avait pas, ne pouvait pas avoir encore la prétention de faire morfondre les gens dans son antichambre, ni de fermer sa porte sur un caprice, comme c'est d'usage chez les hommes en crédit; il donna audience sur-le-champ à la personne annoncée. Elle entra, et le jeune avocat ne vit pas d'abord à qui il avait affaire. La physionomie ne lui était pas inconnue; mais ce qui jetait du trouble dans ses souvenirs, c'était un habit noir, emprunté à quelque étalage de fripier, et un gilet à bouquets dont les proportions dépassaient de beaucoup celles de l'habit. Là-dessous, d'ailleurs, l'homme paraissait un peu gêné : évidemment il ne s'ajustait ainsi que dans les grandes circonstances et pour se donner des airs plus imposants. Le complément de la toilette consistait en un chapeau dont les tons roux trahissaient la date, un col en crinoline presque arrogant dans sa raideur, et des culottes d'une nuance douteuse tombant sur des tiges de bottes cirées à l'œuf.

Le maintien de l'homme était à la hauteur d'un si bel ensemble; il entra dans le cabinet avec un aplomb évident et une confiance que signalait la pesanteur de ses pas; son talon ébranlait le parquet, ses coudes heurtaient les tables et les étagères. Il était comme chez lui.

— Quel est donc cet original, se demanda Ludovic, et que peut-il me vouloir?

L'inconnu venait de s'arrêter devant lui sans préambule, et était occupé à toute autre chose qu'à lui fournir des explications. Il cherchait dans les profondeurs de son habit un paquet dont le développement des poches rendait l'extraction difficile. Enfin il vint à bout de cette opération, et un soupir, exhalé de ses poumons, témoigna le prix qu'il y attachait et les efforts qu'elle lui avait coûtés. Muni de son dépôt, il sembla plus à l'aise et recouvra l'usage de la parole :

— Monsieur Ludovic? dit-il.

— C'est moi, répondit l'avocat.

— Je le sais bien, reprit l'inconnu, ce n'est pas d'aujourd'hui que je vous vois.

— Ah!

— Comment, monsieur Ludovic, vous ne me reconnaissez pas?

Le jeune homme l'examina mieux; malheureusement il fit porter cet examen sur des objets qui étaient de nature à l'induire en erreur, et, quelque attention qu'il y mît, il ne parvint à reconnaître ni ces bottes, ni ce chapeau, ni cet habit, ni ce gilet. Et pourtant, sans qu'aucun nom arrivât à ses lèvres, il avait la conscience d'avoir aperçu ce visage quelque part. Où? il l'ignorait. Quand? il ne s'en souvenait pas davantage.

Intrigué, il alla droit au but :

— Votre nom? dit-il.

— Mon nom? Serait-ce donc vrai que vous ne me remettez pas, monsieur Ludovic?

— Il faut le croire.

— Comment! après nous être tant vus autrefois? Est-ce possible?

— Ah çà! mais, qui donc êtes-vous?

— Moi! qui voulez-vous que je sois, monsieur Ludovic? toujours le même : un homme ne change pas de peau comme le serpent.

— Mais encore?

— Eh bien! quoi? Le concierge de là-bas, de la maison que vous savez.

— Ah! mon Dieu! s'écria Ludovic.

— Vous y êtes à présent, dit stoïquement l'inconnu; ça n'est pas malheureux. Mais j'opine à dire que vous y avez mis le temps.

Ludovic changea à l'instant de visage et de ton; c'était comme une révélation qui venait de se faire; il avait reconnu l'ancien concierge de Marguerite, celui qui s'était montré si jaloux de ses droits et si plein de majesté le jour de la disparition de la jeune fille.

— Que puis-je faire pour vous? dit-il au concierge. Qu'y a-t-il? Parlez.

Ces questions pressantes ne parvinrent pas à tirer cet homme du flegme qui lui était habituel; il se croyait en outre, à raison de son habit noir, astreint ce jour-là à plus de formes, et ce ne fut pas sans s'être recueilli un moment qu'il se décida à fournir une réponse.

— Il y a que je viens de sa part, dit-il.

— De sa part? répondit Ludovic étonné, de la part de qui?

— De sa part, à elle.

— Elle! s'écria Ludovic, elle? qui, elle?

— Vous le savez bien. Vous y veniez assez souvent autrefois.

Ludovic comprit enfin, et un frémissement involontaire agita ses membres.

— Elle est donc encore chez vous? dit-il au concierge, donnant à sa voix un accent plus voilé et plus mystérieux.

— Elle n'en a jamais quitté, répondit cet homme avec la pureté de langage qui est inhérente à la profession.

— Vrai?

— Aussi vrai que ses quittances m'ont passé par les mains.

— Au même étage?

— Au même étage, trois cents francs et le sou pour livre.

Chaque mot de cet homme résonnait dans le cœur de Ludovic comme le timbre résonne sur l'airain.

— Et puis? dit-il en s'efforçant de maîtriser son émotion.

— Et puis, reprit le concierge sans rien perdre de sa majesté, voici.

Ces mots étaient suivis d'un geste approprié. Il présentait aussi noblement que possible le paquet dont il était porteur.

— Est-ce tout? ajouta Ludovic.

— Absolument tout! dit le concierge. J'avais promis, sur mon honneur, de remettre l'objet en vos mains. Il y est : je suis en règle.

Ludovic eut beau insister, il ne put rien tirer de plus d'un homme pénétré du sentiment de sa dignité et attachant à sa mission une importance au moins égale à celle qu'attribuent à leurs paroles des diplomates réunis autour d'un tapis vert.

XXIII

Quand Ludovic se retrouva seul et en présence de cet envoi mystérieux, le cœur lui battit comme autrefois. Ce passé, qu'il croyait oublié, reparut avec ses souvenirs charmants ou douloureux. Un envoi de Marguerite! Pourquoi? dans quel sentiment? dans quel but? que pouvait-il s'échanger désormais entre elle et lui, si ce n'est de pénibles récriminations? Il s'y perdait. Le paquet était sous ses yeux, sur sa table, et il n'osait y toucher, tant il avait peur d'y découvrir un nouveau sujet de souffrance. Enfin il se décida à briser l'enveloppe: sous un second cachet, et soigneusement plié, était un manuscrit. Ludovic y jeta les yeux; c'était de la main de Marguerite. Un nuage obscurcit sa vue; il crut qu'il allait défaillir, et ce ne fut pas sans effort qu'il parvint à se remettre et à lire ce qui suit:

« Ludovic, il est un moment dans la vie où l'on a besoin de pardon; j'en suis arrivée à ce moment. Je vous ai offensé, j'ai eu envers vous des torts bien graves et que j'ai cruellement expiés. Voulez-vous que je vous dise aujourd'hui quel rôle la fatalité a joué en tout cela? Ce n'est point une justification que j'entreprends; c'est une explication et un examen de conscience. Vous verrez bientôt à quel point mes aveux sont désintéressés, et que je n'en attends pas autre chose qu'un bon sentiment de votre part. Il me reste, grâce à ciel, assez de fierté dans le cœur pour porter seule le poids de mes hontes, et à aucun prix je ne voudrais en rejeter la moindre part sur autrui. C'est donc librement et sans arrière-pensée que je vais vous parler.

« Dieu me garde de vous faire le moindre reproche, Ludovic; je n'ai que moi à accuser. Et pourtant laissez-moi vous dire que vous ne m'avez pas comprise. C'est ma faute, j'aurais dû me montrer telle que j'étais. De ce que vous me voyiez assidue à ma besogne, tranquille en apparence et ne songeant à rien, si ce n'est à mes chiffons, vous avez dû croire que chez moi toute imagination était morte, et que j'étais par-dessus tout une fille sensée, méthodique, plus ca_ pable de calcul que d'élan, positive, tranchons le mot. Voilà l'opinion que vous avez dû vous former et qui a réglé votre conduite.

« Vous m'aimiez ; comment pourrais-je en douter après toutes les preuves que j'en ai eues? Je vous aimais aussi, et plus je me reporte au début de notre liaison, plus je sens que cette affection était sincère. Nous étions alors dans les meilleures conditions du monde pour faire ce que l'on nomme un mariage assorti. S'il avait eu lieu, j'y eusse acquiescé de toute mon âme, et une fois liée, j'aurais été une gardienne fidèle de votre honneur. Malheureusement, ce que le cœur jugeait si opportun, la raison le regarda comme prématuré : le calcul s'en mêla et les empêchements survinrent. Il vous parut imprudent d'entrer en ménage à l'aventure, et sans vous être assuré des moyens de le faire marcher. Rien de plus sage, et il était naturel de croire que je m'associerais à ces plans. En effet, je m'y associais, et avec beaucoup de bonne foi, je vous l'assure. Malheureusement il se fit alors en moi, presque à mon insu, une révolution qui vous fut fatale, ou plutôt fatale à tous les deux.

« Parfois, Ludovic, dans mes heures de solitude, et vous savez si elles se prolongeaient, je me prenais à réfléchir sur notre amour, sur vous, sur ce que vous m'aviez dit pendant le cours de nos entrevues. Il faut tout vous avouer, puisque j'en suis à une confession complète : de loin en loin, j'avais lu quelques romans ; libre comme je l'étais, qui aurait pu me préserver de ces lectures ? Eh bien! dans aucun de ces romans je n'avais trouvé d'amour aussi calme que le vôtre, aussi patient, aussi résigné. Partout où l'on dépeignait ce sentiment, c'était avec des couleurs ardentes et un caractère fougueux. Les héros du genre brisaient les obstacles, ne tenaient pas compte des difficultés, et, par un rapprochement involontaire, il me semblait que, comparé à eux, vous étiez bien sensé, bien avisé, bien dépourvu d'imagination. Ne m'en veuillez pas trop, j'étais petite fille alors ; je n'avais pas acquis à mes dépens cette expérience qui coûte si cher et qui arrive trop tard pour le salut des gens.

« Ce fut ainsi, Ludovic, que vos qualités même tournèrent contre vous. Enfant que j'étais ! Je ne voyais pas alors tout ce qu'il y avait d'affection réelle sous cette prévoyance poussée à l'excès ! Je ne voyais pas ce que j'ai vu depuis, ce que j'ai regretté après l'avoir perdu, les trésors de tendresse et de dévouement que renferme votre cœur, et dont je me suis montrée si indigne. Je ne voyais pas, dans cette ardeur même que vous apportiez à vos travaux, le sens secret que vous y attachiez, le désir de me rendre et de me voir heureuse. Vous me le disiez bien parfois ; vous me le faisiez bien comprendre avec une délicatesse que je n'ai pas suffisamment appréciée, mais les chimères dont ma tête était remplie ne me permettaient pas d'obéir à des impressions saines et vraies. J'étais le jouet de fantaisies que je n'eusse pas osé vous avouer, mais dans lesquelles j'aurais voulu vous voir entrer. Je vous aurais désiré plus conforme aux personnages imaginaires dont mon cerveau était rempli, plus ardent, plus impétueux, plus disposé aux aventures, tel enfin qu'on représente les hommes aux grands sentiments et aux grandes passions.

« Comment n'avez-vous pas compris, Ludovic, le travail qui se faisait dans mon esprit ? Comment ne m'avez-vous pas alors sauvée de moi-même ? J'étais pure encore ; mon cœur vous appartenait ; il n'y avait d'atteint que mon imagination, et il eût été facile de la guérir. Quelques mots de vous, et la cure se fût accomplie. Mais vous étiez alors dans le feu de vos études et ne voyiez plus votre pauvre Marguerite qu'à travers les soucis et les prestiges d'un examen prochain. Vous ne pouviez la deviner ni la secourir dans ses défaillances. Ah ! qu'un aveu eût été bon alors ! Qu'une explication franche eût été salutaire pour tous deux ! Que de tortures elle m'eût épargnées, et à vous aussi, Ludovic ! Bien des fois je fus sur le point de l'amener, de vous raconter mes combats, mes doutes, l'état de mon cœur, les visions dont mon cerveau était obsédé ; mais, au moment d'aborder ce sujet, je sentais ma langue comme paralysée. Était-ce bien à une jeune fille d'en venir à un pareil entretien ? N'était-elle pas astreinte à plus de réserve ? Je me taisais donc et cachais mon embarras sous une froideur affectée. De là, dans nos relations, une gêne et un malaise qui ne pouvaient que s'accroître, et qu'une circonstance funeste vint porter à leur dernier degré.

« Ici, Ludovic, je m'adresse à votre compassion et implore votre indulgence. Jusqu'alors point de faute réelle ; rien qui ne pût être réparé par un mot dit à temps. Maintenant tout va s'aggraver, et, d'inconséquence en inconséquence, je me laisserai entraîner à des torts irréparables.

XXIV

« Vous devinez, Ludovic, de quoi et de qui je veux parler ; ce qu'il me reste à vous apprendre, c'est la manière dont j'ai été entrainée.

« Vous savez quel était l'homme logé dans le même hôtel que vous et y occupant l'étage inférieur. Aujourd'hui que mes yeux sont dessillés, je le juge avec plus de sévérité que vous ne le jugez vous-même, et le méprise plus que vous ne pouvez le mépriser. Mais quand j'eus, pour la première fois, l'occasion de le voir, j'étais folle et rieuse comme le sont les enfants, et ne savais pas encore où conduit un premier faux pas.

« Longtemps je n'avais pas pris garde à Melchior, quoiqu'il fût un très-ancien commensal de l'hôtel et qu'il eût essayé d'attirer mon attention de toutes les manières. Je le regardais comme une sorte d'original, très-hardi, très-content de lui-même, beau garçon d'ailleurs, et fait pour plaire aux femmes équivoques dont il était entouré. Voici encore un triste aveu, Ludovic, mais je ne suis plus en mesure de vous rien cacher. La première fois que j'arrêtai mon regard sur ce ménage de garçon, ce fut pour y épier ce qui se passait entre lui et ses favorites. La curiosité est si bien dans nos instincts, à nous autres femmes, que nous y cédons, même au prix de quelques risques. Je m'étais donc placée à la fenêtre, de manière à être témoin de ces scènes qui n'avaient, comme vous pensez, rien d'édifiant. J'étais à l'abri de mes rideaux et croyais n'être pas vue. Or le hasard fit que Melchior m'aperçut, et c'en fut assez pour amener un coup de théâtre. Il ouvrit brusquement sa croisée, montra son

buste en plein, et, tournant les yeux de mon côté, de manière
à ce que je ne pusse me méprendre ni sur le geste, ni sur
l'intention, il m'envoya un baiser à travers l'espace et au
milieu des rires de son sérail.

« Je me dérobai à l'instant à ces insolences, et, mourant
de honte, je me jetai dans un fauteuil. Une pareille leçon
eût dû me suffire; elle donnait la mesure de l'homme et me
dictait la conduite qu'il fallait tenir avec lui. Plus de curiosité
déplacée ni de démarche imprudente; mais de la réserve et
une sorte d'interdit rigoureusement maintenu.

« Pendant quelques jours il en fut ainsi, ou, du moins, me
tins-je à l'abri des surprises. Mais, par une contradiction singulière, plus je me disais que ces spectacles étaient à fuir,
plus je me sentais attirée vers eux. Même aujourd'hui que
la réflexion m'éclaire, c'est à peine si je me rends compte
des motifs qui me faisaient agir ainsi. Faut-il croire qu'il y a
dans le mal on ne saurait dire quel attrait dont il est difficile
de se défendre? La réputation de Melchior était faite dans
le quartier; pas une voix qui variât là-dessus. Il passait pour
un mauvais sujet et s'en faisait gloire, portait ses vices à
front découvert, et cherchait le scandale comme d'autres
l'évitent. On citait de lui des esclandres, des aventures, et
quand on se mettait à compter ses victimes, le chapelet en
était long.

« Je savais tout cela, Ludovic, et plus j'en apprenais là-
dessus, plus je me croyais à l'abri d'une séduction aussi ba-
nale. Si enfant que je fusse, je raisonnais. Qu'était-ce, après
tout, que ce Melchior? un coureur d'estaminet, un débauché,
un fainéant; quelques avantages naturels, mais point de
qualités solides, rien de ce qui honore et assure la vie. Ainsi
pensais-je, et c'était trop que d'y penser. J'eusse été mieux
gardée par l'oubli que par cette obstination à m'occuper de
de lui, même pour le voir en mal et pour mieux m'en défendre.

« M'en défendre, et pourquoi cela? Cet homme que je ju-
geais si dépravé était donc dangereux pour mon repos?
j'avais à prendre des précautions contre lui? Hélas! oui, Ludovic, je rougis en l'avouant et déteste ma faiblesse. Oui, le
péril commençait, presque à mon insu. Oui, cet homme, si
décrié pour ses mœurs, si notoirement vicieux, cet homme

qui m'avait fait l'insulte d'un hommage public, occupait obstinément ma pensée. J'avais beau l'en chasser, il y rentrait
par quelque voie. Tantôt c'était un propos tenu sur lui, tantôt une rencontre dans la rue, parfois le bruit qui se faisait
dans son logement, envahi par des créatures perdues.

« C'est vers ce temps que vous songeâtes à moi et que
notre maison vous fut ouverte. J'en bénis le ciel et m'attachai à vous sincèrement. Mon imagination avait besoin d'un
aliment, et vous arriviez à propos pour la détourner d'une
pente fâcheuse. De l'imagination, me direz-vous, à quoi
bon ? N'avais-je pas assez de mes charges de chaque jour ?
d'une besogne ingrate et imposée par la nécessité, de la surveillance qu'exigeait l'état de ma grand'mère, enfin des soins
d'un ménage qui reposait sur moi ? Au milieu de ces embarras et de ces soucis, l'imagination n'était-elle pas de trop,
et ne valait-il pas mieux la mettre sous la remise ? Oui, Ludovic, l'imagination était de trop, et pourtant la mienne ne
me laissait point de trêve. Plaignez une pauvre fille qui n'a
pas su en maîtriser les écarts ni tenir ses sentiments au niveau de sa fortune. J'ai voulu courir les espaces, et j'en reviens blessée à en mourir. Plaignez-moi, vous dis-je.

« Votre présence fut pour moi d'un effet salutaire, et un
instant toute autre pensée s'effaça de mon esprit. Si je songeais encore, et de loin en loin, à Melchior, c'était pour le
confondre par un rapprochement. Quel contraste entre vous
deux ! Autant sa réputation de mauvais sujet était bien établie, autant la vôtre, comme garçon rangé, était de notoriété
publique ! On n'eût pu choisir d'exemples plus frappants,
l'un à imiter, l'autre à éviter. Vous l'emportiez alors dans
la balance, Ludovic, et de beaucoup ! Comment se fait-il que
l'équilibre ait été modifié à votre préjudice, et que plus tard
j'aie penché de l'autre côté ? C'est ma destinée qui l'a
voulu.

« Je me souviens que les mauvaises impressions com-
mencèrent du jour où j'aperçus Melchior chez vous, où je
fus de nouveau en butte à ses œillades obstinées. Je m'en
piquai au lieu d'en hausser les épaules, comme le méritaient ses airs impertinents. Il me sembla que la conduite de
cet homme était d'une souveraine inconvenance. Pourquoi
compromettre ainsi une jeune fille, qui ne répondait à ses

avances que par la réserve la plus absolue et le dédain le plus formel? Que signifiait cette persécution sans motif et sans objet? Il me semblait, en y réfléchissant, que la société n'offre pas aux femmes, sous ce rapport, les garanties qu'elles seraient en droit de désirer. Là où elles sont impuissantes à se faire elles-mêmes justice, il faudrait que quelqu'un intervînt. Quand il y a un homme dans la maison, il s'en charge ; mais nous n'étions que deux femmes, l'une infirme, l'autre bien jeune, et n'avions pour défense que notre propre faiblesse. Melchior en abusait, et j'en étais révoltée.

« Quelquefois il m'arriva de songer à vous et d'y songer comme à notre champion. Je voulais vous confier le détail de ces petites scènes et me concerter avec vous sur les moyens de m'en délivrer. Plût à Dieu que je l'eusse fait ! Peut-être qu'une explication eût suffi à ce moment et que les choses n'auraient pas eu d'autres suites. Ce qui m'en empêcha, ce fut la crainte d'amener entre Melchior et vous une querelle sérieuse et peut-être un duel. Je me dis qu'au fond le grief était trop futile pour nous exposer, vous à une chance pareille, moi à un éclat public. J'espérais que, de guerre lasse, notre homme se résignerait à laisser une jeune fille, ignorante de tout mal, vivre comme elle l'avait fait jusqu'alors, dans la solitude et dans la paix.

« Tout cela n'avait qu'un tort, celui de rendre à Melchior une trop grande place dans mes pensées, si grande, que j'y songeais plus qu'à vous. C'était pour le détester, il est vrai, c'était pour le charger de toutes les imprécations que la langue pouvait me fournir, mais je n'en étais pas moins enchaînée à ma haine autant que j'aurais pu l'être à une affection. — Voyons comment il se comportera aujourd'hui ! me disais-je en me levant. Sera-t-il aussi hardi qu'hier? Le grossier, l'impudent, ajoutai-je pour marquer l'impression que ses procédés faisaient sur moi ; puis, la curiosité s'en mêlant, je l'épiais sans en être vue, me préoccupais de ce qu'il faisait, de la compagnie qu'il recevait, enfin de mille circonstances auxquelles, moins montée, je serais restée étrangère.

« Il se passa un jour sous mes yeux, et probablement à l'insu des acteurs, une scène qui aurait dû me servir, quoi qu'il arrivât, de préservatif contre les séductions de cet homme. Il avait une femme chez lui, et au ton de l'entretien qui s'élevait de plus en plus, il était facile de comprendre que les interlocuteurs n'en étaient pas sur le pied de paix, et réglaient un compte tant soit peu orageux. Je me blottis contre la vitre, afin de mieux entendre et de mieux voir. Un instant je crus que j'en serais pour mes frais et que ce tableau d'intérieur échapperait à mes regards. Melchior, en garçon prévoyant et qui ne veut rien avoir à démêler avec la police, vint fermer la croisée au moment où l'affaire s'échauffait. Il oublia sans doute qu'en plongeant par-dessus ses rideaux, une partie de son logement était encore distincte pour moi. Ce fut alors que se passa un incident que je n'oublierai de ma vie. Melchior détacha du mur une cravache qui devait être son dernier argument et son grand moyen de persuasion ; puis, ainsi armé, il frappa à deux ou trois reprises la malheureuse qui se débattait sous sa main. J'entendis un premier cri et ne pus supporter plus longtemps ce spectacle. L'indignation m'étouffait ; et si j'avais été un homme, j'aurais à l'instant même envoyé un cartel à ce brutal.

« Pendant que je faisais, dans mon existence, une place si grande à de semblables émotions, vous étiez dominé tout entier par le désir de sortir victorieux de vos derniers examens. Ce fut un tort réciproque, Ludovic ; à la différence que votre tort est de ceux qui s'avouent et portent avec eux leur excuse, tandis que le mien est de ceux que l'on cache et que rien ne peut justifier. Évidemment, puisque nous étions destinés l'un à l'autre, je devais tout vous dire, tout vous confier, les extravagances de cet homme, ses poursuites obstinées, les petites découvertes que je faisais dans son intérieur, les répugnances qu'il m'inspirait, le désir que j'avais d'être délivrée de ses obsessions. Oui, je le répète, j'aurais dû tout dire, même au prix de quelques risques pour vous. D'ailleurs, cette confidence eût enlevé aux choses une bonne partie de leur gravité. Nous aurions pu, d'un commun accord, ne pas prendre ce fat au sérieux, et couper court par le ridicule à des prétentions qui n'avaient ni but ni prétexte.

« Les choses ont suivi une autre marche ; la fatalité l'emportait. Voulez-vous que je vous dise tout ce que j'en pense ? Entre vous et moi il a toujours régné, j'ignore pourquoi, un

obstacle à des épanchements complets. Ce n'était pas la différence des âges; sous ce rapport, rien de mieux assorti que
nous. Était-ce des nuances dans les caractères? Je le crois
plutôt. Vous avez, Ludovic, une maturité précoce qui, plus
d'une fois, a enchaîné sur mes lèvres l'expression de mes
sentiments et a jeté quelque embarras dans nos rapports.
Vous avez, en outre, si je vous ai bien compris, une manière
positive d'envisager la vie qui, à votre insu, s'étend jusqu'aux affaires du cœur et leur enlève une partie de leur
charme. Vous ai-je mal jugé? Est-ce bien ainsi que vous
êtes? Je n'oserais dire ni oui, ni non; je n'en suis plus ni à
accuser autrui, ni à me défendre. Cette période de ma vie
s'est écroulée pour ainsi dire dans la période qui a succédé,
et rien ne sert de remuer des ruines. Si je vous en parle,
Ludovic, si je cherche, moi si coupable et si désespérée, à
atténuer mes torts et vos légitimes griefs, ce n'est pas pour
appeler sur ma tête un intérêt dont je ne suis plus digne,
mais pour vous expliquer comment et dans quelles conditions a eu lieu cette déchéance qui, pour être insaisissable à
ses débuts, n'en a pas marché pour cela ni moins fatalement,
ni moins rapidement. »

XXV

Ludovic parcourait ces feuillets sous l'empire d'une émotion toujours croissante. Quelque douloureux que fût le
passé, il goûtait un plaisir amer à le voir évoquer devant lui
c'était sa propre destinée dont il obtenait enfin le dernier mot
il poursuivit sa lecture.

« J'en arrive, Ludovic, à la partie délicate de ma confidence, et, dussé-je achever de me perdre dans votre esprit,
je serai sincère jusqu'au bout.

« Il vous souvient du jour où le diplôme tant souhaité
couronna vos longs efforts. Depuis plus d'un mois il n'était
pas question d'autre chose entre nous. Notre avenir, notre

amour paraissaient en dépendre. Il faut tout vous dire ; ça
n'était pas sans dépit que je vous voyais attacher à ce triomphe
un intérêt aussi exclusif. Il me semblait que j'avais à en souffrir et que j'en étais un peu négligée.

« La veille du jour où vous parûtes devant la Faculté,
nous passâmes la soirée ensemble, et j'ai encore présents à
la mémoire les détails de notre entretien. Votre esprit n'était
plus avec moi ; il appartenait déjà aux professeurs qui, le
lendemain, devaient le soumettre à une décisive épreuve.
Vous viviez chez les Romains, dans la compagnie de leurs
jurisconsultes et des savants qui les ont commentés. En vain
essayai-je de vous railler ; votre préoccupation resta la plus
forte et je m'en piquai. Depuis lors j'y ai réfléchi et suis revenue à de meilleurs sentiments. J'ai compris tout ce qui se
passait dans votre âme. De l'issue de ces examens dé-
pendaient non-seulement l'accès d'une carrière, mais les
chances de notre établissement. Tout cela ne faisait qu'un,
formait partie liée, et au fond il s'agissait autant de moi que
de vous.

« Ce fut sur ce malentendu que nous nous séparâmes. Au
moment des adieux, vous eûtes pourtant un bon mouvement
et dont je vous sus gré. Voici vos paroles ; elles sont restées
dans ma mémoire comme un dernier écho de nos jours heureux : « Marguerite, me dites-vous, je vous quitte pour aller
me préparer au combat. Voici le huitième mois que je passe
sur mes livres ; je ne veux marcher que cuirassé de tout
point. Ayons bon espoir ; le destin ne trahit que ceux qui
s'abandonnent, et plus d'un l'accuse qui devrait s'accuser
d'abord. Adieu donc, mais pas pour longtemps. Demain,
quelle que soit l'issue de l'épreuve, et elle sera favorable, je
l'espère, vous serez la première à l'apprendre. Nous nous
réjouirons ou nous nous consolerons en commun. Ce jour-là
je vous appartiendrai, moi qui, jusqu'ici, n'ai appartenu
qu'à mes études. » Je vous l'avoue, Ludovic, j'avais besoin
de ces bonnes paroles ; elles pénétraient mon cœur et en
chassaient mes préventions. — Merci, vous dis-je et soyez
exact.—La recommandation est inutile, Marguerite.— A demain donc, Ludovic. — A demain.

« Voilà les derniers mots échangés, et vous verrez bientôt
dans quel intérêt je les rappelle. Faut-il vous dire comment

se passa la journée suivante? Ce fut la journée fatale, et il n'est pas de minute, de seconde, dont je ne me souvienne avec une inexorable précision. J'abrége pourtant. A quoi bon agiter ces cendres? Il n'est au pouvoir de personne d'effacer une ligne du livre du passé, et ce que j'omettrai, votre mémoire vous le rappellera.

« J'avais calculé, d'après vos propres renseignements, l'heure à laquelle vous paraîtriez devant vos juges. Une preuve que j'étais bien à vous, Ludovic, et que vous étiez pour moi la pensée dominante, c'est que j'éprouvai, durant toute la matinée, les émotions que vous deviez subir. Autant que l'imagination peut suppléer aux réalités, je me figurais la grande salle où l'épreuve devait avoir lieu, l'amphithéâtre où siégeaient les professeurs en robes noires, puis les candidats aspirant aux honneurs de l'examen, enfin l'auditoire composé d'oisifs ou d'étudiants, pour qui ce spectacle est une préparation. Je vous voyais au milieu de tout ce monde, je vous y suivais, et, à un moment donné, il se fit en moi un tressaillement dont je ne pouvais m'expliquer la cause. C'est sans doute que votre nom venait d'être appelé et que vous entriez en scène.

« Le ciel m'est témoin que, dans le cours de cette journée, je n'eus pas une émotion qui ne vînt de là et j'en éprouvai de bien vives. Dès que l'heure eut sonné où je pus espérer de vous voir, j'allai m'établir à ma croisée, de manière à embrasser le plus d'espace possible et à vous distinguer au loin, quand vous déboucheriez dans notre rue. Mon cœur allait au-devant de vous, et c'est à grand'peine que je maîtrisais mon impatience. Il me semblait qu'à chaque instant vous alliez paraître et m'apporter la nouvelle de votre succès.

« Jugez de mon désappointement, Ludovic, lorsque je vis les heures se succéder sans vous ramener près de moi. Dans cette attente infructueuse, j'épuisai tous les motifs d'excuse admissibles en votre faveur. Je crus d'abord qu'appelé un des derniers, votre examen s'était prolongé outre mesure, et que les résultats n'en seraient que plus brillants. Puis, à mesure que la journée s'avançait et rendait votre retard plus inexplicable, je m'abandonnai à mille conjectures sombres et passai du dépit à l'inquiétude, sans pouvoir m'en défendre ni trouver le moindre prétexte pour me rassurer. Je craignais qu'en présence de vos juges, le cœur ne vous eût failli et qu'une indisposition n'eût été la suite de cette crise morale.

« Cette préoccupation devint si vive, que, plus d'une fois, dans la journée, j'envoyai aux informations près des maîtres de votre hôtel, demandant si on vous avait vu, ou si l'on avait de vos nouvelles. Invariablement j'eus la même réponse : personne ne vous avait vu, on ne savait où vous étiez, on ne vous attendait pas d'ailleurs avant le soir. Pendant ces allées et venues, le temps s'écoulait et augmentait mes troubles.

« Enfin, après de longues heures passées ainsi, et quand la nuit commença à se faire, il me sembla vous reconnaître au moment où vous touchiez aux portes de l'hôtel. Vous reconnaître, est-ce bien le mot? Qui vous aurait reconnu dans cet état? Vous étiez si différent de vous-même. Et pourtant je ne m'y trompais pas; malgré vos allures, malgré la compagnie où vous étiez, je me dis : C'est lui. Quelqu'invraisemblable que cela paraisse, c'est lui. Que lui est-il donc arrivé? bon Dieu!

« Comme vous le pensez, je ne perdis rien de ce qui se fit, ce soir-là, dans votre mansarde. Je vous vis rentrer avec votre compagnon; j'assistai à la scène qui eut lieu entre vous. Les paroles n'arrivaient pas jusqu'à moi; mais, aux gestes, aux mouvements, je devinais, à ne pouvoir m'y méprendre, de quoi il était question. J'assistais à vos efforts, hélas! impuissants. J'en éprouvais une irritation sourde, et, au lieu de vous plaindre, je vous accusais. Cette journée, passée dans l'attente, m'avait fort mal disposée; il me semblait impossible que tout sang-froid vous eût abandonné et qu'il ne vous restât pas la force de monter jusque chez moi, ne fût-ce que pour dissiper mes alarmes. Pourquoi différiez-vous donc? Que signifiait ce jeu cruel? Si près l'un de l'autre, qui pouvait vous retenir? Ma tête s'y perdait. Je voyais là-dedans un odieux manque de parole, un abandon volontaire et prémédité. Même il y eut un moment où, vaincue par la douleur, je cessai de regarder ce qui se passait chez vous et me jetai dans un fauteuil, où je versai d'abondantes larmes. Je doutai de vous, de votre amour, de votre parole, de vos serments. Je me dis que j'avais eu tort de vous regarder

comme une exception parmi le commun des hommes, et
que vous étiez ce qu'ils sont tous, perfides et trompeurs à
l'occasion.

« Quand je relevai la tête, l'obscurité la plus complète
s'était faite dans votre logement, et une lueur d'espoir traversa mon esprit. Point de doute; vous alliez venir, vous
alliez paraître. Nulle puissance humaine ne m'eût contrainte
à croire que vous passeriez la journée sans me voir et sans
tenir la promesse que vous m'aviez faite. Vous étiez donc en
chemin; j'en étais convaincue comme d'un article de foi. En
effet, la sonnette retentit; quelqu'un était là. — Ah! enfin,
m'écriai-je, le voici; Dieu soit loué! Je courus vers la porte
et ouvris.

« C'était Melchior.

XXVI

« Je ne chercherai pas, Ludovic, à vous raconter ce que
j'éprouvai à la vue de cet homme. Ce fut un sentiment si
bizarre, si mêlé, si excessif qu'il me serait impossible de
l'analyser. Ce qui y dominait, c'était la colère vis-à-vis de
vous, et vis-à-vis de lui de la répugnance. Pourquoi était-il
là et non pas vous? A quel titre se présentait-il! Était-ce de
votre part? Que pouvait-il avoir à me dire? A tout prendre,
si c'était votre messager, vous aviez eu, en le choisissant, la
main singulièrement malheureuse.

« Il faut que ma physionomie ait exprimé, en partie du
moins, les sentiments qui m'agitaient, ou bien que Melchior
eût préparé, en habile acteur, les nuances de son rôle. Toujours est-il qu'il s'en tira à son avantage et se conduisit de
manière à me désarmer. Dans l'opinion que je m'en étais
formée, cet homme devait porter en tout lieu et en toute circonstance les airs impertinents qui lui étaient habituels et dont
j'avais eu tant à souffrir. Je me figurais qu'il allait le prendre
sur le même pied et se mettre à l'aise chez moi comme il s'y

mettait chez lui. Plutôt que de supporter de semblables manières, j'aurais fait un éclat. Quelle fut ma surprise, lorsque je fixai sur lui un regard ferme et assuré! Ce n'était plus le même homme. Il m'avait fait les honneurs d'une toilette du meilleur goût; du noir de la tête aux pieds, des gants clairs, une cravate blanche; la tenue de rigueur. Puis, au lieu de façons arrogantes, une politesse et une réserve bien faites pour étonner de la part d'un tel sujet.

« Je n'en revenais pas, et nous restions debout l'un devant l'autre, lui avec son chapeau à la main, moi armée de mon chandelier. Ce fut Melchior qui rompit le silence. — Mademoiselle Marguerite? dit-il. — C'est moi, Monsieur, répondis-je d'un ton sec. — Excusez-moi, reprit-il, de m'être présenté chez vous à une heure aussi indue; mais il s'agit d'un message pressant. — Un message! dis-je, et de la part de qui? — De la part de mon camarade Ludovic. — Ne pouvait-il venir lui-même? — Impossible, Mademoiselle. — Et qui l'en empêche? — Vous allez le savoir si vous voulez bien me donner audience pendant quelques minutes seulement.

« Il était impossible de prolonger l'entretien sur le seuil de la porte; bon gré mal gré il fallait accorder à cet homme l'entrée de mon logement, et ce ne fut pas sans une lutte secrète et des pressentiments fâcheux. Une aussi triste journée ne pouvait se terminer que tristement. Il entra et je lui indiquai un siége à mes côtés. La grand'mère était dans son fauteuil, et, à la vue de cet étranger, son œil prit une expression singulière. Elle paraissait aussi surprise et aussi gênée que moi de cette visite tardive et imprévue. C'était l'heure où j'avais l'habitude de la coucher, et il en résultait un petit dérangement dans notre intérieur. Vous le voyez, Ludovic, votre ambassadeur avait bien des préventions à vaincre et débutait sous des auspices peu favorables. Pour conjurer tout cela, il lui fallait de grandes ressources dans l'esprit et une prodigieuse souplesse de langage. Nous étions deux contre lui, et aussi mal disposées l'une que l'autre.

« J'ignore comment il s'y prit, Ludovic; mais, au bout de quelques minutes, je l'écoutai avec plus de faveur. D'abord il me parla de vous, et, au lieu d'abuser de votre position, il arrangea les choses de manière à mettre les torts de son côté. Je fus d'autant plus touchée de cette délicatesse, que je

m'attendais à lui voir prendre la marche contraire et que
j'étais résolue à ne rien souffrir qui pût ressembler à une
attaque contre vous. Bref, je fus déroutée et allai jusqu'à
trouver qu'il se chargeait trop et ne vous chargeait point assez.
Se montrant généreux, il gardait le beau rôle et dissipait une
portion des défiances dont j'étais animée.

« J'insiste là-dessus et ce n'est point sans motif : ma chute
vient de là. Pour l'expliquer, il faut ressaisir une à une
toutes les circonstances de cette soirée fatale et les impressions diverses qui se succédèrent dans mon esprit. Si Melchior
s'était montré tel qu'il est, tel que je le connaissais, tel que
je l'ai connu plus tard, cette visite et celles qui suivirent
eussent été sans danger pour moi. Il prit un masque, comme
le font tous les séducteurs jusqu'à l'heure du succès ; il me
montra un Melchior transformé et régénéré. Non pas qu'il eût
changé d'humeur et qu'il n'y eût chez lui une certaine aisance
dans les manières et un peu de liberté dans le ton. Il ne
m'eût pas trompée s'il eût poussé trop loin l'hypocrisie ;
mais, dans cette aisance et cette liberté, il sut garder la mesure qui convient : être amusant sans rien outrer, et débiter
des historiettes à se tenir les côtes sans sortir de la réserve
que lui imposait la présence d'une jeune fille, et à laquelle il
n'eût pas manqué impunément.

« Soyez juste, Ludovic, et écoutez ma défense jusqu'au
bout. J'avais quinze ans alors, quinze ans tout au plus ; point
de guide dans la vie, point d'expérience du monde. Vous
avez vu notre intérieur ; était-il assez sombre et assez lu-
gubre ! Ma grand'mère se remuant à peine ; notre revenu suffisant tout juste à nos besoins. Même auparavant, et quand
mon aïeul vivait, les physionomies n'étaient pas plus gaies. De
temps immémorial, le deuil a eu un siége au logis et notre
existence a été couverte d'un crêpe. Voilà comme j'ai été
élevée, voilà au milieu de quelles scènes j'ai grandi. Point
de distractions d'ailleurs, pas même celles que se permettent
les petites gens et qui sont accessibles aux bourses les plus
modestes. Je ne parle ni du théâtre, ni d'autres divertissements coûteux. Mais rien, absolument rien, pas même les
fêtes gratuites, les fêtes en plein air, les cérémonies publiques. L'état de ma grand'mère m'interdisait jusqu'à ces
plaisirs, et quand je voyais la foule inonder les rues, les

jeunes filles de mon âge s'en aller vers les promenades avec leurs robes blanches et leurs chapeaux de paille, j'étais consignée à la maison comme garde-malade et ne pouvais m'associer à ces rires et à ce mouvement autrement que par des soupirs et des regrets.

« Dites, Ludovic, n'était-ce pas une épreuve cruelle pour une enfant, et ne fallait-il pas beaucoup de raison pour se soumettre à un sort pareil?

« Voilà pourquoi, ce soir-là, une surprise fut possible et pourquoi elle s'accomplit. Melchior fut charmant, d'une gaieté et d'une verve incomparables. C'était un feu d'artifice à causer des éblouissements. Je ne m'y prêtai d'abord qu'avec une répugnance visible et en lui témoignant, par ma physionomie et par mes gestes, que je désirais abréger la séance. Mais bientôt sa gaieté fut la plus forte : elle m'entraîna, elle me dompta. Jamais je n'avais rien entendu de pareil ; c'étaient des mots si singulièrement accouplés, des anecdotes si facétieuses, des portraits si comiques, une telle collection de drôleries, qu'avec tout le sang-froid du monde il était impossible d'y tenir, et que, bon gré mal gré, il fallait s'en donner à cœur-joie. Ma grand'mère elle-même, vous savez dans quel état elle se trouvait alors, la pauvre femme ! A peine lui restait-il l'esprit de comprendre ce que je lui disais, et puis, sourde, toujours sérieuse, toujours froide, enfin très-bas, très-bas, vous vous en souvenez ! Eh bien ! ce soir-là, elle rit; depuis six ans cela ne lui était pas arrivé. Ce fut Melchior qui fit ce miracle. La grand'mère rit ; j'eus cette surprise et j'avoue que j'en sus bon gré à celui qui me la donna.

« Est-il nécessaire d'insister? Cet homme que je n'avais reçu qu'à mon corps défendant, contre lequel j'avais les préventions les mieux fondées ; qui, tout récemment, avait essayé de me donner en spectacle à ses favorites ; qui menait une vie désordonnée et ne s'en cachait pas ; cet homme que j'avais résolu de congédier le plus tôt possible, à minuit, il était encore chez moi, causant, riant, s'excusant et restant toujours, se levant et se rasseyant, comme vous auriez pu le faire, Ludovic, comme aurait pu le faire un ami de vieille date ; et tout cela avait eu lieu d'une manière si naturelle, qu'on n'eût su dire qui de nous ou de lui avait le plus contribué à prolonger la veillée. Les heures avaient fui et personne n'y avait songé. Melchior avait ce don : il s'emparait des gens et ne lâchait prise que lorsque cela lui convenait.

« Ce fut de lui-même qu'il prit congé. Nous nous étions abordés en ennemis ; nous allions nous quitter les meilleurs amis du monde. Non pas qu'il y eut là-dedans quelque chose de sérieux ni de dangereux pour vous ; mais ce bon vivant avait jeté sur notre intérieur un peu de vie et de mouvement ; il avait fait rire ma grand'mère, il l'avait tenue éveillée sans effort et heureuse de cette distraction. Je lui savais gré de cela, et en retour j'oubliai complétement les petits ennuis qu'il m'avait autrefois causés, ses impertinences, ses airs évaporés, ses pipes, ses cravates et sa barbe. Il gagnait à être vu de près et y reprenait tous ses avantages. De toute la soirée, il ne lui échappa rien qui pût blesser mes oreilles, ni contrarier la révolution qui s'opérait en moi. Il se contint, il s'observa d'une manière parfaite jusqu'au moment où il nous quitta.

« J'étais loin de m'attendre à la suprise qu'il me ménageait. Il s'était levé et avait salué la grand'mère, qui lui avait tendu la main très-affectueusement. De mon côté, j'avais pris le flambeau pour le reconduire. Il était tard ; les étages supérieurs étaient déjà dans les ténèbres, et à moins de l'exposer à une chute, il me fallait le raccompagner le long des degrés. Lui pourtant se confondait en excuses et me suppliait à chaque marche de ne pas aller plus loin. Enfin je cédai, et me disposai à l'abandonner. Déjà les derniers mots étaient échangés et j'allais remonter l'escalier quand mon flambeau s'éteignit tout à coup. Était-ce lui ? Était-ce le vent ? Je ne l'ai jamais su ; mais, au moment où l'obscurité se fit, je me sentis saisie par la taille, et, sans que je pusse m'en défendre, embrassée sur les deux joues avec une ardeur qui me couvrit de confusion. Je poussai un cri ; déjà l'audacieux avait disparu.

« Rentrée au logis, je rallumai le flambeau, de façon à ce que la grand'mère ne pût se douter de rien, ni m'adresser de questions embarrassantes. Déjà le mystère commençait ; déjà, entre Melchior et moi, s'ourdissait une sorte de complicité. J'étais outrée de ce qu'il venait de se permettre ; je me promettais bien de ne pas m'y exposer de nouveau, et de lui faire sentir à quel point ces libertés me répugnaient ; mais j'en voulais garder le secret pour moi, et ce fut le commencement de ma perte.

XXVII

« De toute la nuit je ne pus fermer l'œil. Il se passa en moi un combat qui dura jusqu'au matin sans amener de résolution positive. Mon cerveau était en feu, mon imagination excitée au plus haut point. Je me rappelais les incidents de la journée et comprenais qu'ils allaient tenir une place essentielle dans ma vie. Moi qui jusque-là avais agi sincèrement en toute chose, pour la première fois j'allais avoir un secret, un mystère, un acte à cacher. Cette contrainte me causait un tourment que je ne saurais rendre.

« Que faire pourtant ? Tout vous avouer, tout vous dire, ce fut ma première pensée, Ludovic, et plût au ciel que je l'eusse suivie ; peut-être eussé-je échappé alors à l'abîme où je courais. Il n'y avait encore ni mal sérieux, ni imprudence irréparable. Avec plus de sagesse, je m'en serais tenue à ce parti ; tout me le conseillait : l'affection que vous me portiez, la confiance mutuelle qui devait exister entre nous, le pied sur lequel nous vivions et l'engagement qui nous liait l'un à l'autre, tout, jusqu'à cette familiarité de mauvais goût que cet homme avait montrée au moment de notre séparation, et qui, en donnant la mesure de ses mœurs, indiquait qu'il ne s'arrêterait pas facilement dans ses entreprises. Me traiter ainsi, moi qu'il connaissait à peine ! Se permettre de telles libertés, comme il eût pu le faire vis-à-vis de ses maîtresses ! A y songer, la rougeur me montait au front et ma pudeur se révoltait. Je me sentais alors portée à un aveu qui m'eût mise à l'abri de pareilles insultes.

« Qu'est-ce qui me retint, et pourquoi n'ai-je pas persisté ? C'est là une de ces énigmes dont le mot échappe. Aujourd'hui même qu'il ne me reste plus de titre et de recours que dans une entière sincérité, je ne saurais dire à quel sentiment j'obéis, tant il y avait en moi de confusion et de trouble. Il faut si peu de chose pour arrêter une confidence sur les lèvres, surtout lorsqu'il s'agit de s'accuser d'un tort et de se mettre à la merci d'autrui! On s'empare alors du premier prétexte, le plus futile, le plus spécieux; on recule, on ajourne, et, dans ces ajournements mêmes, on puise des motifs pour s'abstenir.

« C'est ce qui m'arriva, Ludovic. Avant de vous revoir, j'étais résolue à tout vous dire, et quand je vous revis la confiance me manqua. Il n'y eut là-dedans ni raisonnement, ni calcul; mais une force impérieuse et presque indépendante de ma volonté. Puis je me payais de défaites. Pourquoi troubler votre sécurité et éveiller vos soupçons? La chose en valait-elle la peine? Cet homme, en venant chez moi, avait obéi à un caprice; probablement il n'y reviendrait plus. Et s'il revenait, quoi de plus aisé que de le remettre à sa place et de faire justice de ses airs cavaliers? Était-il besoin d'aide pour cela et ne valait-il pas mieux procéder sans bruit, sans éclat, comme une femme peut et doit le faire, que de mettre deux hommes en présence et jusqu'aux prises pour un si léger motif? Voilà à quelles impressions je cédai sans m'en rendre bien compte, ni pénétrer trop avant dans mon cœur

« Peut-être, hélas! en interrogeant mieux ce cœur, aurais-je trouvé le dernier mot de ces réticences. La suite ne l'a que trop prouvé; j'étais déjà touchée, j'entrais dans cette série de faiblesses qui m'ont perdue. C'est ici que j'ai besoin de votre pardon, Ludovic, d'un pardon absolu et généreux. Point d'excuse possible, rien qui puisse pallier ce commencement de trahison. Vous aviez été pour moi le meilleur, le plus dévoué et le plus fidèle des amis; vous n'aviez qu'une pensée, mon bonheur; qu'un but, notre union. Jamais, c'est une justice que je me plais à vous rendre, aucun chagrin ne m'est venu de vous; si j'exprimais un désir, vous vous empressiez de le satisfaire; si j'avais un ennui, vous vous offriez à le partager. Vous étiez de ces loyaux compagnons qu'une femme est trop heureuse de rencontrer dans sa vie, qui l'assistent dans les bons et les mauvais jours et se donnent sans réserve comme sans calcul. Je voyais tout cela, je le sentais et ne méconnaissais point vos mérites.

« Lui, au contraire, qu'était-il et quel fonds pouvais-je

faire sur lui? En me consultant de sang-froid, je ne trouvais dans mes impressions rien qui ne lui fût désavantageux. Se fier à un homme pareil était-ce possible? N'en avais-je pas assez vu de mes yeux, sans compter les bruits qui étaient arrivés à mes oreilles? Ne savais-je pas à quoi m'en tenir sur ses habitudes, sur ses fréquentations, sur ses désordres? La voix publique ne parlait-elle pas assez haut? Comment dès lors se faire illusion? Comment voir là-dedans l'étoffe d'un mari? A peine y avait-il celle d'un séducteur vulgaire.

« Eh bien! j'éprouvais, malgré tout, un faible pour lui. Ah! si j'avais su où j'allais, où un pareil oubli devait me conduire, j'aurais recueilli mes forces et résisté à cet entraînement. Mais c'était si vague encore et à mon sens si exempt de dangers! Cet homme m'avait plu, m'avait distraite; je ne l'avais pas trouvé si noir que je me l'étais imaginé. Si c'était un monstre, il avait bien caché ses griffes; il s'était mis en frais pour moi; il avait été aimable, spirituel, décent, sauf sa petite peccadille; pourquoi donc un esclandre et une dénonciation?

« Voilà des explications bien subtiles et surtout bien inutiles, Ludovic; elles ne prouvent qu'une chose, c'est l'éternelle inconséquence du cœur. J'avais mille motifs de vous préférer, et j'en préférai un autre; vous étiez le choix le plus digne, je m'arrêtai à un indigne choix. Essayez donc de mettre de la logique là-dedans et d'y trouver un sens raisonnable! Je m'humilie et y renonce. Quant à vous, n'en soyez point froissé; les pleurs que j'ai versés depuis doivent suffire à votre vengeance.

« Tout semblait conspirer contre moi, contre nous. Lorsque vous vîntes me voir dans la matinée, vous étiez sous le poids de vos torts. Vous aviez manqué, quoique involontairement, à la promesse que vous m'aviez faite. De là un certain embarras dans votre maintien et un malaise qu'il vous fut impossible de surmonter. De mon côté, j'avais vis-à-vis de vous un autre tort et qui troublait nécessairement ma conscience.

« Or, rien de plus gênant qu'une semblable situation, mêlée de griefs réciproques. Notre entrevue s'en ressentit: elle fut froide et manqua d'abandon. Qui le sait? Un mot eût suffi peut-être pour me mettre sur la voie et m'encourager à une confidence. Ce mot ne fut pas prononcé, et dès lors il y eut un secret entre nous.

« Un secret? il n'est point d'attachement qui résiste à ce régime. Je l'éprouvai bientôt. A une première dissimulation il fallut ajouter des dissimulations nouvelles. En pareil cas, il y a une heure, un moment, où un aveu est possible; si on laisse passer cette heure et ce moment, on est fatalement condamné à taire tout ce qui survient, et à tenir une portion de son existence dans l'ombre. Désormais il fallait m'observer, rester sur mes gardes, ne rien dire qui pût trahir ces relations singulières et qui devaient persister.

XXVIII

« En effet, Melchior ne s'en tint pas à une visite; sous un prétexte ou l'autre il revint.

« Il y eut d'abord dans l'accueil que je lui fis une froideur très-grande. J'avais à prendre ma revanche de ses libertés du premier jour, et je lui tins rigueur. Je voulais qu'il comprît la distance qui me séparait des femmes avec lesquelles il était accoutumé à vivre, et que, sous aucun prétexte, je ne souffrirais d'être traitée sur le même pied. La leçon fut complète et poussée aussi loin que possible. En vain essayat-il de me plaisanter sur mes sévérités, je tins bon et l'obligeai à donner aux choses un tour plus sérieux. Alors il s'excusa, et si humblement, que j'en fus touchée. J'avais réduit le fanfaron à demander grâce, et c'était un triomphe de nature à me causer quelque fierté.

« Évidemment je jouais avec le feu, et de lui à moi la partie n'était point égale. Sans expérience de la vie, sans autre défense que l'instinct dont la nature a armé les femmes, j'allais engager la lutte avec un roué, un débauché émérite, un homme qui savait comment on assiége un cœur et comment on l'amène à une capitulation prévue. Les ressources ne lui manquaient pas; l'audace encore moins. Cette fois pourtant

il y procéda avec ménagement, et en usant des combinaisons
les plus savantes. Il voyait bien qu'il n'était plus en face de
ces créatures aguerries, qu'on aborde de vive force et que
l'on prend d'assaut. Le désir de réussir le rendit circonspect;
il y mit de la mesure, du temps, du soin, et désarma mes
défiances par une réserve poussée à l'excès.

« Faut-il l'avouer? Je m'habituai à le voir, et, quand il
restait plusieurs jours sans venir, il me manquait. Comme
vous le pensez, Ludovic, ses heures n'étaient pas les vôtres,
et, par un arrangement tacite, nous avions combiné les
choses de manière à ce que vous ne pussiez vous rencontrer.
Vis-à-vis de vous, la trahison était flagrante, et là-dessus
mon cœur ne me laissait point d'illusion. L'empire passait à
votre mystérieux rival, et le sentiment que vous m'inspiriez
n'était plus qu'une amitié mêlée de remords, bien précieuse
encore à mes yeux, et qu'à aucun prix je n'aurais voulu sacrifier, car j'avais des retours, j'avais des éclairs de raison
au milieu de ce vertige dont j'étais la proie. Plus d'une fois,
j'en revenais à me dire que j'étais jouée, que cet homme
poursuivait à mes dépens une gageure diabolique, où mon
honneur, ma vertu, ma vie même allaient disparaître sans
retour ; que seul vous pouviez me sauver et m'arracher aux
étreintes de ce mauvais génie ; que mon repos était près
de vous, avec vous, et non dans cette voie inconnue où je me
laissais entraîner.

« Peut-être vous souvient-il du jour où le hasard vous mit
en présence, Melchior et vous, sur le carré de mon logement. Quelle détestable comédie, et combien j'eus à en rougir ! Il y avait là une occasion naturelle de tout déclarer, et,
une fois Melchior parti, je fus sur le point de le faire. Ce
mensonge si prolongé m'était odieux, et il me semblait que
nous n'avions pas le droit, ni lui ni moi, de vous infliger de
semblables ridicules. Je voulais parler et vous rendre l'arbitre de mon sort. Ensemble, nous aurions sondé la plaie de
mon cœur et pris un parti ensuite. Si je l'eusse trop aimé
pour renoncer à lui, je vous aurais demandé le sacrifice de
vos projets et l'appui de votre amitié ; si, au contraire, je
m'étais senti le courage de rompre, nous aurions agi de concert et pressé le dénoûment. Dans l'un ou dans l'autre cas,
c'était une conduite plus loyale que cette sourde conspira-

tion dont vous étiez victime, et que, dans votre générosité, vous ne soupçonniez pas.

« Comment fus-je détournée de prendre ce parti et rejetée dans le tourbillon où j'allais périr? je l'ignore moi-même ; c'était ma faiblesse qui prenait encore le dessus, mon étoile maudite qui l'emportait. Non, je n'étais pas pervertie ; non, je n'étais pas inaccessible à un bon sentiment. Vingt fois j'ai eu de ces retours ; et quand le soir, recueillie, solitaire, loin des influences qui m'égaraient, je me prenais à juger ma conduite, je n'hésitais pas à me condamner, et d'une façon très-sévère.

« Il se fit d'ailleurs, dans l'existence de Melchior, une ré-volution au moins apparente qui acheva ma défaite et me fit persister dans ma complicité. Je l'observais, je le surveillais, et s'il fût resté le même homme, il eût été sans danger pour moi. Mais tout changea pour lui et autour de lui d'une ma-nière si visible qu'il était impossible de n'en pas être frap-pée. Plus de femmes dans son logement, plus de désordre, plus d'orgie. Une vie régulière avait remplacé la vie décou-sue que jusqu'alors il avait menée. Lui qui avait les livres en horreur se mit à en feuilleter comme vous pouviez le faire, Ludovic, comme le font les étudiants qui prennent leurs devoirs au sérieux. Lui qui faisait du jour la nuit et de la nuit le jour, s'astreignait à des habitudes régulières. Je le voyais rentrer de bonne heure, se coucher comme un bour-geois, après le couvre-feu, et se lever presque en même temps que le soleil. Jamais métamorphose ne fut plus sur-prenante ni plus complète : du Melchior d'autrefois, il ne res-tait plus rien que l'aimable garçon, ayant toujours le sourire sur ses lèvres, et une petite historiette pour dérider les fronts.

« Je n'aurais pas été femme, si, à ce spectacle, je n'eusse ressenti un peu de fierté. Ces conversions subites touchent toujours, quoi qu'on en ait. On y voit la preuve irrécusable de l'empire que l'on exerce, on s'en applaudit comme d'une victoire, on en jouit comme d'un bien personnel. Ce n'est pas qu'il ne s'élevât des doutes dans mon esprit sur la sincérité de ce changement. Il y avait des jours où je pen-chais à y voir une comédie et à me dire qu'en secret le diable n'y perdait rien. Je redoublais alors de vigilance, bien résolue

à briser les vitres, si je découvrais quelque chose de suspect. Mais, soit que Melchior se fût réellement réformé, soit
qu'il cachât habilement son jeu, je ne parvins pas à le prendre
en faute ni à le trouver en démenti.

« Il y avait pourtant à la maison quelqu'un qui était moins
dupe que moi et dont les pressentiments auraient dû m'éclai-
rer ; c'était ma grand'mère. Vous savez, Ludovic, dans quel
dépérissement elle se trouvait ; la tête perdue, la langue em-
barrassée, les membres perclus, ne pouvant pas se mouvoir
et n'ouvrant la bouche que pour faire entendre des sons confus et presque dépourvus de sens.

« De tous ses organes, il n'y en avait qu'un qui s'animait
au besoin et prenait une expression extraordinaire ; je veux
parler de ses yeux, de son regard. Vous avez été quelquefois témoin de ce phénomène ; vis-à-vis de Melchior il fut
bien plus frappant encore et bien plus significatif. Dans le
cours des premières visites qu'il nous fit, la satisfaction de
la vieille femme fut évidente ; son regard pétillait, et un sourire affectueux ne quittait pas ses lèvres. C'était un divertis-
sement pour elle que cet homme, et elle y prenait un véritable
goût. Mais quand il revint presque tous les jours et à toutes les
heures du jour, quand il me traita avec une familiarité
croissante et eut l'air de faire de notre maison sa propre
maison, le maintien et les airs de la grand'mère changèrent
soudainement. Peu à peu de la bienveillance son regard passa
à la froideur, puis à la sévérité, enfin à l'irritation. Entre elle
et Melchior il y eut comme une lutte ouverte, un défi cons-
tant, presque un duel.

« Elle semblait avoir à tâche de ne jamais me laisser seule
avec lui. Dès qu'il entrait, elle faisait rouler son fauteuil dans
ma chambre et à quelques pas de nous. Au lieu de s'assou-
pir, comme elle avait coutume de le faire, elle restait l'œil
ouvert, et prêtait l'oreille autant qu'elle le pouvait. Sourde
comme elle l'était, presque toute notre conversation devait
lui échapper ; mais ce qui ne lui échappait pas, c'étaient nos
gestes, nos mouvements, nos moindres actes. Elle en jugeait
la portée, elle en devinait le sens et maintenait Melchior
dans des limites qu'autrement il eût franchies. Se permet-
tait-il quelque chose d'équivoque, à l'instant le regard de la
grand'mère s'animait jusqu'à le foudroyer, et elle s'agitait

sur son fauteuil comme si elle eût voulu se porter à mon
secours.

« Cette tutelle causait à Melchior un dépit dont il ne se
défendait pas, et plus d'une fois, à voix basse, il s'efforça
de m'engager dans des plans de révolte.—Savez-vous qu'elle
devient ennuyeuse, la vieille femme! me disait-il. — Ne
parlez pas ainsi, ou je vous congédie, lui répondais-je. — A
la bonne heure, ajoutait-il; mais si ses yeux étaient des pis-
tolets, je serais criblé comme une cible.

« Quelle que fût ma faiblesse, jamais je ne transigeai sur
ce point; jamais je ne souffris, sans le relever, un propos
désobligeant pour ma grand'mère. C'est qu'elle était seule
l'honneur de la maison, c'est que, infirme, mourante, un pied
dans la tombe, elle pénétrait dans les projets de cet homme,
lisait dans son cœur et voyait ma perte écrite sur son front;
c'est qu'au moment de me quitter, elle avait une illumination
d'en haut et une sorte de révélation de ma destinée. Melchior
était pour elle un ennemi, et si sa force eût été à la hauteur
de sa volonté, elle l'eût chassé de la maison ou écrasé sous
ses pieds comme une bête impure. Pauvre grand'mère! que
n'ai-je compris alors d'où venaient ses répugnances et combien elles étaient fondées! Je n'y vis d'abord qu'un effet de
sa maladie et un caprice d'infirme, et quand je jugeai mieux
les choses, il était, hélas! trop tard.

« Cependant cette aversion incurable de l'aïeule, cette
opiniâtreté à assister à nos entrevues eurent pour résultat de
contenir Melchior et d'empêcher qu'il n'abusât de mon inexpérience. Il le sentait et redoublait de ruses et d'efforts. Il voyait
bien que, restée seule, je serais à sa merci et incapable de
me défendre. Aussi que de petits manéges pour m'entraîner
à des rendez-vous loin de la maison; que de plaintes sur la
gène à laquelle nous étions assujettis! Il avait tant à me dire,
tant de projets à me communiquer; il devait me faire des
confidences si intéressantes! Je résistai par instinct, et ne
voulus me prêter à rien. Qu'il vînt au logis et s'expliquât
devant la grand'mère, voilà où j'en revenais sans en démordre. S'il n'avait à me dire que des choses que je pusse
entendre, la grand'mère n'était pas de trop, et d'ailleurs, avec
son infirmité, elle était peu embarrassante. Que si, au contraire, il avait à tenir un langage dont je dusse rougir, c'était

là une épreuve à laquelle je désirais me soustraire, et qui, d'ailleurs, eût tourné à sa confusion. Voilà comment je me défendis et maintins entre lui et moi cette intervention tuté-laire de l'aïeule, tant que Dieu la laissa en ce monde pour m'assister et me protéger.

« Dans cette défense, j'avais besoin d'appeler à mon aide toute ma force, toute ma vertu. Plus j'allais, plus j'aimais cet homme ; ce qui n'avait été d'abord qu'un simple goût, devenait peu à peu une passion. Il savait si bien s'assouplir pour me plaire ; il savait se montrer si gai et si tendre à la fois, si ingénieux dans ses propos, si vif dans ses impressions ; il tenait l'esprit si bien en haleine tout en s'emparant du cœur ! Je ne veux ni comparer, Ludovic, ni faire de rapprochement ; mais entre vous et lui, il y avait le contraste des qualités solides et des qualités brillantes : or, vous savez, entre celles-ci et celles-là, où vont les préférences des femmes. Nous sommes filles d'Ève et à la merci de quiconque flatte nos goûts.

« J'étais donc restée pûre, en dépit de la séduction opi-niâtre qui s'exerçait contre moi. Que ma grand'mère vécût seulement, et j'étais préservée d'une chute complète. Il est même à croire qu'à la longue Melchior se fût rebuté ou dé-masqué trop tôt. Cette violence qu'il faisait à ses instincts, cette hypocrisie à laquelle il se condamnait volontairement, devaient lui sembler pénibles, et peut-être n'eût-il pas eu la force de jouer ce rôle jusqu'au bout. Ou il m'eût abandonnée pour retourner à des conquêtes plus faciles, ou il eût essayé de brusquer les choses et m'eût amenée à un salutaire re-tour ; de toutes les façons, j'eusse été sauvée.

« La Providence ne le voulut pas : au moment où je m'y attendais le moins, ma grand'mère éprouva une dernière crise. La mort qui semblait la respecter et l'oublier, la tou-cha d'une manière si vigoureuse, qu'elle ne s'en releva plus. Elle avait épuisé le sablier jusqu'au dernier grain et usé jusqu'au dernier fil de la quenouille ; elle me quitta, et je restai sans défense, seule, avec mon amour au cœur.

XXIX

« Vous vous souvenez, Ludovic, de la scène qui eut lieu
près du lit de mort de ma grand'mère. De semblables souvenirs ne s'effacent jamais. Sans défiance alors, vous n'en
comprites pas le sens, vous ne vîtes pas tout ce qu'il y avait
de grave et de solennel dans cet engagement, pris en face de
la tombe, avec les parents morts pour témoins et cette mourante qui servait d'intermédiaire entre eux et nous. Aujour-
d'hui encore, lorsque je songe que j'ai manqué à une promesse ainsi faite, à une parole ainsi donnée, à un gage
échangé dans de telles circonstances, il me prend comme
une horreur et un dégoût de moi-même. Je me demande s'il
est vrai que j'aie pu pousser l'impiété aussi loin, profaner
des cendres vénérées, me jouer de ce que les hommes ont de
plus sacré, l'obéissance aux aïeux et le respect dû à leur
mémoire.

« Le fait est que, dans les premières semaines qui suivirent la mort de ma grand'mère, l'idée d'enfreindre ses dernières volontés ne se présenta à mon esprit que comme un
sacrilège qu'à aucun prix et sous aucun prétexte je ne com-
mettrais. Cet anneau qui venait d'elle et que vous aviez passé
à mon doigt était pour moi un lien plus fort que la bénédiction du prêtre et la parole de l'officier municipal. A la
moindre révolte de mon cœur, cet anneau me brûlait les
chairs, comme pour me rappeler ma condition nouvelle.
D'ailleurs ma grand'mère, absente pour tous, ne l'était
pas pour moi ; j'avais son fauteuil sous les yeux, et plus
d'une fois, le soir, quand l'ombre commençait à se faire, il
me sembla voir son regard attaché sur le mien, tantôt souriant, tantôt sombre, suivant que mon imagination s'en allait vers vous, Ludovic, ou vers ce Melchior qu'elle poursuivait, même du fond de sa tombe.

« J'avais pris mon parti et aussi sagement qu'il était
possible de le faire, comme ma grand'mère me l'avait pres-
crit et avec la ferme résolution d'aller jusqu'au bout. Ses

derniers mots retentissaient encore à mon oreille. — « Chasse
l'autre, » m'avait-elle dit. C'était bien cruel ; pourtant je
n'hésitai pas. Quand Melchior se présenta, ma porte lui fut
refusée ; il insista, ce fut en vain. Il m'écrivit ; je lui ren-
voyai ses lettres sans les ouvrir ; il passa des journées entières en contemplation à ses croisées, épiant un regard, attendant un mot ; je restai inexorable. Si j'avais pu trouver
un prétexte plausible, j'aurais changé de quartier. Mais, de
près ou de loin, je n'en maintins pas avec moins de rigueur
les consignes que je m'étais imposées et défendais mon honneur et le vôtre, Ludovic, comme si je vous eusse déjà appartenu.

« Que ce fût sans effort, sans trouble, sans une violence
exercée sur moi-même, vous ne le croiriez pas. Mon cœur
saignait, au contraire, et cruellement ; mais j'en étouffais les
battements et j'en contenais la plainte. Je passais des journées et des nuits à me persuader que c'était un sacrifice nécessaire, que je le devais aux miens et à vous surtout, qui
vous étiez toujours montré si indulgent et si secourable. Je
dépensais dans ce combat toute l'énergie dont je suis capable, et le renouvelais sans être jamais lasse ni vaincue.

« Il eût fallu se hâter, Ludovic, faire ce que vous avait
conseillé la grand'mère, précipiter les choses, supprimer les
délais, se passer au besoin des grands-parents. Si j'avais pu
parler, je vous l'aurais dit avec un accent plus ferme et en
vous montrant le danger d'un ajournement. Je ne le fis pas,
je ne pouvais pas le faire. Toute ma puissance s'épuisait à
maintenir les choses sur le même pied, à être le lendemain
ce que j'étais la veille, digne de vous, et à l'abri de toute
atteinte. Pour le reste, je m'en remettais à vos soins, à votre
affection. C'était à vous de presser la rentrée au port, afin de
m'épargner et de vous épargner les horreurs d'un nouveau
naufrage.

« Si vous saviez tout ce qui s'est passé dans cette période
de ma vie, vous me pardonneriez les peines que j'ai pu vous
causer depuis lors. Jamais jeune fille n'a été plus vivement
attaquée et ne s'est plus vigoureusement défendue. Je m'é-
tais promis que, mon aïeule morte, pas un homme, si ce
n'est vous, ne mettrait les pieds dans mon logis ; et pourtant
j'avais affaire à un séducteur bien entreprenant, et Dieu sait

à quelles obsessions je fus en butte. Eh bien! je vous le jure, Ludovic, je tins ma promesse, et si la fatalité ne s'en était pas mêlée, je serais sortie triomphante de cette épreuve. Vous allez voir comment et par quelles affreuses circonstances tous mes calculs, toutes mes précautions furent déjoués.

« Après bien des retards, le jour de notre mariage était enfin fixé. Vous avez pu voir quelles dispositions j'apportais; j'étais triste, mais résignée; je n'envisageais pas d'autre issue à la situation pénible dans laquelle je me trouvais, et ne cherchais plus qu'à tirer le voile sur le passé.

« La veille du jour où la cérémonie devait avoir lieu, nous ne nous quittâmes pas et vécûmes comme si déjà nous étions unis. Ce fut très-sincèrement que je m'abandonnai à ce premier essai de ma vie nouvelle. Je n'éprouvais plus cet abattement, cette langueur, qui depuis la mort de ma grand'mère ne m'avaient pas abandonnée; à votre bras j'étais une tout autre femme. La soirée se passa dans une familiarité décente, celle qui convient à un couple qui va s'unir devant Dieu. Je me sentais plus gaie, plus libre et moins accessible à ces mauvais rêves qui naguère troublaient mes pensées.

« Il vous en souvient, Ludovic, et ici tous les détails deviennent graves, comme vous allez voir. Quand nous nous séparâmes, il était près de minuit, et il fallut, en vous accompagnant, laisser ma porte entr'ouverte. Que s'est-il passé dans ce court espace de temps? Je l'ignore; mais en rentrant dans ma chambre, et après avoir tiré mon verrou, je vis un homme devant moi, debout, et dans une attitude suppliante: c'était Melchior. Melchior! lui chez moi! à cette heure! Comment s'y était-il introduit? Quels moyens avait-il employés et quels étaient ses complices? Ces idées m'affluaient au cerveau avec tout le sang de mes veines; je sentais mes tempes battre à se briser, mon cœur défaillir et ma vie s'éteindre.

« La secousse était trop forte; je m'évanouis.

« Quand je revins à moi, j'étais étendue sur un fauteuil, les cheveux épars et les vêtements en désordre. Melchior, à genoux, cherchait à me ranimer et épiait mon premier souffle. A sa vue, toutes mes douleurs, toutes mes angoisses se réveillèrent. — Vous ici? lui dis-je. — Hélas! oui. —

Vous voulez donc me perdre? — Non, Marguerite, mais vous voir avant de mourir.

« J'abrége cette scène, Ludovic, il est inutile que je vous fasse assister à la répétition d'une triste comédie. J'étais si enfant alors, si naïve, si peu au courant des choses, que les moyens les plus vulgaires devaient réussir auprès de moi. Melchior menaça de se tuer; il dit que la pensée de me voir appartenir à un autre lui était insupportable et qu'il n'y résisterait pas, qu'il avait attendu jusqu'au dernier moment pour me signifier cette résolution, et que si je persistais, il en finirait avec la vie, sous mes yeux, et en m'en laissant toute la responsabilité.

« J'étais éperdue, mourante, dans un état d'égarement qui ne me laissait ni la force ni la volonté de résister. Un homme était dans ma chambre; il allait nécessairement y passer la nuit. La porte était fermée, le concierge couché. D'ailleurs, cet homme était déjà mon maître ou à peu près; je n'avais pas su défendre mon cœur contre ses poursuites, et, quant à ma personne, elle était à sa merci. Je ne croyais pas à de sinistres desseins, mais je voyais bien que, malgré tout, ma destinée devait s'accomplir. En vain avais-je lutté, en vain m'étais-je tenue sur mes gardes, j'étais vaincue, j'étais livrée, rien ne servait de se roidir contre le sort. Quand j'eus entrevu ce dénoûment, et que tout espoir fut perdu à mes yeux, je m'affaissai de nouveau dans mon fauteuil et me mis à fondre en larmes.

« Melchior le prit alors sur un autre ton; il ne menaça plus et pleura avec moi. Sa douleur paraissait sincère. Il me dit qu'il était encore temps de rompre un mariage détesté, un mariage où le cœur n'avait point de part, et qui blessait mes sentiments et les siens; il me jura une tendresse éternelle, me fit mille promesses, mille serments, m'engagea sa foi comme s'il eût été devant l'autel et en présence du Dieu qui sonde les consciences. A l'entendre, j'étais sa femme, sa femme choisie entre toutes, sa femme depuis le jour où nos âmes s'étaient rencontrées; enfin tout ce que peut dire un homme à qui les ressources de la parole ne manquent pas, et qui les met au service d'une mauvaise action.

« Ce n'était pas ce qu'il me dit qui avait le plus de danger pour moi, c'était la situation même, c'était le lieu, l'heure où cette scène se passait. Par le concours des circonstances, j'étais compromise à un point qu'aucune réparation n'était possible, si ce n'est celle que pouvait m'offrir Melchior. Son but était atteint : il m'avait mise à la discrétion de son honneur. Triste garantie ! et je le vis bien plus tard.

« Je succombai ; une barrière s'éleva entre vous et moi ; je ne pouvais plus être à vous, Ludovic. Les heures s'écoulaient ; il fallut prendre un parti. Encore quelques instants, et vous alliez venir chercher votre fiancée ; impossible de vous attendre ; en vous voyant je serais tombée morte à vos pieds.

« Nous prîmes donc, Melchior et moi, nos dernières dispositions. Au petit jour, et quand la porte fut ouverte, il quitta la maison. Un rendez-vous avait été fixé, et je devais aller le rejoindre. Il passa sans être aperçu ; peut-être le concierge était-il son complice. Quant à moi, je restai pendant une heure encore abîmée dans mes regrets et mes remords. Toutes vos bontés me revinrent alors à la mémoire, et je me trouvai bien ingrate, bien cruelle et en même temps bien déchue. Qu'alliez-vous penser de moi ? Hélas ! quoi que vous pussiez en penser, la réalité dépasserait vos suppositions. J'étais une fille déshonorée !

XXX

« Pourtant, Ludovic, je vous écrivis quelques mots, non pas tels que j'aurais voulu les écrire, mais assez précis pour que désormais vous me regardassiez comme perdue pour vous. Puis j'enlevai de mon doigt l'anneau qui me venait de ma grand'mère et qui avait si mal préservé mon honneur. Je n'étais plus digne de le porter, quoi qu'il arrivât et de quelque façon que tournassent les choses.

« Je rejoignis Melchior et le trouvai ivre de son bonheur. Moi-même, à ce premier moment, j'éprouvai ce vertige des sens qui n'est que la fausse monnaie de l'amour. Melchior voulut faire ce qu'il appelait ses noces, et me promena de fête en fête, dans les environs de Paris. Nous étions alors dans la belle saison et au plus fort des spectacles forains ; Melchior n'en manqua pas un ; nous allions d'étape en étape dormant ici et là, comme deux oiseaux chassés de leur nid et qui perchent dans toutes les ramées.

« Melchior était rendu à son élément ; il retrouvait sa vie d'aventures ; il se dédommageait de la longue contrainte qu'il s'était imposée pour me séduire, et se montrait dans son naturel. Cette nouvelle révolution n'avait rien de rassurant, et j'en suivais la marche avec une sorte d'épouvante. Déjà ! me disais-je. Et que sera-ce donc lorsque la lassitude s'en mêlera et que l'inconstance viendra à la suite ? Oh ! Marguerite ! Marguerite ! quel triste marché vous avez fait ! Entre un homme qui vous aimait et allait vous épouser, et un homme qui se jouait de vous et se proposait seulement de vous séduire, vous avez préféré le dernier. Vous l'avez préféré malgré tout, malgré vos serments, malgré vos engagements, malgré le vœu d'une mourante. Maintenant, soyez punie, vous l'aurez bien mérité.

« Oui, Ludovic, mon châtiment commençait ; il commença le jour même où je vous ai trahi. Nous nous aimions, Melchior et moi, mais de cet amour qui ne résiste pas au temps. Moi, je l'aimais en esclave, lui m'aimait en sultan. Il me tenait enchaînée par les liens du déshonneur, et plus d'une fois mon âme se révolta à cette pensée. Alors, je lui rappelais ses promesses et je le suppliais de remplacer par un lien régulier des relations auxquelles je ne m'accoutumais pas en les subissant. Un jour que j'insistai, il se dévoila. « Bah ! s'écria-t-il, à quoi bon ? Ne sommes-nous pas bien ainsi ? » On m'eût enfoncé un fer rouge dans le cœur que je n'eusse pas plus souffert. — Melchior, lui dis-je, si une fois encore vous me parlez de la sorte, je vous quitte. Je suis du sang d'honnêtes gens ; ne me confondez pas avec les femmes que vous avez prises et abandonnées. Quand je vous ai suivi, ce n'est pas sans conditions. Vous m'avez promis de me donner le titre auquel je renonçais pour vous, le seul qui ordinairement donne accès dans nos familles. Si vous entendez vous dédire, parlez ; je sais ce qui me reste à faire dans ce cas.

« Quand je m'exprimais avec cette fermeté, Melchior revenait sur ses paroles, s'en excusait, prétendait que je l'a-
vais mal compris, et qu'il n'avait pas voulu leur donner une
signification blessante. Alors il se retranchait dans d'autres
défaites et imaginait d'autres moyens d'éluder mes instances.
C'était tantôt sa famille qui faisait attendre son consentement, tantôt l'état de ses finances qui ne lui permettait pas
d'entrer en ménage ; puis, quand ces difficultés étaient franchies et que nous semblions toucher au but, à point nommé
il survenait une formalité qui entraînait un délai nouveau,
ou un papier essentiel qui n'arrivait pas, une erreur de date
à rectifier, un prénom à changer, enfin mille riens dont Melchior s'armait comme d'autant de prétextes pour reculer indéfiniment la réparation qu'il m'avait promise et que j'étais
en droit d'attendre de lui.

« Que d'explications orageuses se succédèrent ainsi, sans
autre résultat que de me rendre plus évidentes la dépravation et la légèreté de cette âme parjure ! Les femmes pour
lui n'étaient autre chose que des jouets ; il passait de l'une à
l'autre, au gré de ses caprices, et ne voulait s'enchaîner à
aucun prix. J'eus beau le presser, le menacer, il me traita
en enfant mutin, et ne tint compte ni de mes instances ni de
mes menaces. Que faire ? Rompre avec lui, briser cet indigne
lien ; c'eût été de la fierté bien placée. Mais d'un autre côté
c'était renoncer à la dernière chance qui me restât et dépouiller ma faute de la seule excuse dont je pusse la couvrir. Je m'armai donc de patience, avec l'espoir que je fini-
rais par le réduire et l'amener à mes fins.

« Ce qui contribuait à me rendre la résignation plus facile,
c'est que mon empire, légitime ou non, ne semblait pas sujet
à un partage. Je régnais seule, en apparence du moins, et
sur ce point je ne me croyais point menacée. J'espérais que
Melchior me laisserait cette indemnité en retour des sacrifices que je lui avais faits. Jugez de ma colère, Ludovic,
lorsque j'appris un jour, à n'en pouvoir douter, que j'avais
une rivale. Melchior recommençait sa vie d'autrefois ; il remontait son sérail, et peut-être n'étais-je déjà plus la favorite en titre.

« Oh ! alors j'éclatai, et il se passa dans notre intérieur une
tempête comme jamais ce sultan de mauvais lieu n'en avait

essuyé. De son aveu, je lui fis peur. Jamais il n'avait entendu des vérités plus dures ni vu de tels airs de défi. Mon indignation était si grande que je ne saurais dire jusqu'où elle alla. Du moins comprit-il que je ne supporterais rien de lui sans appeler la vengeance à mon secours, et lui rendre procédé pour procédé, sévices pour sévices. Il recula, il s'amenda, demanda pardon, promit d'écarter de mon chemin tout ce qui pourrait me porter ombrage, et commença par faire un exemple sur la malheureuse qui avait excité mes soupçons.

« Mais ce n'était là qu'un répit, et eût-il été de bonne foi, la nature devait reprendre le dessus. C'est ce qui arriva, et alors notre maison fut un enfer. Chaque jour éclatait une scène suivie d'un raccommodement. J'avais deux griefs contre Melchior, et sur aucun je ne lui laissais de trêve. Je voulais être épousée, et je n'entendais pas tolérer ses infidélités. De là, des récriminations interminables. Si j'insistais sur le premier point, si je tenais à porter son nom, ce n'est pas que je m'en tinsse pour honorée, ni que le sentiment qu'il m'inspirait fût encore bien vif, j'avais appris à le connaître et commençais à le mépriser ; mais dans cette existence misérable qu'il m'avait faite, c'était la seule fin décente que je pusse espérer et la plus grande vengeance que je pusse tirer de lui. Je me disais aussi qu'une fois sa femme, je pourrais parler plus haut encore et disposer de toute chose avec plus d'autorité.

« Eut-il le sentiment de mes projets et craignit-il de succomber dans cette lutte où j'apportais une volonté si ferme ? Je dois le croire, à en juger d'après ce qui se passa. Un soir la querelle s'engagea entre nous avec une violence qui ne présageait rien de bon. Il s'agissait d'une découverte que j'avais faite dans la journée même, d'une lettre oubliée par mégarde et qui l'accusait de manière à ce que tout démenti était impossible. Pourtant, Melchior essaya de nier ; mais, armée de ce témoignage terrible, je le confondis, je l'accablai. Jamais je ne l'avais vu faire autant d'efforts sur lui-même, ni se rendre à ce point maître de ses ressentiments intérieurs. Ses joues étaient pourpres, ses yeux s'injectaient de sang ; ses mains tremblaient, et il fatiguait le parquet de piétinements involontaires. J'aurais dû tenir compte de tous ces signes plus que je ne le fis; c'était, chez Melchior, un symptôme nouveau et qui annonçait quelque résolution extraordinaire.

« Quand je me fus épuisée en reproches, son tour arriva. Il était calme, et évidemment il avait un thème fait. Il imagina d'abord je ne sais quel conte pour endormir mes défiances, puis, venant au but qu'il se proposait : — Marguerite, dit-il, ne seras-tu donc jamais raisonnable? — Comment l'entendez-vous? — Je l'entends comme tout le monde l'entend. — Conduisez-vous alors comme tout le monde se conduit et comme se conduit un honnête homme. — Toujours ta marotte, Marguerite; c'est un mariage que tu veux? — Oui, Melchior, pour votre honneur et le mien. — Eh bien! Marguerite, écoute-moi. Ce mariage, j'y songe. — Encore vos discours en l'air. — Non pas, j'y songe très-sérieusement. — Diriez-vous vrai, Melchior? — Aussi vrai que j'existe; c'est le seul moyen de te guérir de ces jalousies qui me tuent. Je vais m'en occuper. — Et quand cela? — Dès demain. — Sur ton honneur, Melchior? — Sur mon honneur, Marguerite. — Eh bien! embrasse-moi; voilà un mot qui rachète tout le passé.

« Le lendemain, Ludovic, cet homme quitta la maison de bonne heure, et de toute la journée je ne le revis pas. Depuis lors, je l'ai vainement attendu et ai fait des recherches infructueuses; il n'a plus reparu. Ne pouvant me réduire, il a pris le parti de m'échapper.

XXXI

« Huit jours se sont écoulés depuis cet abandon, et j'ai pu mesurer la profondeur de ma chute et l'horreur de ma situation. Rien n'est, plus que le malheur, propre à donner une expérience précoce et à montrer la vie par ses mauvais aspects.

« A mon âge, Ludovic, devrais-je déjà savoir tout ce que

je sais et tenir le langage que je tiens! Si les miens avaient vécu, je serais encore une jeune fille insouciante et rieuse, au comble de ses désirs avec un pot de fleurs sur sa croisée et ne voyant rien au delà d'une promenade dans les bois et d'un repas sur l'herbe, en compagnie de ses parents.

« Que je suis loin de là et quel chemin j'ai fait en peu de temps! Me voici à seize ans, aussi revenue des choses de ce monde, aussi morte à des sentiments naïfs, aussi blasée, aussi dégoûtée que si j'avais depuis longtemps vendu mon âme et trafiqué de ma pudeur. On va si vite avec un maître tel que Melchior! Quand des hommes comme lui passent dans une existence, elle est flétrie à ne pouvoir s'en relever.

« Je suis donc une femme perdue, et s'il me reste une vertu c'est de ne pouvoir supporter le poids de cette honte. Dans toute autre disposition, je ne vous aurais point écrit, je n'aurais point retracé cette lamentable histoire. Il a fallu, pour que j'eusse ce courage, que j'en eusse un autre, celui d'en précipiter le dénoûment. A aucun prix, je n'aurais voulu vous laisser supposer que ma confession a pour but de réveiller chez vous des sentiments dont je suis indigne, pas même celui de la pitié. J'ai failli, que ma faute retombe sur moi! Que ce soit un exemple pour celles qui auront à se défendre des piéges où je suis tombée.

« Que ferais-je dans ce monde? quelle place y puis-je tenir? N'ai-je pas sur le front un signe qui m'en exclut fatalement? De quel œil pourrais-je voir les jeunes filles restées pures, les femmes qui sont l'orgueil et le charme de leurs maisons? Où me faudra-t-il aller chercher des compagnes? A cette pensée, Ludovic, le vertige s'empare de moi, et, quoique souillée, je sens que je ne suis pas née pour une telle vie. Oh! le vice! le vice! Je doute que dans les âmes les plus saintes, il existe plus d'horreur que dans la mienne pour tout ce qui y ressemble, et puisqu'il ne me reste plus qu'une manière de le prouver, j'y aurai recours.

« Je suis donc résolue à en finir, et ce que vous venez de lire je l'ai écrit d'une main ferme et avec un cœur sincère, comme on le fait au moment des adieux. J'ai voulu que vous me connussiez bien, j'ai voulu qu'il n'y eût rien de secret pour vous dans mon existence, si courte et si mal remplie. Quand j'y songe, j'éclate en sanglots et me meurtris le front.

Y avait-il un être ici-bas auquel la Providence eût réservé
des chances meilleures et préparé un bonheur plus certain ?
Ce que d'autres cherchent avec tant d'efforts, ce qu'ils pour-
suivent au prix de tant d'intrigues, le ciel l'avait mis à ma
portée sans qu'il m'en coûtât autre chose qu'un acquiescement. Pour débuter dans le monde, je trouvais une main
loyale, courageuse, qui m'en eût aplani le chemin et m'eût
guidée au milieu des écueils dont il est semé.

« Cette main loyale, je l'ai repoussée ; ces bienfaits, mé-
nagés par le sort, je les ai dédaignés. J'ai jeté mon bonheur
aux vents, j'ai fait violence à ma destinée ! j'ai tout gâté à
plaisir, joies de la famille, union légitime, tout ce que les
hommes honorent et ce que Dieu bénit. Et vous voulez que
je résiste à ce souvenir ! Vous voulez que je survive à cette
erreur et me débatte sous ce regret ? Non, vous dis-je, c'est
trop demander à une femme, même à titre d'expiation.

« Mon parti est pris : quand vous lirez ces pages à demi
effacées par mes larmes, tout sera fini, du moins pour ma dépouille mortelle. J'aurai à régler mes comptes là-haut, et
j'espère que la balance penchera du côté du repentir. Une
preuve qu'il est sincère, c'est qu'il ne s'y mêle aucune pensée de vengeance et de haine contre celui qui m'a perdue.
A votre tour, Ludovic, soyez généreux ; pardonnez à la victime d'un égarement passager. Je sais combien vous avez
souffert de ma trahison, je sais que votre cœur en a saigné
plus que je ne le méritais et plus que ne l'eût fait un cœur
vulgaire. Restez miséricordieux jusqu'au bout ; accordez un
bon souvenir à celle qui se repent de vous avoir méconnu ;
vivante, vous auriez dû la mépriser et la haïr ; morte, vous
pouvez la plaindre et l'excuser. Que j'emporte cette espérance en vous quittant.

« Il me reste à vous adresser une prière. Je n'ai personne
à qui je puisse confier mes dernières volontés ; tous mes parents sont morts, et mon seul ami c'est vous. Ne repoussez
pas ce titre, et promettez-moi de consentir à ce que je vais
vous demander.

« Je désire reposer près des miens, quoique j'aie bien mal
soutenu l'honneur de leur nom. S'il y a pour cela quelques
formalités à remplir et quelques obstacles à vaincre, j'emporte la conviction que vous le ferez.

« Voici maintenant ce que j'exige. Ce que j'ai est peu de chose ; mais j'éprouve une grande douleur à l'idée de le voir passer en d'autres mains que les vôtres. Il y a là surtout un mobilier de famille qui date de loin et qui s'est transmis de génération en génération; mon père y tenait, mon aïeul aussi ; tous deux m'avaient fait promettre de le garder jusqu'à ma mort. Acceptez-le, Ludovic ; en l'acceptant, vous entrez dans la famille, vous devenez ce que, dans nos beaux jours, nous avions cru, vous et moi, que vous seriez, vous me tendez la main au delà de la tombe. On trouvera dans mon secrétaire quelques lignes qui renferment cette disposition.

« Vous y trouverez aussi un gage qui vous est naturellement destiné et que personne ne doit recueillir, si ce n'est vous. C'est l'anneau de famille, celui qui, du doigt de mon aïeule, passa au mien, le jour de nos tristes et éphémères fiançailles.

« Adieu, Ludovic, par tous ces souvenirs, restez encore uni à celle qui s'en va.

« MARGUERITE. »

XXXII

Il est facile de se rendre compte des émotions qui se succédèrent dans le cœur de Ludovic durant cette lecture. Ce ne fut d'abord qu'une douleur vague et comme un écho d'un passé orageux. Puis, à mesure qu'il avançait dans ces mélancoliques pages, la souffrance devint plus forte et le déchirement plus profond. Rien n'était pourtant de nature à faire pressentir le dessein qu'annonçaient les dernières lignes, et, en les parcourant, Ludovic resta comme foudroyé. Un voile s'étendit sur sa vue, et il crut être le jouet d'un rêve. Mais l'accent était trop ferme et le langage trop formel pour qu'il pût se faire illusion.

Marguerite avait cherché dans le suicide un refuge contre la honte et les remords.

— Malheureuse enfant ! s'écria Ludovic hors de lui, et se frappant le front avec un geste désespéré.

Puis, comme éclairé par une réflexion subite :

— Non, non, ajouta-t-il, c'est impossible. Si jeune, avec tant de jours devant elle ! Je ne puis le croire ; cela n'est pas. Au dernier moment, sa main l'aura trahie. Non, elle n'est pas morte ! Que de fois le hasard trompe la volonté ! Et puis que de circonstances, que d'empêchements imprévus ! Elle vit encore ; tout me le dit, tout me l'atteste, courons.

En parlant ainsi, Ludovic avait quitté l'étude ; il était déjà loin. Son itinéraire était tracé : il allait directement chez Marguerite. Le concierge ne lui avait-il pas dit qu'elle logeait toujours au même endroit ? Sa maison lui était familière ; morte ou vive, il savait où la trouver. Cependant, en chemin, un scrupule le prit :

— Y aller seul, se dit-il, n'est-ce pas faire les choses à demi ? Ce qu'il lui faut maintenant, c'est le médecin du corps ; plus tard viendra le médecin de l'âme.

Justement sur son chemin logeait un jeune docteur de ses amis, un garçon à la fois instruit et sûr, qui avait toute sa confiance et la méritait. Il le trouva heureusement chez lui et l'emmena.

— Pourvu que nous arrivions assez tôt, s'écriait-il de temps à autre et tout en expliquant de quoi il s'agissait.

Quand Ludovic rentra dans cette rue qui avait été le théâtre de ses amours, il crut que le cœur lui manquerait. Pas un objet qui ne lui rappelât un souvenir. Ici il rencontrait Marguerite le matin, là il lui avait parlé une dernière fois. Rien de changé dans l'aspect des lieux ; il n'était pas jusqu'aux croisées du logement qui n'eussent gardé leurs festons de verdure.

Les marchands du quartier le saluaient comme une vieille connaissance ; les enfants le regardaient d'un air curieux et l'appelaient par son nom ; il rentrait comme en possession de ce qu'il avait aimé, de ce qu'il avait connu, de ce qui était resté gravé dans sa mémoire en traits que rien ne pouvait effacer.

Ces impressions, ces réflexions ne l'empêchaient pas de se hâter et de presser son compagnon.

— Docteur, lui disait-il, plus vite, je vous en supplie.

16

— Plus vite, ce serait difficile ; nous marchons à en perdre la respiration.

— Avez-vous au moins tout ce qu'il vous faut en cas d'événement?

— Soyez tranquille.

— Des antidotes surtout?

— Ne vous en préoccupez pas ; j'y ai songé ; d'ailleurs c'est de règle aujourd'hui. Tout médecin a sur lui sa petite pharmacie.

Ils touchaient à la porte de Marguerite. Ludovic passa résolûment et enjamba les degrés sans même jeter un nom au concierge. Mal lui en prit. On sait à quel homme il avait affaire, c'était un casuiste en matière d'attributions; il s'élança à la poursuite de l'intrus.

— Monsieur! s'écria-t-il, Monsieur!

Ludovic était déjà loin. Mais le docteur y avait mis moins de zèle, et ce fut sur lui que le concierge se rabattit.

— Où allez-vous, Monsieur? lui dit-il en lui barrant le passage.

Le docteur eût été embarrassé de le dire. Il avait suivi son ami et ignorait chez qui ils allaient.

— Où je vais? dit-il avec un peu d'impatience; mais vous le voyez bien.

— Comment, je le vois? mais je vois que vous tombez sur mon escalier comme une bombe sans me dire seulement gare, ni me fournir un mot d'explication. Voilà ce que je vois.

— J'accompagne mon camarade, dit le docteur en essayant de s'ouvrir un chemin; laissez-moi passer.

— Votre camarade? Il est aussi peu gêné que vous!

— Voyons, finissons-en.

La querelle s'échauffait, et l'austère concierge était bien décidé à faire respecter ses consignes, dût-il compromettre l'intégrité de ses membres. Il avait pris la rampe à deux mains et s'arc-boutait de manière à ce qu'il ne restât point d'espace libre sur les degrés. A moins de violence, le passage était infranchissable, et le docteur n'osait pas pousser les choses si loin. Heureusement Ludovic se ravisa : sans lui, l'affaire ne pouvait pas s'arranger ; il prit le parti de descendre.

— Ah! c'est vous, dit le concierge en le reconnaissant.

— Moi-même.

— Et Monsieur est votre camarade? ajouta le dignitaire d'un ton radouci.

— Mon camarade, comme vous le dites, il monte avec moi.

— Que ne parliez-vous plus tôt alors! Mais vous filez devant ma loge comme un éclair, et vous voulez que je vous reconnaisse.

— Allons, c'est bien, il n'y a qu'un malentendu, dit Ludovic, laissez-nous monter maintenant.

— Minute, répliqua le concierge, sans quitter ses airs importants; il s'agit de vous expliquer. Où allez-vous?

— Mais vous le savez bien.

— N'importe! c'est plus régulier de le dire. D'ailleurs j'ai mes raisons, ajouta-t-il avec un certain mystère.

Ludovic n'avait pas à rougir d'une démarche qu'inspirait un sentiment d'humanité, et pourtant le sang lui monta aux joues, quand il dit :

— Chez mademoiselle Marguerite !

Il croyait en être quitte ainsi ; mais il avait compté sans l'implacable concierge.

— Impossible, dit celui-ci, sans quitter la défensive.

— Comment ! impossible? Vous ne savez donc pas qui je suis?

— Parfaitement, Monsieur ! Mais la consigne est pour tout le monde.

— Je ne puis pas monter chez mademoiselle Marguerite?

— Il n'y a personne là-haut. J'ai mes ordres.

— Personne ! personne ! s'écria Ludovic. Vous savez bien qu'elle y est !

— J'ai mes ordres; il n'y a personne.

Ludovic allait éclater; il se contint à temps ; un éclat ne pouvait qu'embrouiller les choses et le temps pressait. Il préféra user de ménagements.

— Concierge, lui dit-il, si j'insiste, j'ai mes motifs; vous me remettez, n'est-ce pas?

— Oui, Monsieur.

— C'est vous qui, il y a une heure, m'avez apporté une lettre de mademoiselle Marguerite?

— Moi-même, Monsieur.

— Eh bien, dans cette lettre, elle me prie de venir la voir ; vous voyez donc que, s'il y a une consigne, j'en suis excepté.

— Si vous en étiez excepté, je ne vous aurais pas dit qu'elle n'y est pas pour personne. J'ai trente ans de loge, Monsieur.

Évidemment il était impossible de donner le change à un personnage si au courant de ses devoirs d'état, et il eût été dangereux d'affronter sa puissance. Comment se passer de son concours ? Comment pénétrer chez Marguerite s'il refusait de s'y prêter ? Ludovic l'avait fait une fois ; mais il avait alors quelque droit à le faire. Aujourd'hui ce n'était plus une fiancée qu'il venait chercher ; c'était une victime qu'il voulait sauver. Il lui en coûtait sans doute de mettre un concierge dans cette confidence ; mais c'était le seul moyen qui lui restât, et il se décida à l'employer.

Prenant cet homme à part, il alla droit au fait :

— Vous vous intéressez à votre locataire ? lui dit-il.

— Comme à tous, répondit-il. Un locataire est sacré pour moi. J'ai trente ans de loge.

— Eh bien ! cette fois, votre intérêt porte à faux. Vous serez cause d'un malheur.

— Moi ? répliqua-t-il avec un sourire d'incrédulité qui répondait au témoignage de sa conscience.

— Vous, dit vivement Ludovic. Ne comprenez-vous pas pourquoi elle a interdit sa porte ?

— Parce que ça lui convient ; nous autres nous n'avons rien à y voir.

— Mais, malheureux ! si elle avait de mauvais desseins ?

— Mauvais ou bons, c'est ce qui la regarde.

— Si elle avait l'intention de se détruire, d'attenter à ses jours ?

Devant un tel langage et un accent si sincère, il n'y avait pas d'incrédulité qui pût tenir. Le concierge désarma enfin.

— Vrai, Monsieur ? dit-il.

— Insisterais-je sans cela ?

— Mademoiselle Marguerite a l'intention de se détruire ?

— Lisez plutôt, si vous ne me croyez pas.

— Non, Monsieur, je vous crois maintenant. Juste ciel ! un malheur dans ma maison !

— Vous en serez cause.

— Une maison tranquille comme celle-ci !

— Hélas !

— Où il ne s'était rien passé d'inconvenant pendant mes trente ans de loge !

— Il faut à tout prix l'empêcher.

— Et les journaux qui en parleraient demain, qui citeraient le numéro, Dieu du ciel !

C'était le concierge qui, maintenant, le prenait avec le plus de feu.

— Que faire? dit Ludovic, elle s'est enfermée sans doute !

— Si elle s'est enfermée? à double tour; et c'est moi qui ai la clef.

— Allez donc la chercher! s'écria Ludovic.

— J'y cours! s'écria le concierge. Qui l'eût cru de la part d'une si jeune fille? ajouta-t-il en descendant les degrés. Oh ! si je l'avais su, quel congé je lui aurais fait donner, et cela dès le dernier terme. Fiez-vous donc aux gens !

Dès que le concierge eut été touché au point sensible, les choses marchèrent toutes seules. Il prit la clef du logement et peu d'instants après il pénétrait chez Marguerite, suivi du docteur et de Ludovic. Ce dernier avait le frisson de la mort dans les veines.

XXXIII

Marguerite n'avait pas fléchi devant la mort ; cet engagement qu'elle avait pris vis-à-vis de Ludovic, elle l'avait tenu.

A peine eut-elle expédié son message qu'elle fit ses dernières dispositions. Elle comprenait qu'aussitôt averti il accourrait à son secours, et s'efforcerait de la détourner de son dessein ; elle ne voulut pas s'exposer ni l'exposer à une aussi triste scène; elle se hâta.

Depuis longtemps d'ailleurs elle était prête et avait fait son deuil de la vie. Même avant l'abandon de Melchior, il se

déclarait parfois chez elle d'invincibles dégoûts, et, si elle
y avait résisté, c'était pour ne pas quitter la première le
champ de bataille. Il est des êtres destinés à mourir jeunes,
et qui en portent le signe sur le front : Marguerite était de
ce nombre. Elle allait vers la mort comme on va vers le repos après une journée de fatigues. Elle était lasse de souffrir et trouvait naturel d'en finir avec la souffrance. A quoi
aurait-elle pu se rattacher? Plus de famille, plus une âme au
monde pour la plaindre et la consoler. Tous ses souvenirs
étaient navrants, toutes ses espérances éteintes. Quand elle
s'interrogeait, le désespoir seul lui répondait; quand elle jetait les yeux autour d'elle, elle n'apercevait que le vide.
Que de motifs et que d'excuses pour se réfugier dans l'oubli !

Ce qui lui manquait le moins, c'était le courage; elle en
montra jusqu'au bout. Le peu de minutes qui lui restaient,
elle les employa à mettre tout en ordre dans son logement;
elle voulut que Ludovic le retrouvât tel qu'il l'avait toujours
vu, aussi propre, aussi décent, aussi minutieusement rangé.
Déjà elle avait fait justice de ce qui rappelait sa faute et ses
écarts; ce que Melchior n'avait pas emporté elle l'avait dé-
truit pour qu'il n'y eût plus de vestige de son funeste passage. Il lui avait fait, durant leur courte liaison, quelques-
uns de ces cadeaux qui tirent leur prix de la main qui les
offre; elle les avait anéantis. Bijoux, vêtements, objets de
toilette, tout ce qui lui venait de là avait pour elle un sens
odieux : c'était la livrée du déshonneur.

En revanche, elle avait, par un sentiment délicat, remis
en leur place tous les objets qui étaient familiers à Ludovic;
sur sa cheminée, de petits vases bleus garnis des fleurs qu'il
aimait ; en face du lit, le portrait de sa grand'mère, un moment exilé; sur sa table, quelques livres donnés en étrennes,
et la thèse de l'avocat avec une dédicace empreinte d'un amour
respectueux. Rien ne manquait à cet arrangement, ni le buis
près du bénitier, ni l'image du Christ dans le fond de l'alcôve.
C'était la chambre des beaux jours, la chambre virginale,
restaurée, renouvelée, affranchie de tout souffle impur.

On a vu comment Marguerite disposait de ce mobilier et de
tout ce qui lui avait appartenu. C'est Ludovic qui devait tout
recueillir. Cependant la jeune fille en avait excepté quelques
bjets sur lesquels elle avait fixé une étiquette pour mar-

quer leur destination. C'étaient des souvenirs laissés à des amies d'enfance ou des dons à de pauvres gens du voisinage qu'elle avait coutume de secourir. Dans l'acte qui instituait le jeune avocat pour son héritier, ces divers vœux étaient exprimés dans la forme la plus simple et la plus touchante. Elle s'excusait d'avoir si peu à offrir, et priait qu'on lui tînt compte de l'intention sans s'arrêter à la valeur des choses. Chaque legs était d'ailleurs approprié à la personne avec un soin délicat qui y ajoutait un nouveau prix.

Marguerite eut une dernière attention : elle laissa son secrétaire ouvert et plaça sur la tablette la pièce qui rendait Ludovic maître de tout régler chez elle et d'agir à son gré. Près du testament était l'anneau, ce triste et mystérieux emblème. Dès le premier abord les yeux devaient se porter sur ces objets, et le jeune homme y reconnaîtrait quelles avaient été, au moment de quitter ce monde, la pensée de la mourante et sa préoccupation.

Quand elle en eut fini avec la terre, Marguerite songea au ciel ; elle s'agenouilla devant le portrait de sa grand'mère et pria avec ferveur. Que fut cette prière ? Sans doute un acte de contrition et en même temps un cri de désespoir. Elle prit Dieu à témoin, et, lui montrant l'état de son âme, invoqua sa miséricorde avec un accent éploré.

Puis s'adressant à cette aïeule qui avait si saintement vécu et si saintement fini, à sa mère moissonnée avant le temps et qui, son mari mort, avait, elle aussi, manqué de courage, elle les conjura sans doute d'intercéder pour elle et d'obtenir qu'elle fût admise à leurs côtés, dans le séjour des âmes pures ou purifiées par le repentir. Elle leur demanda d'unir leurs prières à la sienne afin d'en augmenter l'effet et d'obtenir ce pardon qui descend d'en haut sur les cœurs humiliés et sincères.

Quand elle eut mis sa conscience en paix, autant que le permettait l'acte violent auquel elle était résolue, elle monta sur son lit, ajusta ses vêtements de manière à ce que rien n'y pût amener du désordre, s'étendit sur les coussins, et, s'emparant d'une petite fiole qui était à sa portée, elle l'approcha de ses lèvres.

Quelques minutes après, elle était plongée dans un engourdissement profond.

XXXIV

Le premier mouvement de Ludovic, lorsqu'il entra dans la chambre de Marguerite, fut de jeter les yeux sur le lit, et, à l'aspect de ce corps inanimé, il ressentit un coup si violent qu'il crut que la vie allait le quitter. Le docteur, plus calme et plus maître de lui, était déjà près de la victime, touchait ses membres refroidis et cherchait à y découvrir quelque signe de vie. Il y eut là quelques secondes pleines d'une horrible anxiété, et un silence effrayant régna dans cette chambre. Le concierge levait les mains au ciel et Ludovic tenait les yeux attachés sur le praticien, comme si sa propre existence eût dépendu de l'arrêt qu'il allait rendre.

— Eh bien? dit-il, avec un accent plein d'angoisse et un geste suppliant.

Le front du docteur était couvert de nuages et ses mouvements indiquaient une grande préoccupation. Tantôt il tenait son oreille appuyée sur le cœur pour y surprendre quelque battement, tantôt il approchait une glace des lèvres et des narines pour voir si quelque souffle ne ternirait pas le poli du verre et ne lui fournirait pas d'indice satisfaisant. Enfin il parla, et ses premiers mots n'étaient pas de nature à donner de l'espoir.

— On ne peut rien dire, répéta-t-il à trois reprises différentes.

Jamais plus douloureuse scène ne s'offrit aux regards : le concierge lui-même ne pouvait y assister d'un œil sec. Sur cette couche, une jeune fille, blanche comme le marbre, et plus belle dans la mort qu'elle ne l'avait été dans la vie ; puis ce jeune homme qui portait la douleur écrite sur le front et semblait frappé du même coup ; partout le deuil, un deuil sans limites comme sans remède.

Cependant le docteur, tout sombre qu'il fût, ne négligeait aucun moyen pour ranimer dans ce cadavre l'ombre de vie qui pouvait y rester. Il semblait surtout en quête d'un renseignement ; il voulait savoir quel élément de destruction avait servi à la catastrophe. Il cherchait de tous côtés et ne trouvait rien ; ce fut le concierge qui le mit sur la voie. Aux pieds du lit et sur le tapis même, cet homme avait découvert la petite fiole où Marguerite avait puisé la mort.

— Voyez donc, docteur, dit-il en la lui remettant.

— Enfin ! s'écria celui-ci, voilà ce que je cherchais.

Il se rapprocha de la croisée et examina le résidu qui était resté au fond du verre, et à l'odeur, à la couleur, il reconnut le poison.

— Un narcotique ! dit-il. Agissons maintenant.

A l'instant il tira de sa pharmacie une substance énergique et de nature à combattre les progrès du mal ; puis , avec un certain effort, il parvint à en introduire quelques gouttes dans la bouche de Marguerite. Ludovic suivait cette scène d'un œil avide et consterné ; il essayait de saisir, sur la physionomie du docteur, les impressions qui s'y peignaient et par suite les chances de salut qui restaient encore ; puis il s'attachait au visage de la victime, comme s'il eût espéré lui communiquer la vie et le mouvement par la puissance de sa volonté. Parfois l'illusion s'en mêlait et il lui semblait que le visage s'animait, que les joues reprenaient leurs couleurs et les lèvres leur sourire ; il s'attendait à la voir se relever de sa couche, lui parler et lui tendre la main. Mais c'étaient là de fugitifs éclairs, suivis de ténèbres profondes.

Le docteur n'était pas moins attentif que Ludovic ; seulement il restait maître de son émotion et y apportait le sang-froid de l'homme à qui les scènes de la mort sont familières. Sur le ton des chairs et la chaleur de la peau , il épiait les symptômes d'une vie latente. Déjà, à trois reprises, il avait eu recours à son antidote , en doublant les doses de manière à en accroître l'effet ; il attendait maintenant que la nature aidât, par ses ressources, à celles de l'art. Si l'insensibilité persistait, c'était la preuve que la destruction avait accompli son œuvre et que les remèdes étaient impuissants.

Un nouveau silence se fit, accablant et douloureux. Ludovic restait debout ; le docteur avait pris un fauteuil et s'était assis ; le concierge gardait l'immobilité d'une statue. Comme les autres témoins de cette scène , il était sous l'influence de ses impressions. Quelle responsabilité pour lui ! et qu'en dirait-on dans le voisinage? Une maison si bien gardée jusque-là ! Des locataires si irréprochables !

Les choses en étaient là quand le docteur se leva brusquement ; il venait d'apercevoir un frémissement dans les paupières : un mouvement non moins prompt ramena Ludovic près du lit.

— Elle a fait un mouvement ! dit-il à voix basse.

— Elle a remué , dit le concierge , apportant son témoignage à l'appui.

Le docteur ne répondit pas et se contenta d'appliquer de nouveau son oreille sur la région du cœur ; quand il se releva, sa physionomie était plus rassurante.

— N'est-ce pas qu'elle vit encore? dit Ludovic.

— Qui le sait? répondit le docteur.

Ce n'était pas un mot formel, et pourtant le jeune homme l'accepta comme s'il avait eu cette signification. Tombant à genoux près du lit :

— Merci, mon Dieu ! s'écria-t-il.

Cependant les symptômes persistaient et bientôt il devint manifeste, même pour des yeux inexpérimentés, qu'une crise favorable avait eu lieu. Le teint redevenait meilleur, et un mouvement sensible animait le sein ; les lèvres et les narines perdaient leurs tons blafards; le souffle vital rentrait dans ce cadavre. Quand le docteur se fut assuré du fait, il frappa doucement sur l'épaule de Ludovic :

— Mettez-vous à l'écart, lui dit-il.

—-A l'écart ! répondit celui-ci sans se rendre compte du motif de cette injonction.

— Votre vue pourrait la tuer, ajouta le médecin d'une voix brève et en homme qui veut être obéi.

— Vraiment ? dit Ludovic.

— Point d'émotion forte ; rien qui puisse lui rappeler des souvenirs amers; autrement je n'en réponds pas.

Ludovic s'était déjà effacé et avait gagné un point de la chambre d'où il ne pouvait être aperçu :

— Et vous, concierge, reprit le docteur , vous allez courir me chercher cette potion.

Il trouva sur la table ce qu'il fallait pour écrire, et remit à cet homme une formule.

— Maintenant, le plus grand calme, ajouta-t-il en abaissant les rideaux du lit de manière à tempérer autant que possible l'éclat de la lumière.

La nature continuait à agir et à rendre aux organes l'activité que le narcotique avait suspendue. Le pouls était sensible, le mouvement du sein plus fort et plus régulier ; la réaction s'opérait lentement, mais sûrement. Le concierge revint avec la potion ; c'était un cordial qui devait accélérer le retour des fonctions vitales. L'effet en fut prompt ; les membres s'assouplirent, la circulation se rétablit.

— Elle est sauvée, dit alors le docteur.

On eût ouvert le paradis à Ludovic qu'il n'eût pas éprouvé une joie plus vive.

De déchirante qu'elle était, la scène devint plus douce e plus calme. Ludovic essayait de contenir jusqu'aux pulsations de son cœur, tant il avait peur de trahir sa présence. A peine osait-il, par intervalles, avancer la tête du côté du lit pour y surveiller les tressaillements de ce corps rappelé à la vie et qui y rentrait par degrés. Le visage lui était caché ; mais il apercevait le buste, les mains et les membres inférieurs. Il n'en détachait pas son regard. Quant au concierge, il respirait plus librement et semblait renaître avec Marguerite.

Ce n'était pas en vain que le docteur s'était prononcé ; l'événement ne démentit pas son arrêt. La syncope touchait à sa fin ; Marguerite reprenait possession d'elle-même. Au bout d'un quart d'heure, elle étendit les bras comme si elle eût voulu s'emparer d'un objet invisible, exhala un profond soupir et ouvrit les yeux. On eût dit que son regard appartenait encore au monde qu'elle venait de quitter, tant il était vague, mal assuré et privé de la conscience des objets. Elle le promenait à droite et à gauche avec une sorte de stupeur et une persistance machinale, comme le ferait un automate obéissant à un ressort. Enfin, sa bouche se délia, et ses premiers mots témoignèrent de l'absence de son esprit :

— Où suis-je? dit-elle.

Ludovic aurait volé vers la jeune fille sans un geste du médecin; cette voix le troublait jusqu'au fond de l'âme. Il lui fallut toute sa force pour se contenir.

— Où suis-je? répéta Marguerite.

En même temps, elle passait les mains sur son front et

cherchait à ressaisir le fil de ses souvenirs. Des trois personnages qui se trouvaient dans sa chambre, le docteur seul était en vue ; il se raprocha du lit ; Marguerite parut étonnée de le voir.

— Qui êtes-vous ? lui dit-elle.

— Un ami, répondit-il avec un accent affectueux.

Elle l'examina d'un air curieux et égaré, puis, le repoussant avec un geste d'incrédulité :

— Un ami ? reprit-elle, allons donc !

— Oui, un ami, dit-il ; un ami qui espère vous sauver.

Dans cet état des facultés, souvent un mot suffit pour rendre à l'intelligence son ressort et déchirer le voile qui la couvre. Ce mot venait d'être prononcé. A l'instant, comme si une force surnaturelle l'eût fait se mouvoir, Marguerite se mit sur son séant, et, promenant ses regards autour d'elle :

— Ah ! mon Dieu ! s'écria-t-elle, je ne suis pas morte !

Elle retomba presque anéantie et accablée par l'horreur de la lumière qu'elle venait de retrouver. Son existence passée, son sacrifice inutile, lui étaient apparus comme des fantômes importuns ; elle se réfugia dans le néant pour les éviter et les fuir.

Le docteur avait prévu cette crise ; il la combattit par quelques soins. Sa tâche n'était point aisée ; d'un côté, il lui fallait secourir la patiente ; de l'autre, contenir Ludovic qui voulait à toute force se montrer et se déclarer.

— Laissez-moi faire, disait le jeune homme ; je la sauverai ; c'est son âme qui souffre, seul je puis la guérir.

— Pas encore, répondait le médecin ; elle est trop faible ; le cerveau est engagé ; toute émotion lui serait fatale. Attendez, je vous en conjure, attendez. Votre tour viendra plus tard. Tenez, ajouta-t-il, la voici qui se ranime, ce n'est qu'un accident sans gravité.

En effet, Marguerite reprit connaissance après un court évanouissement ; mais, au lieu de chercher des explications, elle sembla désormais vouloir s'y soustraire. Elle n'ouvrait les yeux que pour les refermer sur-le-champ, et s'épuisait en mouvements désespérés. Cet état avait ses dangers ; il pouvait aggraver les désordres existants et amener un délire dangereux. Le docteur essaya de tirer la jeune fille de cette torpeur, et l'interrogea doucement.

— Mademoiselle Marguerite, lui dit-il à deux reprises dif-férentes et en accompagnant cet appel d'une pression exercée sur son bras.

— Ah! c'est vous, dit-elle en sortant de sa léthargie.

— Oui, c'est moi; pourquoi vous détourner ainsi? soyez donc raisonnable.

— Raisonnable! il n'est plus temps de l'être. Que ferais-je de ma raison?

— Laissez-vous soigner.

— Et à quoi bon?

— Je réponds de vous; vous vivrez.

Ce fut encore un mot terrible et qui rouvrit toutes les blessures de ce cœur saignant.

— Moi vivre, dit-elle en prenant le bras du docteur, et le serrant avec une force dont on ne l'aurait pas crue capable, moi vivre! dites-vous?

— Mais sans doute.

— On voit bien que vous ne me connaissez pas! dit-elle en donnant à sa voix une expression singulière.

— Vous êtes une enfant.

— Moi vivre, Monsieur! s'écria-t-elle avec un accent eploré. Et ce que j'ai été! et ce que je suis! et Melchior! et Ludovic!

A cet appel déchirant, celui-ci n'eut plus la force de se vaincre. Il se montra, courut vers le lit, et, se jetant à genoux :

— Me voici, Marguerite! vivez pour moi.

Celle-ci le regarda d'un œil hagard et poussa un cri de détresse.

— Juste ciel! s'écria-t-elle, il était là!

Elle retomba inanimée et déjà raide comme si elle n'était plus qu'un cadavre. Le docteur ne put se défendre d'un peu d'emportement.

— Quand je vous le disais! s'écria-t-il. Pourvu que vous ne l'ayez pas achevée!

XXXV

Cette crise fut plus longue que celle qui avait précédé, et il y eut un moment où le médecin désespéra du succès. Ce n'était plus l'action du poison qui était à craindre, mais l'effet de cette secousse morale sur une organisation déjà profondément atteinte.

Ludovic s'accusait et se désespérait, il rejetait sur lui la responsabilité de cette rechute, et parlait de suivre la jeune fille si elle n'en réchappait pas. Il demandait pardon au docteur de n'avoir pas mieux suivi ses conseils et offrait de quitter la chambre afin de ne pas compromettre de nouveau les effets de son traitement. Mais celui-ci avait réfléchi, et cette fois son avis fut tout opposé.

— Non, lui dit-il, restez.

— Mais si je commets encore quelque imprudence ?

— Restez, vous dis-je, le mal est fait. Votre présence a amené une crise, votre absence en amènerait une autre, plus fâcheuse encore. Je ne connaissais pas cette enfant ; c'est une tête de fer. Il faut que vous soyez là, quand elle reprendra ses sens. Restez.

— J'obéis alors.

— Et que le ciel vous inspire, Ludovic, quand le moment sera venu. Cette jeune fille a au cœur une plaie dont je ne puis la guérir et que la Faculté en corps ne guérirait pas ; c'est le dégoût de la vie. Tâchez d'en venir à bout et j'inclinerai ma science devant la vôtre. L'aimez-vous ?

— Si je l'aime ! Vous me demandez si je l'aime ! Ne le voyez-vous pas ?

— Eh bien ! alors, il y a quelque chance pour que vous réussissiez. Mais, ou je me trompe fort, ou ce sera une cure difficile.

Cet entretien avait lieu à voix si basse, que rien n'en pouvait parvenir aux oreilles de Marguerite, et, pourtant, il se fit chez elle un mouvement singulier. Sa main, raidie et contractée, se replia d'elle-même et vint se poser sur sa poitrine ; ses lèvres, que l'accès avait pâlies, reprirent leur incarnat et s'animèrent d'un sourire.

Quand elle rouvrit les yeux, son premier regard tomba sur Ludovic, un regard empreint d'une douceur et d'une grâce ineffables. Sa première parole fut pour lui aussi.

— Vous voilà, lui dit-elle. J'étais bien sûre que vous viendriez.

Puis se tournant vers le docteur, et le lui désignant :

— Monsieur est votre ami ?

— Oui, Marguerite, et des plus chers. C'est lui qui vous a donné des soins.

— Merci, Monsieur, lui dit-elle, et vous aussi, merci, Ludovic. Quel tourment je vous ai causé ! en valais-je seulement la peine ?

— Oh ! Marguerite, ne dites pas de ces mots-là ; ils me navrent.

— C'est bon, c'est bon ; vous n'en êtes pas quitte. Attendez-vous à être grondé.

Tout cela était dit avec un accent caressant et une tranquillité parfaite. Ce n'était plus la femme qui se débattait naguère dans l'agonie et implorait la mort comme un bienfait. Elle semblait résignée à vivre et presque heureuse d'avoir réchappé. Le ton enjoué qu'elle prenait excluait même toute arrière-pensée et devait désarmer les soupçons.

Pourtant le médecin ne s'y trompa point ; le contraste était trop marqué. Sous cette gaieté feinte il crut découvrir une pensée persistante et qui était de nature à l'alarmer. Il étudia la physionomie de Marguerite et reconnut qu'il y régnait quelque chose de contraint et de forcé. Ce qui était sincère en elle, c'était sa reconnaissance ; quant au reste, il y avait lieu de s'en défier.

Cependant sa mission était remplie et il ne lui restait plus rien à faire auprès de la malade. Tout symptôme fâcheux avait disparu : le cerveau était dégagé, le pouls régulier, la poitrine libre. Un peu de repos suffisait pour achever la guérison.

Il se décida à prendre congé.

— A demain, dit-il en prenant son chapeau.

— A demain, répondit la jeune fille d'une voix douce et en accompagnant ces mots d'un geste amical.

— Et, comme je vous le recommandais tout à l'heure, soyez raisonnable.

— Raisonnable, autant que je puis l'être, docteur.

Il quitta la chambre en faisant un signe à Ludovic. Celui-ci l'accompagna dans la pièce voisine.

— Elle est bien calme, dit le docteur à demi voix.

— C'est qu'elle se résigne.

— Dieu veuille que cela soit. N'importe, ce calme m'effraye. Ne la quittez pas, Ludovic.

— Je veillerai, s'il le faut, près d'elle.

— Et poussez-la, forcez-la à s'expliquer. Qu'elle parle, qu'elle avoue ce qu'elle a sur le cœur. Quand elle m'a dit : A demain, ç'a été avec un sourire étrange. C'est une terrible volonté que la sienne, Ludovic. Surveillez-la bien.

— Ainsi ferai-je.

Ludovic rentra dans la chambre sous l'influence de cet entretien. Il se promit de n'en sortir qu'affranchi de toute crainte et avec une promesse formelle de Marguerite qu'elle n'attenterait plus à ses jours.

XXXVI

La journée s'était écoulée au milieu de ces incidents, et quand Ludovic revint prendre sa place auprès de Marguerite, la nuit commençait à se faire. Il alluma les flambeaux, donna quelques ordres au concierge et le congédia, puis s'assit aux pieds du lit, en face de la jeune fille, de manière à ne perdre aucun de ses mouvements.

Elle était toujours aussi calme et jamais elle n'avait été plus belle ; Ludovic en fut ébloui. La crise d'où elle sortait avait laissé sur son visage une expression touchante qui en relevait la beauté. Sa tête, inclinée sur l'épaule, décrivait un arc gracieux ; on eût dit un cygne au repos. Sa main appuyée sur le drap s'y confondait par sa blancheur et n'avait pour contraste que les belles ondes de ses cheveux. Pour rien au monde, Ludovic n'eût troublé le charme de ce spectacle. Il commençait à croire que son ami le médecin avait mis les choses au pire, et qu'un maintien aussi tranquille ne se conciliait pas avec de funestes résolutions.

Ce fut Marguerite qui, la première, rompit le silence. En rouvrant les yeux, elle aperçut Ludovic.

— Toujours là, dit-elle en lui tendant la main.

Il la porta à ses lèvres avec ardeur et répondit :

— C'est ma place, je n'en bouge plus.

Un nuage voila les traits de Marguerite : que se passait-il en elle? son langage n'en trahit rien, tant il avait de naturel et de douceur.

— Ludovic, lui dit-elle, vous êtes bon entre les bons. Je le savais et n'avais pas besoin de cette nouvelle preuve. Mais Dieu me garde d'abuser !

— Quelle pensée !

— Je vais bien maintenant, je me sens guérie, je me sens sauvée. Que me faut-il? un peu de repos, un peu de calme autour de moi. Ma tête ne sait plus où elle en est. J'ai vécu des siècles depuis deux jours.

— Pauvre enfant!

— Oh! oui, pauvre enfant, répéta-t-elle avec un soupir. Pourquoi suis-je née? pourquoi vous ai-je connu? pourquoi vous ai-je écrit? pourquoi êtes-vous là?

— Est-ce un reproche, Marguerite?

— Pardon, je suis injuste; c'est l'effet de mon mal; ne m'en veuillez pas, Ludovic. J'ai tant besoin d'être seule.

Elle se trahissait : le jeune homme comprit que le docteur avait frappé juste. Marguerite voulait l'éloigner. Il se promit de lui désobéir.

— Marguerite, lui dit-il, souffrez que je reste. Vous n'êtes pas bien encore, et qui veillerait sur vous, si ce n'est moi? Suis-je trop en vue ici? Aimez-vous mieux que je me tienne à l'écart? Dites, je le ferai; mais pour rien au monde, je ne vous quitterai dans l'état où vous êtes.

A cette déclaration formelle, et que l'accent rendait encore plus expressive, Marguerite se releva en sursaut et, les mains jointes, les yeux élevés vers le ciel :

— Mon Dieu! mon Dieu! s'écria-t-elle, c'est donc un nouveau martyre! N'avais-je pas assez souffert?

Ludovic n'hésita plus; la plaie s'envenimait; il fallait y porter le fer. Depuis qu'il avait remis les pieds dans cette chambre, tout un monde de souvenirs s'était réveillé en lui; il s'était enivré de la vue de Marguerite; et la perdre maintenant, se la voir enlever de nouveau, était une idée sous laquelle sa raison succombait. C'était le néant pour lui, le vide dans son existence. Plutôt que de s'y résigner, il était décidé à tout. Plus de détours, plus de subterfuges, il alla au but.

Comme brisée par l'effort qu'elle venait de faire, la jeune fille était retombée sur ses coussins; elle détournait le visage et pleurait à chaudes larmes. Ludovic s'approcha, lui prit les deux mains, et, d'une voix troublée par l'émotion :

— Marguerite, lui dit-il, j'ai à me plaindre de vous.

— De moi?

— Oui, de vous, et voici pourquoi. Vous avez manqué de franchise.

Ce reproche parut blesser Marguerite; elle releva la tête avec fierté.

— Moi, Ludovic, je n'ai été que trop franche avec vous. Ignorez-vous quelle est ma vie et quelle indigne créature je suis?

— Jusque-là, c'est bien, et je vous en sais un gré infini. Il n'y a que les nobles âmes qui puissent s'accuser ainsi. Mais, depuis lors, avez-vous eu la même sincérité? L'avez-vous à présent?

Marguerite se sentit pénétrée; son orgueil tomba, sa tête s'inclina de nouveau. Au lieu de chercher le regard du jeune homme, elle semblait le fuir.

— Eh bien? dit celui-ci en insistant.

— Que pourrais-je vous dire? répondit-elle.

— Ce que vous pensez.

— Ai-je encore le droit de penser quelque chose?

— Ce que vous projetez.

— Des projets? Y en a-t-il pour moi? Tout n'est-il pas fini et bien fini?

Elle cédait à son insu et livrait le fond de sa pensée. Ludovic n'en devint que plus pressant.

— Voyons, Marguerite, lui dit-il, ne me cachez rien; que se passe-t-il dans cette tête?

— Rien qui vous soit hostile, mon ami.

— Qui le sait?

— Tenez, Ludovic, dit Marguerite avec un peu d'impatience, ne me poussez pas là-dessus. Je ne sais où j'en suis ; je n'ai des idées nettes sur aucune chose. Il y a un brouillard dans mon esprit ; attendez qu'il se soit dissipé pour m'interroger.

Le jeune homme vit qu'il fallait appuyer plus fort, et le prendre sur un ton plus sévère.

— Marguerite, dit-il, je vous répète que vous me cachez quelque chose.

— Et quoi donc, bon Dieu?

— Vous attendez que je sois loin, pour recommencer.

— Et quand cela serait ! s'écria-t-elle, vaincue par l'évidence et dédaignant d'user plus longtemps de dissimulation.

Ce fut au tour de Ludovic d y mettre de la vivacité.

— Quand cela serait? dit-il. Voilà un mot que j'attendais, et sur lequel il est bon que nous nous expliquions. Quand cela serait? comme si vous étiez libre d'en agir à votre gré ! Comme si vous ne releviez que de vous-même !

— Mais il me semble...

— Écoutez-moi jusqu'au bout, Marguerite, et puis vous vous prononcerez. Que vous ayez pu une fois disposer de votre vie ; que vous n'ayez pas voulu survivre au naufrage de votre honneur et de vos illusions, c'est un acte sur lequel je n'ai rien à dire et qu'excuse l'excès de vos malheurs.

— Vous l'avouez donc?

— Mais aujourd'hui, reprit Ludovic avec plus de solennité, les choses ne sont plus ce qu'elles étaient. Vous vous êtes confiée à moi, vous m'avez choisi pour arbitre et pour juge, vous m'avez donné des titres sur votre conscience et imposé une responsabilité. J'ai donc le droit d'être écouté et le droit aussi de désarmer votre bras.

— Qu'exigez-vous, Ludovic, et ne pouvez-vous laisser mourir en paix une pauvre créature?

— Non, poursuivit-il, vous ne vous appartenez plus, vous n'êtes plus libre comme vous l'étiez. Sur l'appel que vous m'avez fait, je suis accouru. Ce n'est pas la pitié seule qui me poussait, c'était un sentiment plus tendre, plus vif, et qui a survécu à toutes les épreuves, même à l'abandon. Je

suis venu; vous étiez là, mourante, presque morte sous mes
yeux. Le ciel m'est témoin que s'il eût fallu donner tout mon
sang pour vous sauver, je l'eusse fait. Vous êtes revenue
d'aussi loin qu'on peut aller. Quand je dis que vous en êtes
revenue, ce n'est pas vous; c'est une autre femme dont le
salut est mon œuvre, qui me doit le souffle qui l'anime, qui
est ma propre vie, mon sang, mon bien et que je disputerai à
la mort, de toute la puissance de ma volonté.

En parlant ainsi, Ludovic cédait à une émotion profonde
et qui passait dans son langage et dans ses mouvements.
L'amour seul, un amour sincère, a de ces élans qui en-
traînent. Marguerite l'écoutait éperdue et ne pouvait en croire
ni ses oreilles ni ses yeux. Jamais elle ne l'avait vu animé
d'un feu pareil.

— Ludovic, s'écria-t-elle, vous m'effrayez, c'est à une
autre que vous croyez parler.

— Non, Marguerite, reprit-il avec plus de calme; ce n'est
point à une autre, c'est à vous.

— Une malheureuse pécheresse !

— Soit; mais sincère du moins. Marguerite, j'ai bien réfléchi sur ce qui nous est arrivé. J'ai pesé mes torts et les
vôtres, et je ne suis pas convaincu que les plus graves ne
soient pas de mon côté.

— Vous êtes trop généreux, Ludovic.

— Généreux ou égoïste, sait-on bien ce que l'on est? Et en
défendant votre vie, Marguerite, qui vous dit que ce n'est
pas la mienne que je défends? Vous me manquiez depuis si
longtemps, et vous aviez été tout pour moi. On ne comble
pas facilement de pareils vides. Si je vous racontais ce que
j'ai souffert, le détail en serait long. Que de fois votre image
m'est apparue ! J'avais beau me dire que vous aviez brisé
notre lien et que vous aimer encore était une lâcheté et une
faiblesse, j'y revenais malgré tout, je ne guérissais pas et ne
voulais pas guérir; et aujourd'hui que je vous retrouve et
que vous m'êtes rendue, vous voulez que je vous laisse partir pour les régions d'où l'on ne revient pas, que je vous
abandonne sans défense aux inspirations de votre désespoir !
Non, Marguerite, non, et, s'il faut parler en maître, je le ferai.

L'ascendant du jeune homme prenait de plus en plus le
dessus ; Marguerite se sentait désarmée, et, pour la première

fois peut-être, elle se prenait à l'aimer sincèrement. Accoudée sur son lit, elle se sentait renaître, et son visage avait les airs radieux que donne la perspective du bonheur. Un doute pourtant restait dans son esprit, et quand Ludovic eut fini de parler, elle fit en sorte de l'éclaircir :

— En maître, dit-elle en rappelant les derniers mots du jeune homme, je le veux bien ; je n'en saurais avoir de meilleur. Mais, dans ce cas, Ludovic, qu'entendez-vous faire de moi ?

— Ce que j'en veux faire, Marguerite ?

— Oui, Ludovic, dit-elle avec un sourire triste et résigné.

— Singulière question !

— Singulière ou non, répondez-y.

— Mais, qu'en ferais-je, si ce n'est ma femme ? Je ne suis point un Melchior.

Le mot, sans doute, dépassait l'attente de la jeune fille ; un cri lui échappa et elle jeta ses bras au cou de Ludovic.

— Vrai ? s'écria-t-elle.

— Que présumiez-vous donc, Marguerite ?

— Moi ! dit-elle ; est-ce que j'ai le droit de me montrer exigeante ! Vous auriez fait de moi votre maîtresse, Ludovic, que j'en eusse encore été honorée. Jugez donc ! après ce qui s'est passé ! Vous auriez fait de moi votre servante, que j'y aurais consenti, ne fût-ce qu'à titre de châtiment. Mais votre femme ! votre femme !

— Oui, Marguerite.

— Tenez, ne me dites pas cela, car je n'y crois pas. C'est plus de bonheur que je n'en mérite, et c'est tenter Dieu que d'y consentir. Votre femme !

Elle était si rayonnante de joie, si belle à voir en ce moment, que Ludovic l'eût adorée à genoux ; tout le passé disparaissait devant cette réconciliation ; point de souillures que n'effaçât ce titre sacré.

— Votre femme ! votre femme ! répétait Marguerite avec ivresse.

— Puisque c'est entendu.

— Oh ! j'en mourrai ; mais ce sera de joie cette fois. Mais répétez-moi-le encore ; car je m'imagine être le jouet d'un songe.

Ils prolongèrent l'entretien fort avant dans la nuit. Pour la

seconde fois il fut question entre eux des apprêts de la cérémonie ; mais quelle différence aujourd'hui ! Quel intérêt Marguerite y apportait ! Comme elle s'inquiétait des moindres
détails ! Il fut question de tout, des délais à courir, des obstacles que la famille pourrait apporter, et dont Ludovic se
promettait d'avoir facilement raison, puis de mille bagatelles
à l'avenant. Jamais Marguerite n'avait été plus rieuse, plus
enjouée, plus remplie de grâce et d'abandon. Qui l'eût vue
ainsi n'aurait pu supposer qu'elle échappait à une épouvan-
table crise et que la mort venait à peine de s'en dessaisir.

Quand l'heure fut avancée, Ludovic songea de lui-même
à la retraite. La jeune fille, toute vaillante qu'elle fût, avait
besoin de repos. Que pouvait-il craindre ? Il avait prononcé
un mot magique devant lequel tous les fantômes s'étaient
évanouis. Cependant, au moment des adieux, et après les
dernières tendresses échangées, il ajouta d'un air souriant :

— Eh bien ! Marguerite, vous vivrez ?

— Si je vivrai, Ludovic ! Oh ! oui, je vivrai, ne serait-ce
que pour vous rendre une portion du bonheur que vous m'a-
vez apporté aujourd'hui.

XXXVII

On assure qu'il y a de secrets pressentiments qui annon-
cent et précèdent les catastrophes. Rien de pareil n'arriva
cette fois. Ludovic ne dormit pas beaucoup de la nuit ; comment dormir sous l'empire des émotions qu'il avait éprou-
vées ? mais ses impressions ne furent pas d'une nature
sombre. Il avait laissé Marguerite si riante, si bien revenue
de ses fâcheux desseins, si heureuse et si fière de ses destinées nouvelles, qu'il ne pouvait pas supposer un retour à
d'autres sentiments et un nouvel orage quand le calme s'était
si complétement rétabli.

Il avait été convenu entre Marguerite et lui qu'il la laisserait reposer une portion de la matinée et ne retournerait

chez elle qu'après avoir vaqué à ses affaires. Il se leva de
fort bonne heure; le ciel était pur, l'air doux, le soleil éclatant. Aucun signe fâcheux, rien qui fût de nature à attrister
l'âme. D'ailleurs Ludovic était d'humeur à voir tout en beau
et à envisager les choses à travers le prisme de son propre
contentement.

Comment s'y prit-il? Par quel hasard se trompa-t-il de
destination? Ceux qui aiment ou qui ont aimé s'en rendront
compte. Toujours est-il qu'au lieu de prendre le chemin de
l'étude, il se dirigea vers la rue qu'habitait Marguerite, non
pas qu'il voulût troubler son sommeil ni devancer l'heure à
laquelle il devait être reçu; mais il se faisait une fête de
passer sous ses croisées et de les saluer d'un regard. Que si
par hasard elle aussi s'était levée avec le soleil, il abrégerait
les délais et irait reprendre cet entretien charmant interrompu la veille et qui devait désormais recommencer chaque
jour.

A l'âge de Ludovic, et dans les conditions où il se trouvait,
les distances ne sont jamais longues. Il eut bientôt franchi
celle qui le séparait du logement de sa future, et put s'assurer que rien n'y avait bougé. Il s'y attendait, et pourtant ce
lui fut un petit désappointement bien vite réprimé.

— Elle dort encore, se dit-il; quoi de plus naturel? Passons.

Il poursuivit sa promenade en réglant son pas de manière
à se retrouver d'heure en heure sur le même point. A chacun de ces retours, le cœur lui battait violemment, et il s'i-
maginait de voir Marguerite en vedette et l'accueillant par un
geste familier, illusion de bien courte durée, et qui s'éva-
nouissait à mesure qu'il se rapprochait!... Cependant aucun
soupçon ne se mêlait encore à son impatience; il cherchait
même à justifier ces retards.

— Elle a abusé hier, disait-il. Elle porte la peine de son
imprudence. Quand j'y songe, je suis étonné qu'elle ait pu
me tenir tête si longtemps. Après trois heures de léthargie
mortelle! J'aurais dû l'en empêcher. Aussi elle paye cela
aujourd'hui. Peut-être la force lui manque-t-elle pour se
lever.

Cependant le temps s'écoulait, et l'heure fixée la veille
venait de sonner. Ludovic se présenta dans la maison. Per-

sonne n'avait vu ni entendu Marguerite ; elle n'avait pas donné signe de vie ; sa clef n'était pas là. Tout faisait supposer qu'elle était enfermée chez elle. D'ailleurs, le concierge était rassuré ; il ne croyait pas que l'on pût de nos jours se mettre au régime de Mithridate et s'empoisonner une fois toutes les vingt-quatre heures. Cette pensée le remplissait de confiance. Il avait vu la jeune fille hors de danger, et il se disait que lorsqu'on en revient on est bien guéri de ces fantaisies-là.

Les idées de Ludovic suivaient la marche opposée ; l'inquiétude commençait à s'emparer de lui. Il se souvenait des paroles du docteur et de ses dernières recommandations. « C'est une tête de fer, avait-il dit, surveillez-la. » Le docteur avait-il eu raison, et cette tête de fer aurait-elle de nouveau fait des siennes ?

L'événement ne tarda pas à prouver que c'était ainsi qu'il fallait conclure. On sonna vainement à la porte de Marguerite ; cette porte ne s'ouvrit pas. On essaya d'ouvrir avec un crochet, la clef était en dedans ; il fallut briser l'un des panneaux et entrer chez elle de vive force.

On la trouva morte sur son lit, et rien ne put cette fois la rappeler à la vie. Afin que le poison ne manquât pas son effet, elle en avait doublé la dose.

Sur la table de sa chambre était une lettre adressée à Ludovic ; voici ce qu'elle renfermait :

XXXVIII

« Que vous allez me trouver ingrate et perfide ! Il y a une heure à peine que vous étiez là, et que nous nagions en pleine ivresse. Quel rêve, Ludovic, et le ciel m'est témoin que j'étais de bonne foi en m'y abandonnant. Vous m'aviez emportée si haut et dans des régions si pures ! Je me voyais déjà heureuse, tranquille, honorée ; je portais votre nom, et avec quelle fierté ! Hélas ! l'illusion n'a pas été longue : vous reparti, je suis retombée dans ma fange. Vous m'aviez ouvert le ciel ; restée seule, j'ai retrouvé mon enfer.

« Non, Ludovic, nous nous abusions tous deux ; je ne puis être votre femme. C'est un mauvais marché que nous ferions, et plus tard nous en serions aux regrets. Le monde est ainsi fait, qu'une première tache ne s'y efface pas et qu'il en reste toujours l'empreinte sur la vie.

« Voyons, raisonnons ensemble ; le malheur apprend à raisonner ; raisonnons, et puis vous me condamnerez si vous en avez le courage.

« Je vous connais, Ludovic : une fois que vous m'auriez eue pour compagne, mon honneur eût été le vôtre et vous auriez, en me respectant, donné à autrui l'exemple du respect. Mais croyez-le, un respect qui ne se commande pas de lui-même n'est jamais sûr ni sérieux. Il faut si peu de chose pour l'altérer ou le détruire : un propos, un bruit ! N'en jouit pas qui veut.

« Le respect ? Y avais-je quelque droit, moi, une fille déshonorée ? Pouvais-je empêcher que, dans notre monde à nous, si réduit que vous le fassiez, le récit de mes désordres ne parvînt aux oreilles de quelqu'un et ne passât ensuite de bouche en bouche, comme cela arrive en pareil cas ? Et alors quelle situation eût été la mienne ? Comment supporter les regards des honnêtes gens ? Voyez-vous d'ici les rires ironiques, les chuchotements, les grands airs et les petites allusions, toutes les impertinences à l'usage des pimbêches qui cachent leurs péchés mignons. Voyez-vous les malices des vieux débauchés qui se croiraient autorisés à me débiter quelques gravelures ! Voyez-vous des mères de famille défendant à leurs filles de me parler, et les maris circonspects me mettant à l'index de leurs femmes. Je suis avilie, Ludovic, mais je suis fière encore, Dieu merci ! Jamais je ne supporterais de pareilles hontes ! J'en mourrais ; la catastrophe ne serait que différée.

« Et vous-même, savez-vous seulement si vous avez la trempe nécessaire pour résister à de semblables épreuves ? Savez-vous si vous n'y fléchiriez pas ? Non, dites-vous. Illusion de l'amour ; illusion des premières heures. Le prestige est encore là ; il agit, vous ne voyez que moi ; vous m'emporteriez dans un désert, s'il le fallait, pour me soustraire aux rigueurs de l'opinion et vivriez avec moi dans la solitude. Oui, mon ami, mais ces folies n'ont qu'un temps ; on en revient, si sincère et si aimant que l'on soit ; il faut tôt ou tard compter avec le monde et avec ses manières d'agir.

« Laissez-moi seulement vous poser une question ; je vous demande d'y répondre dans la sincérité de votre âme. Je suis votre femme, je suppose, et marche désormais à votre bras. Nous allons, on nous reçoit, on nous fait bon visage. Peut-être y a-t-il là-dessous quelques caquetages ; nous les ignorons, c'est l'essentiel. Mais vous voici dans une foule où vous êtes à peine connu. Le salon est plein, et quelques hommes, entassés aux portes, passent en revue les personnes qui le garnissent. On parle des toilettes, on cite des noms, on raconte des anecdotes, tout cela un peu à la légère, comme vous le pensez. Il y a des langues intempérantes, surtout en fait de scandale, et la police aurait fort à faire si elle se chargeait de les réprimer. On en arrive à moi, et quelques mots s'échangent ; il y a du vrai et du faux, comme toujours ; mais tout à coup une voix s'écrie : « Cette femme ! elle a vécu « avec Melchior. »

« Voilà à quoi vous êtes exposé, Ludovic, et dites-moi si vous pourriez supporter de pareils chocs, si votre amour y résisterait, si vous n'aimeriez pas mieux recevoir un coup de poignard que d'essuyer de pareilles insultes et de ne pouvoir les punir. Car j'ai connu bien des gens dans le cours de ma vie déréglée ; Melchior me montrait à qui voulait me voir, m'amenait ses amis, me conduisait à des parties de plaisir où ils étaient en nombre. Autant de témoins que je ne puis supprimer, autant d'accusateurs qui peuvent me dénoncer, quelque part que je me trouve et quelle que soit ma condition nouvelle, autant d'échos de ma chute et de mon déshonneur.

« Eh bien ! Ludovic, qu'en dites-vous ? Auriez-vous pris une compagne pour avoir sans cesse à en rougir ? Ces soufflets, auxquels je serais exposée, ne rejailliraient-ils pas sur vous ? Ces insultes, dont je serais abreuvée, n'en auriez-vous pas votre part ? Non, croyez-moi, n'en faisons pas l'expérience. Le résultat n'en serait que trop certain. L'ivresse des premiers moments une fois passée, peu à peu vous vous détacheriez d'une femme qui vous exposerait à de tels mépris ;

on n'aime sérieusement que ce que l'on estime. Vous reviendriez alors sur le passé ; vous feriez des calculs que vous ne faites pas actuellement. Vous vous demanderiez si ce n'était pas un marché de dupe que celui où, d'un côté, vous apportiez tout, jeunesse, talent, vie irréprochable, avenir assuré, tandis qu'on ne vous apportait de l'autre qu'un cœur déjà flétri et une existence pleine de honte. Qu'arriverait-il de tout cela? ou que vous me délaisseriez, ou que je vous entraînerais dans ma disgrâce. Je ne veux ni de l'un ni de l'autre, ni votre abandon ni votre malheur. J'aime mieux quitter la partie.

« Maintenant vous me comprenez, et, au fond du cœur, vous me rendez justice. Je veux vous sauver de vous-même, vous épargner des regrets inutiles et tardifs. Je m'en vais, et, cette fois, avec une douleur sincère. Hier, Ludovic, j'ai appris à vous connaître et à vous aimer ; j'ai lu dans votre âme : soyez béni pour ce que vous m'avez dit et ce que vous avez voulu faire pour moi. Je pars du moins avec l'esprit soulagé et la conscience libre ; vous m'offriez votre main, et dans la vie une place à vos côtés. C'est assez : je meurs tranquille. Je suis sûre au moins qu'en me séparant de vous je laisse dans votre mémoire une impression favorable et que rien ne pourra altérer. Quoi qu'il arrive, vous vous souviendrez de votre pauvre Marguerite, qui est morte pour vous délivrer, pour vous épargner une mésalliance, une sottise, tranchons le mot. Et plus tard quand vous aurez pris une femme, qui n'aura pas comme moi une tache sur son nom ni un ver dans le cœur, vous lui raconterez que, pouvant vous entraîner dans ma déchéance, je ne l'ai pas fait, que je me suis sacrifiée à votre repos, et n'ai pas voulu mêler une vie troublée à la vie si pure dans laquelle vous entrez. Accordez-moi alors une larme, Ludovic, et je serai payée du sacrifice que je vous fais.

« Rien n'est changé dans les dispositions que j'avais prises ; je les confirme de tout point. Vous êtes toute ma famille comme vous avez été la seule affection que j'avoue et puisse avouer.

« Adieu encore, et maintenant pour la dernière fois. Qu'on n'essaye plus de me sauver ; tout serait inutile. Adieu, Ludovic. « MARGUERITE. »

XXXIX

Ludovic resta longtemps avant de pouvoir se remettre du coup qu'il avait reçu. Quelque vive que fût sa passion, il était obligé de convenir que Marguerite avait plus de raison que lui, et, qu'à tout prendre, il eût fait là un triste mariage. Mais la blessure n'en était pas moins profonde, et longtemps elle saigna. Le souvenir de Marguerite poursuivait le jeune homme en quelque lieu qu'il se trouvât et sous toutes les formes. Il ne pouvait songer, sans que les larmes lui vinssent aux yeux, à ce dévoûement de la dernière heure, à ce courage si rare qui deux fois lui avait mis à la main des agents de destruction. Si la première fois c'était pour fuir le déshonneur, la seconde c'était pour le préserver d'une faiblesse. Il était donc la cause, l'occasion de l'événement, et une sourde tristesse le consumait.

Pour l'arracher à cette préoccupation et empêcher qu'elle ne devînt fatale, il fallut tout le goût que Ludovic avait pour sa carrière et l'influence qu'elle exerçait sur lui. Il se livra à ses travaux avec ardeur et agrandit chaque jour la position qu'il avait prise. L'excès même lui fut favorable, et c'est ainsi seulement qu'il parvint à s'étourdir sur la cruelle aventure où il avait joué un rôle et dont le dénoûment avait été si fatal.

Dans une histoire si peu compliquée et où les personnages n'abondent pas, il serait impardonnable d'oublier les plus humbles, et à plus forte raison celui qui y tient une place considérable assurément. Je veux parler de Melchior.

Longtemps il y a eu des doutes sur son compte et des conjectures à l'infini. Quand il eut abandonné Marguerite, on ne le revit plus sur le pavé de Paris, ni dans l'estaminet qu'il honorait de sa confiance. Ce fut un vide, comme on le pense bien. Chacun se demandait ce qu'avait pu devenir une si belle barbe, et sur quel point du globe elle avait pu transporter son domicile légal. On s'inquiétait aussi, et non sans raison, de la brillante collection de pipes qui avait disparu en même temps que le personnage, et on félicitait d'avance la contrée qui jouirait d'instruments si perfectionnés et si dignes de ''attention des artistes.

Au milieu de tout cela, pas un bruit digne de quelque crédit ne circulait dans le public. De mauvais plaisants disaient bien que Melchior vivait en Orient, attaché au sérail comme dix-huitième interprète pour les langues mortes ; mais ces railleries restaient sans échos et ne sortaient pas des tabagies où elles étaient nées. D'autres prétendaient qu'il n'était pas allé si loin, et que, caché dans la banlieue, il préparait un ouvrage scientifique, dont il serait parlé avant peu de temps, et qui produirait un certain effet dans le monde des fumeurs. C'était une série de calculs où les aspirations et les expirations de la pipe étaient fixées algébriquement et avec toutes les formules à l'appui. Ce bruit ne trouvait pas non plus beaucoup d'esprits crédules.

Enfin, ces jours derniers, le voile s'est déchiré, et on a obtenu des renseignements plus certains au sujet d'un homme que Paris a connu, et que désormais il regrette. C'est un journal de Californie qui a eu les honneurs de la révélation. A la colonne des annonces, on y découvre le nom d'un M. Melchior, qui propose de prendre chez lui des pensionnaires et de leur enseigner, en dix-huit leçons, le droit français et le droit romain, le tout garanti. Il y offre, en outre, de nourrir à sa table les élèves qu'on voudra bien lui confier, en ajoutant, comme moyen de séduction, qu'il a amené avec lui de Paris un aide de Véfour et de Chevet, auquel les secrets de notre cuisine sont familiers.

Ainsi, plus d'incertitudes, Melchior est en pleine Californie, dans ce centre des belles manières et des arts. Par exemple, s'il parvient à avoir des élèves, il sera curieux de vérifier de quel droit romain et français il les aura nourris ; peut-être s'en sera-t-il remis pour cela à l'aide de Véfour ; ce serait plus sage et plus substantiel. Dans tous les cas, il n'aura pas manqué de reproduire, dans sa chaire, les seules connaissances solides qui lui soient restées de ses dix ans d'école, et entre autres le fameux refrain :

> Messieurs les étudiants,
> S'en vont à la Chaumière,

Pour danser le cancan
Et la Robert-Macaire,
Toujours,
La nuit comme le jour.
Et youp! youp! youp!

Il est bien, lorsqu'en France les belles traditions se perdent, qu'elles trouvent un écho sur les bords de l'océan Pacifique et dans les plaines de l'Orégon.

Voilà pour Melchior. Quant au concierge du numéro 15, depuis la nymphe Calypso, on n'a rien vu de plus inconsolable que lui. Le malheur arrivé dans sa maison lui a mis la cervelle à l'envers. Il ne mange plus, ne dort plus, et ne rêve que suicides. On le voit rôder dans les escaliers comme une âme en peine, et quand on lui demande ce qu'il a, il répond qu'il est mal noté à la police et déconsidéré dans le quartier. C'est un homme touché au timbre et désormais perdu pour l'institution.

FIN.

LAGNY. — Typographie de VIALAT.